VICTORIA DAHL

LAS ChiCaS BUENAS
no... Mienten

Editado por Harlequin Ibérica.
Una división de HarperCollins Ibérica, S.A.
Núñez de Balboa, 56
28001 Madrid

© 2011 Victoria Dahl
© 2016 Harlequin Ibérica, una división de HarperCollins Ibérica, S.A.
Las chicas buenas no… mienten, n.º 103 - 1.5.16
Título original: Good Girls Don't
Publicada originalmente por HQN™ Books

Todos los derechos están reservados incluidos los de reproducción, total o parcial. Esta edición ha sido publicada con autorización de Harlequin Books S.A.
Esta es una obra de ficción. Nombres, caracteres, lugares, y situaciones son producto de la imaginación del autor o son utilizados ficticiamente, y cualquier parecido con personas, vivas o muertas, establecimientos de negocios (comerciales), hechos o situaciones son pura coincidencia.
® Harlequin, HQN y logotipo Harlequin son marcas registradas por Harlequin Enterprises Limited.
® y ™ son marcas registradas por Harlequin Enterprises Limited y sus filiales, utilizadas con licencia. Las marcas que lleven ® están registradas en la Oficina Española de Patentes y Marcas y en otros países.
Imagen de cubierta utilizada con permiso de Harlequin Enterprises Limited. Todos los derechos están reservados.

I.S.B.N.: 978-84-687-8099-3
Depósito legal: M-5541-2016

Este libro está dedicado a Anne y a RaeAnne, porque no podría haberlo escrito sin ellas.

AGRADECIMIENTOS

Son muchas las personas que contribuyen al bienestar de esta autora durante el proceso de escritura de un libro. Mi familia, por supuesto, que se sacrifica diariamente por las novelas románticas. Gracias por quererme sin condiciones. Mi agente, Amy, que está siempre a mi lado. Y mi editora, Tara, que trabaja diligentemente bajo una enorme cantidad de presiones junto a todo el equipo de Harlequin. Gracias.

Como siempre, Jennifer Echols estuvo a mi lado como una verdadera amiga, animadora y firme supervisora. Es una constante en mi vida y no podría hacer esto sin ella.

También quiero dar las gracias a las mujeres maravillosas de Peeners, que me proporcionaron consejo, apoyo y bromas subidas de tono cuando las necesité. Gracias.

RaeAnna Thayne y Nicola Jordan son las mejores compañeras del mundo a la hora de proporcionar ideas. Sin ellas, esta serie seguiría consistiendo en diez líneas garabateadas en una libreta. Gracias.

Por supuesto, toda la estructura del libro está equilibrada por la maravillosa inspiración de las cervezas artesanales. Vosotras me enseñasteis a apreciar la cerveza y os adoro.

Y, lo más importante, gracias a mis lectoras. Vosotras sois mi inspiración y hacéis que todo esto merezca la pena.

Por último, me gustaría dar las gracias a todos mis nuevos amigos de Twitter. Me habéis hecho compañía durante la escritura del libro, aunque habéis fracasado de manera estrepitosa a la hora de mantenerme en mi camino.

Capítulo 1

Tessa Donovan fijó la mirada en el aparcamiento de la cervecería Donovan Brothers, hechizada por el resplandor azul y rojo que cubría la pared del edifico de ladrillo. No era capaz de apartar la mirada. Las luces de la policía resultaban completamente fuera de lugar junto al canto de los pájaros y la luz pálida de la primera hora de la mañana.

Su hermano Jamie permanecía entre dos coches de policía aparcados de cualquier manera cerca de la puerta de atrás. Tenía una expresión de aturdimiento, probablemente porque jamás se habría despertado tan temprano de forma voluntaria.

Tessa caminó con paso decidido hacia el aparcamiento y agarró a su hermano por el cuello de su arrugada camiseta.

—¡Eh! —protestó Jamie.

Tessa tiró de él para acercarlo a ella hasta que quedaron nariz contra nariz.

—James Francis Donovan —susurró—, ¿qué has hecho?

—¿De qué estás hablando? —preguntó Jamie.

Sonó suficientemente indignado como para que, por un segundo, Tessa estuviera a punto de creerle. Pero solo por un segundo.

Tessa le retorció el cuello de la camiseta con fuerza.

—Suéltalo.
—Vamos, Tessa —Jamie se liberó de su mano y señaló con un gesto de enfado los coches de policía–. Espero que no me estés acusando de haber hecho algo relacionado con el robo. Dejé conectada la alarma y cerré bien las puertas. La culpa no ha sido mía.

Tessa recorrió con mirada recelosa a su hermano. Tenía el aspecto de siempre. Alto, atractivo y relajado. Sus vaqueros estaban desgastados por miles de lavados. La camiseta se había desteñido hasta adquirir un color gris de un tono indeterminado. El pelo, rubio, lo llevaba revuelto, como si acabara de levantarse de la cama, pero aquello no era ninguna novedad. Desgraciadamente, tampoco lo era la expresión de culpabilidad que apareció en sus ojos cuando le miró.

—¡Maldita sea, Jamie!
—Tessa...
—Sé que lo del robo no ha sido culpa tuya, pero tú mismo has dicho que te has encontrado la puerta abierta. Así que, ¿qué demonios estabas haciendo aquí a las siete de la mañana? ¿Y por qué me has llamado a mí en vez de llamar a Eric?

Eric era el hermano mayor de Jamie y Tessa. Aunque los tres eran propietarios a partes iguales de la cervecería, Eric siempre había llevado las riendas del negocio. Lo más lógico habría sido llamarle a él para informarle del robo. Sin embargo, Jamie había preferido llamarla a ella. Aquello no presagiaba nada bueno. Nada bueno en absoluto.

Jamie se pasó la mano por el pelo y alzó la mirada hacia el cielo azul claro.

—Es terrible, Tessa.

A Tessa se le cayó el corazón por debajo del nivel del asfalto.

—¿Qué es terrible, Jamie? ¿Qué?
—Monica Kendall vino ayer por la noche.

—No. ¡Oh, no, no, no! —Monica Kendall era la vicepresidenta de High West Air y la llave de un contrato para la distribución de sus cervezas en el que Eric había estado trabajando desde hacía meses—. Jamie, por favor, dime que no lo has hecho. Ni siquiera tú habrías hecho algo tan estúpido.

—¿Ni siquiera yo? Bonita frase para dirigírsela a un hermano.

—¡Jamie! —gritó.

¡Dios santo! Deseó que la policía apagara las luces de los coches patrulla. Aquellos colores se le estaban clavando en las cuencas de los ojos.

Jamie renunció por fin a su actitud indignada. Dejó caer los hombros y la cabeza.

—No sé lo que pasó —musitó—. Dijo que quería que le hiciera un recorrido por la cervecería. Por supuesto, probó algunas cervezas, y después...

—¿Y después?

—Necesitaba que la llevaran a casa.

El corazón hundido de Tessa dio un débil vuelco. Sabía exactamente lo que le pretendía decir su hermano. Las mujeres adoraban a Jamie y, a los veintinueve años, él estaba en un momento álgido para que aquella adoración fuera correspondida.

—No —musitó Tessa—. Esto no puede estar sucediendo.

—La llevé a casa —le explicó Jamie—. No podía hacer otra cosa.

—¡Podías haber llamado a un taxi!

—Tessa, por Dios, yo solo pretendía llevarla a casa, volver en taxi y... no tenía intención de...

—¿No tenías intención? ¡Dios mío, Jamie, eres como un animal! Intenta pensar alguna vez con el cerebro. Aunque solo sea en ocasiones especiales, si es lo único de lo que eres capaz.

El dolor asomó a los ojos verdes de Jamie e, inmediatamente, Tessa se sintió fatal. Jamie había estado presionando últimamente para realizar más tareas en la cervecería, intentando asumir una mayor responsabilidad, pero Eric se había resistido. Si se enteraba de aquello...

—De acuerdo —comenzó a razonar Tessa, tomando aire para tranquilizarse—. De acuerdo, siempre y cuando su padre no se entere, Monica no dirá nada, ¿verdad? ¿Por qué iba a querer decir nada?

La mirada de arrepentimiento de Jamie decía algo completamente diferente, pero antes de que Tessa pudiera sonsacárselo, se abrió la puerta trasera de la cervecería y salieron los policías.

—Viene un detective hacia aquí. Querrá hablar con usted cuando llegue, señor Donovan.

—Gracias —musitó Jamie.

Tessa estiró el cuello para intentar ver a través de la puerta entreabierta.

—¿Estás seguro de que los tanques están bien?

Jamie asintió.

—Todo está perfectamente, solo han desaparecido un par de ordenadores y un barril de cerveza.

Aquel robo debería haber sido el acontecimiento más preocupante del día. En cualquier otro momento, Tessa habría estado llorando y retorciéndose las manos por aquel allanamiento. Pero si Eric descubría lo que Jamie había hecho con Monica Kendall, aquello arruinaría la relación entre los dos hermanos, y sus hermanos eran todo lo que Tessa tenía. Tenía que encontrar la manera de arreglar lo sucedido.

—Por favor, Jamie —le pidió cuando el policía comenzó a caminar hacia el coche patrulla—, dime que no tienes otra mala noticia.

Jamie suspiró como si hubiera estado conteniendo la respiración.

—Ha sido una estupidez. Tienes razón. Una completa estupidez. Pero pensé que no tendría ninguna importancia. Todo había ido bien. Pero no me había dado cuenta de... Cuando nos fuimos a su casa ayer por la noche, pensé que era una casa que tenía a los pies de la montaña. Pero me equivoqué. En realidad, Monica vive en la casa de invitados de sus padres.

Por un momento, el mundo comenzó a girar alrededor de la cabeza de Tessa. El cielo, las nubes y los pinos de color verde oscuro comenzaron a rotar en un giro lento y mareante. Cerró los ojos y rezó.

–Cuando Monica estaba saliendo del garaje, su padre pasó corriendo al lado del coche. Y me vio.

–¡Oh, Dios mío!

Aquella era una tormenta de malas noticias. Sus hermanos habían estado trabajándose a Roland Kendall durante meses, intentando convencerle de que la cerveza Donovan Brothers era la cerveza artesanal perfecta para ser servida en los vuelos de la flamante compañía aérea High West Airline. Eric había estado trabajando obstinadamente hasta ese momento, intentando hacer llegar su marca a nuevas manos, a nuevos clientes. Unas semanas atrás, por fin había conseguido concertar una reunión con Roland Kendall y con su hija, Monica. Le habían hecho la oferta final. El trato ya estaba prácticamente cerrado, les habían enviado los contratos.

Y de pronto... aparecía el desastre en forma de Jamie Donovan.

–Te voy a matar –dijo con rotundidad–. Esa era precisamente la única mujer a la que deberías haber evitado acercarte.

–¡Eso no es justo! –replicó Jamie–. Eric y tú siempre habláis como si me acostara cada noche con una mujer. ¡Hacía meses que no salía con nadie!

Tessa se cruzó de brazos y se alejó de él, intentando pensar.

—¿Estás seguro de que te ha visto?

—Sí, me ha visto. Aunque supongo que es posible que no me haya reconocido.

—De acuerdo. A lo mejor podemos manejarlo —razonó Tessa, pensando a toda velocidad—. En primer lugar, no le digas nada a Eric.

Jamie sacudió la cabeza.

—Necesito decírselo.

—¿Es que te has vuelto loco? —replicó ella—. Eric se pondrá hecho una furia. ¡Se enfadará con los dos! Yo me puse de tu parte en todo esto. Le pedí que te dejara ayudar con las negociaciones. No se lo digas a Eric.

—Se enterará. Y no tengo ningún interés en esconderme de él como si fuera un niño intentando evitar un castigo. La cervecería también es mía. Si he echado algo a perder, me enfrentaré a ello.

—Esto no es solo cosa tuya, Jamie. Somos una familia y no quiero que esto sea lo que al final nos lleve a separarnos. Así que mantén la boca cerrada hasta que averigüe lo que piensa hacer Roland Kendall.

Jamie alzó las manos en un gesto de frustración, pero Tessa lo ignoró. A veces, la mejor defensa era un buen ataque, y Tessa estaba dispuesta a atacar aquel día.

—Te diré lo que vamos a hacer —propuso precipitadamente—. Yo voy a marcharme. Tú llama a Eric como si fuera el primero con el que te has puesto en contacto. Si te lo pregunta, dile que has pasado la noche en casa de una mujer que ha sido la que te ha dejado esta mañana en la cervecería, pero no menciones a Monica Kendall. Yo volveré dentro de unos veinte minutos y me comportaré como si no hubiera estado antes aquí.

—¡Dios mío! Te has vuelto de lo más retorcida —musitó Jamie.

No tenía idea de hasta qué punto.

—Más tarde, llamaré a Ronald Kendall y veré si soy capaz de descubrir en qué estado se encuentra. Pero tú mantén la boca cerrada.

—Tessa... —comenzó a decir Jamie.

Pero Tessa se alejó con paso decidido, dirigiéndose hacia la calle que conducía a su casa.

Sabía que debería estar preocupada por el robo, pero en aquel momento, el robo le parecía el último de sus problemas. En realidad, perder el contrato con High West Airline no tendría por qué ser una tragedia familiar, pero lo sería.

Eric se estaba mostrando cada vez más reservado en su papel de cabeza de familia. Tessa podía comprenderlo. Había asumido el papel de su padre desde que sus progenitores habían muerto en un accidente de tráfico. Eric solo tenía veinticuatro años cuando se había visto obligado a hacerse cargo de dos adolescentes y un negocio. De modo que comprendía que trece años después le costara dar un paso atrás. Pero tenía que hacerlo.

Y si Eric necesitaba relajarse un poco, Jamie necesitaba añadir algo de tensión a su mundo. No podía seguir viviendo como un despreocupado camarero durante el resto de su vida. ¡Maldita fuera! Si ni siquiera pretendía hacerlo. Jamie quería asumir sus responsabilidades y trabajar como un auténtico socio. Menos, aparentemente, en lo que supusiera alguna restricción en su relación con las mujeres. Pero muchos hombres de éxito tenían ese mismo problema. No había ninguna razón por la que Jamie no debiera sumarse a la dirección de la cervecería.

Tessa vio que se acercaba otro coche patrulla seguido por un turismo sospechosamente discreto. Bajó la cabeza, intentando escapar del escenario del crimen sin ser vista. Su casa, la casa en la que se habían criado los tres hermanos, estaba a solo tres manzanas de allí. Se cambiaría los pantalones de yoga por unos vaqueros y se cepillaría el pelo, como si llevara una hora levantada antes de haber recibido la llamada de Jamie. Y hablando del tema...

Pulsó la tecla de repetición de llamada del teléfono móvil.

–¿Has llamado a Eric?

–Viene hacia aquí –susurró Jamie. Y le recordó después–: Esto no me gusta.

–Lo sé. Pero tenemos que hacer las cosas bien.

–Es nuestro hermano, Tessa, no nuestro padre. No tenemos por qué responder ante él.

–No, pero se lo debes. Los dos se lo debemos.

Con el eco del suspiro de Jamie sonando todavía a través del teléfono, Tessa se dirigió rápidamente hacia su casa sin dejar de pensar en su hermano. De momento, había hecho todo lo que había podido. Y hasta que no pasaran varias horas, no podía llamar a Roland Kendall. Si todavía no había ubicado el rostro de Jamie, su llamada podía alertarle. Tenía que ser paciente y planificar aquella mentira sin precipitación.

No tenía por qué ser difícil. Había manejado la relación de sus hermanos desde que sus padres habían muerto. Había jugado el papel de árbitro entre ellos, había evitado peleas y les había obligado a pasar tiempo juntos durante las comidas de los domingos y las celebraciones de las fiestas. Eran la única familia que tenía y no estaba dispuesta a perderla y, menos, por un contrato.

–Puedo manejar la situación –se dijo a sí misma mientras giraba en la calle y corría hacia su casa–. Seguro que todo saldrá bien.

Pero entonces, ¿por qué estaba tan nerviosa?

El detective Luke Asher se quitó los guantes de látex con un movimiento brusco y los tiró en el contenedor del callejón antes de estrecharle la mano a Eric Donovan.

–Eric, me alegro de volver a verte, aunque no en estas circunstancias.

–Bueno, Jamie acaba de decirme que no se han llevado gran cosa. De hecho, me sorprendió verte aquí.

–Estoy seguro de que no perderás nada más que el deducible del seguro por los ordenadores. Pero estamos más preocupados con la información que guardan los ordenadores. Números de la Seguridad Social, información sobre tarjetas de crédito... Últimamente ha habido una oleada de este tipo de robos en distintos establecimientos. Los policías del coche patrulla me dijeron que los ladrones habían conseguido eludir la alarma de alguna manera. Eso me hace pensar que es menos probable que se trate de un robo cualquiera.

Eric desvió la mirada hacia su hermano.

–¿Estás seguro de que consiguieron sortear la alarma? A lo mejor no estaba conectada.

Luke estaba convencido de que jamás había visto a nadie pasar de la relajación a la furia a tanta velocidad como lo hizo Jamie.

–Ya te he dicho que conecté esa maldita alarma, Eric.

–Y yo sé que crees que lo hiciste –respondió Eric.

Jamie torció los labios y apretó las manos.

–Vete al infierno.

Luke alzó las manos con la esperanza de restaurar la paz.

–Es evidente que Jamie conectó la alarma, sobre eso no hay ninguna duda. La empresa de seguridad nos indicó que la alarma fue activada a las nueve y media y volvieron a desconectarla a la una de la madrugada.

Jamie le dirigió a su hermano una mirada incendiaria, pero no pareció satisfecho con aquella defensa. La tensión aumentó cuando comenzó a caminar hacia un coche patrulla con los brazos cruzados, como si aquella fuera la única manera de mantener las manos quietas. Era extraño. Luke conocía a Jamie desde hacía diez años y le consideraba un hombre que siempre se había movido dentro de una escala que comenzaba en la somnolencia y terminaba en la absoluta despreocupación.

Luke se aclaró la garganta.

—¿Sabéis qué tipo de información almacenan los ordenadores sobre las nóminas?

Jamie miró por encima del hombro.

—Tessa sabe más sobre todo eso. Es ella la que se ocupa de ese tipo de cosas. Seguro que aparecerá en cualquier...

—La gestión de las nóminas la tenemos subcontratada. —le interrumpió Eric—. Así que la información es limitada. Y no creo que haya ninguna información sobre tarjetas de crédito en el PC. Con un poco de suerte, los daños serán mínimos.

—Estupendo —respondió Luke—. Aquí ya casi hemos terminado. Estamos recogiendo algunas huellas y después os dejaremos en paz. Espero que todo esto solo haya representado para vosotros un pequeño inconveniente. Hace un par de semanas entraron en una agencia de empleo. Tenían miles de números de la Seguridad Social en uno de los archivos.

—Caramba.

—Sí. Y ahora, si me perdonáis, voy a echar un vistazo por aquí.

Luke se dirigió hacia la parte de atrás del edificio con la esperanza de encontrar algo que estuviera fuera de lugar, pero el exterior parecía no haber sufrido ningún problema. Las tarimas de madera estaban perfectamente apiladas en columnas. Había un tanque de dióxido de carbono de unos tres metros de largo sobre el cemento inmaculado, sin un solo escombro o una sola mala hierba. Lo mismo podía decirse del silo de acero inoxidable en el que se almacenaba el grano.

Luke sabía, por lo que había visto en el interior, que la puerta de madera corrugada daba a la zona de embotellamiento y a un pequeño espacio para la carga. Si él hubiera pensado alguna vez en una cervecería como un lugar similar a un bar, habría cambiado de opinión al ver aquello. Ningún bar del mundo tenía una parte trasera tan limpia.

Como no encontró nada que pudiera resultar ni remotamente sospechoso, rodeó el edificio. La luz del sol estropeaba la cerveza, le había explicado Jamie, así que las pocas ventanas del edificio estaban muy altas y siempre cerradas.

Luke estaba a punto de reunirse con Jamie y con Eric cuando se fijó en una mujer que se acercaba por el aparcamiento. Su coleta rubia se movía mientras corría hacia ellos. Luke se descubrió recorriéndola con la mirada, fijándose en sus estrechos vaqueros y en sus maravillosos muslos. Además de un cuerpo de infarto, tenía un aspecto absolutamente inocente, con las mejillas sonrojadas y los ojos brillantes.

—¡Eh, chicos! —exclamó la mujer casi sin aliento—. ¿Qué ha pasado? ¿Sabéis algo más?

Eric alargó los brazos hacia ella para darle un abrazo y Luke utilizó sus habilidades detectivescas para decidir que aquella era su hermana. Por algo le pagaban lo que le pagaban. Además, la mujer se parecía mucho a Jamie Donovan, aunque era más baja y mucho más guapa.

La mujer le dirigió a Jamie una mirada tensa. Jamie miró hacia el suelo y apretó los labios. Fuera lo que fuera lo que había entre ellos, pareció dejarse de lado cuando la mujer lo miró y le sonrió.

—¡Hola! —le saludó, tendiéndole la mano—. Soy Tessa Donovan.

—Detective Asher —respondió él.

Al estrecharle la mano, reparó en la delgadez de sus huesos y llegó hasta él una delicada fragancia floral que le hizo aclararse la garganta para defenderse. Su vida ya era suficientemente complicada como para fijarse en el perfume de una mujer atractiva.

Afortunadamente, Tessa siguió a Eric Donovan al interior de la cervecería para ver los daños. Luke se quedó entonces a solas con Jamie.

–¿Cómo te van las cosas? –le preguntó.

Habían coincidido durante un año en la Universidad de Colorado y aunque estaban en cursos diferentes, habían acudido en muchas ocasiones a las mismas fiestas. A muchas.

–¿Jamie? –insistió Luke.

–¿Qué? ¡Ah, lo siento! Bien, va todo bien, aparte de esto. ¿Y tú cómo estás? He oído decir que...

Jamie pareció contenerse en el último momento, haciéndole recordar a Luke que Boulder podía ser una ciudad de cien mil almas, pero aun así, continuaba siendo una ciudad pequeña. Los rumores sobre Luke no habían quedado confinados en el departamento de policía.

–Bien, estoy bien –contestó Luke a la pregunta que Jamie no había terminado de formular.

–¡Oh! Genial.

Jamie le dio una palmadita en el hombro, pero cuando la compañera de Luke salió de la cervecería guardándose una libreta en el bolsillo de la chaqueta, la mirada de Jamie fue directamente hacia su vientre. Era imposible no notarlo.

–¿Conoces a la detective Parker? –preguntó Luke, como si la situación no fuera en absoluto embarazosa–. Jamie, esta es Simone Parker. Simone, te presento a Jamie Donovan. Fuimos juntos a la universidad.

–Encantada de conocerte –respondió ella con la voz tan dulce y suave como siempre.

A la gente siempre le sorprendía su feminidad, a pesar de su piel marrón y sin mácula y aquellos ojos oscuros capaces de extasiar a cualquier hombre. Por lo visto, pensaban que una detective tenía que ser una mujer dura y agresiva. Pero Simone, era, sencillamente, la policía más inteligente que Luke había conocido jamás y había alcanzado la categoría de detective adelantando a cuantos la rodeaban.

Simone se excusó con una sonrisa mientras Luke le tendía a Jamie una tarjeta.

–De acuerdo. Llámame si se te ocurre algo. Estaremos en contacto.

–Genial. ¡Eh! Es una mujer guapísima, tío.

Luke se detuvo cuando estaba a punto de volverse y se encogió por dentro ante lo que estaba insinuando. Le habría gustado aclararle que Simone era su compañera de trabajo, no su novia, pero aquello motivaría otras preguntas que no quería contestar. Que no podía contestar. De modo que se obligó a terminar el paso que había comenzado a dar y se dirigió al coche que compartía con Simone.

Hasta unos meses atrás, le había resultado fácil ocupar aquel lugar. En aquel momento, aquel enorme vientre de embarazada parecía ocupar todo el espacio del maldito coche y a él le faltaba el aire para respirar. A pesar de todos los años que llevaba trabajando como detective, Luke no era capaz de averiguar por qué demonios las cosas habían ido tan mal. Y Simone no iba a contárselo a nadie.

Capítulo 2

Tessa andaba pendiente del reloj mientras preparaba la barra para la hora punta de la tarde. Eran las cinco menos cuarto y Roland Kendall todavía no le había devuelto la llamada.

Ella no había querido dejarle ningún mensaje. Y había calculado el momento perfecto para ponerse en contacto con él: después del almuerzo, cuando la mañana ya quedaba suficientemente lejos y antes de las cinco, por si acaso tenía que salir a por bebidas antes del partido de los Rockies. Ella no tenía su número de móvil y no se le había ocurrido ninguna razón que justificara el pedírselo a Eric.

Así que había llamado a las oficinas de Kendall a las dos y media y cuando su secretaria le había dicho que no estaba disponible, había colgado el teléfono. Pero cuando había vuelto a llamar a las tres, la secretaria había preguntado con toda intención: «¿Quiere dejarle algún mensaje, señorita Donovan?». ¡Maldito identificador de llamadas!

En aquel momento, Tessa estaba atascada, pendiente de que le devolvieran la llamada. Odiaba esperar. Gracias a Dios, aquella tarde le tocaba trabajar en el bar. Su despacho se había convertido en una caja sofocante y el ordenador nuevo no llegaría hasta el día siguiente. Pero el trabajo en el bar era tranquilo, especialmente a aquella hora. No servían comidas, así que los únicos clientes eran los clientes habituales que llegaban desde el establecimiento de bocadillos que tenían en la calle de enfrente. Aunque durante la semana solían ofrecer recorridos para enseñar la cervecería, no tenían ninguno previsto para aquel día, de modo que pudo barrer, limpiar las sillas e incluso limpiar las cartas plastificadas de las cervezas. Todo ello sin dejar de pensar ni un solo instante en el reloj. Las cinco de la tarde se cernían en el horizonte y todavía no había oído una sola palabra de Roland Kendall.

Jamie no estaba allí para poder lamentarse con él, así que abrió la aplicación de Twitter en el teléfono móvil y comenzó a teclear. Ella era la única de los hermanos interesada en el uso de las nuevas tecnologías como una herramienta de mercadotecnia, así que estaba a cargo de la cuenta de Twitter. Pero Jamie... Jamie era el rostro de la compañía. Y la voz.

Sonrió cuando terminó de escribir su mensaje desde la cuenta de Jamie Donovan.

Mi hermana ganó una discusión y me hizo admitir que soy un idiota. Déjate caer esta noche por aquí, dime que tú también has perdido en una discusión y paga la mitad por tu primera pinta.

Ya estaba. Se sintió un poco mejor, pero, como si pretendiera advertirla en contra de cualquier posible alivio, la voz de Eric se filtró desde la5 parte de atrás de la cervecería mientras su hermano hacía otra llamada a la empresa responsable de la seguridad de la cervecería. En realidad, si su tono era indicativo de algo, a la antigua empresa de seguridad de la cervecería. Y toda la tranquilidad que había alcanzado, se esfumó inmediatamente.

Estaba haciendo tanto esfuerzo para escuchar la conversación de Eric que saltó como un gato asustado cuando se abrió la puerta de la cervecería. Antes de que hubiera podido esbozar una sonrisa de bienvenida, distinguió la silueta de Jamie recortada contra la luz del sol.

—¡Jamie! —corrió hacia él para poder preguntarle en un susurro—: ¿Has llamado a Monica?

—No —parecía incluso más desolado que la propia Tessa.

—¿Por qué no? Te he dejado un mensaje. No he conseguido hablar con su padre y...

—Porque fue una aventura sin la menor importancia, Tessa. Tanto para ella como para mí. Si la llamo hoy, podría pensar que tengo algún interés en mantener una relación más seria y eso no va a ayudar en esta situación.

Tessa lo reconsideró.

—¡Oh! Es posible que tengas razón. Si ella decide que quiere volver a verte, podría ser desastroso.

—Exactamente. Esta mañana lo hemos dejado todo en un terreno neutral.

—¡Vaya! Has desarrollado todo un vocabulario para hablar del tema.

—Calla —le espetó Jamie—. No soy ningún mujeriego.

—¡Oh, lo siento! Eso ha sido un golpe bajo, por así decirlo —al ver que lo único que conseguía era que su hermano la mirara con el ceño todavía más fruncido, Tessa se puso de puntillas y le dio un beso en la mejilla—. No te enfades.

—Como tú digas. ¿Has hablado con Roland Kendall?

Tessa negó con la cabeza mientras Jamie le quitaba la bayeta de la mano y comenzaba a limpiar la barra. Estaba perfecta, pero para Jamie nunca era suficiente, al menos por lo que ella podía decir.

—Le he dejado un mensaje, pero no he recibido respuesta.

—Sabe que era yo, Tessa. Tenemos que decírselo a Eric antes de que se entere por Kendall.

—Todavía no. Si existe la más remota posibilidad de que Kendall no te haya reconocido, no vamos a decírselo a Eric. Porque sabes lo que te haría, ¿verdad?

–¿Jamás volvería a confiarme nada que no fuera la barra y se comportaría como si yo hubiera nacido con medio cerebro? Sí, estoy al tanto de la opinión que tiene sobre mí.

Tessa mantuvo la boca cerrada mientras apilaba los vasos. Curiosamente, aunque la cervecería se llamaba Donovan Brothers, Tessa parecía ser la única que se sentía cómoda con el papel que jugaba en el negocio. Eric parecía aferrarse a él, no soportaba que sus hermanos asumieran nuevas responsabilidades y Jamie se veía obligado a enfrentarse a la mano de hierro de su hermano. Tessa estaba intentando ayudarle sin que Eric se enfadara, pero, ¡Dios santo!, Jamie parecía estar dando traspiés a cada paso.

Tessa se dirigió a la parte de atrás para buscar limón en rodajas para la cerveza de levadura de trigo, pero cuando cruzó las puertas, estuvo a punto de tropezar con el maestro cervecero, Wallace Hood.

Él ni siquiera miró en su dirección, pasó por delante de ella y fue corriendo desde las oficinas a su paraíso acristalado de tubos y tanques de cerveza. Eric salió de su despacho.

–¿Qué le pasa a Wallace? –le preguntó Tessa a su hermano.

–Está convencido de que han alterado los tanques. Yo le he asegurado que no habían tocado nada.

Tessa observó a Wallace mientras este acariciaba con delicadeza y con el ceño fruncido por la preocupación uno de aquellos mastodontes metálicos. Lo comprendía. En otras circunstancias, ella también se habría abrazado a sus ordenadores. Pero habían desaparecido, y tenía otras preocupaciones en su pecho.

Una de esas preocupaciones sacudió la cabeza y suspiró.

–El técnico de la alarma debería estar aquí dentro de una hora para comprobar la caja y la instalación eléctrica. Pero nuestro contrato vence el mes que viene. Y no voy a renovarlo.

Tal como Tessa sospechaba, Eric no era de los que perdonaban fácilmente. Aquel recordatorio la hizo evitar su mirada mientras se volvía y se dirigía hacia la cocina. La cervecería no servía comidas, más allá de algunos cacahuetes o unas galletas saladas, pero la alquilaban ocasionalmente para eventos en los que se ofrecía comida, de modo que la cocina estaba completamente equipada. Aun así, no transmitía el ambiente hogareño y acogedor de la parte de delante de la cervecería, de modo que Tessa nunca permanecía en ella durante mucho tiempo. Además, tenía que marcharse de allí cuanto antes. La visión de Eric solo había servido para reforzar su sensación de urgencia. Cortó los limones en rodajas con la facilidad de alguien que lo había hecho en numerosas ocasiones. Preparar la barra había sido su primer trabajo cuando había cumplido veintiún años.

La voz de Wallace llegaba amortiguada por las cristaleras que iban desde el suelo hasta el techo, pero cada vez que Tessa alzaba la mirada, le veía moviendo la mandíbula en una acalorada conversación con su equipo. Probablemente también movía los labios, pero su negra y poblada barba le impedía verlo. No tenía la menor idea de cuántos años tenía el maestro cervecero. Imaginaba que debía de andar entre los treinta y uno y los cuarenta y nueve. Medía un metro ochenta, tenía el cuerpo de un jugador de fútbol americano y siempre vestía con camisas de cuadros de estilo montañero. A pesar de que llevaba diez años trabajando en la cervecería, lo único que Tessa sabía de él era que su alternativa forma de vida no concordaba en absoluto con su aspecto. De hecho, su vida personal era tan complicada que Tessa jamás había conseguido comprenderla. No era gay, y tampoco heterosexual, pero se negaba a definirse a sí mismo como bisexual. Era, al mismo tiempo, un hombre intensamente reservado y misteriosamente sociable. Hombres y mujeres pasaban por su vida como si hubiera instalado una puerta giratoria en su dormitorio.

Normalmente, verle en aquella enorme habitación acristalada era como estar viendo una película interesante, pero aquel día, su silenciosa diatriba solo sirvió para aumentar la tensión de Tessa. Todo aquel maldito edificio parecía burbujeante de estrés, así que apiló dos docenas de rodajas de limón en un recipiente de plástico y corrió hacia la parte delantera del establecimiento.

Jamie tomó el recipiente y revisó las rodajas de la parte superior para asegurarse de que los limones eran buenos. Era curiosamente perfeccionista en algunas cosas, así que Tessa había aprendido a no ofenderse y se limitó a lavarse las manos y a señalar con la cabeza la zona vacía de la sala.

—Todo está muy tranquilo. Todo el mundo está fuera por el buen tiempo, pero supongo que pronto comenzará a entrar gente sedienta. He ofrecido la mitad de precio en Twitter para la primera pinta de esta noche, por si alguien lo menciona.

—Entendido.

—Los letreros para la nueva cerveza rubia de trigo están casi listos. Eric los ha estado preparando esta mañana.

Tessa le estaba ofreciendo una muestra de la nueva cerveza cuando se abrió la puerta de la calle. Al principio, lo único que pudo ver contra la luz del sol fue una chaqueta y una corbata. Después reconoció al hombre que las portaba. Detective Asher, había dicho.

—¡Hola, detective! —le saludó.

—Buenas tardes, señorita Donovan —saludó él con una sonrisa que desapareció tan rápidamente como había aparecido.

—Llámame Tessa —contestó ella, sintiendo cómo se ensanchaba su propia sonrisa.

Era un hombre guapo. Verdaderamente guapo, con el aire de un hombre duro y hastiado. Como si fuera un personaje salido de una novela negra, un hombre que había visto demasiadas cosas a lo largo de su vida.

–Tú puedes llamarme Luke.
–Luke Asher...
Tessa frunció el ceño e inclinó la cabeza para fijarse en sus ojos castaños y en su pelo negro. Le recorrió con la mirada con expresión recelosa. Él arqueó las cejas.
–Has estado en mi casa –dijo Tessa.
–¿Perdón?
–Eras amigo de Jamie cuando él estaba en la universidad.
–¡Ah, sí! –se formaron unas pequeñas arrugas en las comisuras de sus ojos–. Estuve un par de veces en tu casa. Pero no recuerdo haberte conocido.
Jamie soltó un bufido burlón.
–No creo que entonces te presentara a mi hermana adolescente.
–¡Ah! –dijo él.
Y a Tessa le pareció ver que bajaba la mirada.
Ella también dejó vagar su mirada. Sí, en aquel momento se acordó de él. Era un chico delgado que había estado esperando discretamente a Jamie en un par de ocasiones en las que su hermano había pasado por casa para ir a buscar algo a su habitación antes de salir a divertirse. Tessa le había visto desde la mesa del comedor en la que estaba haciendo los deberes. Entonces ya era guapo, pero en aquel momento...
Luke Asher parecía haber superado su aspecto larguirucho. Debía de medir un metro noventa y su cuerpo parecía poderosamente fibroso. Tenía la piel bronceada y arrugas alrededor de los ojos que invitaban a imaginarlo entrecerrando los ojos y escrutando en la distancia mientras intentaba resolver una investigación.
Estaba hablando con Jamie sobre un antiguo compañero de clase cuando desvió la mirada hacia ella y la descubrió mirándole fijamente. Arqueó una ceja con expresión interrogante.

—Eh... ¿Se sabe algo más de la investigación? —le preguntó Tessa.

—Todavía no. Solo hemos encontrado una huella que no podemos identificar, pero todavía quedan algunos empleados a los que no hemos tomado las huellas. Estoy seguro de que pertenecerán a alguno de los trabajadores. En ninguno de los robos hemos encontrado ninguna huella que nos haya resultado útil.

—¿Estás seguro de que todos los robos están relacionados? —preguntó Jamie.

—Todavía no hemos descartado ninguna posibilidad, pero eso es lo que dicen mis hombres.

¡Ooh! Intuiciones y huellas dactilares. Y Tessa distinguió el borde de la pistolera en su hombro cuando el detective hundió las manos en los bolsillos.

A pesar de todas sus preocupaciones, Tessa sintió una inesperada y repentina punzada de atracción.

Jamie interrumpió aquel momento en el que Tessa parecía estar comiéndose al detective con la mirada.

—¿Habéis descubierto algo con las cámaras de seguridad?

—No, nada —respondió Luke—. Las cámaras estaban orientadas hacia la zona del aparcamiento y del almacén. Yo os recomendaría que pusierais dos cámaras más vigilando las puertas.

—Sí, entendido. Se lo diré a Eric.

Luke Asher desvió la mirada hacia ella y arqueó una ceja con expresión interrogante. A Tessa se le pusieron los pelos de punta.

—¿Has hablado con la compañía que se encarga de las nóminas?

—Sí, y todo son buenas noticias. El programa del PC está cifrado y nuestro contrato incluye la protección de datos. Ya han empezado a ponerse en contacto con los empleados, incluso con los más antiguos, y también he alertado a las agencias de crédito. Así que, hasta ahora, todo parece estar yendo muy bien. En cuanto a la información de las tarjetas de crédito, solo permanece cargada mientras dura la transacción. En los ordenadores no se almacena nada.

—Genial —dijo Luke—. Es posible que ni siquiera se molesten en intentar descifrar la información. Probablemente les resulte más fácil entrar en cualquier otro lugar. E, incluso en el caso de que consiguieran abrir el programa, las alertas de las tarjetas de crédito podrían servir de ayuda. Por si acaso, cruza los dedos.

—Sí, lo haré —respondió Tessa, mirando de reojo la pistola.

Jamie se aclaró la garganta y Tessa le miró abriendo los ojos como platos con expresión de inocencia. Aquella mirada nunca fallaba.

—Voy a informar a Eric —dijo alegremente, dejando el flirteo para otro momento en el que sus hermanos no anduvieran cerca y la situación no fuera tan caótica.

Con un poco de suerte, aquello se solucionaría pronto y ella podría hacerle al detective Luke Asher una amistosa llamada como ciudadana.

—¿Qué demonios crees que estás haciendo?

Luke parpadeó sorprendido ante el enfado que reflejaba la voz de Jamie.

—¿Perdón?

—Te conozco y he visto cómo mirabas a mi hermana.

—No estaba mirando de ninguna manera a tu hermana.

No se sonrojó ante aquella mentira porque sabía que no iba a salir con Tessa Donovan de ninguna de las maneras. Aquella solo había sido una muestra de inofensiva admiración. La camiseta de Tessa se tensaba justo en los lugares adecuados.

—Sé cómo eres con las mujeres —gruñó Jamie.

—No soy de ninguna manera con las mujeres, Jamie. Lo que ocurrió en la universidad, allí se quedó.

Jamie dejó la bayeta y se cruzó de brazos. Le miró con los ojos entrecerrados.

—No solo estoy hablando de la universidad.

—¿Qué demonios se supone que quiere decir eso? —le espetó Luke, ganándose una mirada incendiaria de Jamie.

—No tengo ningún problema contigo, Luke, pero he oído hablar de tu divorcio. No eres la clase de hombre que quiero que salga con mi hermana.

Luke tensó los hombros tan bruscamente y con tanta fuerza que el dolor se disparó a lo largo de su espalda.

—No sabes de qué demonios estás hablando.

—Es posible que no conociera a tu exesposa, pero todavía tiene muchos amigos en Boulder. La gente viene al bar y habla, y he oído lo suficiente como para advertirte que te mantengas alejado de Tessa.

Se fulminaron el uno al otro con la mirada durante largo rato.

—Además —añadió Jamie—, está ese pequeño asunto de tu...

El sonido de unas voces en la parte de atrás del establecimiento les alertó de que los otros Donovan estaban a punto de reunirse con ellos.

Luke estiró el cuello.

—No es mi tipo. Dejémoslo así, ¿de acuerdo?

—Por mí, con eso es suficiente —musitó Jamie.

Luke quería defenderse. Diablos, lo que realmente quería era atacar y darle a su antiguo amigo un puñetazo, pero ya tenía suficientes problemas, así que se volvió y se marchó.

Siempre había sido consciente de que la gente debía haber hablado de su divorcio, pero, por aquel entonces, su mujer y él estaban viviendo en Los Ángeles. Esperaba que las peores partes se hubieran perdido por el camino. Sin embargo, era evidente que algunos detalles habían cruzado las fronteras del estado.

Tampoco le importaba. Tessa Donovan tenía una sonrisa bonita y abierta, pero aquella chica era tan fresca e inocente como una flor silvestre. Y Luke... Luke se sentía magullado y roto a los treinta y un años. No, Jamie no tenía que preocuparse por su hermana. Luke no pensaba acercarse a ella.

Capítulo 3

Tessa había planeado entrar a escondidas en el despacho de Eric para buscar el número de teléfono de móvil de Ronald Kendall, pero Eric no paraba de pasar por allí. El único número que había sido capaz de conseguir había sido el del detective Asher. Interpretándolo como una señal, se guardó la tarjeta en el bolsillo justo en el momento en el que Eric volvía a entrar.

–¿Cómo estás? –le preguntó él.

–¡Estoy bien! –contestó, elevando excesivamente la voz–. ¿Por qué no iba a estar bien?

Eric sacudió la cabeza con expresión de perplejidad y se dejó caer en su silla.

–No nos roban todos los días.

–Exacto. Sí. El robo. Simplemente, estoy contenta porque las cosas no han ido peor, supongo.

Eric se frotó la cara con las manos.

–Pues yo estoy agotado, a pesar de que no he hecho nada en todo el día –la miró entre los dedos–. Tienes un aspecto horroroso. ¿Por qué no te vas a casa?

No había nada como un hermano para levantar el ánimo a una mujer. Por un momento, tuvo miedo de que Luke Asher solo se hubiera fijado en ella porque estaba preocupado por su salud. Pero, seguramente, sus senos tenían un aspecto perfecto a pesar de la palidez provocada por la preocupación.

–Vete –insistió Eric.

–¿Y tú?

–Voy a quedarme para ayudar a Jamie a cerrar esta noche.

–Eric, no ha sido culpa suya.

–Yo no he dicho que lo fuera –pero su tono terminante desmentía sus palabras.

Tessa sintió la presencia de Jamie a su espalda antes de que su hermano hablara.

–No hace falta que lo digas –gruñó–. Todos sabemos exactamente lo que estás pensando.

Eric se reclinó en la silla y se cruzó de brazos.

–Sé que piensas que siempre lo fastidio todo, Eric, pero es incuestionable que conecté la alarma. Ni siquiera tú puedes negarlo.

–No, pero alguien la desconectó.

–¿Y?

–Y tú eres el que contrata a los camareros cuando los necesitamos. Y todos sabemos que su cualificación rara vez va más allá de ser tipos con los que alguna vez saliste de fiesta.

–Vete a la mierda, Eric. Eso no es cierto. Contrato a tipos que son buenos con los clientes.

–Pero no tan buenos cuando se trata de llegar a la hora a la que se supone que tienen que empezar a trabajar.

Tessa alzó las manos, intentando detener la violenta tensión que vibraba en la habitación.

–Chicos, solo…

–Eres un auténtico idiota –le insultó Jamie–. Aparte de nosotros, las únicas personas que tienen el código de la alarma son Wallace y los tipos que a veces cierran la puerta principal, y ya llevan por lo menos tres años trabajando aquí. Es posible que alguno de los camareros que he traído no haya sido el empleado ideal, pero lo único que pretendíamos con ello era tapar agujeros.

Eric se encogió de hombros, con los labios apretados con un gesto de desdén.

–Me gustaría verte intentando llevar la barra –le dijo Jamie–. Para eso hace falta personalidad, ¿has oído hablar alguna vez de ella?

–¡Ya basta! –le ordenó Tessa–. Dejadlo ya. Todo el mundo está muy tenso. Así que... –antes de que hubiera podido terminar la frase, Jamie salió.

Tessa estuvo a punto de detenerle. El instinto la llevaba a calmar la situación. A obligarlos a disculparse. Pero con todo lo que tenían pendiente sobre sus cabezas, le faltaban fuerzas para hacerlo. Así que, en vez de intentar rescatar los restos de su familia para recomponerlos como siempre hacía, dejó que las cosas se quedaran como estaban y se marchó.

Estaba cansada, como Eric tan amablemente había señalado. Cansada de hacer las veces de pacificadora. Cansada de intentar arreglar siempre las cosas. Pero no importaba. No podía imaginar hasta qué punto debía de haber estado Eric agotado durante aquellos primeros años en los que se había hecho cargo de la cervecería y de dos adolescentes. Él había hecho todo lo posible para mantener a la familia unida. También Tessa podría hacer su parte.

Pero estaba empezando a preocuparle el no saber cómo arreglar aquel desastre. Era posible que Jamie no hubiera olvidado conectar la alarma, pero había hecho algo mucho peor. Las posibilidades de que el contrato con High West saliera adelante eran escasas. Realmente escasas. Pero no podía renunciar a la esperanza. Todavía no.

Se despidió de Jamie con un gesto apático justo en el momento en el que el primer grupo de trabajadores de una oficina entraba en el bar, con el alivio flotando a su alrededor como una nube. Su jornada de trabajo había terminado. Y para Tessa también. Casi.

Se quitó la goma con la que se sujetaba el pelo en una cola de caballo e intentó sacudirse la tensión. El trayecto hasta las oficinas de High West le llevaría casi una hora, teniendo en cuenta el tráfico. Era muy probable que Roland Kendall ya no estuviera allí, pero tenía que intentarlo.

Y, mientras tanto... Tessa se ahuecó la melena y subió el volumen del estéreo.

No quería pensar en nada. Conducir la tranquilizaba. Había algo en la carretera, en la música y en el sonido del motor. Aquel era el único lugar en el que podía limitarse a ser y no pensar. Pero aquel día no funcionó. Aquel día, la música la hizo pensar en Luke Asher.

Había sido un chico muy callado, pero aquella mañana le había parecido misterioso. Casi peligroso. Fuerte y reservado. Como si pudiera apoyarse en él y él fuera capaz de resolver todos sus problemas con solo una fría mirada.

A lo mejor era solo la atracción del fruto prohibido. Sus hermanos mayores rara vez llevaban amigos a casa cuando ella era adolescente. Y cuando lo hacían, como Jamie bien había dicho, no se los presentaban. Era como una norma no escrita. Sencillamente, no se permitía la presencia de amigos varones mientras vivieran los tres allí. Pero eso no le había impedido a Tessa observarlos con atención durante sus fugaces visitas a la casa.

Sí. El fruto prohibido. Y unos hombros fuertes. Era la clase de hombre que la descargaría de todos sus problemas, o, por lo menos la ayudaría a olvidarlos.

Pero, en aquel momento, era una fantasía tan fuera de su alcance que apagó la música y dejó de lado todos los pensamientos sobre el detective Asher, que quizá fuera capaz de resolver el misterio del robo, pero no iba a poder hacer nada para arreglar el desastre provocado por Jamie. Si a alguien iba a tocarle hacer de rescatador aquel día, iba a ser a ella.

Así que cuadró los hombros y condujo hacia la puesta de sol, aferrándose al volante como si fuera un arma. Tessa al rescate, una vez más.

Luke sospechaba que el que estaba detrás de los robos era un estudiante universitario. No por qué odiara a los universitarios, que solamente le desagradaban, sino porque un universitario encajaba perfectamente con aquel perfil: inteligente, ducho con las nuevas tecnologías, temerario y necesitado de dinero. Aquella descripción también englobaba a otros jóvenes que habían abandonado los estudios y nunca habían conseguido salir de la ciudad. Y de esos había muchos. Después, por supuesto, estaban los pastilleros. También abundaban por la zona. En otras palabras, sin huellas dactilares o alguna pista, aquel caso habría que resolverlo analizando hasta el más mínimo detalle, incluso aquellos que parecieran insustanciales.

Luke revisó el vídeo una vez más, solo por el placer de hacerlo. Apenas contenía ningún detalle. Alrededor de la una y cuarto de la madrugada, una sombra cruzaba el vídeo de la zona de carga. Pocos minutos después, volvía a cruzarla. Aquello se repetía unas cuantas veces más. Y eso era todo. Ni estatura, ni corpulencia, ninguna descripción. Solo la hora aproximada del robo, y esa ya la tenía.

Hizo retroceder el vídeo un poco más, y después otro poco, buscando algún movimiento, por si acaso alguien había ido a inspeccionar la puerta trasera a lo largo de la tarde.

Pero la única persona que apareció fue una mujer con una coleta rubia y una sonrisa feliz. Tessa Donovan.

Luke tuvo que hacer un esfuerzo para no detener el vídeo y deleitarse contemplándola. De hecho, lo cerró precisamente para evitar la tentación. Era una mujer guapa y eso era todo.

Había montones de mujeres guapas en aquel pueblo. Por supuesto, la mayor parte de ellas eran demasiado jóvenes para él, pero también lo era Tessa. Sí, ella había pasado ya la edad de ser una estudiante, pero sus ojos continuaban siendo limpios, brillantes y felices. A su lado, Luke se sentía como un anciano.

–Me voy a casa –dijo Simone, mientras recogía el bolso y el maletín.

Todavía no tenía los andares de pato, pero, definitivamente, caminaba con más cuidado. Luke apagó el ordenador y agarró su propia carga de trabajo.

–Dame –dijo, alargando la mano por encima de la mesa para hacerse cargo del pesado maletín de Simone–. Déjame eso.

Pero Simone fue suficientemente rápida como para apartar el maletín de su alcance antes de que pudiera tocarlo.

–Ya lo llevo yo –musitó, irritada por su ofrecimiento.

Últimamente, siempre estaba enfadada, y a Luke le fastidiaba. Eran compañeros, maldita fuera. Eran amigos, o, por lo menos, lo habían sido.

–Son las siete –dijo, mientras la seguía hacia la puerta. Observó su espalda mientras Simone se encogía de hombros–. Llevas aquí desde las ocho de la mañana. No deberías trabajar tantas horas.

Simone abrió la puerta con las dos manos. El maletín golpeó contra el cristal.

–Tú has trabajado tantas horas como yo.

–Simone, no seas estúpida.

Simone cuadró los hombros y se detuvo tan rápidamente que Luke tuvo que agarrarla del brazo para evitar tirarla.

–¿Qué se supone que significa eso? –preguntó ella, gruñendo.

–No lo sé, pero, a juzgar por tu reacción, supongo que te sientes estúpida por algo.

—Luke...

Simone se interrumpió tras pronunciar aquella única palabra, pero Luke reconoció la furia, la tristeza y el resentimiento contenidos en una sola palabra.

Ella continuó caminando, dirigiéndose directamente hacia el coche, pero Luke la siguió y esperó a que abriera la puerta y guardara sus cosas. Antes de que pudiera deslizarse tras el asiento del conductor y escapar, Luke puso la mano en la puerta.

—Por favor, habla conmigo.

—No quiero.

—Ya lo sé, maldita sea. Es bastante evidente, ¿pero por qué?

—No es asunto tuyo.

Luke sintió una punzada de dolor y una indignación repentina. Hizo todo lo que estuvo en su mano para sofocarlas, pero parte de su rabia se desbordó.

—Es asunto mío porque todo el mundo cree que fui yo el que te dejó embarazada.

—Diles que no es verdad.

—¿Y después qué? Querrán saber quién lo hizo y no puedo contestar a esa pregunta. ¿Qué demonios van a pensar de ti en ese caso?

—No me importa.

Su rostro era tan inescrutable como el de un delincuente en un interrogatorio. Simone siempre había sido muy buena en eso, pero, normalmente, Luke era la única persona con la que se desahogaba.

—¿Qué demonios te pasa? —le preguntó malhumorado.

Simone le dirigió una mirada glacial y cuando Luke alzó las manos y retrocedió, ella se metió en el coche y cerró la puerta.

Luke sintió el golpe sordo y contundente de la puerta en todo su cuerpo.

Si hubiera sido él el que la había dejado embarazada,

comprendería todo aquello. Pero Simone y él nunca se habían acostado.

Luke se retiró a su propio coche y allí permaneció sentado, con las ventanillas bajadas, intentando respirar para tranquilizarse. Al cabo de unos minutos destensó las manos sobre el volante y echó la cabeza hacia atrás. El sol se estaba poniendo y la brisa era suficientemente fresca como para apaciguar su mal genio. Oyó el chirrido sutil de un grupo de bicicletas deslizándose por el aparcamiento. Después, el roce de las garras de un perro contra el cemento. Le ardían las entrañas, pero el resto de su cuerpo estaba en calma cuando sonó el teléfono. Para cuando se lo llevó a la oreja, ya estaba convenciéndose a sí mismo de que era Simone llamándole para disculparse.

–Asher –contestó en tono neutral.

–Hola, soy Tessa Donovan.

Luke alzó tan rápidamente la cabeza que el mundo pareció disolverse a su alrededor.

–¿Te pillo en un mal momento? –le preguntó ella.

¿Tessa Donovan?

–No, estoy bien –consiguió decir.

–¿No estás en medio de la investigación de un asesinato o algo así?

Luke sonrió.

–No, no tenemos muchos asesinatos por la zona. Afortunadamente, hay suficientes delitos menores como para mantenerme ocupado.

–¡Afortunadamente!

Soltó una carcajada y el sonido de aquella risa fue mucho más rico de lo que Luke esperaba. No fue una risa tonta en absoluto.

–¿En qué puedo ayudarte?

–Bueno, al parecer, no tengo compañía para la cena de esta noche. ¿Podrías hacer algo para evitarlo?

–Mm –no era la respuesta más amable, pero el cerebro

de Luke parecía estar teniendo problemas para hace la transición.

–¿Perdón?

–¿Quieres cenar conmigo? Ahora mismo estoy volviendo de Denver, pero ya estoy prácticamente en casa. Podría cambiarme y estar preparada para dentro de tres cuartos de hora.

–Para salir a cenar.

–Sí. A no ser que vaya contra las normas. No quiero que te castiguen a hacer trabajo de oficina por haber salido con un testigo de los hechos.

Luke se descubrió sonriendo al salpicadero.

–Tú no has sido testigo de nada. Y ves demasiada televisión.

–¡Vaya! Lo has adivinado muy rápidamente. Desde luego, eres todo un detective.

Diablos. Aquella chica era absolutamente encantadora.

–Le he prometido a tu hermano que me mantendría alejado de ti.

–¿De verdad? Qué interesante. ¿Y a qué hermano?

–A Jamie.

–¿Te ordenó que te mantuvieras alejado de mí?

–Sí.

–¿Por qué?

Luke no era tan estúpido como para ponerse a hablar de su divorcio en aquel momento, ni siquiera para contarle la versión auténtica. De hecho, menos aún la versión auténtica.

–¿Por qué? Porque soy un hombre y tú eres su hermanita pequeña.

Tessa rio de nuevo y, en aquella ocasión, fue una risa suave y sensual.

–Bueno, si mi hermano no se entera, no le hará ningún daño.

¡Mierda! Luke se devanó los sesos, intentando encontrar una respuesta ingeniosa. O una respuesta, fuera como fuera. Lo de la cena era muy tentador, pero después de que hubiera utilizado un tono tan provocativo como aquel...

Luke miró el hueco en el que minutos antes estaba aparcado el coche de Simone. Hasta ese momento, su intención era regresar a una casa vacía y cenar, una vez más, un sándwich frío. Le había prometido a Jamie que se mantendría alejado de Tessa, pero no estaban en la Inglaterra medieval. Tessa tenía razón. Si Jamie no se enteraba, no le haría ningún daño.

–¿Quieres que vaya a buscarte? –preguntó.

A su pregunta le siguió el silencio, pero Luke estaba convencido de que la estaba oyendo sonreír.

–Por supuesto –contestó Tessa al final, e inmediatamente le recitó su dirección.

Para cuando colgó el teléfono, la anticipación estaba encendiendo los nervios del detective como si fueran fuegos artificiales. ¿No acababa de decirse a sí mismo que no era su tipo? Pero, en realidad, ¿cuál era su tipo? ¿Gente cansada y abandonada como él? Eso sería una verdadera tragedia.

Aun así, Tessa Donovan era una complicación que no necesitaba. Demasiado dulce para ser solo una aventura. Demasiado inocente como para salir con un tipo que había estado casado y estaba divorciado. Aquello no podía ir a ninguna parte. Pero necesitaba un poco de distracción durante unas horas y se alegraba de que aquella distracción fuera a ser Tessa.

Capítulo 4

Tessa puso los brazos en jarras y giró lentamente, mirándose en el espejo del cuarto de baño. La camisa era perfecta. De un color azul intenso y con el escote exacto como para parecer discreta, aunque fuera suficientemente pronunciado. Se inclinó para asegurarse de que mostraba solamente lo que quería mostrar... que era mucho. Perfecta. Luke Asher solo la había visto con vaqueros y camiseta. Con un poco de suerte, le gustaría mucho más con unos vaqueros estrechos y zapatos de tacón. Tessa sabía que con la coleta parecía una colegiala, así que se secó rápidamente el pelo y se lo dejó suelto. Añadió un toque de lápiz de labios para rematar su imagen, miró su reflejo en el espejo y asintió.

Jamie estaba trabajando en el bar aquella noche y Eric no quería alejarse de él, de modo que no tenía por qué preocuparse por encontrarse con alguno de ellos. Y era una suerte. Ya tenía demasiadas cosas por las que preocuparse.

Tal y como esperaba, no había encontrado a Roland Kendall en su despacho. Pero, de todas formas, tampoco sabía lo que iba a decirle. Solo necesitaba saber qué coartada inventar. ¿Tenía sentido hacerle jurar a Jamie que mantuviera el secreto y esperar que Monica Kendall no se lo contara nunca a nadie? ¿O estaban en el nivel cinco de alerta, en el cual, ella obraba el milagro de tranquilizar al padre enfadado mientras, al mismo tiempo, le convencía de que siguiera adelante con el trato y se olvidara de todo?

Sería difícil, pero estaba segura de que sería capaz de resolver el problema. ¿Acaso no había convencido al director del instituto de que no llamara a Eric cada vez que la pillaba escapándose del colegio para ir a hacer *rafting* al río? ¿No había conseguido cubrir a Jamie a lo largo de todo un año académico en el que había estado a prueba por sus bajas calificaciones sin que Eric tuviera la menor idea de lo que estaba pasando? Si había conseguido manejar a todo un sistema de educación pública, seguramente, podría manejar a un hombre de negocios de sesenta años. Al fin y al cabo, su hija era una mujer adulta. A lo mejor Roland Kendall ni siquiera estaba afectado.

Era una esperanza ridícula y estúpida y esa era precisamente la razón por la que había llamado a Luke Asher. No podía quedarse sentada en casa sin hacer nada. Se volvería loca. Había habido cinco minutos durante el trayecto desde Denver en los que había estado a punto de hiperventilar. Luke había sido el único pensamiento con suficiente potencia como para distraerla.

Además, no había sido capaz de olvidar el atractivo de su serena fortaleza. Luke era un hombre que no necesitaba nada de ella. No había que andarse con miramientos. Ni con negociaciones complicadas. Ni fingir que tenía un carácter dulce e inocente. Fuera lo que fuera en lo que Luke estuviera interesado, era algo que podía querer de ella, pero no algo que esperara.

Ignorando el fugaz recuerdo de lo mucho que se enfadarían sus hermanos si supieran con quién había quedado, Tessa se miró por última vez en el espejo antes de apagar la luz y salir de la habitación. Los tacones repiquetearon en el suelo de madera de la casa. Un suelo que necesitaba ser remozado, pero cada vez que pensaba en ello, decidía esperar un año más. Aquella era la casa en la que habían crecido todos los hermanos. La casa en la que les habían criado sus padres. Cada marca en la madera de roble encerraba una historia y ella no quería hacer desaparecer aquellas historias.

Quería que todo continuara como había estado siempre.

Entró en el cuarto de estar justo a tiempo de oír el motor de un coche parando en la acera. Se mordió el labio con una sonrisa y esperó a que llamaran a la puerta antes de dirigirse hacia allí. No había hecho mucho caso de los consejos de Eric sobre los chicos, de hecho, había ignorado la mayor parte de ellos, pero había descubierto que tenía razón en algunas cosas. A los hombres les gustaba la emoción del desafío... casi tanto como a las mujeres. Así que Tessa intentaba alimentar un adecuado toma y daca. Podía ser ella la que le pidiera salir a un hombre, pero no iba a abrir la puerta sonriendo y casi sin aliento. Podía dejarle llegar a la tercera base en la primera cita, pero quizá después no contestara a sus llamadas durante el resto de la semana. De esa manera, continuaba manteniendo el interés en la relación, y eso era precisamente lo que quería.

Aunque cuando abrió la puerta, no le resultó muy difícil no sonreír en medio de su nerviosa emoción. Luke era un hombre que parecía tener muchas historias que contar y muchas cosas que enseñar. Su pelo negro se rizaba muy ligeramente. Los ojos castaños eran del color del chocolate oscuro, pero con cierta dureza, con un punto de tristeza. También su cuerpo era duro, y esbelto. Se había quitado la ropa de trabajo y vestía unos pantalones negros y una camisa azul claro. La recorrió de pies a cabeza con la mirada tan rápidamente que si no hubiera estado observándole, a Tessa le habría pasado desapercibido.

–Estás magnífica –dijo Luke.

–Gracias.

–¿Dónde te gustaría ir a cenar?

—¿Por qué no me sorprendes? —sugirió Tessa mientras cerraba la puerta tras ella—. Llévame a alguno de tus restaurantes favoritos.

Podía sentirle observándola, pero cuando se volvió, no distinguió el menor cambio en su mirada. Sí, era muy bueno. Suponía que se trataba de una destreza propia de un policía.

Y era todo un caballero. Cuando comenzó a bajar los escalones del porche, Luke la agarró del brazo y no le rozó el seno ni siquiera de manera accidental. Aun así, en el momento en el que su piel entró en contacto con la suya, saltaron chispas allí donde se habían tocado. Las yemas de sus dedos eran ligeramente callosas y aquello le hizo parecer más intrigante incluso.

Luke le abrió la puerta del coche y al entrar en él, Tessa percibió un olor a cuero y... ¿a perfume?

—¿Acabas de tener otra cita?

Luke la miró por el rabillo del ojo mientras entraba en el coche.

—¿Perdón?

—Me parece que huele a perfume.

—Es de mi compañera. A lo mejor es el olor de su jabón o algo así.

—¿Así que esa mujer era tu compañera? ¿Esa que está embarazada?

—Sí.

—¿Y no se te hace raro tener como compañera a una mujer?

Luke se aclaró la garganta.

—No, no se me hace raro. Ella aporta cosas que yo no tengo.

Tessa sonrió.

—Me lo imagino.

—Me refiero a... su perspectiva. Hace preguntas que yo no me atrevería a plantear. Además, hay víctimas y testigos que se sienten más cómodos hablando con ella. La cosa funciona perfectamente.

–¡Ah, qué encantador!

Frunciendo el ceño como si se sintiera ofendido, Luke condujo hacia un callejón.

–Yo no soy un hombre encantador.

Hombres. Tessa se inclinó hacia él y bajó la voz hasta convertirla en un suspiro.

–No pasa nada, Luke. A pesar de lo que hayas podido oír, los hombres pueden ser dulces y atractivos al mismo tiempo.

–Ya entiendo –contestó él–. Es bueno saberlo.

Tessa no podía decir si Luke se estaba sonrojando o no, pero tenía la mirada fija en el parabrisas y ponía un cuidado especial en no mirarla. Tessa saludó a su vecino, que pasó corriendo al lado del coche y se alegró de haber llamado a Luke. Tenía un aura de chico malo que ella encontraba muy atractiva, pero, aun así, era un policía decente que no tenía el menor problema a la hora de trabajar con mujeres. En otras palabras, el tipo estaba buenísimo. Ella podría romper la norma de la tercera base por él. Aunque, en realidad, siempre se lo había tomado más como una sutil sugerencia que como una regla estricta. Una mujer tenía que mantener todas las opciones abiertas.

Al cabo de un rato, Luke comentó:

–Me ha sorprendido tu llamada.

No era una pregunta, sino una afirmación. Tessa hizo un sonido poco comprometedor.

–Jamie parecía tener muy claro que no tendrías ningún interés en un tipo como yo.

–¡Oh! Yo creo que lo que estaba dejando claro era que no quería que mostrara interés en un tipo como tú. ¿Y eso por qué?

–¿Por qué qué?

–¿Por qué se sintió obligado a advertirme, aparte de

porque eres un hombre, que me mantuviera alejada de ti? ¿Eres peligroso?

¡Ooh! Le bastó decirlo en voz alta para sentir un intenso calor en el vientre. Evidentemente, era suficientemente peligroso como para excitarla y ayudarla a olvidarse de sus problemas.

–No. Pero pensaba que estaba fijándome en ti.

–¿Y era cierto?

Luke se detuvo delante de un semáforo y en aquella ocasión, puso toda la fuerza de su mirada sobre ella. Curvó los labios en una media sonrisa.

–Creo que me acogeré a la quinta enmienda.

–¿No es eso una admisión de culpabilidad, detective?

–Legalmente, es una posición neutral.

–¡Ah! Pero no es moralmente admisible, ¿verdad?

–¿Moralmente? –sus ojos castaños parecieron resplandecer y el calor que Tessa sentía en el vientre se extendió en todas direcciones–. ¡Desde luego! –le dijo suavemente–. Moralmente, representa un gran problema.

Tessa consiguió no comenzar a reír como una colegiala, pero estuvo a punto de hacerlo. No era extraño que Jamie no quisiera que saliera con Luke. Habían ido juntos a la universidad y, probablemente, había visto cómo las chicas se ofrecían a acostarse con él a la primera insinuación de una sonrisa por parte de Luke. Sus facciones eran un poco duras. Y la mandíbula tenía un aspecto casi cruel. Pero las chispas de sus ojos le transformaban en un tipo encantador. Tessa se alegraba de que unos vaqueros tan estrechos pudieran ayudarla a mantener la ropa interior en su lugar... al menos durante unas cuantas horas.

Esperó hasta estar segura de que no iba a terminar lanzando un graznido antes de decir:

–¿Entonces qué harás cuando tenga el bebé?

Luke pareció atragantarse con su propia respiración.

–¿Qué?

—Tu pareja. ¿Qué harás cuando tenga el permiso de maternidad?
—Trabajaré solo —contestó bruscamente—. Y ya está.
—¿Es un tema delicado?
—No.
No. Y no había nada más que decir. Lo que quizá le preocupaba era que Simone no volviera. O quizá pensaba que no debería hacerlo. Fuera cual fuera el caso, cambió de tema.
—¿Tienes alguna noticia nueva sobre los datos de tus empleados?
—Sinceramente, la cosa pinta bastante bien. Gracias a los sistemas de seguridad de la empresa de recursos humanos que contraté el año pasado.
—Suenas triunfante.
—A Eric no le gustan los cambios —dijo Tessa, mirando por la ventanilla como si pudiera atravesarla un rayo tras haber hecho aquella declaración.
—Interesante. Supongo que ese es uno de los rasgos de los hermanos mayores.
—¡Oh, Eric tiene muchos de esos rasgos! —comenzó a decir.
Entonces reparó en que Luke estaba girando lentamente hacia el aparcamiento de uno de sus restaurantes favoritos. Un pequeño restaurante mexicano con un patio al que daban sombra unos viejos álamos. Era el lugar perfecto para beber margaritas en la ciudad.
—Buena opción —dijo en tono de aprobación.
—Lo dices como si esto fuera una prueba.
—Una de muchas —contestó con una sonrisa que fue todo un desafío.
Luke arqueó una ceja y apagó el motor del coche. Cuando salió del coche y lo rodeó, Tessa esperó.
Luke le abrió la puerta y cuando Tessa se levantó, se quedó a solo unos centímetros de él.

Luke le inclinó la barbilla para poder verle el rostro de cerca.

—No estaba seguro de ser tu tipo —le dijo suavemente, apoyando el brazo sobre la puerta abierta—. Pensaba que te habías equivocado al invitarme a cenar.

—¿Oh? ¿Has cambiado de opinión?

En aquella ocasión, Luke no se molestó en disimular la manera en la que recorrió su cuerpo con la mirada.

—Esta noche pareces diferente. Menos...

—¿Menos como la hermanita de tus amigos?

El gesto tan sexy de su boca se transformó en una ancha sonrisa.

—Sí.

—Mejor, porque ya tengo dos hermanos, Luke. No necesito otro hombre pidiéndome que sea una buena chica.

Las pupilas de Luke se dilataron. Entreabrió los labios, pero retrocedió tan rápidamente que la melena de Tessa se movió en el aire que levantó.

—Me alegro de no acordarme de ti cuando eras niña —dijo.

—Sí —contestó ella con una enorme sonrisa—, yo también.

¡Oh! Iba a ser divertido jugar a aquel juego con él. Muy divertido. Y, buen Dios, si ella no necesitaba divertirse, ¿quién lo iba a necesitar?

Aparentemente, Tessa Donovan no quería ser una niña buena. No, ya no. Y no con él.

Luke no podía quitarse aquella idea de la cabeza mientras compartían copa y comida e intercambiaban historias sobre sus respectivas vidas. Luke había crecido con una madre soltera con la que había vivido en diferentes apartamentos de Denver y Tessa había crecido allí, en Boulder, en la misma casa en la que vivía en aquel momento. A Luke le costaba imaginar aquella estabilidad. Él no había vivido en una verdadera casa en toda su vida. Él y su esposa habían sido propietarios de un apartamento a medio kilómetro de la playa en Los Ángeles, pero él no pensaba sacar aquel tema.

Aun así, recordó que no todo había sido coser y cantar para la familia Donovan.

—Vuestros padres murieron cuando erais muy jóvenes, ¿verdad? —otra cosa que él no acertaba a imaginar.

—Yo tenía catorce años.

—¿Qué pasó?

—Iban conduciendo por una carretera de montaña de noche. Cayó una piedra y mis padres chocaron directamente contra ella. Por lo menos fue rápido.

—Lo siento mucho.

—Eso fue hace mucho tiempo, y nos teníamos los unos a los otros. Esa es la razón por la que mis hermanos son tan protectores conmigo. Sobre todo Eric. Él tuvo que encargarse de nosotros.

—Es bastante increíble.

Y tan condenadamente conmovedor que resucitó el sentimiento de culpa de Luke por haberse citado con Tessa, añadiéndole un elemento más. Era una chica huérfana. Genial. Evidentemente, estaba de lo más sexy con tacones, vaqueros estrechos y esa maldita camisa que mostraba una intrigante cantidad de escote cada vez que se inclinaba hacia delante. Pero aquella no era la verdadera Tessa. La verdadera Tessa era una jovencita dulce con camiseta y cola de caballo que se merecía encontrar un poco de estabilidad en su vida. Su existencia ya había sido suficientemente dura sin necesidad de tener cerca a un hombre como Luke.

Tessa se inclinó hacia delante y el inicio de sus senos hizo otra breve aparición. Dios santo, su piel parecía muy suave, y muy dulce.

—Entonces —preguntó ella—, ¿viviste en Denver y después viniste aquí a estudiar y no te marchaste nunca?

¡Uf! Luke no tenía ninguna gana de hablar de su vida en California. Pero si evitaba aquella pregunta, lo único que conseguiría sería avivar su curiosidad.

—Mi primer trabajo como policía lo tuve en Los Ángeles.

—¡Vaya! ¿Y fue muy peligroso?

—¿Peligroso?

Estaba distraído por su boca, que había adoptado la forma de una «o» de sorpresa mientras ella se inclinaba hacia delante. Su boca, su escote... Luke se descubrió pensando en todo tipo de cosas obscenas sobre Tessa Donovan.

—¡Peligroso! —Tessa hizo un gesto y sus senos se elevaron. Luke tragó saliva. Con fuerza—. Los Ángeles es una gran ciudad, y muy peligrosa.

—Recibí un disparo, si es a eso a lo que te refieres.

Oh, oh. Había ido demasiado lejos. Tessa se reclinó bruscamente en su silla y la visión del escote desapareció. Y Luke se descubrió sentado con el regazo lleno de arrepentida lujuria. Él nunca había hablado de aquel disparo. Y el escote de Tessa estaba convirtiéndose en un auténtico peligro.

—¡Oh, Dios mío! ¿Y dónde te dispararon?

—En el hombro. Pero no fue una gran cosa.

—¿Y cómo ocurrió?

—Una bala atravesó un muro. Yo estaba en el momento equivocado y en el lugar equivocado. Eso fue todo.

—¡Oh! Te lo tomas con mucho estoicismo y virilidad.

Luke sintió que su propio ceño se transformaba en una sonrisa. Alargó la mano hacia su margarita.

—¿Ah, sí? ¿Y eso te gusta?

—Por supuesto. Vamos. No me digas que esa historia no te ha servido para acostarte con unas cuantas mujeres.

El zumo de lima escocía terriblemente cuando descendía por las cañerías internas de uno, una sensación de la que Luke habría prescindido encantado. Mientras tosía, Tessa alzó su propia margarita y le guiñó el ojo.

–Seguro que ensayas esa pose tan sexy de policía herido delante del espejo.

–¿Perdón? –preguntó Luke con la voz atragantada.

Tessa movió los dedos señalando hacia el pecho de Luke mientras daba un delicado sorbo a su margarita.

–Creo que me has entendido perfectamente, detective Luke Asher.

–¿Te he dicho ya que creo que ves demasiados programas sobre policías?

Tessa se encogió de hombros.

–A lo mejor, pero espero que no te niegues a seguirme el juego.

En ese momento, Luke estaba convencido de que jugaría a cualquier cosa que Tessa propusiera. Le consideraba un hombre sexy. Y peligroso. A lo mejor, si le contaba de qué manera había arruinado su propia vida, dejaría de pensarlo. Y, quizá de nuevo, a lo mejor aquella era una señal de que se trataba de una mujer ingenua que siempre había vivido protegida y de que él debería retirarse. Al fin y al cabo, había conocido a suficientes policías amargados como para saber que no tenían nada de atractivo.

Pero llegó la cuenta y Tessa le preguntó:

–¿Estás preparado?

Y Luke se descubrió respondiendo que sí. Sí, estaba preparado. ¿Pero preparado para qué? Mientras se levantaba, le corría la silla y la acompañaba al exterior del restaurante, su cerebro le decía que pusiera fin a todo aquello. Tessa era demasiado ingenua, demasiado joven, y se había relacionado en exceso con hombres protectores. Él no necesitaba más complicaciones en su vida. Pero entonces, Tessa le agarró del brazo y rozó su cadera con la suya. Una ráfaga de viento lanzó su melena hacia él, haciéndola deslizarse por su hombro y la fragancia de su champú le envolvió. Olía... deliciosamente. Como una auténtica tentación que no podía terminar en nada bueno. Luke se descubrió pensando en besarle el cuello y deslizar la boca por el escote de aquella camisa. Pensó en abrazarla y devorarla.

¡Dios! Quería desnudarla y estar con ella durante días.

Abrió la puerta del coche y Tessa le guiñó el ojo al subir, como si supiera lo que estaba pensando. Pero, seguramente, no era así. Estaba coqueteando con él, no dándole luz verde para que se abalanzara sobre ella. Probablemente, ni siquiera tenía la menor idea de la clase de cosas sucias en las que pensaban los hombres.

Luke sacudió la cabeza para intentar aclarárselas. Una chica como Tessa Donovan no se iba a la cama con nadie después de una primera cita. Y aquella era una buena noticia. Porque era más que evidente que él no tenía ninguna fuerza de voluntad en lo que a ella se refería.

Para cuando Luke estuvo en el asiento del conductor ya había conseguido conducirse a sí mismo a un estado de razonable lógica. No le veía el escote. Su cadera no le estaba tocando. Volvía a tener la libido bajo control. Pero, entonces, ella le tocó el muslo. Se limitó a posar la mano en él como si tuviera todo el derecho del mundo a hacerlo. ¡Cielo santo! Aquella chica no tenía la menor idea de lo que le estaba haciendo. Había una distancia increíblemente corta entre los nervios del muslo y los nervios de su sexo.

—Ha sido muy divertido —dijo Tessa, deslizando la mano por la parte interior de su muslo antes de apartarla.

Luke sintió que el aire caliente del interior del vehículo se tornaba frío cuando la mano de Tessa le abandonó. Aspiró lentamente.

—Sí, ha sido divertido —consiguió decir con una despreocupada sonrisa.

Tessa fijó la mirada en sus labios y sonrió también.

—¿Te gustaría...?

Una melodía aguda interrumpió sus palabras con cruel oportunidad. Tessa esbozó una mueca y alargó la mano hacia el bolso.

¿Que si le gustaría qué? Con el ceño fruncido, Luke puso el coche en marcha y salió mientras Tessa bajaba la mirada hacia el teléfono y soltaba algo que sonó extrañamente parecido a: «¡cojones!».

–¿Acabas de decir «cojones»? –le preguntó Luke.

Tessa se volvió para dirigirle una mirada que parecía acusarle de estar completamente loco. Sacudiendo la cabeza, Tessa se llevó un dedo a los labios para pedirle que se mantuviera en silencio. La vergüenza cayó sobre él como si fuera un baño de agua ardiendo. Acababa de decir «cojones» delante de aquella chica.

–¡Hola, Jamie! –dijo Tessa por teléfono, y Luke sintió una nueva oleada de calor.

Le había prometido a Jamie que se mantendría lejos de su hermana. Y, en aquel momento, estaba sentado a su lado conteniendo la respiración.

–¿Te ha llamado? –preguntó Tessa, volviendo la cabeza hacia la ventanilla–. De acuerdo. ¿Y crees que debería devolverle la llamada? Bueno, alguien tendrá que hablar con ella. ¿No ha dicho nada en el mensaje?

Luke la escuchaba sin ningún pudor, pero no podía oír lo que Jamie decía. Había percibido vibraciones extrañas entre los dos hermanos relativas al robo. Había una tensión entre ellos que ambos pretendían ocultar.

Tessa hizo un par de sonidos afirmativos antes de decirle a su hermano que le llamaría más adelante. Se quedó callada cuando colgó. De su lenguaje corporal desapareció cualquier insinuación de coqueteo. Luke intentó dejarlo pasar, pero era un policía de corazón.

–¿Va todo bien?

–¡Oh, sí! –contestó ella alegremente–. Solo son asuntos de la cervecería.

–¿Estás segura?

–Por supuesto. ¿Los policías siempre sospecháis de todo?

Sí, le estaba mintiendo a través de esos preciosos dientes.

—No tienes por qué contármelo, Tessa, pero era evidente que Jamie y tú estabais ocultando algo esta mañana. ¿Tiene algo que ver con el robo?

—¿Qué? —susurró Tessa, con la voz debilitada por la sorpresa—. No, por supuesto que no —en aquel momento, sus palabras sí fueron sinceras

—Supongo que no, o, en caso contrario, habría presionado para hacerlo surgir esta mañana. ¿No quieres hablar sobre ello?

Tessa ya no estaba coqueteando con él, pero Luke descubrió que le gustaba incluso más en aquel momento. La preocupación le suavizaba la mirada y podía ver llamas del color del oro acariciando el iris verde de sus ojos. Su boca continuaba siendo rosada y preciosa y presionaba los dientes contra el labio inferior mientras consideraba su oferta. Sus dientes. Sus labios. La pequeña incisión que hizo al presionar. La insinuación de humedad que brillaba contra el rosa de...

El sonido de un claxon estalló en el aire y Luke alzó la mirada sobresaltado. Estaba parado tras la señal de stop de una intersección y tenía dos coches detrás. Absolutamente genial, Asher, se dijo con ironía.

Pero Tessa no pareció notarlo, gracias a Dios. Estaba demasiado ocupada mirándose las manos con el ceño fruncido.

—No puedo contártelo porque no es algo que me haya pasado a mí. Pero basta con que te diga que sé algo que no quiero que Eric averigüe. Es una cuestión familiar.

—Lo comprendo —¡y de qué manera lo comprendía!

—No es nada grave —insistió.

Pero era evidente que lo era. Tessa permaneció en silencio durante el resto del trayecto, con la mirada fija en aquellas casas de cuento de la calle. Le resultaba extraño imaginársela viviendo sola en una de aquellas casas enormes. Pero, por otra parte, encajaba perfectamente. Podía imaginársela con un delantal lleno de puntillas mientras horneaba galletas y...

—¡Oh, mierda! —exclamó Tessa, arruinando la encantadora imagen que Luke estaba recreando—. Eric está aquí.

En vez de acariciarle el muslo otra vez, le dio una palmada en el pecho.

—¡Para!

Luke siguió la dirección de su mirada hasta ver la casa de Tessa, que estaba a tres casas de donde se encontraban. En la acera había un todoterreno de color gris, brillando bajo la farola.

—Lo siento. Viene bastante a menudo. Probablemente haya venido a cenar.

—Oh, yo...

—¡No sigas conduciendo! Déjame aquí.

—Tessa... esto es un poco raro.

—Lo sé y lo siento. Pero me lo he pasado muy bien.

Alargó la mano hacia la puerta antes de detenerse bruscamente y volverse de nuevo hacia él.

—De verdad, lo he pasado muy bien.

Tessa demostró ser tan rápida como una maldita ladrona y antes de que Luke hubiera sido consciente de lo que se proponía, le estaba acariciando la mandíbula y rozando sus labios con su boca. Sin darle siquiera medio segundo para responder a aquel beso inesperado, salió por la puerta despidiéndose de él con la mano y empezó a correr por la acera. Pero Luke estaba seguro de que le había transferido una mínima humedad de sus labios. Estaba ciertamente convencido de que podía saborearla. Y aquel sabor dulce le acompañó durante horas.

Capítulo 5

A la mañana siguiente, Tessa sonrió y saludó a Eric con la mano cuando le vio pasar por la puerta de su despacho. En cuanto su hermano desapareció de vista, se inclinó hacia el escritorio, cerró la puerta alargando la mano y agarró el teléfono.

–Contesta –le ordenó a Jamie mientras el teléfono sonaba.

Pero saltó el buzón de voz. Por supuesto, eran las nueve de la mañana y, en condiciones normales, jamás habría llamado a su hermano tan temprano. Pero Jamie no le había devuelto la llamada la noche anterior. No se molestó en dejarle un mensaje. Ya le había dejado tres. Probablemente, estaría desmayado en la cama de cualquier mujer mientras el teléfono sonaba impotente en el bolsillo de los vaqueros.

Le maldijo por la facilidad que tenía para olvidar sus problemas, incluso mientras pensaba con cariño en cómo había intentado olvidarlos ella la noche anterior. Maldijo a Eric por haber interferido en sus planes. Sus hermanos se entrometían excesivamente en su vida privada. Pero, por lo menos, Eric no había sospechado que había hecho algo más que salir a dar una vuelta con las amigas la noche anterior.

Antes de que hubiera podido levantar de nuevo el auricular, sonó el teléfono y Tessa lo descolgó.

–¿Diga? –preguntó en un tono desesperado.

–¡Hola, Tessa! Soy Wendy. Recibí tu mensaje sobre el robo.

A Tessa le caía muy bien aquella camarera suplente, pero, aun así, se derrumbó en la silla al oír su voz.

–¡Oh, bueno! Ya sé que llevas cuatro meses sin trabajar aquí, pero tus datos continúan estando en el ordenador.

–Ya he llamado a la agencia de crédito para que lo comprobaran. Y, como tú me dijiste, habían puesto una alerta con mi nombre y con mi número de la Seguridad Social, así que no creo que vaya a tener ningún problema.

Al oír unas voces masculinas, Tessa alargó el cuello, intentando ver a través del cristal de la puerta. Eric estaba hablando con Wallace en el pasillo.

–¿Necesitas algo más? –le preguntó Wendy.

–Sí, bueno, ¿todavía sigues pensando en venir a trabajar con nosotros este verano?

–Absolutamente. Es solo que este semestre me está matando la carga de trabajo.

–No te preocupes. Serás bien recibida en cualquier momento, Wendy.

Colgó el teléfono justo en el momento en el que Wallace comenzaba a hacer gestos de auténtico enfado. No era algo inusual. Aquel hombre era un genio y, como la mayor parte de los genios, tenía carácter. Decidiendo que Eric estaría ocupado durante unos minutos más, Tessa marcó el teléfono de Roland Kendall e intentó hablar una vez más con su despacho.

–Vuelvo a ser Tessa Donovan. ¿Podría hablar con el señor Kendall?

–Ayer le transmití su mensaje, señorita Donovan. Estoy segura de que pronto se pondrá en contacto con usted.

Tessa sacó la lengua al oír el tono de la recepcionista

y estuvo a punto de mordérsela cuando la puerta se abrió inesperadamente. Colgó el teléfono antes de darse cuenta de que era Jamie.

—¡Oh, Jamie! Gracias a Dios, ¿por qué no me has devuelto la llamada? Si querías que hablara con Monica, entonces...

—¿Saliste con Luke Asher anoche? —preguntó Jamie en tono demandante.

—Eh... ¿qué?

—Eric me ha dicho que anoche saliste con alguien y que no le dijiste con quién. ¿Era Luke?

—Eso no es asunto tuyo.

—Era él, ¿verdad? Vi cómo os mirabais el uno al otro.

—Jamie, en serio, tengo veintisiete años. Ya basta.

—No, el que está hablando en serio soy yo, Tessa. Mantente alejada de Luke Asher. Ese hombre no te puede traer nada bueno.

Absolutamente confundida, Tessa se inclinó hacia un lado para mirar al pasillo por encima de su hermano.

—¿Estoy haciendo de Punk? Yo creía que esa obra ya la habían cancelado hacía tiempo.

—¡Maldita sea! —gritó Jamie.

Tessa saltó casi un centímetro de la silla cuando su hermano golpeó el escritorio con el puño.

—Shh. Tranquilízate.

—No pienso calmarme. Luke no es una persona a la que debas frecuentar, y, mucho menos, con la que puedas tener una cita.

—¿De verdad? ¿Por qué no? ¿Es sacerdote? Luke es amigo tuyo. Y, por lo tanto, suficientemente bueno como para que tú le frecuentes. ¿Por qué no voy a poder salir yo con él?

—Porque yo no soy una mujer.

Tessa elevó los ojos. A sus hermanos no les gustaba que saliera con ningún hombre que tuviera más de doce años y menos de ochenta.

—Solo salimos a cenar. No participamos en una orgía romana, te lo juro.

El rostro de Jamie se incendió inmediatamente.

—¡Tessa!

A veces, Tessa se sentía como si estuviera viviendo en medio de una novela de Jane Austin.

—Me cae bien, ¿de acuerdo? Y deja ya el tema.

Jamie se cruzó de brazos.

—A mí también me cae bien. Es un gran tipo. Si no lo fuera, ¿cómo habría podido tener tanta vida social cuando estaba en la universidad?

—¿Ah, sí? ¿Tanta como tú?

Jamie arqueó una ceja en una silenciosa admisión. Tessa se aclaró la garganta.

—Eso fue cuando estaba en la universidad.

—Sí, claro. Y actualmente le apodan «Imán».

—¿Imán?

—Sí —replicó—, Babe Imán. Tengo entendido que es así como le llaman los otros policías cuando no les oye.

Tessa intentó no sonreír. Podía comprender aquella fama. Aquel hombre ejercía una atracción letal en las mujeres.

—Y —continuó Jamie, señalándola con el dedo—, ¿no has notado que su compañera actual está embarazada hasta las trancas?

—¿Y?

—Pues que el hijo es suyo, Tessa. Por favor, presta atención.

Tessa sintió que el aire abandonaba su cuerpo en un silbido y se llevaba con él toda su indignación de hermanita pequeña.

—¿Qué?

—Dejó embarazada a su compañera de trabajo y ahora pasa completamente de ella.

—¿Cómo lo sabes?

Jamie extendió los brazos en el pequeño despacho de su hermana.

—Soy camarero, Tessa, oigo cosas.

—Pero... —la mente de Tessa se agitó. Aquella era la razón por la que Luke se había violentado tanto cuando le había preguntado por su compañera—, pero a lo mejor es ella la que quiere mantenerle a distancia.

—Me importa un comino cuál pueda ser la razón. Ahora mismo tiene una vida bastante jodida y tú no necesitas formar parte de ella.

—¿Porque ahora mismo mi vida no está en absoluto jodida?

—Cuida tu lenguaje —susurró Jamie.

Tessa cerró los ojos e intentó hacer un acopio de paciencia digno de una mujer decimonónica perteneciente a la nobleza.

—Y —continuó diciendo Jamie en voz baja—, es mi vida la que está hecha un desastre, no la tuya. Por cierto, ¿qué demonios escribiste en Twitter anoche?

—Nada. No tenía ninguna importancia. Solo...

Hizo un gesto frenético para que cerrara la puerta. Jamie sacudió la cabeza, así que ella le dio una palmada en el brazo con todas sus fuerzas. Jamie la fulminó con la mirada, pero cerró la puerta.

—Dame el número de teléfono de Monica —siseó Tessa.

—No.

—¿Vas a volver a llamarla?

—No lo sé.

—¡Vamos! ¡No consigo ponerme en contacto con su padre y necesitamos averiguar si lo sabe!

—Me miró directamente, Tessa. Lo sabe. Lo que tenemos que hacer es dejar de hacer el idiota y contárselo a Eric antes de que se entere por el propio Kendall.

—¡No! No podemos. Tú déjame a mí... Voy a ir ahora mismo a las oficinas de Kendall.

–No, voy a decírselo yo a Eric. Este es un desastre en el que no puedes cubrirme. Y tampoco quiero que lo hagas.

Cuando se volvió hacia la puerta, Tessa se abalanzó hacia él y le agarró de la camisa.

–¡Eh!

–Por favor, no. ¡Por favor!

Jamie pareció alarmarse cuando la vio tumbada encima del escritorio. La caja de clips cayó al suelo con un pequeño estruendo.

–Tessa, tranquilízate.

–Dime que no se lo vas a decir y me tranquilizaré.

–Estás siendo ridícula.

–No.

Sintió que afloraban las lágrimas a sus ojos, y eso que ni siquiera las había provocado para suavizarle. Jamie dejó caer los hombros y cuando Tessa estuvo segura de que no iba a salir disparado hacia la puerta, le soltó la camisa y se bajó del escritorio.

–Se va a poner hecho una furia, Jamie.

–Lo sé.

–No volverá a dejarte participar en el negocio.

–A lo mejor no merezco formar parte de este negocio.

Ella sabía que no era verdad. Jamie no asumía ninguna responsabilidad y, por lo tanto, no se comportaba de forma responsable. Pero Eric no entendía la lógica de aquel razonamiento. Él quería que Jamie demostrara antes su valía y la tensión entre los dos hermanos iba aumentando cada año. Aquello iba a tener consecuencias. Y Tessa tenía miedo de que su familia se terminara rompiendo.

–Dijiste que me darías una oportunidad –le recordó en tono suplicante.

–Yo no dije eso. Lo único que hice fue dejar de discutir contigo.

–Por favor, Jamie.

Jamie tensó la mandíbula con un gesto de obstinación. Ella le agarró la mano con las dos suyas e insistió.

–Por favor...

Supo el momento en el que le había derrotado. Siempre lo sabía. Un segundo más y no habría funcionado. Porque en aquel momento, se abrió la puerta del despacho y Eric asomó la cabeza.

–¿Qué está pasando aquí?

–¡Nada! –contestó ella.

Jamie le sostuvo la mirada y, por un instante, la seriedad del gesto de su boca preocupó a Tessa. Sacudió la cabeza de forma casi imperceptible y le apretó la mano una última vez antes de soltársela.

Evidentemente, Eric no se tragó que estuvieran limitándose a mantener una conversación entre hermanos.

–Chicos –dijo con vehemencia.

Jamie tomó aire y Tessa cerró los ojos.

«Por favor».

–¿Sabes quién era la persona con la que estuvo Tessa anoche? Luke.

¡Oh! Genial. Tessa abrió los ojos y los entrecerró para mirar a Jamie. Seguramente, podría haber buscado otra manera de salvarla que no fuera arrojarla bajo las ruedas del autobús.

–¿Luke Asher? –la voz de Eric sonó como una espada al ser desenfundada–. Espero que estés de broma

Tessa tenía que acabar con aquello. Si de verdad Luke había dejado embarazada a su compañera, entonces no quería volver a verle nunca más. Y si no... En ese caso, aquello no era asunto de sus hermanos.

–Olvidadlo los dos, ¿de acuerdo? Fue solo una cena y ya no va a haber nada más entre nosotros, ¿entendido?

–¿Lo prometes? –le preguntó Jamie.

Tessa le miró con el ceño fruncido.

–Ya no soy una niña.

Pero cruzó los dedos por si servía de algo. Los dos hermanos la fulminaron con la mirada. Eric era un hombre de pelo oscuro y ojos claros. Jamie parecía a su lado como un desastre de pelo dorado. Sin embargo, las expresiones de firme desaprobación de ambos fueron idénticas, y Tessa recordaba el mismo ceño fruncido en el rostro de su padre. La querían. Querían lo mejor para ella. De la misma forma que ella quería lo mejor para ellos.

Agarró su bolso.

–De acuerdo, chicos. Ahora tengo que irme. Volveré dentro de un par de horas.

La expresión de ambos se tornó todavía más sombría.

–¿Por qué? –preguntó Eric.

–Porque tengo una cita en el médico.

–¿Qué te pasa? –quiso saber.

–Eh... son cosas de chicas. Ya sabéis –se inclinó hacia delante y rodeó su boca con las manos–. El ginecólogo.

–¡Ah! –Eric retrocedió tan rápidamente que se golpeó los hombros contra el marco de la puerta. Su rostro enrojeció–. Es solo una revisión, ¿verdad? No estarás metida en nada, ¿eh?

–No –contestó ella con burlona seriedad–. No estoy metida en nada.

A veces, se preguntaba quién había criado a quién en aquella familia.

En el momento en el que tuvo a sus dos hermanos retrocediendo horrorizados en su despacho, Tessa se sintió libre para marcharse. Reprimió una sonrisa de satisfacción mientras le daba un beso a su hermano en la mejilla.

–Volveré dentro de un par de horas.

Pero en cuanto cerró la puerta tras ella, salió corriendo. Iba vestida con los vaqueros y la camiseta de la cervecería y no quería que Roland Kendall la viera de aquella guisa, de modo que tendría que parar en casa antes de conducir hasta Denver. Pero, le llevara el tiempo que le llevara, aquel día estaba decidida a conseguir una respuesta por parte de aquel hombre.

Había vuelto a hacerlo.

En vez de decírselo a Luke cara a cara, Simone le había dejado un mensaje en el buzón de voz diciéndole que tenía una cita en el médico. En el buzón de voz de la comisaría. No le había llamado al móvil porque sabía que, en ese caso, Luke habría querido ir con ella. Él no era el padre de aquel niño, pero era su mejor amigo, o lo había sido en algún momento.

Pero entonces, ¿por qué no le quería a su lado? ¿Era posible que la acompañara alguna otra persona a aquella cita?

El mensaje decía que estaría allí a las doce, lo cual significaba que, probablemente, tenía la cita alrededor de las once. Miró el reloj. En coche podría estar allí al cabo de una media hora y comprobar si estaba allí el coche de Simone...

Luke se estiró y fingió un bostezo, aprovechando aquella oportunidad para mirar alrededor de la oficina. La mayor parte de los detectives estaban hablando por teléfono. El resto estaba reunido alrededor de la máquina del café, tomando algo. Y su sargento no estaba a la vista.

Luke se levantó para rodear el escritorio de Simone. Se dijo a sí mismo que no debía parecer culpable. Trabajaban en los mismos casos. Compartían los mismos espacios. Aun así, sintió el rubor subiendo por su nuca mientras abría un cajón y rebuscaba entre sus papeles. No tardó mucho. En seguida apareció la esquina de una tarjeta. La sacó para liberarla de los papeles que la cubrían e inmediatamente vio un estilizado logo de una mujer sosteniendo a un niño en brazos. ¡Bingo!

Luke se metió la tarjeta en el bolsillo y acababa de volver a su escritorio cuando sonó su teléfono móvil.

—Asher.

—¡Hola! Soy Jamie Donovan. ¿Podrías pasarte un momento por la cervecería?

Perfecto. Acababan de proporcionarle una excusa para marcharse.

—Estaré allí dentro de un momento.

Se puso el abrigo y tomó las llaves para salir. La consulta del médico estaba de camino a la cervecería, así que decidió pasar por allí, por si acaso. No vio el coche de Simone, pero todavía era pronto. Luke tuvo la deprimente sensación de que estaba atravesando una línea que no debería e intentó liberarse del sentimiento de culpabilidad mientras entraba en la cervecería. La parte de la barra estaba vacía, pero antes de que hubiera comenzado a dirigirse hacia la parte de atrás, Jamie cruzó las puertas abatibles.

—Hola, Jamie, ¿qué ha pasado?

—Mantente alejado de mi hermana, Luke.

Por increíble que pareciera, Luke había estado tan absorto en su particular drama con Simone que había olvidado el problema de Tessa Donovan. Así que se limitó a mirarle con expresión de absoluta perplejidad.

—Me prometiste que la dejarías en paz.

—Me llamó para que saliéramos a cenar.

—Deberías haberle dicho que no.

—Lo hice, pero... —se aclaró la garganta—, al final le dije que sí.

—Da igual. En cualquier caso, ya no importa. Mi hermana no está interesada en ti. Le he contado lo de tu compañera.

Cualquier sentimiento de culpabilidad que hubiera estado sintiendo hasta entonces, se transformó en una fría furia.

—¿Qué tiene que ver con esto mi compañera? No tienes la menor idea de nada.

—Sé que está embarazada. Y que tú eres el padre. Y que

estás intentando salir con mi hermana. No necesito saber nada más.

—Te equivocas —consiguió decir Luke entre dientes.

—¿En qué? —le espetó Jamie.

Se negaba a decir nada más. No tenía derecho a hablar de Simone de aquel modo. Ella nunca le había contado nada a nadie. Siempre había sido una persona muy reservada y él debía respetar su manera de hacer las cosas.

Jamie se encogió de hombros.

—Seas tú o no el padre, ese no es el único problema.

—¿Ah, no? ¿Por qué otros motivos tiene que estar tu hermana fuera de mi alcance?

Jamie cambió de postura, se pasó la mano por el pelo e intentó mirar a cualquier parte que no fuera Luke.

—¿Qué pasa? —replicó Luke, esperando oír algo sobre su divorcio.

Jamie por fin le miró a los ojos.

—Tessa es virgen.

—Eh... ¿qué?

—Ya me has oído.

Luke se preguntó si el estrés de los años anteriores habría terminado destrozándole el cerebro.

—No estás hablando en serio.

Jamie frunció todavía más el ceño.

—Estoy hablando condenadamente en serio.

—Pero... eso... ¿cómo lo sabes?

—Mi hermana me lo cuenta todo.

—¿Te lo ha dicho ella? —preguntó Luke con voz débil.

Algo que se parecía sospechosamente al horror recorrió su cuerpo. ¿Tessa era virgen? ¡Dios Santo! A él no le había dicho una sola palabra. Excepto cuando había comentado que era una buena chica. ¿Habría sido aquella una manera de insinuarlo?

—Vaya...

—Así que, cuando he dicho que no eres suficientemente

bueno para ella, quería decir que no eres bueno en absoluto para ella, ¿de acuerdo?

Luke cuadró los hombros.

–Mira, no me gusta hablar de Simone, pero lo que has oído no es verdad. Yo no soy de esa clase de tipos. Ni pienso abalanzarme sobre tu hermana. Fue solamente una cena. Y lo pasamos bien.

–En ese caso, que sea la última vez, ¿de acuerdo?

–¿Y si no quiero?

Jamie se cruzó de brazos y clavó la mirada en el suelo.

–Es mi hermana.

–Eso es cierto, pero…

–No tienes nada que sea suficientemente bueno para ella. Eres un hombre peligroso. Tu trabajo es peligroso. Tu compañera está embarazada. Y, dejando de lado tu reputación, están los fríos hechos de tu divorcio. Eso no lo puedes discutir.

A Luke se le paralizó el corazón.

–Tenía cáncer, tío. ¿Cómo pudiste dejarla de esa manera? –le reprochó Jamie.

Luke sintió que se le oscurecía la visión y consideró la posibilidad de advertir a Jamie de que no debería decirle ese tipo de cosas a un hombre que llevaba una pistola pegada a su cuerpo. Porque en aquel momento, quería matar a alguien. Lo deseaba con todas sus fuerzas.

–Somos amigos, Luke, pero…

Luke le interrumpió con una dura risa.

–Evidentemente, esa amistad acabó hace mucho tiempo.

–Lo siento. No es asunto mío y, precisamente, porque tampoco quiero que lo sea, te aconsejo que no te acerques a Tessa, ¿entendido?

–Vete al infierno –replicó Luke.

Se marchó por la puerta principal de la cervecería dando un portazo. La sangre le rugía de tal manera en los oídos que estuvo a punto de chocar contra un coche que acababa de aparcar. Salieron dos tipos del coche y ambos le miraron con expresión recelosa. Luke les rodeó con paso firme y se metió en su propio coche. Ni siquiera a dos estados de distancia podía alejarse del pasado. Luke se había casado y se había divorciado en California, y aquella era una de las razones por las que se había trasladado a Boulder. Sí, sabía que se hablaba de ello en el departamento, pero no esperaba que terminara enterándose todo el mundo. Debería habérselo imaginado. Eve no era de Boulder, pero había estudiado allí. La gente hablaba. Siempre lo hacía. ¡Diablos! La policía no podría resolver ningún caso si la gente no fuera tan propensa a difundir rumores.

Dios, aquello era un desastre.

Su rabia igualaba a su frustración, era un fuego constante que ardía bajo su piel. Todo lo relacionado con su divorcio era frustrante. Tampoco podía decir que le sorprendiera. Su matrimonio también había sido frustrante, aunque había amado a su mujer con locura.

–¡Mierda! –exclamó.

Por lo menos, el enfado le ayudó a sofocar el sentimiento de culpa por haber espiado a Simone. No sentía ni un ápice de culpabilidad mientras ponía el coche en marcha y se dirigía hacia la consulta del médico. Pero todavía estaba sometido a una saludable dosis de perplejidad ante la imagen de Tessa Donovan como una joven virgen e inocente mientras se deslizaba con el coche por las calles atiborradas de grupos de ciclistas. Sinceramente, la variedad de emociones que atravesaban su cuerpo le hizo sentirse vagamente enfermo.

Cuando llegó a la consulta del médico, estaba allí el coche de Simone, justo al lado de una de las puertas señaladas con una cigüeña. Así que, a lo mejor, había ido sola. Luke bajó la ventanilla y se sentó a esperar.

El frío sol de la primavera no sirvió para mejorar su humor. Clavó la mirada en las hojas verde pálido de un álamo que crecía al borde del aparcamiento. Pero en el horizonte se estaba formando toda una pared de nubes grises y Luke decidió fijarse en ellas. Para las dos de la tarde, la ciudad sería asaltada por una tormenta de rayos y truenos. Y sería todo un alivio. El sol, los trinos de los pájaros y las chancletas se le hacían insoportables.

Así que miró las nubes que se estaban formando más allá del edificio, dejando que sus ojos se desviaran hacia la entrada cada vez que se abría la puerta. Media hora después, la puerta se abrió y salió Simone. Sola. Al poco rato, estaba haciendo malabares con los panfletos que llevaba en la mano mientras buscaba las llaves en el bolso.

Luke salió del coche y cuando cerró la puerta, ella alzó la mirada. Por un instante, Simone se limitó a mirarle preocupada.

—¿Qué pasa? —le preguntó.

—Nada. Es solo que... estaba preocupado por ti.

Simone desvió la mirada hacia el coche, le miró de nuevo y tensó su expresión.

—¿Me has seguido?

—No.

—¿De verdad? —le espetó—. Porque no recuerdo haberte dicho ni el nombre ni la dirección de mi médico.

—No te he seguido... Sencillamente, he descubierto el camino.

—No estoy de humor para bromas. Esto es indignante.

Sabía que estaba enfadada. Más incluso, si su rostro enrojecido y sus orificios nasales inflados eran indicativo de algo. Así que Luke intentó sofocar sus propios sentimientos.

—Lo siento, no quería que pasaras tú sola por esto.

Simone pasó por delante de él, abrió el coche y arrojó al asiento del pasajero todo lo que llevaba en la mano antes de rodear de nuevo a Luke.

—¿Cómo sabías que estaba sola? O... —señaló hacia su

coche–. ¿Qué sentido tiene todo esto? ¿Averiguar quién podría haberme acompañado?

–¡No, no! No tiene nada que ver con el padre. Es...

–¿De verdad? Porque me lo preguntas cada maldito día. Lamento que la gente piense que eres tú. A todos los que me lo preguntan, les digo que no es así. ¡Eres tú el que ha dejado de negarlo!

–Estoy intentando protegerte.

Simone alzó las manos.

–¡No necesito tu protección!

–¿Por qué no? –gritó él. Antes de que las palabras hubieran salido siquiera de sus labios, ya se estaba frotando los ojos con la mano–. Lo siento, no pretendía gritarte. Es solo que... me has dejado completamente fuera de todo esto.

Simone posó la mano en su brazo. Cuando bajó la mirada, Luke se dio cuenta de que hacía meses que no le tocaba. No es que hubiera sido nunca una persona abiertamente cariñosa, pero tampoco le había evitado nunca.

–Lo siento, Luke –le dijo–. Siento lo que la gente está diciendo. Y siento no poder contarte quién es el padre. De verdad –cerró la mano alrededor de su codo–. Lo siento mucho.

¡Oh, Dios! Luke alargó la mano hacia ella, pero Simone se apartó y se sentó en el asiento del conductor.

–Déjalo ya, ¿quieres? Estoy bien –cerró de un portazo, y estuvo a punto de pillarle el codo a Luke en el proceso.

Él retrocedió justo en el instante en el que el motor cobraba vida. Simone salió de allí como una conductora de rallys embarazada, dejando a Luke más frustrado que nunca.

La puerta de la consulta se abrió tras él y Luke miró hacia atrás para asegurarse de que no se trataba de un terrible canalla con un letrero que dijera. «Yo dejé embarazada a Simone Parker». Pero solo era una mujer rubia con una bata médica de color rosa. No tuvo suerte.

Se oyó el retumbar de un trueno en la distancia y Luke miró el reloj, esperando llevar allí sentado varias horas y que el día hubiera terminado. Pero no, ni siquiera eran las doce de la mañana. El día entero se extendía ante él, y la mayor parte tendría que pasarla sentado al lado de su obstinada compañera. Y ni siquiera podía albergar la ligera esperanza de que Tessa Donovan volviera a llamarle otra vez.

¡Mierda! La sensación de náusea se había fijado en un solo lugar y Luke podía sentir ya el comienzo de una úlcera. Una más para añadir a la colección.

Capítulo 6

¡Mierda!, pensó Tessa para sí, mientras apretaba los puños con fuerza. Los nudillos palidecieron bajo la piel y las uñas se le clavaron en las palmas de las manos, pero apretó con más fuerza todavía. Quería levantarse y ponerse a caminar, pero no le daría a la arrogante recepcionista de Roland Kendall aquel placer. Aquella mujer ya era suficientemente desagradable y era más que evidente que estaba disfrutando de haber pasado cuatro horas observando a Tessa retorciéndose.

A las dos horas, se había obligado a llamar al trabajo para avisar. Le había explicado a Eric que el médico quería hacerle un análisis de sangre de rutina, pero que necesitaba ir a Denver. Para aligerar la mentira, había añadido que se tomaría el resto del día libre y haría algunas compras.

Eric parecía distraído y cuando ella le había preguntado por qué, había contestado que estaba teniendo problemas para ponerse en contacto con Roland Kendall. En aquel momento, Tessa se había sentido como si la estuvieran arrojando a otra dimensión. A un mundo hecho de hielo y ansiedad.

Pero había conseguido tranquilizarse. Eric siempre había tenido problemas para ponerse en contacto con Kendall porque este parecía haberse propuesto el ser una persona difícil de localizar.

Nada había cambiado, salvo que, en aquel momento, tenía a dos Donovan esperándole.

Tessa fulminó con la mirada la cabeza inclinada de la recepcionista. Se fijó en ella con todas sus fuerzas con la esperanza de que la frustración actuara como un cristal de aumento y su mirada hiciera un agujero en el cuero cabelludo de aquella mujer. Pero la recepcionista ni siquiera se movió. Al menos hasta que se abrió la puerta del despacho de Kendall y apareció él mismo en persona.

Tessa se levantó de un salto mientras Kendall salía pasándole el brazo por los hombros a un hombre que Tessa reconoció por haberle visto en el periódico. ¿Era el alcalde de Denver, quizá? No, alguien más importante. Un congresista.

Aunque estaba a solo un metro de distancia, Kendall la ignoró completamente mientras salía con su amigo.

Por un instante, Tessa consideró la posibilidad de seguirles, pero decidió que, andando de por medio un congresista de los Estados Unidos, aquella clase de determinación podría terminar haciendo que la detuvieran. Así que se mantuvo en su lugar y, unos minutos después, regresó Kendall. Le dirigió a Tessa una dura mirada.

—Señor Kendall —le saludó Tessa alegremente mientras se interponía en su camino—. Soy Tessa Donovan.

—Ya sé quién es usted

Oh-oh. Aquella voz destilaba frío y desdén. Ronald Kendall sabía lo que había hecho su hermano. No había ninguna otra explicación.

—Esperaba que pudiéramos hablar un momento en privado.

—¿De verdad cree que tiene algún sentido?

¡Oh, Dios santo! Aquella era una mala noticia.

—Eso espero, sí.

—Le ahorraré su tiempo. Yo...

—¿Por favor? —le pidió suavemente—. Solo un momento.

Kendall cedió al final, aunque Tessa sabía que probablemente no iba a servirle de nada.

Entró en su despacho con paso decidido y con Tessa pisándole los talones. Ella cerró la puerta al entrar.

—Siéntese —dijo él malhumorado, señalando una silla.

Tessa se sentó, pero al ver que Kendall permanecía de pie, cerniéndose sobre ella, sombrío y amenazador, volvió a levantarse.

—Mi hermano... —comenzó a decir.

—Sí —escupió él—, su hermano.

Tessa se aclaró la garganta e intentó pensar en una manera de abordar la conversación que pudiera funcionar. Desgraciadamente, la posibilidad de que pudiera servirle de algo el decir «perdone a mi hermano por haberse acostado con su hija» era pequeña, cuando no inexistente.

—Su conducta ha sido... imprudente.

—¡Imprudente! —repitió Kendall—. Este es un negocio de millones de dólares y no ha sido capaz de mantener los pantalones puestos ni durante el tiempo que se tarda en firmar un contrato

—Ah...

La boca de Tessa quería decir algo sobre que tampoco su hija había sido capaz de mantener las bragas puestas, pero tomó aire en vez de restregarle aquello por la cara.

—Como joven comercial, yo misma he sido testigo de cómo la vida social y el trabajo se cruzan en algunas ocasiones.

—¡Una imprudencia! —insistió, como si Tessa no hubiera dicho nada—. ¿Qué clase de idiota arriesgaría un negocio para disfrutar del sexo?

«¿Su hija?», gritaba la mente de Tessa. Pero sofocó su enfado con una solemne afirmación.

—Señor Kendall, lo siento. Esto....

—Es su hermano el que debería estar aquí disculpándose.

—Sí, por supuesto. Y quiere hacerlo. Por eso le he estado llamando, precisamente. Para poder concertar una cita entre los dos.

Kendall pareció tragarse el anzuelo, con el sedal y la plomada, probablemente porque había asumido que era Tessa la que se encargaba de atender el teléfono en la oficina. Aquel hombre era un retrógrado.

—¡Al diablo! —gruñó—. Eso ya no importa. El contrato queda anulado.

—No —dijo Tessa sin aliento—. Esto es un negocio, señor Kendall, como usted mismo ha dicho. Jamie y Monica son dos adultos que han dejado que las cosas se les fueran de las manos mientras estaban hablando de negocios...

—¡Le puso las manos encima a mi hija! —gritó Kendall—. ¿De verdad cree que voy a hacer negocios con él ahora?

—¡No tendrán por qué hacerlos! Eric y yo nos encargaremos de todo. No tendrá que volver a ver a Jamie nunca más. Y también le mantendré alejado de su hija. Se lo prometo.

De acuerdo, no tenía la menor idea de cómo iba a mantener aquella promesa, pero el pánico burbujeaba dentro de ella como si estuviera sacudiendo una botella de refresco. Cada una de las críticas que Eric le había echado en cara a Jamie estaba a punto de convertirse en una sólida piedra. Una roca gigante de burla, enfado y frustración entre los dos. ¿Y dónde la dejaba eso a ella? ¡Sus hermanos eran lo único que tenía!

Kendall se alejó de Tessa para asomarse a la ventana que daba a todo el frente de la cordillera, desde el pico Pike hasta el pico Long. Taladraba la cadena de montañas como si pudiera hacerla derrumbarse con la mirada.

Tessa cruzó los dedos hasta perder la sensibilidad en las manos. «Por favor, por favor, por favor...».

—No —dijo Kendall por fin.

—Señor Kendall, no tome una decisión todavía. Está enfadado. Por supuesto que está enfadado. Así que espere un par de días. Somos un negocio familiar, como Kendall Group. Eso nos da la fuerza, pero a veces también complica las cosas, ¿no es cierto?

El ojo de Kendall tembló. Solo el ojo izquierdo, y ella lo interpretó como una buena señal.

—Mi padre fundó Donovan Brothers hace veinticinco años. Le puso el nombre al establecimiento en honor a un hermano que perdió en Vietnam. Nuestros padres murieron cuando Eric tenía solo veinticuatro años. Era apenas un niño. Podría haber vendido la cervecería, cualquiera lo habría hecho en su lugar. Pero se hizo cargo de ella y la convirtió en lo que es hoy. Es una compañía fuerte, pero si lo es, es gracias a la familia, al igual que lo son sus empresas. Por favor. Tómese unos días para pensarlo. Mire las cifras que le entregó Eric. El trato beneficiará a las dos familias, se lo prometo.

Kendall alzó la mirada hacia el techo del despacho y respiró hondo.

—La respuesta seguirá siendo no, pero voy a pasar unos días en Nueva York, así que esperaré hasta mi vuelta. Una semana. Eso es todo lo que puedo concederle.

—Gracias, señor Kendall. Eso es lo único que le pido. Solo unos días —corrió hacia él y le agarró la mano—. Gracias —dijo otra vez, estrechándole la mano con fuerza.

Al final, él consiguió liberarse y le señaló la puerta. Tessa salió rodeada de una burbuja de esperanza. Ni siquiera miró con desprecio a la recepcionista al pasar por delante de ella. Solo unos días. Unos días sin pánico y, a lo mejor, podría aplazar lo imposible. Si al menos pudiera conseguir que todos los hombres se decidieran a colaborar al mismo tiempo...

Luke miró sobre la pila de carpetas y vio que Simone agarraba la chaqueta y salía de la comisaría sin mirar atrás.

Seguramente era la hora de marcharse, pero al menos podría haberle dicho adiós con la mano. O haberle enseñado el dedo. Era evidente que estaba enfadada con él porque la había seguido. Bueno, tampoco pasaba nada. Él también estaba enfadado por todo lo demás, de modo que estaban en paz.

Cerró la carpeta que tenía delante de él, la dejó sobre el montón de archivadores y agarró otra de la pila más alta. Simone y él estaban revisando todos los robos en comercios de los últimos dos años para ver si podían relacionar alguno de ellos con los nuevos. Tras cinco horas de trabajo, no habían encontrado ni una maldita pista.

Luke agradecía el silencio de la sala acristalada de reuniones, pero los fluorescentes le estaban provocando un dolor de cabeza por encima del dolor de cabeza que ya tenía cuando había llegado. Cerró los ojos y apoyó la cabeza en el respaldo de la silla. Estiró los tensos músculos del cuello. La columna vertebral le crujió. Pero su mente continuaba retorciéndose como un pez agonizante. Había vuelto a Boulder para simplificar su vida. Pero había terminado siendo otro error para apuntar en su lista.

Cuando le sonó el teléfono, ignoró los primeros trinos antes de alargar la mano para mirarlo. No se habría sorprendido más si en la pantalla hubiera aparecido el nombre de Santa Claus.

–¿Qué demonios? –musitó.

Presionó el botón de llamadas y se llevó el teléfono tentativamente al oído.

–¿Luke? –preguntó una dulce voz.

–¿Sí?

–Soy Tessa, ¿cómo estás?

–Estoy... Bueno, he estado mejor. No esperaba que llamaras.

–¡Ah! ¿Ha hablado Jamie contigo?

–Sí –sus músculos volvieron a tensarse–, ha hablado conmigo.

El silencio se alargó entre ellos durante varios segundos y después, oyó a Tessa tomar aire al otro lado del teléfono.

–¿Es verdad? ¿Es cierto que tú eres el padre?

–No.

–Pero todo el mundo cree que lo eres, ¿verdad?

–Sí.

Tessa suspiró y Luke esperó la siguiente pregunta.

–¿Por qué? –preguntó por fin.

Y Luke se descubrió a sí mismo contando la verdad por primera vez.

–Todo el mundo cree que es verdad porque Simone y yo estamos muy unidos. Éramos amigos íntimos, pero nunca hemos sido amantes.

–¿Entonces quién es el padre?

Le tocó entonces a Luke suspirar.

–No lo sé. Es una larga historia.

–Pareces triste.

Triste. Sí. Aquello le hizo sonreír.

–Supongo que es una forma de decirlo.

–¿Cabreado?

Luke ensanchó la sonrisa.

–Quizá.

–¿Quieres hablar de ello?

Luke miró con el ceño fruncido el bolígrafo que estaba empujando sobre la mesa.

–No creo que sea...

–Vamos, hazme caso, invítame a cenar.

–Eh....

De acuerdo, aquella era una situación complicada. En cualquier otra circunstancia, Luke habría levantado las manos y se habría dado la vuelta lentamente para alejarse de una virgen con dos hermanos mayores dispuestos a protegerla. ¿Por qué demonios tenía que ser Tessa la única mujer capaz de hacerle sonreír últimamente? ¡Maldita fuera!, dijo en silencio, y se frotó los ojos.

—De acuerdo —respondió, bajando la voz con evidente desilusión—. Lo comprendo. Supongo que soy una persona complicada.

¿Ella? ¡Por el amor de Dios!

—No seas estúpida, Tessa. Estaré allí dentro de media hora. ¿Te gustan las hamburguesas?

—Supongo que te refieres a las hamburguesas de Skin.

Luke sonrió mirando hacia la mesa.

—Sí.

—Hamburguesa con queso y guacamole —pidió rápidamente Tessa—. Sin cebolla. Y aparca detrás de mi casa.

Y con aquel recordatorio de lo idiotas que estaban siendo ambos, Tessa colgó el teléfono, temiendo probablemente que anulara la cita. Porque cualquier hombre cuerdo lo habría hecho.

Exacto. Lo había expresado perfectamente. Cualquier hombre cuerdo.

Por lo menos podía reivindicar un ligero consuelo. No había ninguna posibilidad de que se acostara con Tessa Donovan aquella noche, así que, probablemente, era la mujer más segura para salir a cenar.

—Ni siquiera yo soy tan estúpido —musitó mientras apilaba las carpetas y agarraba las llaves—. De ningún modo.

Capítulo 7

Luke no era un misógino estúpido con una amiga embarazada. Solo era un policía atractivo que iba a llevarle una hamburguesa a casa.

Tessa sonrió mientras encendía el aparato de música, inmensamente feliz con el curso que estaba tomando el día. Un día que parecía estar pidiendo música de Van Morrison. Sí, definitivamente, era un día para Van Morrison. Tessa puso *Brown Eyed Girl* y estuvo bailando en la cocina mientras terminaba de limpiar.

Había salvado el día, probablemente, y en aquel momento, iba a conquistar a un hombre, quizá. ¿Qué más podía pedir una mujer? Sintiéndose emocionalmente vinculada a todas las mujeres del mundo, Tessa tecleó en el Twitter un mensaje y lo envió.

Estoy sintiendo mis raíces celtas esta noche, amigas. Ya sabéis lo que eso significa. Pasaos por la cervecería y decid «slàinte».

Jamie se había puesto la falda irlandesa aquella noche y el Twitter ya estaba ardiendo de comentarios al respecto.

Tessa todavía estaba sonriendo cuando oyó que se cerraba la puerta de un coche en el callejón de detrás de la casa. Inmediatamente, corrió a abrir la puerta. Pero su sonrisa desapareció al ver a Luke.

Parecía agotado. Como si hubieran pasado cinco días desde la última vez que le había visto y no hubiera dormido desde entonces.

–¡Luke! ¡Tienes un aspecto terrible!

Luke frunció el ceño, a pesar de que las comisuras de sus labios se curvaron hacia arriba.

–Esa es una forma horrorosa de recibir a un hombre que viene a traerte unas hamburguesas.

–¡Lo siento! Pero pareces estar agotado.

–Y lo estoy.

Cansado, pero continuaba siendo un hombre fuerte y atractivo. Así que Tessa le dio un beso en la mejilla, tomó la bolsa que llevaba en la mano y le condujo al interior de su madriguera.

–Vino tinto con hamburguesas, ¿te apetece?

Luke arqueó una ceja.

–Esta noche no quiero pensar en cerveza –le explicó.

–Vino tinto entonces.

Media botella de vino y dos hamburguesas después, estaban cómodamente sentados en el sofá con la música convertida apenas en un murmullo de fondo para así poder hablar.

–Cuéntame por qué pareces hoy tan cansado. ¿Has tenido que investigar un asesinato?

–Estás decidida a convertirme en un policía de televisión, ¿verdad?

–Bueno, hasta hace un momento, parecías estar adentrándote en territorio Jerry Springer. Y estoy intentando hacerte volver hacia CSI.

–¡Ah, muy bien! Eso –la tensión que se formó alrededor de sus ojos le indicó a Tessa que era aquello lo que le pesaba.

Arqueó las cejas y esperó.

—En realidad, no quiero hablar sobre ello —se interrumpió como si con aquello fuera suficiente, pero Tessa no le permitió soltar el anzuelo—. Mi compañera... Es un asunto complicado.

—¿Complicado porque estás enamorado de ella y ella tiene novio?

—¡No! —sacudió la cabeza—. Pero supongo que hay que poner las cosas en perspectiva. Complicado porque ella está embarazada y no quiere hablar conmigo sobre el tema.

Tessa notó el momento exacto en el que su corazón comenzó a derretirse. Realmente, pudo sentir cómo se iba ablandando y calentando dentro de ella.

—Lo siento, Luke.

—Simone no está casada, ni tiene novio. Está sola.

—A lo mejor está conforme con la situación.

El ceño de Luke se convirtió en un ceño enfadado.

—Esa es la cuestión. Podría estar satisfecha, pero entonces, ¿por qué no está contenta?

—¿Ella no te ha dicho nada?

—Nada. Y yo.... —alzó la mano como si quisiera remarcar la cuestión, pero cerró los dedos antes de dejar caer la mano sobre la rodilla—. Lo único que quiero es ayudarla.

¡Ahh! Tessa le tomó la mano y curvó los dedos de los pies bajo ella un poco más. Los hombres eran unas criaturas adorables. El pobre Luke se estaba volviendo loco porque no era capaz de arreglarle la vida a su compañera.

Estuvo acariciándole los dedos hasta que él los curvó bajo los suyos.

—¿De cuánto tiempo está?

—De siete meses, creo.

—¿Y no estuvo saliendo con nadie el año pasado?

—No, al menos, no me lo dijo.

Tessa entrelazó los dedos con los suyos y le acarició el pulgar.

–¿Es... es posible que fuera a una clínica y se hiciera una inseminación artificial?

Luke suspiró y se relajó en el sofá, como si fuera una marioneta y alguien le hubiera cortado de pronto los hilos.

–Es posible. Nunca le he preguntado si.... No es una mujer de muchas citas, así que todo esto ha dado mucho que hablar. Las tonterías de siempre, pero, en realidad, eso solo es asunto de Simone.

Tessa le apretó la mano.

–Aunque... yo pensaba que a mí me lo diría.

Tessa inclinó la cabeza y estudió su rostro mientras él clavaba la mirada en algún punto lejano.

–¿Estás seguro de que no estás enamorado de ella?

Luke la miró por fin a los ojos.

–No hay ningún sentimiento de ese tipo entre nosotros –le aseguró–. Te lo prometo.

–Me alegro.

Tessa suspiró y él bajó los párpados para fijar la mirada en su boca. Tessa sufrió una necesidad casi irrefrenable de inclinarse hacia delante. De saborearle. De deslizar la lengua por su labio inferior hasta que él la devorara. Pero no le besó. Se limitó a acariciarle el pulgar una y otra vez. Luke parpadeó lentamente y después, tiró de ella hacia él.

El triunfo rugió en la sangre de Tessa, pero sabía que era prematuro. La boca de Luke se cernía sobre la suya, pero no la tocaba. A Tessa se le aceleró la respiración. Luke curvó la mano alrededor de su cuello. Durante largos segundos, permaneció apoyando la frente en la suya.

Justo cuando Tessa comenzaba a pensar que quizá no quisiera besarla, Luke susurró:

–¡Maldita sea! –y le rozó los labios.

El corazón de Tessa comenzó a latir a un ritmo aterrador. La besó muy suavemente, pero ella pudo saborearle cuando Luke entreabrió los labios y abrió lentamente la boca de Tessa a él. Su lengua acarició la de Tessa y ella jadeó en su boca.

¡Oh, Dios! ¡Sabía tan bien! ¡Tan bien! El cuerpo de Tessa ardió con una repentina oleada de deseo. Extendió las manos sobre el pecho de Luke, pero este no profundizó el beso, tal y como ella esperaba. Continuó rodeándole el cuello con las manos. Seguía acariciándola con la lengua y parecía conformarse con saborearla una y otra vez. Pero Tessa quería avanzar.

Había algo en aquel hombre que inspiraba una extraña mezcla de urgencia y vulnerabilidad que la convertía en un manojo de deseo. Evidentemente, Luke no estaba operando bajo la misma carga. Deslizó la lengua sobre la de Tessa una vez más con tal sensualidad que ella gimió, esperando que aquella fuera la insinuación que necesitaba.

Pero no. Él continuó besándola con la mano en la nuca. Después, alzó la otra mano para posarla sobre su hombro, provocando escalofríos por toda su piel.

Maldita fuera. Estaba encendida. Tessa se acercó a Luke y se sentó a horcajadas sobre sus piernas.

–Mm –dijo Luke contra su boca.

Ignorando su sorpresa, Tessa presionó su vientre contra el suyo y aprovechó aquella nueva posición para besarle más profundamente.

Luke gimió y por fin tensó los dedos contra su cuello. La dureza de sus manos la excitó todavía más. Ya estaba húmeda, locamente excitada, y él se limitaba a besarla. Tessa le rodeó el cuello con los brazos y enterró los dedos en su pelo para poder presionarse con firmeza contra él. La mano que Luke había posado en su hombro se deslizó hasta que sus dedos alcanzaron las costillas de Tessa.

Y, por fin, sus besos se hicieron más apasionados. Maravillosamente apasionados. Luke sabía a vino y a calor. La fragancia de su piel se aferraba tan firmemente a él que Tessa fue presionando cada vez más para poder saciarse de ella. Su cambio de postura evidenció que no era solo ella la que estaba excitada. Pero cuando comenzó a mover las caderas, Luke apartó bruscamente la cabeza, interrumpiendo el beso.

–Espera –jadeó.

Tessa se quedó helada. ¿Qué demonios...?

–No podemos.

–¿No podemos qué? –preguntó con un ceño decididamente malhumorado.

–No podemos... hacer esto.

Tessa retrocedió ligeramente para poder mirarle a los ojos.

–¿Tienes novia? Y no me refiero a tu compañera, ¿estás saliendo con alguien?

–No, no es eso. No tengo novia.

–Genial.

Comenzó a moverse de nuevo hacia delante, pero Luke la agarró por las muñecas y la detuvo. Sacudió la cabeza. Sus ojos parecían aumentar de tamaño con cada segundo que pasaba. Parecía... ¿asustado?

–¿Qué te pasa? –le presionó Tessa.

–¡Nada! Es solo que... debería marcharme. Nada más.

–Estás de broma. ¿Tienes que marcharte justo ahora? ¿En medio de todo esto?

Luke no contestó, se limitó a mirarla como si temiera que fueran a salirle tentáculos en cualquier momento.

Tessa se encogió de hombros.

–Solo déjame un momento.

Se inclinó y le besó antes de que pudiera decirle que no. Su estrategia funcionó durante unos segundos. Luke gimió cuando sus lenguas se encontraron e inmediatamente retomó el beso allí donde lo habían dejado.

Tessa habría sonreído si hubiera podido, pero no quería asustarle. Lo tenía justo donde quería: debajo de ella y cayendo a toda velocidad.

Y le gustaba. Le gustaba y eso era lo único que quería en aquel momento.

¡NO, NO, NO!, gritaba el cerebro de Luke, pero el mensaje se interrumpía antes de que llegara a su cuerpo. La boca de Tessa era tan ardiente. Puro fuego. Quería hundirse en ella. Quería hundirse en aquel cuerpo tan fiero. ¡Dios santo! ¿Qué se sentiría?

¡Basta!, le ordenó su cerebro. El cuerpo de Luke reaccionó ante aquella orden y consiguió apartarse.

—Para —gimió.

Aquella mujer era virgen. Él no tenía la menor intención de acabar con su virginidad, de modo que no tenía sentido ir más allá. Su resistencia fue más efectiva en aquella ocasión. Tessa se levantó y permaneció frente a él.

—¿Qué te pasa? —exigió saber.

Demasiadas cosas. Pero no tenía intención de añadir «desflorar a una virgen» a su lista de dudosos méritos, así que graznó:

—Nada —y se levantó.

Tessa retrocedió y se cruzó de brazos.

—Parecía que te lo estabas pasando bien —bajó la mirada para clavarla en su regazo.

Luke tuvo que reprimir las ganas de apartarse de su vista. Probablemente, Tessa comprendía lo que había pasado allí, anatómicamente hablando. Sus hermanos no habían mencionado que se hubiera criado en un convento.

—Lo siento, Tessa —dijo, alzando las manos en un gesto de rendición—. No debería haber venido. Me siento muy honrado, pero... —retrocedió y se dirigió hacia la puerta.

—¿Honrado? ¿De qué demonios estás hablando?

—Mira —dijo Luke por fin— Lo sé, ¿de acuerdo? Lo sé.

—¿Qué sabes?

—Lo de tu... —hizo un gesto vago, señalando el vientre de Tessa.

Tessa miró con impaciencia su propio cuerpo.

—Esto se está poniendo muy misterioso. Vete.

Le estaba dando permiso para escapar, pero en aquel momento, Luke no podía moverse. Un ceño de perplejidad arrugaba el dulce rostro de Tessa. La había rechazado y no sabía por qué. Si de verdad quería acostarse con él... Seguramente, un rechazo como aquel marcaría a una mujer virgen de por vida. ¿Y si dañaba para siempre su floreciente sexualidad? Su mente daba vueltas horrorizada.

—Vete —insistió ella—. No voy a abalanzarme sobre ti cuando te des la vuelta. Vamos, ¡eres libre!

Debería haberlo previsto. Era una presión excesiva. Luke giró las manos hacia arriba en una silenciosa súplica.

—A lo mejor podríamos ver una película o algo así. Conocernos el uno al otro como amigos.

Tessa se irguió y le dirigió una tensa sonrisa.

—Eres un buen tipo, Luke. Sinceramente. Pero estoy empezando a percibir un extraño complejo de Madonna–prostituta en ti. Y no me apetece ver una película. Ni fingir que soy una santa. Así que hasta luego, ¿de acuerdo?

—¿Complejo de Madonna–prostituta?

—Es un término psicológico que se utiliza para describir a los hombres que...

—¡Sé lo que significa y no lo tengo!

—¡Oh, vamos! Crees que soy una mujer agradable. Te honra que esté sexualmente interesada en ti y, además, hay una mujer embarazada a la que pretendes salvar. El primer paso para solucionar un problema es admitirlo.

Le habían lanzado una maldición. Estaba seguro. Le habían maldecido para que jamás pudiera tener una relación normal con una mujer. Pero él se había puesto voluntariamente en aquella situación, ¿no? Había ido hasta allí a sabiendas de que no debería. Después, la había besado porque... sencillamente, había deseado hacerlo terriblemente. Y estaba completamente equivocada a la hora de juzgar su interés en ella. Pensaba que era una buena chica, y quería acostarse con ella al mismo tiempo.

Tessa gruñó y entrecerró los ojos.

–¡Oh, vete ya! Estás guapísimo, ahí de pie. No es justo.

Luke no podía irse de aquella manera. Había demasiados rumores flotando a su alrededor. Lo último que quería era que añadieran a la lista un problema sexual. Tomó aire para tranquilizarse y dijo:

–Eres virgen.

Tessa le miró boquiabierta y retrocedió un paso.

–¿Qué?

–No tiene nada de malo, pero... no puedo fingir que no lo sé. Lo siento. Para mí es una situación muy embarazosa.

Tessa dejó de cruzar los brazos y alzó las manos en un gesto con el que intentaba tranquilizarse. Luke lo reconoció porque él lo había utilizado miles de veces a lo largo de su carrera.

–De acuerdo, no sé qué clase de fantasía estás recreando, pero no pienso participar en ella.

–¿Fantasía?

–Sí, me parece que todavía es un poco pronto para comenzar a hacer juegos de rol.

–¿Estas de broma? ¡He sido yo el que te ha detenido!

Tessa miró a derecha e izquierda, como si estuviera buscando respuestas en su comedor.

–No lo entiendo. ¿Por qué crees que soy virgen?

–¡Porque me lo ha dicho tu hermano! –exclamó.

Tessa inspiró con tanta fuerza que incluso a ella pareció sorprenderle. Se llevó la mano a la boca y le miró con los ojos abiertos como platos.

–Estás de broma –las palabras salieron amortiguadas entre sus dedos.

–No, Jamie me dijo que me mantuviera alejado de ti porque eres virgen. Lo intenté, pero...

–¡No lo soy! –gritó ella.

—¿Qué?
—No soy virgen.
Luke inclinó la cabeza y la miró con expresión dubitativa.
—¡Oh, vamos! Si lo fuera, ¿crees que habría esperado durante veintisiete años para terminar perdiendo la virginidad en un sofá con un hombre al que apenas conozco?
—Eh... creía que te gustaba mucho.
Luke no sabía cómo sentirse al oír sus carcajadas, pero decidió sentirse aliviado.
—Bueno —continuó Tessa riendo—, ahora cobra un nuevo significado la cara que has puesto cuando me has apartado.
—¿Sí?
—Estabas cagado.
Le sorprendió de tal manera oírla decir aquella expresión que Luke estalló en carcajadas.
—¿Necesitas otra copa de vino? —le preguntó Tessa.
¡Dios santo! Más que nunca. Pero miró hacia la puerta de atrás como si realmente su cuerpo tuviera cerebro y este por fin se hubiera activado.
—Gracias, pero creo que será mejor que me vaya.
—¡Espera! —le pidió Tessa.
Pero él ya se estaba dirigiendo hacia la cocina.
—Lo siento, Tessa, pero esto es... —sacudió la cabeza—, excesivo.
—Lo sé —contestó ella mientras le abría la gruesa puerta de pino—. Sé que es una locura. Pero el problema es de mi hermano, no mío.
Luke abrió la pantalla de la cocina y comenzó a salir.
—En realidad —añadió Tessa con dureza—, el problema sois mi hermano y tú. Yo no tengo nada que ver con esto. Si te vas ahora, lo único que estarás haciendo será darme argumentos para decidir que eres tú el que resulta demasiado complicado.
Luke se quedó paralizado con un pie en el umbral. Tessa

no tenía ni idea de hasta qué punto. O, en realidad, sí. Sabía más sobre Simone de lo que Luke le había contado a nadie.

–O... –continuó Tessa, arrastrando las palabras–, también podrías quedarte y convencerme de que te diera otra oportunidad.

Luke se agarró al marco de la puerta, inclinó la cabeza e intentó sopesar cuál sería la decisión correcta. Por una parte, su vida ya era demasiado complicada, y la de Tessa no se quedaba atrás. No necesitaba complicaciones en aquel momento. Y tampoco Tessa necesitaba verse arrastrada a aquel desastre. Pero, por otra parte, Tessa le gustaba. Le gustaba hablar con ella. Le hacía sentirse mejor. Y no era virgen.

Pero no. Aquella era exactamente la razón por la que no debería quedarse.

Luke tomó la mejor decisión que había tomado desde hacía años.

–Te llamaré mañana –le dijo.

Y salió a enfrentarse solo a la noche.

Capítulo 8

Luke enfrentó el día siguiente con una actitud negativa y un ceño feroz. Consiguió soportar las dos horas de la reunión mensual sin arrancarle la cabeza a nadie, pero lo logró por los pelos. Y mostrarse educado con Simone estaba comenzando a hacer que peligrara su cordura. De modo que cuando llamaron del Departamento de Policía de Denver, dándole una excusa para salir de la comisaría, se aferró inmediatamente a ella.

–En Denver tienen setenta y cinco expedientes de robo para que los revisemos. ¿Lo quieres?

Simone no apartó la mirada de la pantalla del ordenador.

–No, quédatelo tú.

Luke se marchó sin decir una sola palabra. Necesitaba desahogar su frustración con su compañera, pero aquel no era el día. Aquel día estaba excitado y enfadado con el mundo, y era mejor trabajar en otra ciudad. Tampoco quería tener tiempo para pensar. Estaba harto de su propio mal humor, así que puso un CD de Nirvana a todo volumen. La angustia de cualquier otro era preferible a la suya.

Para cuando llegó al cuartel general del Departamento de Policía de Denver, ya se sentía algo mejor.

–¡Eh, Asher! –le llamó uno de los policías–. ¿Has venido para recibir algún consejo de auténticos detectives?

Luke reconoció a aquel tipo como a uno de los compañeros con los que se había graduado en la academia y le saludó enseñándole cariñosamente el dedo corazón. El otro detective no estaba dispuesto a dejarle en paz.

–¿Alguien ha robado un poco de tofu de una de esas tiendas de alimentos saludables de por allí?

Sacudiendo la cabeza, Luke empujó las puertas que conducían al Departamento de Registros para ponerse a trabajar. No le molestaron ni lo más mínimo aquellas pullas. Al fin y al cabo, él ya había pasado una temporada en Los Ángeles y había preferido las relativamente tranquilas calles de Boulder. No habían vuelto a dispararle ni una sola vez desde que había regresado. Ni apuñalado. Y tampoco se había divorciado. A lo mejor aquel era su nuevo mantra.

Dejó la taza del típico café pésimo de la comisaría y se concentró en los casos que tenía ante él. En cada uno de ellos. Tres horas después, había encontrado algo condenadamente interesante.

Tamborileó el lápiz contra su frente y esperó a que le devolviera una llamada un contacto que tenía en la División de Delitos de Denver mientras revisaba de nuevo los expedientes, solo para asegurarse de que los había leído bien.

El detective Ben Jackson le devolvió por fin la llamada.

–Tuvisteis hace un año una oleada de robos, ¿verdad?

–Sí, nueve robos. Ya los has visto, ¿no?

–Sí. Robaron unos ordenadores y a partir de ese momento hubo una oleada de robos. Pararon hace seis meses, ¿verdad?

–Exacto. Nunca pudimos demostrar que hubiera alguna relación entre ellos. No dejaron huellas dactilares y no encontramos ninguna pista que se pudiera rastrear. Pero por supuesto...

–Sí, todo estaba perfectamente organizado.

–Eso es lo que yo pienso.

Luke se golpeó con más fuerza con el lápiz.

–Y nuestros robos empezaron un mes después de que acabaran los de Denver.

–Toda una coincidencia –dijo Ben.

–Sí, ¿por qué no sigues y resuelves este caso por mí, detective Jackson? ¿No te gustaría?

–No tengo nada. Y haz tu propio trabajo, tío.

–Interesante –contestó Luke, arrastrando las palabras–. Me estás diciendo que Denver no pudo manejar el caso y que estás buscando ayuda de Boulder.

–Búrlate todo lo que quieras. Ahora el problema es tuyo. A lo mejor fue cosa de un estudiante de bachiller que ahora está en la universidad.

Luke colgó el teléfono y se golpeó con el lápiz varias veces más. Miró los casos apilados, intentando calcular cuánto tardaría en rellenar los formularios para que le enviaran las copias a Boulder. A lo mejor podía memorizarlos todos.

–Mierda –gimió.

Aquello iba a costarle más de lo que le había costado separarse de Tessa la noche anterior.

Una hora y media después, abandonó por fin el departamento con un montón de formularios impresos en la mano. En cualquier caso, el viaje había servido de algo. En aquel momento, habría dado cualquier cosa por estar de nuevo en Boulder, al lado de su reservada y embarazada compañera, y no disfrutando del sexo con una mujer que había resultado no ser virgen y que, probablemente, no volvería a dirigirle la palabra en toda su vida.

Pero, como solo estaba a tres minutos de la casa de su madre, decidió dejarse caer por allí a saludar.

Otra decisión errónea.

La puerta de la casa de su madre estaba abierta a la brisa primaveral y Luke pudo oír voces en la cocina. Dio unos golpecitos en la madera de la pantalla.

—¿Mamá? ¡Soy yo!

Luke no había crecido en aquella pequeña vivienda de los años veinte y no se sentía cómodo entrando sin llamar. Su madre la había comprado cinco años atrás. Era su primera casa. Luke estaba muy orgulloso de su madre.

Pero cuando cesaron las voces y las dos mujeres se asomaron por la esquina de la cocina, retrocedió tan rápidamente que estuvo a punto de caer rodando por los escalones de la entrada.

Sí, siempre había sabido que su madre y su exesposa todavía tenían una buena relación, pero no imaginaba que estuvieran tan unidas.

—¡Luke! —exclamó su madre mientras abría la puerta. Una sonrisa de preocupación tensaba su rostro redondeado—. Eve ha venido a verme desde California.

—Sí, ya lo veo.

No tenía más remedio que entrar. Bueno, también tenía la posibilidad de quedar como un completo estúpido y largarse, pero era mejor persona que eso. O suficientemente mezquino como para no darle a Eve aquella satisfacción.

—Hola, Luke —le saludó ella, tendiéndole la mano.

Se le hacía muy extraño estrecharle la mano a una mujer con la que había compartido la cama, pero se la estrechó de todas formas.

—Tienes buen aspecto —le dijo.

Y era cierto. Le había crecido el pelo, e incluso había recuperado su antiguo color castaño. Tenía la piel bronceada, saludable, en vez de grisácea por culpa de la enfermedad. Parecía... feliz. Luke se sobresaltó al sentir una punzada de alivio mezclada con el enfado.

—Tú también tienes buen aspecto —contestó Eve—. De verdad.

—Gracias.

Luke se aclaró la garganta e intentó atrapar la mirada de su madre, pero ella había decidido aprovechar aquel momento para ordenar las fotografías que había colocado sobre una mesita auxiliar.

—Entonces —se aventuró a decir Luke nervioso—, ¿estás aquí por motivos de trabajo?

—Sí, hay una importante feria de alimentos naturales y llevo la caseta de Good Grains.

—Genial —respondió Luke antes de que los dos se sumieran en un incómodo silencio.

No la había vuelto a ver desde que se había marchado de Los Ángeles y le irritaba la extrañeza de la situación.

—¡Oh, Dios mío, ven aquí! —dijo Eve de pronto, y le rodeó la cintura con los brazos.

Perplejo, Luke posó las manos en sus hombros y le devolvió el abrazo. Ella olía igual que siempre, y él no pudo evitar fruncir el ceño. Le resultaba condenadamente raro abrazarla. Familiar y condenadamente extraño al mismo tiempo.

Su madre, desde detrás de Eve, le dijo, moviendo los labios:

—¡Lo siento!

—Tienes un aspecto realmente magnífico —repitió Eve, abrazándole por última vez—. Tu madre me ha dicho que estabas saliendo con alguien.

—¿Tessa? —preguntó él confundido.

Pero entonces reparó en que su madre no sabía nada de Tessa. De hecho, la vio abrir los ojos de manera notable, pero Eve se limitó a sonreír.

—¿Se llama así?

—Eh, sí. De todas formas, mamá, solo pasaba por aquí para saludarte. Pero veo que estás ocupada y yo tengo que volver al trabajo.

Eve le agarró del brazo.

—No, no te vayas por mi culpa. Me iré yo.

—No, de verdad, no te preocupes. Tengo que irme.

Su madre se retorció las manos y le dirigió una enorme sonrisa que tembló en las comisuras.

—¡Te llamaré! —le dijo mientras Luke salía por la puerta.
—Más te vale —musitó él.

Le abrasaba la piel, como si sintiera sus miradas sobre él mientras se alejaba. Se metió en el coche sin mirar atrás, aunque la necesidad de hacerlo era tan fuerte que tuvo que apretar los ojos con fuerza mientras se deslizaba en el interior del coche.

Luke se apartó de la acera. Estaba yendo por un camino equivocado, pero aquella era la menor de sus preocupaciones.

—¡La madre de Dios! —susurró, estremecido hasta las entrañas.

Se sentía como si alguien le hubiera dado un puñetazo y le hubiera arrebatado todo el aire de los pulmones.

Eve.

Aquella mujer había sido su vida entera y su divorcio le había dejado caminando entre la niebla durante mucho tiempo. Pero, en aquel momento, se estaba dando cuenta de que no había vuelto a ver su rostro desde hacía casi tres años y había estado... bien. Y después de haberla vuelto a ver... también se sentía bien. La época de Los Ángeles y su matrimonio parecían formar parte de otra vida. Como si ya no tuvieran nada que ver con él.

Él sabía que no era cierto. Al fin y al cabo, su estómago todavía no había regresado a su lugar habitual. Pero no tenía la menor tentación de darle un puñetazo a nada. No estaba furioso.

De hecho, cuando su madre le llamó diez minutos después, consiguió contestar con un escueto «hola», en vez de con una respuesta menos educada.

—Luke, lo siento. No tenía la menor idea de que ibas a venir hoy.

—¿Entonces sabías que ella iba a ir a casa?

—Yo... sí. Ya sabes que seguimos teniendo contacto.

—Sí.

Le fastidiaba hasta lo infinito, pero lo había aceptado.

Eve era la hija que su madre nunca había tenido y ella no había dejado de querer a Eve después del divorcio. Pero, en un primer momento, Luke lo había contemplado con indignación. Al fin y al cabo, había sido Eve la que le había dejado y él pensaba que a su madre le molestaría y se mostraría protectora con él. Aparentemente, su madre era mejor persona que él.

—Solo pasará una noche aquí.

—¿Se va a quedar en tu casa? —ladró.

—Lo siento —volvió a disculparse su madre.

Luke suspiró y se frotó el cuello.

—Mira, sencillamente, me ha sorprendido. Eso es todo.

—Estupendo, me alegro. Por un momento, parecías terriblemente enfadado.

—Estoy bien.

—Entonces, si estás bien...

—¿Sí? —preguntó receloso.

—¿Quién es esa Tessa que has mencionado?

Si no hubiera estado en una carretera tan transitada, Luke habría apoyado la frente en el volante y habría gemido. Puesto que aquella no era una opción, se limitó a sacudir la cabeza con expresión de absoluta incredulidad.

—¿De verdad me estás haciendo esa pregunta?

—Sí, de verdad. Le dije a Eve que estabas saliendo con alguien para dejarle claro que habías conseguido seguir con tu vida. No tenía la menor idea de que estaba diciéndole la verdad.

—Lo siento, pero te equivocas. No tengo ninguna novia.

Pero su madre no renunció.

—¿Y quién es esa Tessa?

—Es una chica con la que he tenido una cita y hay muchas posibilidades de que sea la última.

Prefirió ignorar la cita que había terminado en el sofá de Tessa porque estaba bastante convencido de que aquello solo podía ser calificado como un gran malentendido.

—Bueno, mantenme informada.
—Ni lo sueñes.
Su madre rio con tantas ganas que terminó resoplando.
—De acuerdo. Pero te echo de menos. No tardes en dejarte caer por aquí.
—Yo también te quiero. Pero no pienso volver a dejarme caer por allí. La próxima vez, concertaré una cita.

Colgó el teléfono y miró el salpicadero. Solo eran las tres, pero se sentía como si llevara dieciséis horas trabajando. Con tanto tráfico, serían las cuatro para cuando llegara a la comisaría. Quizá debería dar por terminada la jornada, volver a casa y abrir su polvorienta botella de whiskey. Si un hombre no se merecía una noche de copas después de una escena como aquella, ¿entonces cuándo?

Al parecer nunca, porque sonó el teléfono un minuto después, mostrando en pantalla el nombre de Simone. Luke ni siquiera se tomó la molestia de suspirar mientras descolgaba.

—¿Qué pasa?
—¿Tienes ganas de interrogar a otro sospechoso de robo? —parecía absolutamente feliz—. Han atrapado a alguien con las manos en la masa.
—¿Otro robo? ¿A las tres de la tarde?
—No. Un coche patrulla ha parado a un tipo que estaba en busca y captura y le han encontrado un barril de cerveza de Donovan Brothers en el maletero.
—Genial. De acuerdo. Estaré allí dentro de media hora y te explicaré lo que he encontrado en Denver.

Luke colgó el teléfono y presionó el interruptor de las luces que llevaba disimuladas en la rejilla del coche. Mientras sorteaba el tráfico, todo su cansancio se desvaneció con el reflejo de las luces parpadeantes. A lo mejor, al final podía salvar algo de aquella jornada.

Capítulo 9

El punk que se inclinaba sobre la desvencijada mesa de la sala de interrogatorios no parecía tener más de catorce años, pero sobrepasaba la edad para ser enviado a un centro de detención de menores. Tras un primer vistazo, Luke había calculado que aquel joven de veintidós años, de figura escuálida y vaqueros estrechos, confesaría al cabo de cinco minutos.

Era evidente que no era carne de presidio y estaba en busca y captura por no haber ido a declarar en una acusación de un insignificante hurto. Con la prueba del robo de la cervecería en el maletero del coche, aquel chico iba a tener problemas serios.

En cualquier caso, tampoco parecía un joven con muchas luces. Si no hubiera eludido la audiencia, todo habría quedado saldado con una orden de libertad condicional y un periodo de prestación de servicios a la comunidad.

De modo que sí, el chico estaba en una situación comprometida, pero continuaba ciñéndose a su versión. Decía que había encontrado el barril de cerveza en un callejón y había decidido llevárselo.

–Escucha, Tommy –le dijo Luke–, porque te llaman Tommy, ¿verdad?

–Me llamo Thomas.

–No tenemos ningún interés en ti, Thomas. Sabemos que lo de entrar a robar no fue idea tuya. Probablemente, a ti te llevaron en el último momento. Así que, cuéntanos quién te metió en todo el lío.

Thomas elevó los ojos al cielo.

–Estoy hablando en serio, Thomas. Cuéntanos quién orquestó el robo de la cervecería y te ayudaremos.

–Ya se lo he dicho –gruñó Thomas–. Encontré el barril en un callejón.

–¿Ah, sí? Y apuesto a que lo recogiste para llevarlo a un contenedor de reciclaje, ¿verdad?

–Qué tontería. Sí, quería la cerveza, pero no la robé.

El muchacho apretaba los puños con fuerza, haciendo sobresalir los puntos negros que llevaba tatuados en los nudillos.

–De acuerdo, Thomas. En ese caso, no me queda más remedio que llamar al fiscal del distrito –desvió la mirada hacia la puerta y salió seguido por Simone.

–Déjame intentarlo a mí sola –le pidió Simone en cuanto cerraron la puerta.

Luke se encogió de hombros.

–Si crees que puede suponer alguna diferencia...

–No deja de mirarme la barriga de forma extraña.

–¿Tan extraña como si fuera un esquizofrénico que estuviera pensando que el bebé está a punto de salir para agarrarle?

Simone apretó los labios.

–Luke...

–De acuerdo, siempre y cuando creas que no corres peligro.

Simone volvió a entrar y Luke le hizo un gesto al policía uniformado para que se acercara a la puerta antes de dirigirse a la habitación de al lado para ver a Simone a través del monitor.

–¿Dónde está tu amigo? –preguntó Thomas con desdén.

–Está hablando por teléfono con el fiscal del distrito sobre tu caso.

El chico se inclinó todavía más hacia delante con un gesto de falsa arrogancia, pero, tal y como Simone había dicho, fijó la mirada en su abdomen y se detuvo. Simone se llevó la mano al estómago y la dejó reposando allí.

Thomas la señaló con la barbilla.

–Mi chica está embarazada.

Incluso con el sonido metálico del monitor, Luke percibió la vulnerabilidad del muchacho por debajo de su bravuconería.

–¿De cuánto tiempo? –le preguntó Simone.

–De seis meses.

–¿Y ya has sentido moverse al bebé?

El joven esbozó una sonrisa.

Simone se sentó en la silla, pero manteniendo en todo momento la mano sobre su abultado vientre.

–Pareces emocionado –le dijo–. Orgulloso.

–Vamos a casarnos en cuanto encuentre un apartamento.

La sonrisa de Simone desapareció.

–Pero no vas a poder encontrar un apartamento si estás en la cárcel.

–¡Mierda!

Thomas pateó la silla vacía y Luke comenzó a levantarse, pero la silla apenas se movió unos centímetros. Había sido un gesto de frustración, no un gesto amenazador.

–Estamos intentando ayudarte.

–¡Yo no lo hice! Se lo juro por Dios, no tuve nada que ver con ese robo. Mire, le diría cualquier nombre si supiera que eso puede ayudarme, pero no puedo. Me he encontrado ese barril en un callejón, ya se lo he dicho.

–¿Cuándo lo has encontrado? –le preguntó Simone.

–Esta mañana, y lo he dicho antes. Estaba conduciendo por la parte trasera de unos apartamentos, buscando las cosas que la gente tira. Muebles y cosas de ese tipo, ¿sabe? Buscaba cosas para el bebé.

–¿Sabes la dirección?

Thomas entornó los ojos.

–Mierda, no lo sé. Era uno de esos bloques que están en la Dieciséis, fuera de Pearl.

Simone arqueó una ceja.

–Esos apartamentos tienen cámaras de seguridad, Thomas. Sabes que las revisaremos.

–¡Mejor! Revísenlas.

Simone asintió y se levantó.

–De acuerdo, déjame ir a ver lo que se propone hacer el detective Asher.

Luke se encontró con ella en el pasillo.

–No lo robó él –le aseguró Simone.

–Ya, revisaremos esas cintas y lo comprobaremos. ¿Por qué no le pides que nos lleve al lugar en el que lo encontró? Estoy seguro de que está dispuesto a colaborar contigo. Vamos a pedir que localicen las huellas en el barril ahora mismo.

Y así, sin más, la relación volvió a fluir entre ellos. Pasaron dos horas sin un solo momento embarazoso revisando el callejón, presionando al portero del complejo de apartamento e interrogando a los vecinos, buscando cualquier información que pudieran proporcionarles. En Los Ángeles, un caso como aquel no habría merecido más de cinco minutos de atención, pero allí, podía dedicarse plenamente a un robo organizado. Eso le gustaba. Se sentía como si realmente pudiera hacer algo más que limitarse a dejarlo todo limpio tras un episodio de violencia.

Simone miró con los ojos entrecerrados la cámara que enfocaba hacia la zona del aparcamiento.

–Cincuenta dólares a que el propietario va a pedir una orden judicial para dejarnos ver las grabaciones.

–Mierda. No acepto la apuesta. Empezaría ya el procedimiento, pero son las seis y ningún juez va a quedarse hasta tan tarde por un delito contra la propiedad. Tendremos que esperar hasta mañana.

–¿Crees que el ángulo es bueno?

Luke inclinó la cabeza hacia uno y otro lado de la calle.

–No lo sé. Pero está bastante cerca.

–Sí.

El administrador apareció tras una puerta de metal y les dio la noticia que esperaban. El propietario era un hombre que vivía en California y él era el encargado de cubrirle en todos los frentes. Quería una orden judicial, de modo que aquella noche no se podía hacer nada.

Eran más de las siete cuando volvieron a la comisaría y se pusieron a transcribir sus notas. En algún momento, mientras abandonaba la carretera, Luke decidió pasar por la cervecería para informar a los Donovan de lo ocurrido. Era un momento tan bueno como cualquier otro, puesto que no era probable que Tessa estuviera allí.

Y fue extraño lo mucho que se pareció el alivio a la desilusión.

Tessa estaba en racha aquella noche. Todos y cada uno de los servicios eran perfectos. La cervecería estaba llena, pero no a rebosar, y todo el mundo parecía contento, de buen humor. Sonrió con auténtica felicidad cuando dejó tres cervezas en una mesa ocupada por tres hombres que estaban viendo el partido de béisbol en la pantalla de la esquina.

Cuando se dirigía hacia la barra, una mujer la tocó en el brazo para detenerla.

–¿Dónde está ese chico tan guapo que normalmente trabaja aquí?

–Tiene la noche libre –contestó Tessa por vigésima vez aquella noche.

Siempre era igual. No se sintió ofendida. Jamie era una atracción turística de lo más popular. El día que tenía la noche libre, ella lo comunicaba por Twitter, para que hubiera menos rostros desilusionados de lo habitual.

—¡Eh, Tessa! —gritó uno de los clientes habituales desde una mesa cercana—. ¿Por qué tú nunca te pones la falda irlandesa?

—Tú ya estás imaginándote a una colegiala, Fred. Es posible que sea una falda de cuadros, pero no es lo mismo, y jamás me convencerás de que me ponga una.

Fred se golpeó la rodilla y soltó un aullido.

Riendo, Tessa retiró los vasos vacíos de la mesa de Fred y sacudió la cabeza.

—Será mejor que te vayas a casa. Joyce te tirará la cena a la basura si no vuelves pronto.

Fred se enderezó en la silla, miró el reloj y soltó una maldición. Tessa le tendió la cuenta sin decir una sola palabra, se volvió y se encontró de pronto frente a Luke Asher.

Luke alargó la mano para ayudarla a sujetar la bandeja con los vasos, pero la agarró tan rápidamente que estuvo a punto de tirarla.

—Lo siento —se disculpó mientras posaba una mano en el hombro de Tessa y la otra en la bandeja. Frunció el ceño—. ¿Qué estás haciendo aquí?

—Bueno, supongo que eso contesta a la pregunta de si habías venido a verme.

Feliz con la expresión de incomodidad que vio cruzar su rostro, Tessa pasó por delante de él. Al fin y al cabo, tenía que igualar las condiciones en el terreno de juego. Aquel hombre la había dejado abandonada la noche anterior. Después de aquella sesión en su regazo, Tessa estaba más que dispuesta a darle a Luke otra oportunidad, pero no había ningún motivo para que él lo supiera.

Disimulando una sonrisa, se metió tras la barra y colocó los vasos vacíos en la bandeja que iba a meter en el lavavajillas. Se secó las manos antes de volver a encontrarse con Luke en la barra.

–¿Has venido a negociar con mi hermano el precio de mi virginidad?

–¡Jesús, Tessa! –musitó.

Se le puso colorada la punta de las orejas.

–Lo siento. Estoy segura de que todavía hay algunos detalles que arreglar. No quiero interferir.

–Sí, ya lo he entendido. Estás intentando torturarme.

–¿Y está funcionando?

Luke suspiró tan sonoramente que Tessa le oyó a pesar del sonido de la música y de la retransmisión del partido de béisbol.

–No se te da mal –le dijo.

–Gracias. ¿Quieres una cerveza?

Luke entrecerró los ojos como si estuviera intentando discernir su intención y, sí, le dirigió una maravillosa mirada de recelo. Una mirada oscura y penetrante. Tessa sintió que se le erizaba el vello de los brazos. Sus pezones se endurecieron. Luke era capaz de convertir su condición de policía en un auténtico arte erótico.

–Claro –dijo Luke por fin–, me tomaré una cerveza.

–¿Quieres la carta?

Las arrugas de las comisuras de los ojos de Luke se hicieron más profundas.

–¿Por qué no eliges tú por mí?

¡Oh, un desafío! Tessa inclinó la cabeza y dejó que sus ojos vagaran por todo lo que de Luke podía ver. Retrocedió un paso y le miró con los ojos entrecerrados.

–Mm...

Él arqueó la ceja, como si la estuviera desafiando.

–Muy bien –musitó ella, y fue a buscar la cerveza.

Cuando le deslizó la cerveza sobre la barra, Luke no pareció impresionado, pero se la llevó inmediatamente a los labios.

—India pale ale —le dijo Tessa—. Tiene muy buen aspecto, pero tiene un toque muy amargo.

Luke bebió un sorbo y dejó el vaso sobre la barra con fuerza. Sus ojos no mostraban la menor muestra de humor.

—¿Quieres decir que muerde a pesar de su aspecto inocente? Creo que te has equivocado y me has dado tu cerveza.

Tessa se mordió el interior de la mejilla para evitar sonreír.

—No, a mí me gusta la ámbar. Suave, dulce y sabrosa. La cerveza perfecta para todas las ocasiones.

Luke suavizó por fin el gesto de su boca y alzó su vaso.

—Tomaré una.

Tessa sacudió su cola de caballo y le dejó acunando su cerveza mientras recogía el dinero de Fred y dirigía una rápida mirada a las otras mesas.

—Entonces, ¿qué estás haciendo aquí? —le preguntó a Luke cuando volvió a la barra.

—Quería poneros al día sobre el robo. Hemos detenido a un tipo que llevaba un barril de cerveza en el maletero de su coche. Ahora mismo, no creo que sea una de las personas que participó en el robo, pero andamos detrás de algunos detalles —Luke metió la mano en el bolsillo del abrigo—. ¿Le conoces?

Tessa miró detenidamente la fotografía de aquel chico que miraba con expresión huraña hacia la cámara.

—No, no le conozco. Pero es suficientemente joven como para llamar la atención en un lugar como este.

—¿Están aquí tus hermanos?

—No, solo estamos Wallace y yo.

—¿Te refieres al maestro cervecero?

—Sí. ¿Quieres hablar con él? Normalmente no se queda hasta tan tarde, pero esta noche está preparando un par de lotes de cerveza. Se sumerge completamente en sus experimentos —se inclinó hacia él para susurrarle—. Cerveza negra con aroma de chocolate.

Pero, en realidad, lo que pretendía era tener una excusa para disfrutar de su fragancia. Mm. Aquel hombre la excitaba.

Luke se aclaró la garganta antes de volver a dar otro sorbo a su cerveza. O bien le había gustado que se inclinara hacia él, o estaba desesperado por alejarse de ella. Pero, teniendo en cuenta que había aceptado voluntariamente la cerveza y el asiento, Tessa se decidió por lo primero.

–Vamos –le dijo suavemente, dirigiéndole una misteriosa sonrisa–. Ven conmigo a la parte de atrás.

Luke abrió los ojos como platos.

–Así podrás enseñarle a Wallace la fotografía.

–Sí, claro

Se levantó y la siguió a través de las puertas abatibles. El pasillo de la izquierda, que conducía a la zona de oficinas, estaba a oscuras, pero la cocina estaba más que iluminada. Desde luego, lo suficiente como para ver a Wallace inclinándose para susurrarle algo a una joven al oído.

–¡Oh! –dijo Tessa, deteniéndose bruscamente.

Luke terminó chocando contra ella durante un instante, pero retrocedió rápidamente.

Wallace alzó la mirada con su habitual ceño de mal humor.

–Estaba a punto de irme –gruñó.

La chica que estaba a su lado sonrió como si estuviera esperando una invitación. En ese momento, Tessa se dio cuenta de que la supuesta chica era, en realidad, un joven de aspecto delicado con una melena oscura y lisa que descendía por su espalda.

Nada extraño en Wallace.

–¿Tienes un momento? –le preguntó–. El detective Asher quiere enseñarte una fotografía.

Wallace se encogió de hombros y alargó la mano hacia la fotografía. La miró durante largo rato, como si tuviera miles de rostros que revisar en su memoria. A Tessa tampoco la sorprendió. Aquel hombre tenía muchas citas. Montones de citas. Al final, inclinó la fotografía hacia ambos lados y sacudió la cabeza.

–No le conozco.

–Gracias –dijo Luke.

Wallace gritó, rodeó a su cita con el brazo y salieron por la puerta de atrás sin decir una sola palabra.

Luke se volvió hacia ella con las cejas arqueadas.

–No tenía la menor idea de que Grizzly Adams era gay.

–No lo es. Grizzly Adams es un entusiasta bisexual.

–Oh. Eso es... De acuerdo, dejemos de llamarle así. Afecta a mis recuerdos de infancia. Me encantaba ese programa –miró con el ceño fruncido hacia la puerta–. En serio, parece un hombre montaña.

–Lo sé. Y no puede ser más gruñón, pero las más hermosas criaturas le rodean como si fuera el flautista de Hamelín. Es curioso, como poco. No estoy segura de qué clase de poderes tiene, pero, desde luego, son muy potentes.

Luke sacudió la cabeza.

–Creo que voy a terminarme la cerveza.

–Claro. Siento no haber podido ayudar con la fotografía.

–Había pocas posibilidades.

Tessa le dejó en la barra, terminándose la cerveza, mientras ella se encargaba del resto de los clientes. Pero le ardía el cuello con la conciencia constante de su presencia. Sabía que Luke no se había ido. Pero por nada del mundo haría ella el menor movimiento. Aun así, le resultaba difícil no mirarle. No era en absoluto como Jamie había dicho. Podría ser un imán para las mujeres, pero ella le había dado la oportunidad de acostarse con ella la noche anterior y la había rechazado. ¡La había rechazado! Dios...

Media hora después, solo quedaban dos mesas ocupadas y Tessa tuvo tiempo para sentarse al lado de Luke.

–Todavía estás aquí.

–Me gusta verte trabajar.

–¿Ah, sí? ¿Limpio las mesas con estilo?

Luke inclinó su pinta y miró los restos de espuma.

–Sonríes a la gente. Eres muy amable con tus clientes.

El calor cosquilleó por la piel de Tessa con una incómoda intensidad. Se alegró de estar sentada a su lado, y no enfrente de él. Solo había sido un cumplido, pero la honesta sinceridad de sus palabras la azoró.

–Es mi trabajo –le dijo, y así lo dejó.

–No, no es solo eso.

Tessa se retorcía de placer.

–Estás demasiado acostumbrado a tratar con delincuentes.

Luke dejó el vaso en la mesa y se volvió hacia ella.

–Cuando no estoy cerca de ti, estoy convencido de que esto es una mala idea.

A Tessa le dio un vuelco el corazón.

–¿Esto?

–Soy un hombre demasiado complicado. No tienes por qué pensar en ello ni intentar averiguar si es cierto. Te lo estoy diciendo abiertamente. Mi vida es mucho más complicada de lo que te imaginas. No soy un hombre de relaciones largas.

–¡Ah! Ya entiendo.

–Así que deberías decirme que no quieres volver a verme, Tessa.

A pesar de lo que había dicho, Tessa no entendía nada en absoluto. ¿Qué estaba diciendo? Le estaba advirtiendo que no se acercara a él, pero no se marchaba. No quería una relación larga, pero la noche anterior había huido de una velada de sexo.

–Ya te dije que no necesito otro hermano mayor que me proteja.

Luke se frotó la nuca y suspiró.

–Si estuviera pensando en protegerte, me habría ido hace media hora.

–Pero estás aquí.

—Sí, aquí estoy.

Tessa miró el reloj de pared y después se fijó en los pocos clientes que quedaban. Uno de ellos la llamó con un gesto.

—Ahora mismo vuelvo —le dijo ella a Luke.

Diez minutos de trabajo y Tessa ya solo tenía que recoger dos mesas y despedir al último cliente. Terminó de limpiar, se sirvió media pinta de cerveza e inclinó la cabeza hacia la mesa de billar.

—Todavía me quedan veinticinco minutos para cerrar. ¿Te apetece que echemos unas partidas de billar?

Luke la miró a los ojos sin decir una sola palabra, como si le estuviera dando tiempo para cambiar de opinión. Después, se levantó y caminó hacia la mesa de billar. Sonriendo, Tessa agarró unas monedas de la caja registradora y le siguió.

Diez minutos después, estaba segura de que Luke estaba intentando rascar del suelo los restos del poco orgullo que le quedaba.

—Maldita fuera —gruñó—. ¿Sacabas la mejor nota en la universidad?

—¡Oh, por favor! Trabajo en un bar. Y tuve la nota máxima en economía.

—¿De verdad?

Tessa se encogió de hombros.

—Y la más baja en contabilidad. Los presupuestos de la cervecería son un poco pequeños para la macroeconomía. ¿Y qué me dices de ti?

—Derecho Penal, supongo que es lógico. Sinceramente, yo habría ido directamente a la academia de policía, pero mi madre es profesora y no quería que me repudiara.

—¡No lo sabía! ¿Y de qué es profesora?

—Es profesora de Inglés en secundaria. Tiene mucha experiencia con adolescentes, una habilidad de lo más recomendable para criar sola a un hijo.

Tessa colocó las bolas de billar para darle una paliza y le estudió con los ojos entrecerrados.

–¿Te llevas bien con ella?

Luke sonrió, pero su sonrisa se transformó en una risa.

–Sí. De hecho, hoy misma la he visto.

–¿Ah, sí? ¿Y por qué te parece tan gracioso?

–Ya sabes cómo son las madres... –su risa se desvaneció para revelar el impacto que le habían causado sus propias palabras–. Lo siento. Había olvidado...

–No seas tonto. Me gusta oír hablar de las madres de otros. Me hace feliz.

Luke sacudió la cabeza y rodeó la mesa. A Tessa se le iba acelerando el pulso con cada uno de sus pasos. Para cuando se detuvo delante de ella, se sentía como si tuviera un pájaro temblando en su pecho.

Luke le rodeó el cuello con la mano.

–Todo te hace feliz, Tessa.

–Eso no es verdad –susurró.

Pero entonces Luke la besó, lenta y profundamente y la felicidad de Tessa fue tal que decidió no molestarse en decir nada.

Capítulo 10

Tessa aparcó el coche en el garaje y le hizo un gesto a Luke para que aparcara detrás de ella. Le había invitado a tomar una copa de vino, pero ambos sabían por qué estaba allí.

O... Tessa frunció el ceño mientras abría la puerta. ¿Había alguna posibilidad de que Luke no supiera que estaba allí porque quería acostarse con él? Porque, desde luego, la noche anterior habían tropezado con unos cuantos malentendidos.

Pero en cuanto entró en casa y encendió la luz, Luke entró tras ella, se desató la corbata y se la quitó. A lo mejor sí sabía para qué había ido allí. En ese momento, Tessa reparó en lo cansado que estaba y se preguntó si debería limitarse a arroparle en la cama.

De ningún modo. Sirvió dos copas de vino y le hizo un gesto para que se dirigiera hacia el sofá. Se quitó los zapatos y se sentó directamente a horcajadas sobre su regazo.

–Ahora –musitó–, estamos donde estábamos ayer cuando interrumpiste tan bruscamente la velada.

Media hora después, Tessa estaba tumbada de espaldas en el sofá, con la cremallera de los pantalones desbrochada, los brazos alrededor del cuello de Luke y la boca de Luke sobre sus labios. Lo único que podría haber mejorado su situación habría sido que la mano de Luke se posara en la parte frontal de los pantalones y, que el cielo le bendijera, Luke estaba ocupándose de ello en ese preciso instante.

En aquel momento, Luke parecía haber tomado la decisión de permanecer a su lado sin vacilar. Deslizó los dedos dentro de sus bragas y la tocó. Tessa gimió contra su boca. Estaba rodeada por él. El cuerpo entero de Luke se presionaba contra su costado, su lengua trabajaba rítmicamente contra ella y, en aquel momento, sus dedos estaban adaptándose al mismo ritmo lento mientras le frotaba el clítoris. ¡Madre mía! Tessa estaba en la gloria. O en el purgatorio. Al fin y al cabo, todo su cuerpo parecía a punto de arder.

Sintió cómo iban humedeciéndose los dedos de Luke mientras la acariciaba, lubricándola con su propia humedad. Al final, Luke deslizó la mano más abajo y hundió un dedo dentro de su sexo.

–¡Oh, Dios mío! –jadeó ella, apartando la boca para poder tomar aire–. ¡Dios mío, sí!

Luke continuó hundiendo el dedo lentamente, mientras presionaba con la mano el clítoris en cada una de las embestidas.

Tessa arqueó las caderas, urgiéndole a hundirse más profunda y rápidamente en ella, pero Luke estaba paralizado por sus propias súplicas. Aminoró el ritmo. Estaba siendo extremadamente lento. Deslizaba la mano, la acariciaba y la presionaba contra ella. Tessa estaba agonizando de placer.

–Mm

Luke deslizó la boca por su cuello y succionó ligeramente. Por la columna vertebral de Tessa comenzaron a descender escalofríos que terminaron agrupándose alrededor de su sexo. Luke presionó los dientes contra su piel y ella jadeó al tiempo que movía las caderas.

–¡Oh, sí! ¡Más rápido!
–No, creo que no –musitó él.
–Por favor.

—No.

Tessa abrió los ojos sobresaltada y miró al techo. ¿No? ¿Un hombre que decía que no? ¿En la cama? Antes de que hubiera conseguido salir de su estupefacción, Luke hundió otro dedo dentro de ella. Tessa gritó al experimentar aquella deliciosa presión, pero, fiel a su palabra, él no aceleró el ritmo. La acarició lenta y firmemente hasta que Tessa estuvo tan cerca del orgasmo que le clavó las uñas en el brazo. ¡Oh, Dios, estaba tan tensa!

—Por favor —susurró Tessa otra vez—. Por favor, por favor...

Pero Luke fue implacable. Ignoró sus súplicas. Ignoró las uñas que le clavaba. Y su inclemencia al final tuvo su recompensa. La tensión fue creciendo y creciendo hasta que algo se rompió dentro de ella y Tessa soltó un grito ahogado. Sacudió las caderas, le temblaron los muslos. Pero Luke no aflojó hasta que ella, al final, comenzó a gemir.

—¡Oh, Dios mío! —jadeó—. Luke... Eso ha sido...

Cuando aminoró el ritmo de los latidos de su corazón, se dio cuenta de que la respiración de Luke era tan agitada como la suya. Pobre tipo. Probablemente estaba inmerso en un mundo de dolor. Pero a Tessa le pesaban tanto los brazos y las piernas... Se estiró con fuerza y suspiró cuando Luke apartó los dedos.

No quería volver a moverse jamás en su vida, pero aquel hombre se merecía su mejor esfuerzo. Era evidente que él lo había hecho.

Luke deslizó la mano hasta la cadera de Tessa, como si tuviera miedo de salir flotando si no se aferraba a ella. Y a Tessa le encantó convertirse en su ancla, aunque fuera solo durante un breve instante.

Luchando contra las ganas de cerrar los ojos y fundirse con el sofá, Tessa deslizó los dedos por el costado de Luke.

—¿Todavía estás despierto?

—¡Muy graciosa! —respondió él malhumorado.
—¿Tienes sueño, detective? ¿Puedo llamarte detective?
—No.

Tessa se tumbó de lado para poder mirarle a la cara y le pasó la pierna por los muslos para poder estrecharse cómodamente contra él.

—¿Solo de vez en cuando? —ronroneó—, ¿detective?

Los ojos de Luke brillaron detrás de sus pestañas.

—Quizá alguna vez. Si te portas bien.

Su sonrisa traviesa la sorprendió. Y también la fuerza de sus manos cuando la levantó.

—¿Y ahora he sido buena? —preguntó Tessa casi sin respiración.

Luke la ayudó a incorporarse, se levantó también él y prácticamente tiró de ella.

—Todavía no —respondió. Le quitó la camiseta por encima de la cabeza—. Pero muy pronto lo serás.

La piel desnuda de la espalda de Tessa tenía el tacto de la seda bajo las yemas de sus dedos. Seda, satén o alguna otra materia insoportablemente bella. Algo suave, cálido y delicado. En otro momento, cuando no estuviera temblando de deseo, posaría los labios en cada centímetro de su piel. Pero aquella noche se sentía tan cerca del clímax que solo pudo desabrocharle el sujetador antes de que la intensidad de su deseo le confiriera cierta torpeza.

Se sentía como si estuviera otra vez en el instituto y estuviera acostándose con una chica imposiblemente atractiva en el sofá de su cuarto de estar, sobrecogido por la idea de que estaba a punto de verla desnuda.

Luke le quitó el sujetador y posó la mano sobre sus costillas para alcanzar sus senos. Tessa suspiró, tal y como él sabía que haría, y soltó un ronco ronroneo cuando él tomó su pezón entre los dedos. Luke habría dedicado unos minutos solo a eso, pero Tessa acababa de bajarse los pantalones, ¿y cómo se suponía que iba a resistirse?

Con intención de ayudarla a terminar de desnudarse, bajó de nuevo al sofá, pero la visión de su cuerpo le atrapó con una trampa. Tenía unos senos pequeños y maravillosos. Los pezones eran de un rosa intenso y estaban endurecidos por la excitación. Y cuando ella se bajó los pantalones un poco más, llevándose las bragas por el camino, se descubrió allí sentado como un estúpido, con las manos posadas sobre sus caderas desnudas mientras intentaba dividir su atención entre sus senos desnudos y los rizos castaño claro de entre sus muslos. La acarició, descubrió que continuaba húmeda por el orgasmo y no pudo resistir la tentación de deslizar un dedo en su calor.

–¡Dios...! –gimió ella mientras Luke posaba la boca en su cintura e iba mordisqueándola suavemente hasta las costillas–. Luke, necesito...

Sí, él sabía lo que necesitaba, así que terminó de bajarle los pantalones y los sacó de sus piernas. Y en aquel momento fue su propio deseo el que se hizo cargo de la situación. En lo único en lo que podía pensar era en hundirse inmediatamente dentro de ella.

Luke se reclinó contra el respaldo del asiento para desabrocharse el botón de los vaqueros. En cuanto liberó el botón, Tessa se sentó a horcajadas sobre él, colocando el trasero contra sus rodillas. Tenía las piernas abiertas, el sexo húmedo y esponjoso, y Luke se sentía como un animal despiadado cuando Tessa alargó la mano hacia la cremallera de sus pantalones. Todo en su mente y su cuerpo estaba centrado en ella. En sus muslos, en su sexo, en sus manos a punto de hundirse en...

–¡Dios mío! –jadeó cuando Tessa le rodeó el sexo con los dedos.

Comenzó a acariciarle como si necesitara más estimulación y Luke vio las estrellas.

—Muy bonito —ronroneó Tessa con una sonrisa dulce completamente desajustada con la imagen tan erótica que representaba—. ¿Todo esto es para mí?

¡Oh, Dios! Le dolía tanto que le entró la risa. Se descubrió a sí mismo riendo y gimiendo al mismo tiempo. Después, Tessa deslizó los dedos por la cabeza de su sexo y él volvió a temblar. Se alegraba de que fuera tan juguetona, pero tenía dudas de que fuera capaz de aguantar ni un segundo más. Luke deslizó la mano en el bolsillo trasero del vaquero y sacó la cartera.

Mientras sacaba el preservativo, Tessa apoyó las rodillas con más firmeza en el sofá y se inclinó hacia él. Le quitó el preservativo y lo desenrolló sobre su miembro. La sonrisa de Tessa desapareció. La respiración se le había acelerado.

Mientras la observaba, Tessa cerró la mano alrededor de su miembro y se colocó sobre él. Al cabo de un momento, ambos se detuvieron, expectantes. Luke posó las manos en su cintura y la hizo bajar sobre él.

El sexo de Tessa lo atrapó en un puro fuego. Cuando lo sintió excesivamente tenso, incluso para él, la alzó ligeramente antes de ayudarla a descender otra vez.

—Dios mío —susurró mientras observaba cómo la penetraba con su miembro.

Al final, quedó completamente dentro de ella. La besó y la meció contra él, abrasando cientos de sinapsis en su cerebro. Cuando el cuerpo de Tessa se ablandó un poco, comenzó a moverse.

Si todavía le hubiera quedado alguna ilusión de virginidad, aquello la habría destrozado. Aunque fue ella la que le dejó marcar el ritmo, Tessa le montaba tal y como ella quería, moviendo las caderas en círculo y arqueando la espalda. Luke alargó la mano y le quitó la cola de caballo, liberándole la melena. Cuando ella la sacudió, Luke cerró los ojos un instante. Estaba intentando mantener el control y aquella melena cayendo sobre sus hombros y sus senos y botando con cada movimiento... Era una situación que no podía manejar en aquel momento.

Se concentró en sus embestidas, alzándose para encontrarse con sus caderas, sintiendo cómo encajaba dentro de ella. Deslizó las manos por sus caderas y ascendió hasta sus costillas y sus senos. Tessa sollozó cuando le pellizcó los pezones, y Luke le empujó las caderas contra él y se irguió para tomar un pezón con los labios.

—Sí —le urgió ella cuando le arañó el pezón con los dientes.

Luke se movió para que ambos se colocaran al borde del sofá y comenzó a mecerse lentamente dentro de ella mientras succionaba con fuerza su seno.

—¡Oh eso es...!

Sus palabras desaparecieron hasta convertirse en un suave gemido mientras continuaba moviéndose siguiendo el ritmo de sus embestidas. Hundió las manos en su pelo, clavándole las uñas en el cuero cabelludo. Por un instante, Luke estuvo tan absorto en aquellos adorables gemidos de placer que se olvidó de su propia situación desesperada. Perdió el control y maldijo la presión que sintió en la base de su miembro.

Apartó la boca y apretó los dientes mientras Tessa se movía contra él, emitiendo jadeos que se convirtieron en una pura tortura. Aquella mujer era la cosa más hermosa que había visto jamás. Mientras su propia mandíbula se tensaba cada vez más, el rostro de Tessa era cada vez más dulce, y tenía los ojos cerrados como si estuviera perdida en sí misma. Luke quería que aquello no terminara. Que no terminara nunca. Pero su cuerpo iba directo hacia el orgasmo.

—Mierda —musitó.

Tessa estaba muy cerca. Sus suspiros eran un poco más rápidos y se mordía el labio inferior. Luke la rodeó con los brazos, se levantó del sofá y giró hasta que el trasero de Tessa quedó apoyado entre los cojines y él se arrodilló entre sus piernas.

Ahogando un grito, Tessa abrió los ojos y le miró con expresión de asombro.

–Lo siento –musitó él.

En vez de enterrarse dentro de ella, extendió los dedos sobre su vientre y le acarició el clítoris con el pulgar.

–¡Ah! –jadeó Tessa.

Él se mantuvo inmóvil mientras le frotaba el clítoris, hasta que sintió sus muslos temblando contra él.

–¡Oh, Dios mío! –gritó Tessa–. Muévete, por favor.

Con la mandíbula apretada por la tensión, Luke esperó mientras ella arqueaba la espalda y suplicaba por última vez.

Y por fin le dio lo que ambos querían con unas brutales y profundas embestidas. Tessa gritó al llegar al orgasmo mientras sacudía las caderas. Justo cuando ella empezaba a tranquilizarse, Luke alcanzó el clímax. La visión se le nubló mientras el placer lo apresaba con su palpitante garra.

Se derrumbó, agarrado todavía a sus caderas. Apoyó la frente en el respaldo del sofá y respiró la fragancia de su hombro. Olía bien. A jabón y a una piel caldeada por el sueño. Tessa le rodeó la nuca con la mano y comenzó a mimarle con caricias lentas. ¡Dios santo! Luke estuvo a punto de ronronear.

Había pasado mucho tiempo desde la última vez que había hecho el amor, y una eternidad desde la última vez que había sentido algo que se acercara a aquello tan maravilloso.

Tessa hundió las manos en su pelo y tiró suavemente para besarle delicadamente en los labios.

–¿Quieres que me vaya? –le preguntó él con voz queda.

Tessa tensó los dedos y le echó la cabeza ligeramente hacia atrás para mirarle a los ojos.

–No seas tonto –susurró.

Y el alivio que sintió Luke le indicó a él mismo las pocas ganas que tenía de marcharse.

Cuando aquello se terminara, sufriría, pero a Luke le importaba un maldito comino.

Capítulo 11

Tessa estaba dejándose arrastrar hacia un adorable, cálido y supremamente satisfactorio lugar cuando oyó la puerta de un coche al cerrarse. Abrió los ojos, despertándose inmediatamente, y vio que el otro lado de la cama estaba vacío.

¡Maldita fuera! Tenía la esperanza de que Luke la despertara aquella mañana antes de marcharse. Esperaba que la despertara con otra sesión de sexo condenadamente bueno. Pero probablemente tenía que irse a trabajar. El horario de trabajo de Tessa comenzaba más tarde que el de la mayor parte de la gente.

Pero, ¡Dios!, había sido maravilloso. Y estaba deseando hacer el amor con él, estando Luke completamente desnudo. Bueno, quizá aquella noche.

Justo cuando estaba relajándose de nuevo, apoyada en la almohada y pensando que podía disfrutar de otra hora de sueño, oyó que la puerta se abría. En aquel terrible momento, registró dos cosas muy importantes: la primera, que el sonido del coche había procedido de la parte delantera de la casa y Luke había aparcado el coche en el callejón. Y la segunda, que estaba corriendo el agua de la ducha y ella no estaba duchándose. Al final, por supuesto, concluyó la terrible verdad: dejar que sus hermanos tuvieran llaves de la casa había sido una idea de lo más estúpida.

Tessa saltó de la cama maldiciendo justo en el momento en el que la voz de Eric llegaba hasta ella desde la cocina.

—¡Tessa! ¿Estás levantada?

El tintineo de las botellas le indicó que estaba rebuscando en su nevera, de modo que tenía algunos minutos para hacer... algo. Lo primero era lo primero. Necesitaba ocultar su desnudez, y rápido.

Tessa se alejó de la cama y agarró la bata que siempre dejaba en la silla de la esquina. Se ató el cinturón con un fuerte nudo y se agachó para esconder la ropa de Luke debajo de la cama. Uno de los zapatos había desaparecido y empleó diez segundos largos en encontrar el otro.

La puerta de la nevera se cerró.

—¡Mierda! —exclamó.

Justo en aquel momento, encontró el otro zapato y lo lanzó al armario más cercano.

Al oír unos pasos sobre el suelo de madera, corrió hacia la puerta del dormitorio y la cerró tras ella mientras Eric avanzaba por el pasillo. Desgraciadamente, el sonido de la ducha continuaba resonando a través de la madera.

—¿Una noche difícil? —preguntó Eric.

Tessa se llevó la mano al pelo revuelto y tragó con fuerza.

—Sí, estaba a punto de meterme en la ducha. ¿Qué pasa?

—Tenía la sensación de que últimamente no nos estábamos haciendo mucho caso y he decidido pasarme a desayunar contigo.

—¿Quieres decir que has vuelto a olvidarte de hacer la compra?

—No —contestó, pero Tessa advirtió que tenía un resto de pollo frío en la mano.

Para desayunar, nada menos.

—Bueno, a lo mejor podemos ponernos al día en la comida de hoy —en realidad, no tenía ninguna intención de comer con él—. Ahora mismo voy con un poco de retraso —señaló hacia la puerta del dormitorio.

Aquel gesto fue un error.

Eric miró la puerta con los ojos entrecerrados, como si acabara de darse cuenta de que estaba cerrada. ¿Y por qué necesitaba cerrar la puerta del dormitorio una mujer que vivía sola?

Entonces, la ducha se cerró. El agua al caer no parecía sonar con mucha fuerza, pero su ausencia creó un vacío de sonido atronador.

Tessa sintió que la piel se le entumecía al tiempo que sus músculos se convertían en dolorosos nudos. Eric estaba a solo treinta centímetros de ella, de modo que fue testigo de primera línea de la sucesión de emociones que cruzaba su rostro. Confusión, alarma, preocupación y después una violenta y fría furia. Deslizó sus ojos claros por una bata que, se había dado cuenta Tessa cuando ya era demasiado tarde, era su bata de verano. Una bata plateada, sedosa y sensual.

—¿Quién es? —preguntó Eric en un gruñido.

—Eric —le advirtió ella, posando las manos en su pecho cuando comenzó a dirigirse hacia la puerta—, ya no soy una niña.

—Le mataré —lo dijo en una voz tan baja que la asustó.

—No seas ridículo.

Eric pasó por delante de ella. Tessa le agarró de la muñeca, pero Eric tenía la mano ya en el pomo de la puerta. Mientras la puerta se abría, la voz de Luke fluyó por el pasillo con perfecta claridad.

—Tessa, he utilizado tu toalla. Espero que no te importe.

Tessa observó indefensa cómo Eric abría los ojos como platos y mostraba los dientes como si fuera un perro guardián. Tessa hizo entonces lo único que se le ocurrió. Le empujó hacia el pasillo. Con fuerza.

—¿Qué pasa? —preguntó Luke.

Tessa sintió la presencia de Luke tras ella. Su hermano entrecerró los ojos hasta convertirlos en dos estrechas ranuras.

—Mierda —susurró Luke tan suavemente que Tessa apenas le oyó.

—Sí —respondió ella.

Una cálida humedad se deslizó por debajo de sus piernas mientras salía el vapor del baño. No tuvo que volverse para saber que Luke llevaba encima una toalla y nada más. Podía verlo en el odio furioso que reflejaba el rostro de Eric.

—Eric —le dijo con calma—. Vete. Hablaremos de esto más tarde.

—¿Estás de broma, ¿verdad? ¡Porque no pienso ir a ninguna parte!

—Sí, claro que te vas a ir. Estas son mi casa y mi habitación y ahora tienes que irte.

Eric la ignoró y señaló a Luke como si pudiera matarle con la punta de su dedo.

—¿Cómo demonios has podido hacerle una cosa así?

—Yo no... —empezó a decir Luke, pero sus palabras dieron paso a un tenso silencio.

—Vamos —le repitió Tessa a su hermano mientras retrocedía al interior del dormitorio.

Como Eric no se movió, le cerró la puerta en las narices y echó el cerrojo.

Con los ojos abiertos como platos por el terror, se volvió lentamente para mirar a Luke. Este estaba mucho más serio de lo que esperaba haberle visto aquella mañana.

—Lo siento —susurró Tessa.

Oyeron los pasos de Eric alejándose de la puerta. Luke permaneció mirando a Tessa fijamente hasta que dejaron de oírse.

—¿Por qué no voy a hablar con él? —sugirió al cabo de un rato.

Tessa sacudió la cabeza con un gesto frenético.

—De ningún modo. Hablaré yo. Yo solo...

—A lo mejor podrías comentarle que no eres...

Tessa hizo un gesto con la mano.

—Sí, lo sé. Lo único que tengo que hacer es encontrar la manera de evitar que esté enfadado contigo.

—¡Ja! —Luke negó con la cabeza—. Eso no va a ocurrir. Lo que espero encontrar es la manera de ir al trabajo sin un ojo morado.

—No te va a pegar.

—Mira, habría estado encantado de poder pegarme hace un momento, Tessa. En el mejor de los casos, tu hermano sabe exactamente lo que hicimos anoche.

—Oh —sintió que comenzaban a arderle las mejillas.

—Sí, exactamente. Y, en el peor, sabe lo que hicimos ayer por la noche y cree que te intimidé para que lo hicieras. De modo que sí, es capaz de hacer algo violento.

Tessa asintió y corrió a la cómoda para sacar unos pantalones de chándal y una camiseta.

—Muy bien. Espérame aquí. Y, ¿sabes? —señaló su pecho desnudo—. Será mejor que te vistas.

—Sí, señora.

—Tienes la ropa debajo de la cama. Y mira también en el armario.

Tessa salió al pasillo, intentando arreglarse el pelo mientras se dirigía al cuarto de estar. Si uno de sus hermanos pensaba que era completamente inocente, también debía de pensarlo el otro. Había representado su papel demasiado bien, maldita fuera. ¿Cómo iba a salir de aquella difícil situación?

Esperaba encontrar a su hermano taciturno en el sofá, pero Eric estaba frente a la puerta de la casa con los brazos cruzados. Mientras avanzaba hacia él, Tessa comprendió por qué no se había sentado. La ropa que Luke le había quitado la noche anterior estaba todavía desparramada en el suelo, enfrente del sofá.

¡Mierda!

Fue aminorando el ritmo de sus pasos hasta detenerse. Se miraron fijamente el uno al otro.

Eric fue el primero en hablar.

—No sabes nada de ese tipo.

—Sí sé —respondió.

Eric tensó la barbilla, clavó la mirada en el sofá y volvió a mirarla.

—Siento decirte esto después de que...

—Por el amor de Dios, Eric. Llevo mucho tiempo saliendo con chicos. En la universidad, en el instituto...

—¿En el instituto? —chilló.

—¡No me refiero a eso! Yo solo... —apretó los ojos con un gesto de frustración—. ¡Lo único que pretendo decirte es que estoy bien, que no necesito que nadie me proteja!

Eric inclinó la cabeza como si llevara todo el peso del mundo sobre los hombros. Cuando volvió a alzarla, sus ojos mostraban una profunda tristeza.

—La compañera de Luke está embarazada de él.

Fue tal el alivio que experimentó Tessa que esbozó una sonrisa sincera.

—No, eso no es cierto. Simone solo es su compañera. El hijo no es suyo, Eric.

Eric la miró con los ojos entrecerrados.

—Estoy hablando en serio.

—Bueno, esa es solamente una de...

La puerta del dormitorio de Tessa se abrió y Eric se interrumpió y miró hacia el pasillo. Tessa se volvió y vio a Luke entrar en el cuarto de estar.

—Eric —saludó Luke en tono neutral.

Pero Eric no contestó. Cuando Tessa alzó la mirada hacia él, gruñó:

—Hablaremos más tarde —abrió la puerta y salió.

Tessa mantuvo la mirada fija en la puerta hasta que oyó el motor de su coche.

—¿Lo ves? —dijo por fin—. Te vas sin un ojo morado.

Luke la abrazó de repente.

—¿Estás bien?

Tessa presionó la cara contra su camisa.

–Estoy bien. De verdad. Pero no estoy segura de que Eric lo esté. ¿Y tú?

–¿Yo?

Diablos, ni siquiera un hermano a punto de cometer un crimen de honor podía arruinarle el buen humor aquella mañana.

Tessa alzó la cara para besarle el cuello y sonrió al percibir el olor de su jabón y su champú.

–Mierda. Llego tarde –se lamentó Luke, pero incluso mientras lo decía, le acariciaba a Tessa suavemente la nuca.

–De acuerdo –le besó el cuello por última vez–. Vete.

–Tengo la sensación de que debería quedarme. Esta ha sido una gran noche. Me refiero a lo de haberte convertido en una verdadera mujer y todo eso.

Tessa le empujó con un gruñido.

–Eres peor que mis hermanos.

–No es cierto. Yo me adapto a la realidad mucho mejor que ellos. Y creo que he mostrado un valor admirable en el cumplimiento de mi deber.

Tessa arqueó una ceja.

–¡Vaya! Te mereces un premio.

–Desde luego –se acercó más a ella y le rodeó la cintura con los brazos.

–Bien –respondió Tessa, estrechándose contra su musculoso cuerpo–. Tengo una caja llena de premios en el armario para situaciones como esta. Bueno, ya solo me queda media caja después del año pasado. Fue un año muy bueno.

Luke sonrió, después, ensanchó la sonrisa, echó la cabeza hacia atrás y comenzó a reír a carcajadas. Tessa permaneció donde estaba, sonriendo como una idiota. Aquel hombre tenía una risa maravillosa, sonora y profunda. Posó la oreja en su pecho para disfrutar de la vibración de su risa, oyó también los latidos de su corazón y, al final, un suspiro.

–De verdad, tengo que irme –susurró Luke contra la parte superior de su cabeza–. Tengo que atrapar a algunos tipos malos. O, por lo menos, hacer algún papeleo.

Tessa le dio un beso en el pecho.

–Ves demasiada televisión.

Luke se echó a reír y volvió a besarla, y a Tessa todavía le cosquilleaba la piel cuando se marchó. A lo mejor era una suerte que sus hermanos supieran de la existencia de Luke, porque a Tessa le gustaba más que ninguno de los hombres que había conocido hasta entonces. Seguramente, mucho más. Se tocó los labios, que sentía chispeantes de calor, y sonrió contra sus propios dedos.

O, a lo mejor, el problema era que veía demasiada televisión.

Capítulo 12

Tessa abrió la puerta de atrás de la cervecería tan sigilosamente como pudo y se deslizó en la cocina. Estaba vacía, gracias a Dios. Cruzó de puntillas el suelo de baldosas grises y asomó la cabeza por el pasillo. La puerta de Eric estaba medio abierta y pudo ver su escritorio y una de sus manos sobre el teclado.

Conteniendo la respiración, cruzó corriendo el pasillo y empujó las puertas abatibles que conducían a la zona delantera. Jamie estaba bajando las sillas de las mesas después de haber pasado la aspiradora.

–¡Jamie! –susurró–. Necesito hablar contigo.

Jamie se volvió hacia ella con los ojos abiertos como platos.

–¿Que necesitas hablar conmigo?

–Sí.

–¿Estás de broma? Te has acostado con él. ¡Te has acostado con él aunque yo te dije que no lo hicieras!

–Vamos, Jamie. Tú no tienes por qué decirme con quién tengo que acostarme.

–¡Claro que sí! –gritó.

Tessa sacudió la cabeza frenética y corrió hacia él para taparle la boca con la mano.

–¡Cállate! Eric te va a oír.

–Eric también quiere hablar contigo, puedes creerme.

Sus palabras salieron ligeramente amortiguadas por la mano de Tessa, pero, por lo menos, no estaba gritando.

Tessa apartó la mano y se la secó en los vaqueros.

–Esto no tiene nada que ver con Luke.

–Luke –repitió Jamie con desprecio.

–¡Escucha! Ayer no me devolviste la llamada. ¡Hablé con Kendall! Creo que voy a poder convencerle de que retome el contrato.

–Yo... ¿qué?

Tessa asintió.

–De momento, se ha mostrado de acuerdo en tomarse unos días para pensárselo. Pero necesitamos un plan B.

En vez de mostrar entusiasmo, Jamie la miró con recelo.

–¿Qué clase de plan B?

–Algo que podamos ofrecerle a Eric si esto falla. Algo que le ayude a olvidarse de High West. ¿Qué tal tu idea de darle al bar de la cervecería un aire de pub? Podríamos ofrecer sándwiches, hamburguesas y cosas de ese tipo.

–¡Ah, sí! Había olvidado que tú no estabas delante cuando lo propuse. Básicamente, me dijo que lo que yo pretendía era arruinar el negocio y llevarnos a la bancarrota.

Tessa se encogió ante la furia que rezumaba la voz de Jamie.

–Así que no creo que sea una distracción muy conveniente –concluyó Jamie.

–De acuerdo –contestó Tessa, olvidando aquella sugerencia y pasando a la siguiente idea–. ¿Y qué tal ese comerciante que...?

Antes de que hubiera terminado la frase, Jamie alzó la mirada y tosió.

Tessa se volvió y se descubrió enfrente de Eric. Este le dirigió una mirada glacial y, en aquel momento, Tessa se sintió como una adolescente enfrentándose a su padre. Un padre que había sido testigo de algo que, realmente, no debería haber visto. Entrelazó las manos y tragó con fuerza.

Eric cruzó los brazos y bajó la mirada hacia ella.

—No sé por qué has intentado evitarme para hablar con Jamie. Él está tan enfadado como yo.

Tessa tragó saliva una vez más, intentó sosegar su agitada mente y después cuadró los hombros.

—Ninguno de los dos tiene derecho a estar enfadado. De hecho, soy yo la que está enfadada con Jamie.

Retrocedió para poder abarcarlos a los dos con la mirada. Jamie continuaba con la misma expresión de confusión que había mantenido durante la conversación que Eric había interrumpido.

—No tenías ningún derecho a hablarle a Luke de mi vida sexual —le acusó Tessa.

Aquello hizo olvidar a Jamie la conversación para llevarle a un nuevo nivel. Los ojos parecían a punto de salírsele de las órbitas.

—¡Me habías dicho que no tenías vida sexual!

—¡No es verdad! Yo jamás os he contado ni una maldita cosa a ninguno de los dos sobre eso.

Jamie la señaló con el dedo.

—Me dijiste que no andabas metida en nada.

Eric alzó bruscamente la barbilla.

—Es verdad. Eso lo dijiste.

—Lo que pretendía decir era que no estaba haciendo nada por lo que pudiera quedarme embarazada en ese momento.

—¿Y ahora? —le espetó Jamie.

—Por el amor de Dios, Jamie, no intentes decirme que tengo que reservarme para llegar virgen al matrimonio —Jamie palideció un poco y Tessa pasó después a Eric—. ¿Y tú? ¿Cuándo te acostaste con alguien por última vez? Deberíamos tener una profunda conversación al respecto, porque, aparentemente, se supone que tengo que protegerte de eso.

Como si los dos hermanos fueran completamente opuestos en todos los aspectos, el rostro de Eric se incendió hasta adquirir un tono rojo luminoso.

–Yo no... Tú... Eso no es asunto tuyo.

–Exactamente.

Eric se aclaró la garganta y comenzó a examinarse atentamente los zapatos.

–Entonces... ¿no dejaste que Luke pasara la noche en el sofá?

–¿Qué?

Eric se encogió de hombros.

–Pensé que había alguna posibilidad. Que a lo mejor necesitaba un lugar en el que quedarse a dormir.

Dios santo. Realmente, Tessa había conseguido mantener su farsa con gran destreza. Su hermano la veía como a una adolescente de diecisiete años. En realidad... Tessa recordó su último año en el instituto y redujo la edad a los dieciséis.

Pero, aunque hacía mucho tiempo que no tenía dieciséis años, le había parecido más fácil mantener aquella farsa. Más fácil para Tessa y, lo más importante, más fácil para Eric.

–Ni siquiera deberíamos estar hablando de esto –musitó.

–Yo tampoco quiero hablar de ese tema, pero el problema no es solo lo que has estado haciendo.

Tessa se tapó los ojos.

–Es por Luke. No es un hombre para ti.

–Ya te he dicho... –comenzó a advertirle Tessa.

Pero Jamie la interrumpió.

–No es solo lo de su compañera. ¿Se ha molestado en mencionar su divorcio?

Tessa se esforzó en no mostrarse sorprendida. No, Luke no le había dicho nada de su divorcio, ¿pero realmente la sorprendía?

–No hemos hablado de nuestras relaciones anteriores. Todavía no es una relación tan seria.

Jamie soltó un bufido burlón.

—Su divorcio es asunto suyo —insistió Tessa.

Jamie y Eric intercambiaron una mirada tan elocuente que Tessa se sintió incómoda.

—Espera, está divorciado, ¿verdad? No estás diciendo que está casado...

—No —contestó Eric, pero se quedó mirando fijamente a Jamie hasta que este asintió.

Eric se volvió entonces y abandonó la habitación.

—¿Qué pasa? —Tessa comenzaba a tener miedo de verdad.

Por un momento, empezó a temer que la exesposa de Luke hubiera resultado herida en un misterioso accidente con un freno roto de por medio.

Jamie se dejó caer en una silla y le hizo un gesto para que también ella se sentara. Tessa se sentó lentamente en el borde de la silla.

—Yo no quería contártelo.

Tessa le hizo un gesto para que se diera prisa.

—Luke se casó con una chica a la que había conocido en el instituto. No sé nada sobre cómo fue su matrimonio, pero, hace unos cuantos años, ella enfermó.

—¡Oh, no!

—Tuvo un cáncer de mama.

Tessa se llevó las dos manos a la boca para sofocar una exclamación.

—¿Ella...? Pero has dicho que está divorciado.

—Sí —respondió Jamie rotundo—. Luke la dejó cuando todavía estaba enferma.

Tessa no respondió en un primer momento. Sencillamente, todo le parecía demasiado ridículo. ¿Qué clase de hombre podía hacer una cosa así? Desde luego, no un hombre al que parecía devorar la preocupación por su compañera embarazada.

—No —se limitó a decir—. No fue así.

—Claro que sí.
—Jamie, tú le conoces. Sabes que jamás haría algo así.
—Tessa, yo conozco a un tipo con el que solía salir de fiesta. No tuvimos muchas conversaciones profundas sobre el amor y la moralidad.
—Bueno, pues no es verdad —le espetó.
Jamie suspiró y se llevó los dedos a la sien.
—No seas una de esas, chicas, Tessa, por favor.
Tessa había comenzado a empujar la silla hacia atrás, pero se quedó paralizada ante sus palabras y posó las manos en la mesa.
—¿A qué clase de chicas te refieres?
—Tessa —Jamie apretó los labios con un gesto de desaprobación—, por favor. El hijo no es suyo, él no dejó a su esposa y el problema es que nadie le comprende, pero, en realidad, es un gran hombre.
Tessa abrió la boca horrorizada.
—¡Yo no soy de esa clase de mujeres!
—Estupendo, porque yo no te he criado para que un hombre te pisotee.
—¡Oh, por favor! Tú no me has criado.
Entonces fue Jamie el que se mostró indignado.
—¡Eh, yo también hice mi parte!
Tessa comprendió que había herido sus sentimientos y se retractó.
—De acuerdo. Reconozco que se te da genial hacer de hermano mayor. De hermano mayor repulsivo.
—Genial —replicó él—. Pues te advierto que una de mis obligaciones como hermano mayor es darle una paliza de muerte a Luke Asher la próxima vez que le vea, y eso es exactamente lo que pienso hacer.
Sintiéndose todavía culpable por su falta de tacto, Tessa rodeó la silla de su hermano y le pasó los brazos por los hombros.
—Nada de palizas. Mantente al margen de esto —le dio

un beso en la mejilla mientras su hermano gruñía–. Ahora, tengo que ponerme a trabajar.

—¡Espera un momento! ¿Qué te dijo Kendall exactamente?

—¡Shh! –le miró con el ceño fruncido mientras salía de la zona de la barra.

Tessa corrió hacia su despacho, cerró la puerta y se inclinó después contra ella con un gemido. ¿Cuándo había comenzado a complicársele la vida? Por supuesto, siempre había estado pendiente de mantener a Jamie feliz, a Eric tranquilo, su trabajo por buen camino y su vida sentimental en secreto. Pero se suponía que la recompensa a tanto esfuerzo tenía que ser una navegación tranquila, no veinticuatro horas de locura.

Y, en aquel momento, el estómago le ardía con ansioso dolor al pensar en Luke. ¿Sería posible que se hubiera equivocado tanto al juzgarle? A ella le parecía un buen tipo con una dura fachada. ¿Pero sería una actuación? Odiaba admitirlo, pero Jamie tenía razón en algo. ¿Cuántas mujeres conocía que se negaban a reconocer una verdad que era evidente para todos los demás?

Una de sus mejores amigas se había arruinado por culpa de la estupidez de un hombre. De Jamie, en realidad. Su amiga Grace había adquirido la costumbre de enamorarse siempre del hombre que no debía. Lo único que había hecho Jamie había sido estar en el lugar equivocado y en el momento equivocado. Había coqueteado con Grace, como coqueteaba con cualquiera, y la joven se había enamorado perdidamente de él, llegando incluso a acosarle. Unas semanas después, cuando le habían prohibido entrar en la cervecería por conducta que podría entrar fácilmente en la categoría del acoso, se había enamorado de un hombre casado que había prometido que estaba a punto de dejar a su esposa.

Un puro engaño.

¿Habría recogido Tessa aquel testigo y estaría empezando a ver en Luke cosas que no existían? Estaba prácticamente segura de que no... pero aquel podía ser otro síntoma, ¿no?

Intentó olvidar su preocupación. Al fin y al cabo, lo único que había hecho con Luke había sido disfrutar del sexo. No se había casado con él. Con independencia de que fuera o no un estúpido, estaba condenadamente segura de que conocía el cuerpo de una mujer. Ella había terminado la velada más que feliz. Y aquello era lo único que necesitaba.

Se alisó la camiseta, respiró hondo y se sentó para atender unas facturas que estaban reclamando su atención. Las tramitó lo más rápidamente que pudo porque necesitaba ahorrar tiempo para hacer números. Si la idea de Jamie de añadir comida a la carta que hasta entonces ofrecían no satisfacía a Eric, entonces ella tendría trabajo extra para sellar el acuerdo con High West. En realidad, ya había hecho los cálculos meses atrás, pero a lo mejor convenía ajustarlos un poco. Bajar la cantidad para convencer a Roland Kendall. La emoción la urgía, tenía la sensación de que podría hacerlo. De que podría sortear aquel obstáculo. Siempre lo hacía.

Sí, definitivamente, todavía quedaba algún espacio para modificar las cifras. No mucho, pero un poco. Si se las servía a Kendall en bandeja de plata, bien aderezadas y con una enorme y confiada sonrisa...

Un sentimiento de inexorable triunfo la impulsó a sonreír mientras cerraba la hoja de cálculo. Decidida a alimentar aquella sensación, abrió la cuenta de Twitter y leyó todos los cumplidos que las mujeres habían dejado para Jamie. La clientela mostraba un gran afecto por sus piernas desnudas, por no hablar de una ardiente curiosidad por saber qué ocultaba bajo la falda irlandesa.

Ignoró todo aquello, su trabajo no consistía en coquetear en nombre de su hermano, y envió un nuevo mensaje:

Si la gente me pide que cante Danny Boy *esta noche, es posible que desempolve mis cuerdas vocales.*

¡Ja! Jamie odiaba aquella canción. Deseó poder estar allí para verlo.

Pero aquel despreocupado humor no duró mucho. Una brusca llamada a la puerta le borró la sonrisa.

—Adelante —dijo con recelo.

Eric empujó la puerta abierta, pero pareció vacilar antes de entrar.

—¡Eh! —saludó.

Alzó la mano para enseñarle el montón de sobres que llevaba en la mano.

—Son facturas —aclaró, aunque no era necesario.

—Gracias.

Entró, dejó las facturas en el borde del escritorio y retrocedió inmediatamente.

Tessa estaba desgarrada por dentro. Por una parte, quería pedirle disculpas por lo de aquella mañana, asegurarle que estaba bien, decirle que no tenía que preocuparse por ella. Que nunca tenía que preocuparse por ella. Y que ese era su objetivo en todo lo que hacía.

Por otra parte, quería pedirle la llave de su casa y decirle que no volviera a dejarse caer por allí sin avisar. Pero sabía que no lo haría. Aquella casa había pertenecido a sus padres. Francamente, continuaba perteneciéndoles a los tres, aunque sus hermanos hubieran intentado venderle sus respectivas partes a un precio ridículamente bajo. ¿Cómo podía negarles la entrada al que había sido el hogar familiar? Era preferible mantener cualquier posible relación sexual en casa de su amante.

—Lo siento —dijo, pero Eric negó con la cabeza.

—No, soy yo el que lo siente. Eres una mujer adulta y no necesitas mi permiso para... —hizo un gesto con la mano—. Para hacer nada. El problema es que he estado muy estresado.

—¿Por qué? ¿Qué pasa?

—Ese estúpido de Kendall ha empezado a ignorar mis llamadas otra vez.

A Tessa se le paralizó el corazón.

—Oh —fue lo único que consiguió decir a través de la garganta cerrada.

—Ya habíamos redactado el contrato final. Lo único que quedaba por hacer era firmarlo. ¿Qué demonios cree que está haciendo?

Tessa tuvo que tragar con fuerza para poder hablar.

—A lo mejor... A lo mejor ni siquiera está en la ciudad.

—Sí, sé que está fuera, pero tampoco contesta a mis llamadas de teléfono.

—Probablemente esté ocupado. Esto no es algo que no haya hecho antes.

Eric no parecía en absoluto convencido.

—No me da buena espina. Hasta hace unos días, era él el que presionaba para que llegáramos a un trato. Pero ahora se supone que ya tenemos un acuerdo.

—Bueno, no sigas llamándole —le aconsejó Tessa precipitadamente—. Solo estás consiguiendo irritarle.

—¡Y él me está enfadando a mí! —gruñó Eric—. ¿Sabes? Creo que llamaré a Monica.

—¿Qué?

Eric fijó por fin la mirada en ella y Tessa se dio cuenta de que su grito de horror debía de haberle parecido un poco sospechoso.

—¿Qué tiene de malo llamar a Monica?

—Um, aparte de por un par de cenas de trabajo, para todo lo demás has tratado con Roland.

—Sí, pero a lo mejor ha llegado el momento de probar

una nueva táctica. Ella se ha mostrado mucho más abierta a un posible acuerdo desde el principio.

—A su padre no le gustará —respondió Tessa rápidamente—. Ya sabes lo mucho que le gusta sentir que es él el que manda.

—Bueno, pues yo estoy harto de toda esta historia. Lo único que quiero es poder firmar el contrato para pasar a la segunda fase.

—¿La segunda fase?

—Plena distribución en el oeste. Ya hemos hablado de eso.

Tessa sintió un pequeño mareo al comprender exactamente lo que estaba arriesgando. Eric tenía un plan, un plan que, en aquel momento, ella tenía en sus manos, casi agonizante, y su hermano no tenía la menor idea.

—De acuerdo. Segunda fase —musitó—. No sabía que le habías puesto nombre.

—Voy a llamar a Monica —dijo Eric, dirigiéndose ya hacia su despacho.

—¡Espera! —graznó Tessa. Después, le llamó más alto y salió torpemente desde detrás de su escritorio—. ¡Eric! —le alcanzó cuando estaba ya sentándose en la silla—. Luke vino ayer a la cervecería para hablar contigo. Deberías llamarle.

Eric, que había alargado ya la mano hacia el teléfono, la detuvo en seco, como si Tessa acabara de agarrarle con un cable eléctrico.

—¿Qué? —replicó—. ¿Estás loca? ¿Quieres que me detenga por amenazar a un policía?

—Tenía noticias sobre el robo.

Eric suspiró y se pasó la mano por el pelo.

—Maldita sea, Tessa. Preferiría que entraran a robar en la cervecería cientos de veces a que te involucres sentimentalmente con un hombre que va a hacerte daño. Así que no, no voy a hablar con Luke ahora mismo. Ni ahora mismo ni nunca, ¿entendido?

En aquella ocasión, cuando se le cerró la garganta, fue por culpa de las lágrimas, en vez de por la ansiedad. Eric lo hacía todo porque les quería. Podía ser un hombre serio, difícil y controlador, pero todo lo hacía por sus hermanos, y siempre había sido así.

–Muy bien –susurró, antes de retroceder.

Pero no regresó a su despacho. En cambio, se apoyó contra la pared y contuvo la respiración mientras Eric descolgaba el teléfono. Le oyó pulsar las teclas. Oyó incluso el débil pitido del teléfono al otro lado de la línea.

Tessa contuvo la respiración y se dijo a sí misma que Monica Kendall no iba a contarle a Eric lo que había pasado. Era una mujer de negocios. No podía explicarle lo que había hecho y seguir manteniendo su dignidad. Aun así, cuando oyó que Eric comenzaba a dejar un mensaje en el contestador, estuvo a punto de llorar de alivio.

Caminó hacia el bar de la cervecería para agarrar a Jamie y sacudirle. Desgraciadamente, había dos hombres en el bar, esperando a que Jamie les sirviera una pinta. Antes de que su hermano pudiera volverse y darse cuenta de lo alterada que estaba, Tessa retrocedió y regresó de nuevo a su despacho.

¿No acababa de estar felicitándose a sí misma? Solo unos minutos después, su vida volvía a escapar a su control y ni siquiera podía apoyarse en Jamie. Este estaba convencido desde el primer momento de que Eric terminaría descubriendo la verdad. Idiota. Debería haber ido ella a hablar con Monica Kendall. Debería haber ido a hablar con ella desde el principio.

Antes de que nadie pudiera ir a buscarla, Tessa agarró el teléfono y el bolso y se dirigió hacia la puerta. Las oficinas de High West estaban cerca del aeropuerto de Denver, pero podía ir por la autopista de peaje y evitar el tráfico. Y con lo tensa que estaba la situación entre los hermanos, era muy posible que pasaran horas antes de que fueran a buscarla a su despacho.

De modo que condujo hacia el aeropuerto como si estuviera huyendo de algo. No de su familia, ni siquiera de Luke. Pero sí del peso de las decisiones que estaba tomando. De la carga de mantener la esperanza de estar haciendo las cosas bien. De modo que condujo a toda velocidad, con ganas, oyendo música para no tener que pensar. Y bajó las ventanillas para no oír los pensamientos que la música no conseguía sofocar.

El aire cambió, el aire frío y limpio de las umbrías montañas dio paso al aire cálido y espeso de las llanuras del norte de Denver. Pudo oler que se acercaba una tormenta mucho antes de ver las nubes negras rodando desde el sur. Tendría un buen espectáculo de rayos de regreso a casa.

Estuvo pensando en el tiempo durante el resto del trayecto a las oficinas de High West y entró en ellas sin haber preparado siquiera lo que iba a decir. La desesperación de aquel acto le indicaba todo lo que necesitaba saber sobre sus posibilidades, pero Tessa se limitó a sonreír y se detuvo ante la recepcionista.

–Hola, soy Tessa Donovan, de la cervecería Brothers Donovan. ¿Está Monica Kendall?

–En este momento está almorzando.

La puerta siseó al abrirse en aquel momento detrás de Tessa, que se volvió y vio a Monica Kendall entrando junto a otra mujer. Se estaban riendo, aparentemente despreocupadas. Tessa sintió una aguda e inmediata aversión hacia Monica. Su pelo negro rebotaba mientras caminaba. La vio echar la cabeza hacia atrás y mostrar unos dientes de un blanco hollywoodiense al reír. ¿Cómo podía ser tan condenadamente feliz? Seguramente sabía los problemas que Jamie y ella habían causado.

A Tessa le encantó ver que la sonrisa de Monica se desvanecía cuando por fin se cruzaron sus miradas.

–¡Oh! –exclamó Monica.

Le hizo un gesto a su amiga para que esperara y se detuvo delante de Tessa.

–Hola, ¿podemos hablar? –preguntó Tessa.

Monica se encogió de hombros.

–¿Por qué no?

No, a Tessa no le gustó nada en absoluto. Se habían visto en otra ocasión, pero había sido en una reunión y en lo único que Tessa había reparado había sido en la delgadez de Monica, propia de una modelo, y en su afilada belleza. En aquel momento, comprendió que su belleza no era lo único afilado de ella.

Monica avanzó por el pasillo sin decir una sola palabra y Tessa la siguió, admirando a su pesar su traje de lino gris. Una mirada a su propia indumentaria la hizo esbozar una mueca. Trabajando en un bar, lo más fácil era mantener una imagen de chica normal y corriente, pero en aquel momento, deseó llevar tacones y vestido. Otro motivo más para que Monica Kendall no le gustara.

Entraron en un espacioso despacho y Monica se sentó tras un enorme escritorio de caoba.

–¿Qué puedo hacer por ti?

Aunque no la había invitado a sentarse, Tessa ocupó una de las sillas marrones de cuero y decidió que no tenía sentido andarse con rodeos.

–Tu padre está a punto de retirarse de las negociaciones y las dos sabemos por qué.

Monica se reclinó en su silla.

–¿Y?

–¿Y? Y quiero que me ayudes a encauzar de nuevo ese contrato.

Monica se limitó a mirarla fijamente.

–¿No quieres trabajar con nuestra empresa? –le preguntó Tessa.

–Claro que quiero –respondió Monica como si en realidad no le importara un comino.

Tessa apretó los dientes e intentó dominar su genio.

–En ese caso, a lo mejor deberías hablar con tu padre sobre esto. Después de haber visto a Jamie yéndose de tu casa, tu padre no se está mostrando particularmente dispuesto a hacer negocios con nosotros. Pero a lo mejor tú puedes convencerle de lo contrario.

Monica volvió a reír, pero, en aquella ocasión, su risa sonó más amarga que divertida.

–¿Por qué crees que mi padre va a hacer caso de nada de lo que yo le diga?

–¿Porque eres la vicepresidenta de High West Air?

–Sí, claro –se burló–. Soy la vicepresidenta, pero mi padre es el presidente.

–Exactamente. Y si te nombró vicepresidenta, es evidente que respeta tu opinión.

–Estás de broma, ¿verdad?

Tessa parpadeó.

–No…

–Mira a tu alrededor, Tessa. ¿Tú crees que este despacho parece mío?

–Mm.

Tessa miró a su alrededor, fijándose en las estanterías oscuras y en las larguísimas cortinas. Los cuadros de las paredes no tenían nada de especial y eran un poco masculinos, pero…

–Mi padre diseñó este despacho, de la misma forma que diseñó todo el negocio. Él elige el nombre, la declaración de intenciones, el logo, las rutas, los planes, los ejecutivos, los objetivos a corto y largo plazo…

–Mira –la interrumpió Tessa–. Entiendo a lo que te refieres. Mi hermano Eric es igual. Él...

–No –la interrumpió Monica–, no es lo mismo. Voy a las reuniones que mi padre me dice que vaya. Trato con los clientes con los que él quiere que trate. Ignora mis sugerencias y se burla de mis ideas. No tomo ninguna decisión, no intervengo en nada importante y él puede despedirme cuando quiera. ¿Tú crees que eso tiene algo que ver con un negocio familiar?

De pronto, Tessa no pudo evitar ser agudamente consciente de lo pequeña que parecía Monica en aquella enorme silla de cuero, detrás del escritorio de caoba. En aquel momento, su dureza le pareció menos mezquina y más defensiva.

–Jamie y tú cometisteis un error, y eso lo entiendo. Pero yo no puedo ser la única persona que intente arreglarlo. Necesito ayuda. Si pudieras intentar...

–Yo no lo llamaría un error. Era algo que quería hacer y lo hice.

La situación era un poco impersonal, pero, aun así, Tessa le tendió las manos.

–Por favor, dile a tu padre que lo que pasó entre mi hermano y tú no tiene por qué afectar a nuestra relación comercial.

–Claro, se lo diré. Pero no servirá de nada. Mi padre tiene unos principios muy rígidos y es terriblemente obstinado. Ha conseguido levantar su emporio siendo un hombre inamovible. Yo no acierto a entender cómo es posible, pero ahí lo tienes.

–¿Pero hablarás con él?

–Claro –respondió con una sonrisa de suficiencia–. Como tú quieras. Pero no albergues demasiadas esperanzas.

–Gracias –Tessa se levantó, pero titubeó antes de irse–. Mm, ¿y podrías evitar hablarle a Eric de esto? Eso sería genial.

Monica por fin le brindó una sonrisa sincera.

–¡Ah! Así están las cosas por ahí, ¿eh? Claro. No le diré una sola palabra.

Tessa salió y, con cada uno de sus pasos, iba diciéndose a sí misma que estaba haciendo las cosas bien. Por supuesto que sí. Estaba segura.

Capítulo 13

Luke vigilaba de cerca a Simone mientras la seguía hacia el coche. Los cadáveres siempre le hacían sentirse ligeramente enfermo, por muchos que viera, y estando Simone en aquel estado... Sí, su piel tenía un tono ligeramente gris. Pero aunque él iba pendiente de ella por si la veía tambalearse, Simone caminó sin vacilar ni una sola vez.

Probablemente, ayudaba el hecho de que la muerte no hubiera sido por homicidio. Tendrían que seguir investigando antes de llegar a una conclusión, pero toda la parafernalia relacionada con las drogas que rodeaba el cadáver apuntaba hacia una tragedia más solitaria.

–He recibido un mensaje del Departamento Tecnológico.

–Por favor, dime que es por el video del barril de cerveza –le pidió Simone.

–¡Bingo! Por lo visto, paró por allí un coche blanco, pero no se ve la matrícula del coche.

–¡Maldita sea! –resopló–. Yo estuve comprobando el portal de al lado. Solo tienen una cámara de vigilancia dentro del edificio. Y la cámara de un comercio que hay en la calle de enfrente está enfocada en otra dirección.

Luke soltó una maldición.

–Ya sabes entonces lo que nos va a tocar hacer.

—Estoy intentando no pensar en ello —dijo Simone, llevándose la mano a la espalda con un gesto de dolor.

Había muchos comercios en la calle que daba a aquel callejón y la mayoría de ellos tenían cámaras de algún tipo. Cada una de ellas estaría orientada en un ángulo diferente y sabían, por propia y amarga experiencia, que cada una de ellas habría tomado las imágenes en un espacio de tiempo diferente. Luke y Simone iban a tener que pasarse horas recopilando las imágenes procedentes de los vídeos, y, a no ser que quisieran esperar un año hasta que el Departamento Tecnológico revisara todas ellas, iban a tener que pasar mucho tiempo con la mirada clavada en un monitor. Le bastó pensar en ello para que los ojos le dolieran, y era evidente que Simone se estaba preparando para el dolor de espalda.

Pero era un posible camino para descubrir el caso.

—Será mejor que empecemos a buscar huellas dactilares en ese barril —Simone suspiró. Estaba alargando la mano para abrir el coche cuando algo le llamó la atención por el rabillo del ojo—. ¿Puedes esperar un momento? Shelly quería que le diera un consejo para postularse como detective al año que viene. Olvidé devolverle la llamada.

—Claro.

Simone se acercó a una de las policías uniformadas y Luke esperó al lado del coche con la mirada fija en el pequeño arroyo que corría por una hondonada que había detrás del aparcamiento.

Abrió el teléfono diciéndose a sí mismo que no esperaba ningún mensaje de Tessa. Y a pesar de que no encontró ninguno, sonrió. Aquella mujer le había puesto de muy buen humor. No le importaba en absoluto sentirse impregnado de su olor. Después de haber usado su champú, olía a kiwi y a cítricos, y estaba convencido de que todo el mundo podía darse cuenta. Simone le había pillado sonriendo y había arqueado una ceja, pero no había dicho nada sobre el olor a frutas.

Debería darle las gracias al hermano de Tessa por haberse dejado caer por casa de su hermana aquella mañana. Si Eric no les hubiera chafado el despertar, Luke estaría paseando feliz, silbando canciones famosas y palmeando al azar la espalda a algún desconocido.

El hecho de que no hubiera perdido el buen humor tras haber sido llamado a investigar un cadáver era una prueba de los poderes de Tessa. A lo mejor había absorbido parte de su felicidad al dormir con ella durante ocho horas. O, a lo mejor, haber disfrutado de la mejor noche de sexo de su vida era suficiente para alegrar a un tipo.

Diablos, ni siquiera se arrepentía de no haberla despertado aquella mañana. Pretendía hacerlo. Incluso había llegado a apartarle la melena de la espalda y le había besado la columna vertebral, tal y como había planeado hacer la noche anterior. Pero Tessa había suspirado y se había acurrucado como un gatito, y Luke se había descubierto a sí mismo observándola mientras dormía. Al pensar en ello, no sabía si no la había despertado por miedo, por pena, o por ambas cosas a la vez. Pero estaba tan contento que no le importaba.

Justo cuando alzó la mirada para ver si Simone estaba lista, le sonó el móvil y apareció el nombre de Tessa.

—¡Hola! —saludó Luke con una sonrisa—. ¿Qué tal ha ido con Eric?

—Uf. No quiero hablar de ello. Hemos llegado a una tregua, pero será mejor que evites a mis hermanos durante una temporada.

—Confía en mí, haré todo lo que pueda para evitarlos.

—Escucha, estoy a punto de salir. Imagino que a esta hora ya habrás salido de trabajar...

—Hemos recibido una llamada en el último momento. Tengo que pasar por la comisaría y después estaré libre. ¿Puedo invitarte a cenar? —«demasiado pronto», le gritó su ego masculino, «demasiado pronto».

No se hubiera tomado aquella alarma interna demasiado en serio si no hubiera sido porque Tessa vaciló tras oír la invitación.

Luke miró furioso el agua que corría sobre las piedras.

Al final, Tessa contestó:

—Vale. Quedamos en la comisaría.

—¡Ah!

Luke parpadeó y miró a Simone. ¿Pero qué demonios? Seguramente, Simone no iba a enfadarse por eso con él.

—De acuerdo. Ningún problema. ¿Sabes dónde está?

—Claro, me paso la vida saliendo y entrando del calabozo.

—Lo sospechaba. Muy bien. Nos veremos en mi coche dentro de media hora.

Veinte minutos después, entró en el aparcamiento y vio directamente a Tessa. La imagen de Tessa con la coleta y la camiseta de la cervecería le hizo sonreír, pero cuando se dio cuenta de que lo estaba haciendo, apretó los labios. Pero no sirvió de nada. La sonrisa regresó cuando comenzó a caminar hacia ella y vio cómo se le iluminaba la cara al verle.

Sin embargo, en vez de saludarle a él, Tessa le tendió la mano a Simone.

—¡Hola! —la saludó alegremente—. Soy Tessa Donovan.

Luke se aclaró la garganta.

—Simone, ¿te acuerdas de Tessa? Es una de las propietarias de la cervecería.

Simone dijo hola y cuando Tessa alargó la mano hacia el brazo de Luke, arqueó las cejas.

—Bueno —comenzó a decir Luke, pero no se le ocurrió nada más que decir.

A Simone le brillaban los ojos mientras mantenía la boca sospechosamente apretada.

—Yo me encargo de terminar el papeleo. Me toca a mí.

—¿Estás segura?

—Claro, sin problema.

Sí, definitivamente, Simone estaba intentando no reír mientras se dirigía hacia la puerta.

—Me alegro de verla otra vez, señorita Donovan.

Toda la escena era decididamente extraña y Luke todavía estaba intentando descifrarla cuando Tessa retrocedió y entrelazó las manos.

—Qué noche tan bonita —dijo—. He pensado que podíamos ir a dar un paseo.

—¿De verdad?

La tormenta había estallado una hora atrás y el ambiente estaba cargado de humedad. Era una noche extraña, y también un lugar extraño para dar un paseo.

Las alarmas de Luke se activaron y él se dio cuenta de que había sido demasiado lento a la hora de asimilar la información. Una noche de buen sexo podía haber apagado su pesimismo habitual, pero, en aquel momento, comprendió que toda la situación era extraña. La vacilación de Tessa cuando la había invitado a cenar, su propuesta de quedar en la comisaría, incluso la manera en la que le había agarrado del brazo unos segundos antes.

Luke inclinó la cabeza hacia el camino pavimentado de la calle de enfrente.

—Claro —dijo sin ninguna emoción—. Podemos dar un paseo.

—¡Genial!

La voz de Tessa era alegre. Sospechosamente alegre si se hubiera tratado de cualquier otra persona, pero el buen humor de Tessa era demasiado frecuente como para analizar aquel tono.

Para cuando llegaron al camino, Luke ya estaba mirando hacia el asfalto con el ceño fruncido. Tessa no dijo una sola palabra; se limitó a caminar a su lado, mirando hacia cualquier parte menos a él. Eran pocos los álamos que conservaban un espeso follaje, pero, aun así, les proporcionaban cierta intimidad mientras avanzaban a lo largo del camino que serpenteaba a través de un parque de oficinas.

Cuando Tessa habló por fin, fue para no decir nada.

–Hace una noche preciosa.

Luke la miró con incredulidad, pero Tessa continuó con la mirada fija en el vacío.

–Sabes que soy policía, ¿verdad?

Tessa rio con excesiva alegría.

–Por supuesto.

–No me cuesta nada adivinar cuándo una mujer tiene algo en la cabeza.

–Oh.

Luke se detuvo y se cruzó de brazos.

–¿Qué tal si acabamos cuanto antes con esto?

La cola de caballo de Tessa rebotó cuando se detuvo. Las puntas de la coleta le rozaron el cuello. Luke sintió una dura punzada de pesar. Lamentaba no tener tiempo suficiente para explorar aquel cuerpo, porque tenía la secreta sospecha de que había perdido su última oportunidad.

Tessa se volvió y se cruzó de brazos, imitando su pose. Después, se aclaró la garganta y cambió el peso de una pierna a otra.

–Eh... Acerca de tu divorcio.

–Ese canalla –musitó–. Dios mío. Supongo que te lo ha contado Jamie.

–¿Es verdad?

–¿Es verdad qué?

Tessa desvió la mirada.

–Lo que me dijo de tu divorcio.

–Estoy divorciado, sí.

–Luke –suspiró.

Pero Luke no estaba de humor para concesiones. Estaba furioso, aunque no conseguía identificar la fuente de su rabia. No sabía si era el hecho de que hubiera sido Jamie el que le había hablado del divorcio. O el que Jamie hubiera alimentado aquella mentira. O el que ella hubiera estado dispuesta a creerle.

Entrecerró los ojos y apretó los dientes hasta que le dolió la mandíbula.

—Me ha dicho que dejaste a tu esposa —le dijo Tessa.

Luke esperó en silencio.

Tessa alzó la barbilla.

—Cuando ella tenía cáncer.

—No es cierto.

—¡Genial! —se le volvió a iluminar el semblante—. Eso es lo que le he dicho.

—Pero, en realidad, no te lo creías.

—Sí. Le he dicho que tú jamás harías una cosa así.

—Gracias, es cierto que no lo haría. Pero, si no le creías, ¿por qué me estás preguntando que si es verdad?

—Bueno, porque, obviamente, eres un buen tipo o, evidentemente, no me habría acostado contigo. Pero no te conozco desde hace tanto como Jamie, así que...

—¡Ah! Bueno, Jamie y yo tampoco éramos amigos íntimos.

—Sabes lo que quiero decir. Le conoces desde hace años.

—No, le conocí hace años. Es obvio que hay una gran diferencia.

Tessa asintió.

—De acuerdo. Lo siento. Pero, ¿qué es lo que ocurrió en realidad?

—No quiero hablar de ello.

Las palabras de Luke hicieron retornar la rigidez a la columna de Tessa. Se irguió y le miró con el ceño fruncido.

—¿Qué quieres decir?

—Quiero decir lo que he dicho. No quiero hablar sobre ello.

—¿Nunca?

—Bueno, desde luego, no justo ahora que acabas de preguntarme si abandoné a mi esposa estando ella enferma.

—Luke, eso no es justo. Solo un idiota no te lo habría preguntado después de haber oído esa historia.

—Muy bien. Pero eso no significa que ahora mismo esté de humor para hablar de mis sentimientos. ¿Lo entiendes? —giró sobre sus talones y comenzó a retroceder.

—¡Eh! —le llamó ella, caminando rápidamente tras él—. ¿Qué se suponía que tenía que pensar? ¡Ni siquiera sabía que habías estado casado!

Luke aminoró el ritmo de sus pasos hasta terminar deteniéndose. Tessa le alcanzó y le miró a los ojos.

—No sé lo que se supone que tenías que pensar, Tessa. Pero sé, por ejemplo, que está pasando algo entre tú y tu familia. Jamie y tú le estáis ocultando algo a Eric. Algo de lo que te sientes culpable, pero a mí no se me ocurre pensar inmediatamente: «¡Ah!, a lo mejor están desfalcando la empresa».

—¿Qué? —le miró boquiabierta.

—¿Lo ves? Me gustas, así que prefiero concederte el beneficio de la duda.

—Yo hice lo mismo por ti.

—¿Ah, sí? ¿Entonces por qué te has esforzado en aparecer hoy delante de Simone?

Tessa parpadeó y retrocedió nerviosa.

—No sé de qué estás hablando.

—¿De verdad? Porque a mí me parece que has hecho todo lo posible para asegurarte de que viera que posabas la mano en mi brazo, para dejar claro que tenías derecho a tocarme.

El rubor subió por el cuello de Tessa y le alcanzó la mandíbula. Para cuando llegó a sus mejillas, Luke ya estaba resintiéndose de lo guapa que estaba cuando se sentía culpable.

—Así que, aunque ya me habías preguntado por Simone, no estabas segura de si debías creerme.

—Soy una mujer —susurró—. Y hay hombres que mienten sobre cualquier cosa.

—¿Y crees que no lo sé? El noventa por ciento de mi trabajo consiste en tratar con hombres de ese tipo. Así que soy un poco sensible a que me asocien con ellos. Y tu hermano es un... —Luke tomó aire—. Él quiere protegerte, lo entiendo. Pero yo ya le dije que eso no era cierto.

—¿Entonces no es cierto?

Luke arqueó una ceja y bajó la mirada.

—¿Qué tal si me cuentas lo que está pasando en tu familia? Después te hablaré de la mía.

Tessa tensó la mandíbula.

—No quiero hablar de eso.

—Me lo imaginaba.

Su enfado iba perdiendo fuerza y, en aquel momento, estaba, sencillamente, cansado. Se levantó un golpe de brisa y las ramas se mecieron a su alrededor, generando sonidos inquietantes.

—Vamos —le dijo Luke—, te acompañaré a tu coche.

—Pero... —farfulló Tessa tras él, pero Luke ya se estaba moviendo.

Sabía que podía decir «no tiene importancia», y dejarlo así. Podía llevarla a cenar otra vez y quizá pasar la noche en su casa. O en la suya.

Al fin y al cabo era una chica agradable. Y tenía razón, era razonable que estuviera en guardia por si alguien pretendía aprovecharse de ella. Le habría desilusionado que no lo hiciera. Pero él le estaba diciendo la verdad, aunque se hubiera ahorrado algunos detalles un tanto sórdidos. Y en aquel momento, se sentía, sencillamente, como si tuviera una herida en carne viva. A lo mejor estaba siendo injusto con Tessa, pero ella le había hecho pensar que podía ser una especie de refugio. Y, de pronto, el refugio había desaparecido.

Sí, ella no tenía la culpa de que él cargara con aquella mochila, pero aquella solo era otra razón para distanciarse de Tessa.

Tardaron solo unos segundos en llegar el aparcamiento después de dejar de fingir que aquel era un paseo agradable.

–Lo siento –dijo Luke, mientras se detenía durante unos segundos junto al coche de Tessa–, hoy he tenido un mal día, y siento que hayas tenido que enterarte de lo de mi matrimonio de ese modo, pero creo que nuestras vidas son demasiado complicadas, así que será mejor que lo dejemos así.

Tessa sacó las llaves del bolsillo y abrió el coche.

–Ya veremos –las palabras de Tessa irradiaban enfado, pero Luke no podía evitarlo.

–Adiós, Tessa –dijo Luke.

Tessa se metió en el coche sin responder y cuando se alejó, un muñeco cabezón con la forma de un diminuto camarero alemán asintió salvajemente desde el parabrisas trasero.

¡Dios santo! Aquella mujer le hacía sonreír incluso cuando estaba rompiendo con ella. Pero aquella vez, la sonrisa terminó convertida en una mueca, y para cuando regresó a la comisaría, volvía a tener el ceño fruncido. Ya no le quedaba nada que hacer, salvo trabajar.

Capítulo 14

¡Qué martes tan terrible! Verdaderamente terrible. En realidad, se merecería el estatus de lunes.

Tessa tenía una cantidad de trabajo excesiva. Tenía que llamar a Kendall Group para enterarse de cuándo regresaba Roland Kendall a la ciudad. Después, preguntar al abogado de Donovan Brothers por lo que costaría revisar el contrato si quería cambiar el trato. Y, por último, quería llamar a Monica para ver qué tal había ido la conversación con su padre. Y a todo eso había que sumar el trabajo habitual de la cervecería.

De modo que, ¿qué estaba haciendo en el aparcamiento de una lencería erótica? Bueno, había estado en otras ocasiones en The White Orchid, pero nunca con el expreso propósito de seducir a un hombre. A un hombre que estaba enfadado y que la había mirado como si no sintiera nada por ella.

El enfado la había mantenido a salvo cuando se había marchado. La había sostenido durante el tiempo suficiente como para entrar pisando fuerte en su casa y dar un portazo. Pero después había tenido toda la noche para pensar. Y al día siguiente, otra noche más. Y una tercera y una cuarta. Todo aquel tiempo a solas la había hecho recordar lo hastiado que se había mostrado Luke la primera vez que le había preguntado por Simone. Hastiado y triste. Y dispuesto a terminar con ella.

En aquel momento comprendía por qué. Porque no era la única mentira bajo la que vivía.

Tessa sabía que no se había equivocado al preguntarle por el divorcio, pero comprendía que él se hubiera cerrado en banda. Al fin y al cabo, sus hermanos le habían enseñado algo sobre los hombres y sabía que una piel tan gruesa podía ser un mecanismo de defensa. No eran tan duros como querían que creyera el mundo.

Y a pesar de las aseveraciones de Jamie, Tessa creía de verdad lo que había dicho Luke sobre el divorcio. Ella no quería ser una de aquellas mujeres dispuestas a creer cualquier cosa que les dijera un hombre. Pero tampoco quería ser una de aquellas mujeres que no confiaban en lo que les decían sus entrañas. Y sus entrañas le decían que debería comprarse una prenda de lencería atrevida, presentarse en casa de Luke y empujarle rápidamente a la cama. En realidad, aquel mensaje procedía de una parte diferente de su cuerpo.

—Qué más da —musitó mientras salía del coche y entraba en la tienda.

Cuando cerró la puerta tras ella, flotaron a su alrededor una música alegre y el olor de las azucenas.

—¡Hola! —la saludó una chica desde detrás del mostrador.

Tenía un precioso pelo negro y brillante y lo llevaba en una melena corta. Su vestido camisero era más propio de un ama de casa que de una vendedora de juguetes sexuales. Tessa la saludó con la mano y comenzó a echar un vistazo.

Los juguetes estaban en la habitación de atrás, pero si todo iba bien, Tessa no iba a necesitarlos. Así que fue paseando a través de los exhibidores de ropa, intentando detenerse en algo que pudiera volver del revés el mundo de Luke.

Estuvo acariciando una bonita falda de animadora durante un minuto, pero decidió que podría recordarle a Luke el asunto de la virginidad. Teniendo en cuenta cómo había reaccionado entonces, probablemente no era de los que se emocionaban con una animadora. Aunque, por otra parte, era un hombre. En cualquier caso, mejor dejarlo para otra ocasión. Se acercó a un maravilloso corsé de encaje blanco, pero el blanco no la favorecía siendo tan pálida. Aunque una vez más, era un hombre. Su tono de piel, no jugaba ningún papel.

Mm, lo sostuvo contra ella, intentando imaginarse con él puesto. Era muy erótico, pero le parecía un poco artificioso. Para llevar un corsé de encaje, tendría que llevar un peinado más sofisticado, pintarse las uñas y aplicarse kilos de maquillaje. Y, probablemente, Luke la detendría por prostitución.

Así que dejó el corsé y se dirigió hacia una esquina de la tienda con prendas de colores algo más apagados. De pronto, se encontró en un mundo de ensueño, de sedas y satenes que parecían mágicos bajo sus dedos.

—¡Hala! —musitó, tomó una camiseta y miró la etiqueta con el precio.

Soltó una exclamación, la dejó en su lugar y volvió a cogerla. La etiqueta decía algo en francés que era incapaz de pronunciar, pero aquella seda de color rosa pálido parecía ingrávida mientras la deslizaba sobre la palma de su mano. Las bragas a juego tenían un bonito diseño, pero quizá resultaran demasiado discretas para sus planes de seducción. Aun así, Tessa no pudo resistir la tentación de llevarse la camiseta para ella y seguir buscando algo más provocativo para aquella noche.

Pero cuando en el probador se quitó la camisa y el sujetador y se metió la camiseta por la cabeza, soltó un grito ahogado por la sorpresa. Sí, era una tela cara, delicada y preciosa. Y también, eróticamente fina.

Un escalofrío le recorrió la espalda, los pezones se irguieron y pudo verlos claramente recortados a través de la tela. Podía distinguir incluso la oscuridad de las aureolas. De repente, dejó de preocuparle la discreción de las bragas que completaban el conjunto. Eran de la misma tela y no dejaban nada a la imaginación. ¡Al diablo con el precio! Pensaba comprarse el conjunto entero.

Corrió a la caja registradora con una enorme sonrisa en el rostro.

—¡Oh, Dios mío! —exclamó la dependienta—. ¿A que es un conjunto maravilloso? Tienes muy buen gusto.

—Gracias. Es precioso.

—Es una nueva línea que nuestra encargada trajo hace un par de meses. En el siguiente pedido quiere aumentar la cantidad, así que pásate por aquí dentro de unas cuantas semanas.

—Lo haré.

La chica envolvió cada pieza en papel de seda y alzó después la mirada con expresión de sorpresa.

—¡Oh, está aquí ahora! Esta es Beth, la encargada de la tienda.

Tessa se volvió y vio a una mujer espectacular entrando en la tienda. El sol la iluminaba por detrás en aquel momento, pero eso no impedía distinguir la longitud de sus piernas y la curva de sus caderas. Era una mujer que no llevaba una talla minúscula, pero sabía cómo hacer que eso se convirtiera en un cumplido. Cuando se cerró la puerta tras ella y pudo distinguir su rostro, Tessa frunció el ceño.

—¡Hola, Beth! —saludó la dependienta—. Estábamos admirando la nueva colección. A todo el mundo le encanta.

Cuando Beth miró a Tessa, tropezó ligeramente, después, recobró la compostura y se aclaró la garganta.

Beth. Aquel nombre no le decía nada, pero estaba segura de que había visto su cara en alguna parte. Le tendió la mano.

–Hola, soy Tessa Donovan. ¿Nos hemos visto antes?
–¡No! –exclamó la mujer.
Tessa dejó caer la mano sorprendida.
–Quiero decir, no, lo siento. Yo soy Beth Cantrell –tomó la mano de Tessa y se la estrechó–. Gracias por venir a la tienda, señorita Donovan.
–De nada –contestó Tessa, pero ya estaba hablando con el aire.
Beth Cantrell la había rodeado rápidamente y estaba dirigiéndose hacia la trastienda.
–¿Pagará en efectivo o con tarjeta? –preguntó la chica que estaba detrás del mostrador.
Tessa le tendió la tarjeta de crédito y miró hacia la trastienda, preguntándose qué podría haber pasado. Era todo muy extraño.
Y entonces pasó algo todavía más raro. Sonó el teléfono y leyó en la pantalla: *Kendall Group*.
–¡Oh, Dios mío! –exclamó sin aliento–. Lo siento, tengo que atender esta llamada.
Contestó el teléfono con serenidad, pero le temblaba la mano mientras firmaba el comprobante de compra.
–¿Señorita Donovan? –le preguntó una voz desconocida–. Soy Graham Kendall.
–¿Quién?
–El hermano de Monica Kendall. Me gustaría que pudiéramos comer juntos. ¿O quizá mejor cenar?
–Eh...
Su cerebro giraba a miles de revoluciones por segundo. Graham Kendall. El hermano de Monica. El hijo de Roland.
–Lo siento. Por supuesto, me encantaría comer con usted, ¿pero de qué quiere que hablemos exactamente?
Se despidió de la dependienta con la mano, agarró la bolsa y salió hacia la puerta precipitadamente, como si su interlocutor pudiera ver dónde estaba. No le parecía un lugar apropiado.

—Asumiendo que mi padre decida seguir adelante con el contrato con High West, y creo que los dos sabemos que no lo hará, podría ser una oportunidad para ustedes.

Tessa pensó a toda velocidad, intentando averiguar qué papel ocupaba Graham en la compañía de su padre. No era capaz de ubicarle.

—De acuerdo, muy bien. Me encantaría comer con usted.

Graham nombró un restaurante de lujo muy conocido en Boulder y quedaron en encontrarse allí a las doce. De modo que Tessa solo tenía dos horas para estar en el despacho antes de escaparse otra vez. Esperaría a llamar a Roland Kendall hasta después de haber conocido a su hijo. Después, saldría de la cervecería alrededor de las siete, volvería a casa, se daría una ducha, se cambiaría de ropa y encontraría la manera de volver a los brazos de Luke.

A lo mejor, al final aquel día no iba a ser tan terrible como pensaba.

En aquella ocasión, se había acordado de llevarse una muda para cambiarse de ropa en la cervecería, por si acaso terminaba yendo una vez más a las oficinas de Kendall Group. Gracias a eso, se sintió absolutamente confiada cuando entró en el restaurante llevando una falda de color marrón oscuro y unos tacones. Era agradable que la vieran sin el logo de la cervecería en el pecho, como si la hubieran contratado para un espacio publicitario.

Y, por un momento, al ver al hombre que se levantó cuando se acercó a la mesa, se alegró de sentirse atractiva. Era un hombre alto y guapo que le brindó una enorme y radiante sonrisa mientras ella le tendía la mano.

—Hola, Tessa. Soy Graham Kendall. Es un placer conocerla.

Tessa le estrechó la mano y tomó asiento, reparando inmediatamente en que ya había pedido una botella de vino y le había servido una copa. A pesar de que trabajaba en una cervecería, Tessa no estaba en condiciones de beber media botella de vino a esas horas, pero el gesto le pareció amable.

De hecho, todo en él lo era. Era un hombre atractivo y perfectamente acicalado. Su conversación era educada y natural. Pero parte de aquella impresión fue alejándose a medida que fue pasando el tiempo. La sonrisa era exagerada y su piel parecía haber sido hinchada y bronceada de manera artificial, bajo ella se adivinaba un matiz grisáceo. Sí, prefería con mucho a Luke con su pelo ligeramente revuelto y su ceño de preocupación.

Pero fuera candidato o no a una cita, aquel tipo podía tener algo que ella necesitaba.

—Entonces —se aventuró a decir, después de que hubieran pedido la comida—, ¿de qué quería que habláramos?

—Tengo entendido que mi hermana ha echado a perder el trato al que habían llegado con High West, por así decirlo.

Tessa esbozó una mueca.

—Esperaba que su padre lo reconsiderara.

—Si hay algo que tanto mi hermana como yo podemos asegurarle, es que mi padre no es muy dado a las reconsideraciones.

—A lo mejor no, pero al principio tampoco era partidario de llegar a un acuerdo con Donovan Brothers y cambió de opinión. No entiendo por qué no va a poder cambiar ahora de parecer.

—Supongo que podría ser porque su hermano se acostó con su hija.

Sí, definitivamente, aquella sonrisa era excesivamente ancha. Tessa bebió un sorbo de vino e intentó dejar pasar aquel momento de embarazo.

—Bueno, si cree que no cederá, ¿por qué quería que nos reuniéramos?

—No estoy seguro de que esté familiarizada con todas las empresas de Kendall Group, pero, además de otras obligaciones, soy el presidente de Kendall Flight, que fue la primera incursión de mi padre en el mundo de los viajes en avión. Alquilamos aviones de lujo. Y también ofrecemos el que, esencialmente, es un sistema de tiempo compartido que permite a la gente ser propietaria de una parte de un avión privado.

—¿Y eso cómo funciona?

—Cada uno de los inversores compra un porcentaje del tiempo de vuelo del avión. De esa forma, los clientes pueden disfrutar de los beneficios de ser propietarios de un avión privado sin tener que pagar el tiempo que el avión pasa normalmente aparcado en un hangar. Kendall Flight fue una de las primeras empresas estadounidenses en ofrecer ese servicio.

—No había oído hablar de ello. Es fascinante. ¿Y de qué manera podría encajar en ese negocio la cervecería?

—Bueno, nosotros atendemos todas las necesidades de nuestros clientes, así que, como comprenderá, no podríamos ofrecerle la exclusividad a Donovan Brothers. Si un cliente quiere una Corona, se le ofrece una Corona.

—Por supuesto.

—Pero, desde luego, podríamos hablar de la posibilidad de ofrecer sus productos como parte del servicio de catering durante el vuelo.

Tessa sintió cómo se le abrían los ojos. Definitivamente, aquella era una gran idea. Aunque lo que le estaba ofreciendo no era el grado de exposición de un trato en exclusiva con una línea aérea de carácter público y a nivel nacional, conseguirían que sus cervezas llegaran a una clientela más amplia.

—Transportamos a sesenta mil pasajeros al año.

—¿De verdad?

—Por supuesto. Cada vuelo ofrece solamente el menú

solicitado por los arrendatarios, de manera que no podemos controlar cuáles serán las peticiones de los clientes. Pero puedo enviarle las cifras de las otras bebidas alcohólicas que ofrecemos.

–Por supuesto, tengo mucha curiosidad.

–Magnífico –respondió él con otra sonrisa lobuna. Aquel tipo era un vendedor de la cabeza a los pies–. Y me encantaría ofrecerle una visita a nuestras instalaciones.

Tessa no estaba segura de que fuera una oferta sincera, así que se limitó a sonreír sin comprometerse.

–Hay algo más que podría ofrecerles.

La camarera estaba ya en la mesa con la comida. Graham Kendall se reclinó en la silla para dejarle espacio, pero continuó sonriendo mirando hacia Tessa. A Tessa comenzó a preocuparle la posibilidad de que aquella «oportunidad» implicara convertirse en su amante. O comprar un coche de segunda mano. Roland Kendall podía carecer de tacto y de encanto, pero Tessa estaba comenzando a ser consciente de dónde iban a terminar todos aquellos excesos.

De modo que mordisqueó un poco de pasta y esperó al resto del discurso del vendedor. No tardó en llegar.

–Kendall Flight está patrocinando un importante torneo de golf con fines benéficos. Es el segundo año que lo hacemos y está convirtiéndose en mi proyecto mimado. Yo me ocupo de conseguir los copatrocinadores.

–¡Oh! –respondió ella, intentando, y fracasando, evitar que su voz reflejara su recelo–. Ya hemos patrocinado muchos acontecimientos locales. En realidad, ese es uno de nuestros principales medios de promoción.

–¡Ah! Pero este no será un acontecimiento local. Es un torneo de golf de nivel internacional que se celebrará en Palm Spring, California –añadió, por si ella no sabía dónde estaba.

–Pero nosotros todavía no estamos intentando penetrar en California. Es un mercado abarrotado de cervezas artesanales. No estoy segura de qué beneficios podría proporcionarnos el salirnos de nuestro mercado.

La sonrisa de Graham rezumaba condescendencia.

–Bueno, evidentemente, este podría ser un importante punto de partida. Si asumieran el nivel de medalla de plata en el patrocinio, servirían su cerveza en exclusividad. Pero, más que eso, esta no va a ser una carrera local ni un torneo de voleibol. Será un acontecimiento relacionado con empresarios, con gente influyente. Y debe tener en cuenta que usted, o alguno de sus hermanos, podrá estar allí para hacer nuevos amigos y codearse con gente importante. No hace falta que le diga el tipo de contratos que podrían surgir.

¡Uf! Tessa estaba demasiado perpleja para dejarse influir por su discurso. Realmente, podría ser una oportunidad maravillosa. Pero, evidentemente, también muy cara. A un nivel de medalla de plata.

Graham presionó un poco más.

–Estamos hablando de un espacio de promoción, con uno o dos puestos. Servilletas, posavasos u publicidad por todo el campo. Y estarían incluidos en la habitual lista de patrocinadores, por supuesto. Aparecerían en el folleto. Inevitablemente, su marca aparecería en todas las fotografías del acontecimiento.

–Es una idea interesante, pero sigo dudando sobre la conveniencia de participar en un acontecimiento en California. ¿Por qué no me envía toda la información para que pueda hablar sobre ello con mis hermanos cuando las aguas hayan vuelto a su cauce y se haya resuelto el problema de High West?

–Bueno, esa es precisamente la cuestión. Tenemos a posibles patrocinadores en espera y los artículos promocionales comenzarán a imprimirse dentro de tres días.

–No puedo tomar una decisión tan rápidamente.

–Señorita Donovan...

–Mejor Tessa, por favor.

–Tessa –su tono rezumaba compasión–, mi padre no va a hacer negocios con un hombre que se ha echado un polvo con su preciosa hijita. Creo que eso no lo puedo dejar más claro.

Tessa retrocedió en la silla, impactada por su brusquedad.

–Lo siento –se disculpó Graham–, pero así es como lo ve él, te lo garantizo. Pero conozco a mi hermana un poco mejor que mi padre y me resulta difícil ofenderme por lo ocurrido. Tu familia tiene una gran empresa y creo que podríamos trabajar muy bien juntos. Sería un honor para mí llegar a un acuerdo con vosotros.

–Gracias, pero no puedo tomar esta decisión tan rápidamente. Tengo que contar con mis hermanos...

Graham arqueó las cejas.

–Tenía la impresión de que querías mantener a tus hermanos al margen de esto.

–¿Perdón?

–No te preocupes, sé guardar un secreto.

–No es así en absoluto –mintió. No quería que aquel tipo pensara que conocía un secreto de la familia–. Estoy intentando resolver este asunto con tu padre antes de meter también a Eric en todo este lío, eso es todo.

Graham alzó las manos.

–Lo comprendo. Créeme, trabajar con la familia puede llegar a ser insoportable. Mi padre y yo rara vez nos vemos cara a cara.

Tessa quería dejar claro que sus hermanos y ella se llevaban estupendamente. Que se querían y que ella nunca hablaría de Eric con la amargura que Monica había mostrado hacia su propio padre. Pero era imposible decirlo sin ofender a Graham, así que presionó los labios y se guardó aquellas palabras para sí.

–En cualquier caso, necesito saberlo dentro de dos días –dijo él.

—¿De cuánto dinero estamos hablando?

Se preparó para oír una cifra desorbitada, pero Graham se limitó de nuevo a sonreír.

—Te enviaré el presupuesto y el listado de los otros patrocinadores. Todavía no hemos fijado la lista, de modo que no tengo confirmados a los asistentes, pero te aseguro que será un grupo impresionante. Nombres muy conocidos. El año pasado el torneo fue espectacular.

—No puedo prometerte nada, Graham.

Graham se limpió la boca y dejó la servilleta en la mesa.

—Lo comprendo, pero si tenéis intención de expandir el negocio, y asumo que estáis trabajando para ello, vais a tener que ser más agresivos. Boulder no es precisamente el lugar donde juegan los chicos más grandes.

—Evidentemente, nuestros objetivos no son de tan amplio alcance como los de tu familia —le espetó—, pero sabemos lo que estamos haciendo.

«Y nuestras relaciones no son tan nefastas como las vuestras», añadió en silencio.

—No pretendo ofenderte, Tessa. Sinceramente, no es esa mi intención. Lo único que quiero es que te tomes en serio esta oportunidad. No digas que no por el mero hecho de que todo esté siendo tan rápido. Y todos los beneficios irán a parar a la investigación sobre el cáncer, en honor a nuestra madre.

Tessa se suavizó, pero solo ligeramente.

—De acuerdo. Envíame la información y pensaré en ello.

—¿Me lo prometes? —preguntó él, entrecerrando los ojos de forma encantadora.

Tessa estaba interesada en participar en aquel acontecimiento benéfico y en convertirse en proveedores de Kendall Flight, pero, aun así, se marchó de allí tan rápido como pudo. Y a duras penas se resistió a la necesidad de parar en casa para darse una ducha.

Capítulo 15

—«Contracciones de Braxton Hicks...» —leyó Luke mientras miraba con los ojos entrecerrados la primera página de un libro que trataba sobre el tercer mes de embarazo.

¿Sabría Simone todas aquellas historias? Ella había pasado la mayor parte de su vida en una casa de acogida, de modo que no tenía ningún familiar que pudiera ayudarla. Pero, aun así, no iba a preguntarle que si sabía algo de aquellas contracciones porque no había ningún motivo para que Luke supiera de su existencia. Y, probablemente, Simone se enfadaría si supiera que, en un momento de debilidad, Luke había comprado unos cuantos libros sobre el embarazo.

Miró alrededor de la comisaría para asegurarse de que Simone no había aparecido por arte de magia. Ella ya había terminado la jornada. De otro modo, a Luke no se le habría ocurrido sacar los libros. Pero le sobraban algunos minutos antes de que estuviera preparado el próximo vídeo de vigilancia. Su viejo ordenador no le permitía ver vídeos en red, así que el Departamento de Tecnología los había grabado en paquetes de seis horas. Luke ya había conseguido ver tres. Desgraciadamente, aquello no había supuesto el avance que le habría gustado. No había encontrado nada y solo había recorrido un tercio del camino.

Pasó las páginas del libro y se detuvo al ver una sección sobre las clases de preparación al parto.

–Mierda –musitó.

Había estado tan concentrado en averiguar quién era el padre que ni siquiera había pensado en ello. ¿Quién iba a estar con Simone cuando tuviera al bebé? ¿Una amiga, quizá? Pero Simone no era una persona particularmente sociable. Desde luego, nunca había hecho ningún comentario sobre salir con amigas. Pero, en realidad, tampoco había mencionado nunca a ningún hombre y era evidente que había estado cerca de uno.

Tenía que olvidar aquel asunto, pero le ardían las entrañas cuando pensaba en la posibilidad de retirarse. Había crecido con una madre soltera y aquel era su punto débil. Le dolía lo mucho que había tenido que luchar su madre y lo culpable que se había sentido por el hecho de que Luke no tuviera un padre. Todavía recordaba las muchas veces que se había disculpado ante él, y lo mucho que él odiaba a su padre en aquellos momentos.

Simone no se merecía estar sola más de lo que se lo había merecido su madre. No se merecía estar estresada, enfadada y llevando todo el embarazo en secreto.

Esbozó una mueca de frustración y giró los hombros, intentando aliviar la tensión. La pregunta de quién era el padre continuaba devorándole. Al fin y al cabo, era un maldito detective. Su trabajo consistía en investigar misterios y resolverlos. Pero al enfrentarse a una cuestión tan básica, estaba demostrando ser completamente incompetente.

Miró hacia el teléfono, resistiendo las ganas de llamar a Tessa para hablar sobre ello. No era la primera vez que sentía aquella necesidad aquel día. Era ridículo pensar que había perdido a una persona a la que solo conocía desde hacía una semana.

Sacudiéndose aquella sensación, Luke se dijo a sí mismo que el problema era que estaba excitado y volvió a concentrarse en el estudio, pero justo cuando acababa de pasar una página, cayó una sombra sobre él. Luke se sobresaltó y alzó la mirada hacia su jefe. El sargento Pallin pareció sobresaltarse al ver el libro y Luke reprimió las ganas de esconderlo debajo de sus papeles y secarse las manos en los pantalones.

Sabía que el sargento había oído las mismas historias que todo el mundo. Probablemente, aquel libro confirmaría los rumores, pero Pallin desvió los ojos del libro hacia la pantalla del ordenador de Luke.

–¿Continúas con los vídeos?

–Sí. Todavía no he encontrado nada, pero lo encontraré en alguna parte.

–Muy bien. ¿Y los expedientes de Denver?

–Sigo peleándome con ellos. Hay un par de cosas que echo de menos en algunos de ellos. Tendré que volver a comprobarlo con Denver.

–Muy bien. Notifícame todo lo que encuentres.

Desvió de nuevo la mirada hacia el libro, pero hundió las manos en los bolsillos y salió del despacho. Al parecer, no tenía ganas de hablar de cuestiones personales espinosas.

–Muy bien –contestó Luke.

Volvió a mover los hombros por última vez, metió el libro en el escritorio y fue a presionar al Departamento de Tecnología. Ya le habían dicho que no había ninguna huella dactilar que pudiera ser utilizada en el barril. Lo habían limpiado a conciencia. Así que no le iba a quedar más remedio que encontrar algo en los vídeos. Una hora después, consiguió una pista. Vio un coche blanco a través de la cámara de una librería. No estaba seguro de que fuera el mismo coche blanco que habían visto en el callejón, pero apuntó el número de la matrícula e hizo una llamada para hacer una comprobación.

–¡Bingo! –exclamó cuando apareció el nombre del propietario.

Aquel tipo había estado arrestado en cuatro ocasiones y dos veces en prisión. Todo apuntaba a que era un adicto a las metanfetaminas. No era la clase de tipo al que Luke imaginaba involucrado en un robo tan sofisticado, pero quizá había tenido una vida de éxito antes de conocer las drogas.

La última dirección que aparecía en los ordenadores era de hacía un año. Luke no tenía mucha confianza en que fuera un tipo que permaneciera en el mismo lugar durante mucho tiempo, y eran ya las seis y media. Si conseguían encontrarlo, Simone y él le llevarían a la mañana siguiente a la comisaría para interrogarlo.

Imprimió el listado de detenciones y las fotos que lo acompañaban, los guardó en una carpeta y volvió a mirar hacia el teléfono. Buenas noticias, malas noticias... qué más daba. Todo le hacía desear llamar a Tessa.

Luke suspiró y se pasó la mano por el pelo. Debería disculparse. Debería llamarla y decirle que había sido un estúpido y que ella no tenía la culpa de nada. Pero, ¿y si ella le perdonaba? Entonces tendría que pensar en lo mucho que la echaría de menos cuando la perdiera para siempre.

Cuando pensó en dirigirse a su apartamento vacío una noche más, Luke decidió que, a lo mejor, merecía la pena arriesgarse.

—Mierda —gimió Tessa mientras se derrumbaba en el sofá—. Ha sido el peor miércoles de mi vida. Sin ninguna duda.

Todos los planes de seducir a Luke se habían desvanecido cuando la tarde se había convertido en un batiburrillo de discusiones entre hermanos, cheques de pago descabalados y un presupuesto ridículamente alto de Graham Kendall en el que detallaba lo que les costaría patrocinar el torneo. Tessa dejó las compras que había hecho en The White Orchid en la mesita del café y se desplomó sobre los cojines del sofá.

Aquella noche no iba a disfrutar de un solo segundo de seducción. Como mucho, podría darse un baño, tomar una copa y disfrutar de una cena en el microondas. Sus bonitas prendas de lencería tendrían que esperar.

Roland Kendall no iba a regresar hasta el día siguiente. Aquello suponía un aplazamiento para Tessa, pero Eric estaba que echaba espumarajos por la boca de la indignación. Desgraciadamente, lo había pagado gritando a Jamie por culpa de un grifo defectuoso que había estado a punto de inundar completamente el suelo de detrás de la barra.

El pobre Jamie ya estaba suficientemente afectado por todo aquel desastre antes de haber tenido que enfrentarse a la furia de Eric, y había terminado tirando la fregona y abandonando la barra. Sin embargo, la huida de Jamie no había durado mucho tiempo. Probablemente, le había podido la necesidad de regresar para hacer brillar el suelo una vez más. Pero Tessa no podía evitar tomarse aquella breve desaparición de Jamie como un mal presagio.

Sus hermanos se habían llevado bien en otra época. Jamie veía a su hermano mayor como a un héroe. Eric hacía el papel de modelo de perfección, y se llevaba a su hermano al cine y a ver partidos de baloncesto.

Pero tras la muerte de sus padres, todo había cambiado.

Eric se había convertido en una figura paterna seria y responsable.

Y Jamie se había transformado en un adolescente rebelde al que le molestaba que le dijeran lo que tenía que hacer.

Durante algún tiempo, después de que Jamie se graduara en la universidad, la relación había mejorado. Casi habían vuelto a ser amigos otra vez. Pero en aquel momento...

—¡Oh, Dios! —gimió Tessa, escondiendo el rostro entre las manos.

La tensión flotaba sobre ellos como una nube permanente que a veces se resquebrajaba en una lluvia de rayos y furia. Ella ya no sabía qué hacer.

Dejó que su cuerpo fuera deslizándose lentamente hasta terminar tumbada en el sofá, después, cerró los ojos e intentó planear el siguiente paso. El presupuesto que había enviado Graham Kendall era imposible. No podía gastarse esa cantidad de dinero por su cuenta y Eric jamás tomaría una decisión como aquella tan rápidamente, ni siquiera en el caso de que se la planteara esa misma noche.

Graham todavía no le había enviado las cifras de la venta de alcohol en los vuelos privados. Con un poco de suerte, serían buenas. En caso contrario, todos los huevos continuarían estando en la cesta de High West, y tanto Monica como Graham pensaban que era un sueño imposible.

Y la verdad era que ni siquiera ella estaba segura de que debieran hacer negocios con Kendall Group. Aquella familia la asustaba. Pero a Eric no le importaba nada la familia, lo único que quería era aprovechar su oportunidad.

La desesperanza comenzó a penetrar en sus células. Era un sentimiento extraño y hostil. Tessa no solía ser sujeto de un humor sombrío y cuando la tristeza intentaba arrastrarla, se movía siempre más rápido que él. Así se había enfrentado siempre a la vida. Planeaba. Actuaba. Organizaba y corría. Pero, en aquel momento, se estaba hundiendo en el sofá absolutamente agotada y no encontraba la manera de esconderse del miedo.

Las lágrimas estaban comenzando a cosquillear tras sus párpados cuando sonó el teléfono. Abrió los ojos y los fijó en el ventilador del techo. Quienquiera que fuera, seguramente era alguien que representaba problemas. Eric, o Jamie, o alguno de aquellos extraños Kendall. Por un momento, pensó en ignorar la llamada, pero su conciencia no se lo permitió. Alargó la mano sin mirar y sacó el teléfono del bolso.

–Luke –exclamó con voz ahogada al ver la pantalla.

Apretó el botón, contuvo la respiración y se llevó el teléfono a la oreja.

—¿Tessa? Soy Luke.

—Hola.

—Quería disculparme por lo de la semana pasada. Lo siento. Perdí la paciencia y...

—No pasa nada, lo comprendo.

—No, de verdad.

—Luke —le interrumpió—. Lo digo en serio, lo entiendo. Saqué el tema de forma inesperada y tú reaccionaste de esa forma. No pasa nada.

Luke exhaló un hondo suspiro y bajó ligeramente la voz.

—Lo siento mucho, de verdad. ¿Estás bien? Tienes la voz rara.

—Ahora mismo estoy hundida unos diez centímetros en el sofá, así que es posible que la voz suene amortiguada por los cojines.

—Estás cansada —dijo Luke.

—Sí.

—Yo también.

—¿Quieres que durmamos juntos? —preguntó Tessa.

Pretendía que fuera una broma, pero cuando Luke contestó:

—Dios mío, sí —comprendió que no era una broma en absoluto.

Desvió la mirada hacia la bolsa blanca que descansaba sobre la mesita del café. Las letras, de color gris claro, prometían discreción y placer. Tessa descubrió que todavía quedaba algo de energía dentro de ella. ¡Oh, sí!

Aun así, en vez de precipitarse a aceptar, miró la bolsa con una sonrisa y esperó. Habían discutido y él había roto. No iba a ser ella la que hiciera la invitación. La pelota estaba en su tejado.

—Pero —dijo Luke por fin—, me conformaría con una cena si estuvieras dispuesta a volver a verme.

—Mm. No sé.
—Te dejaré que me llames detective.
Tessa se levantó riendo del sofá.
—Trato hecho. ¿Puedes darme media hora?
—Te doy cuarenta y cinco minutos. Todavía tengo que hacer la reserva y ponerme el traje.
—¿El traje?
—He pensado en llevarte a cenar a un lugar especial. A no ser que estés demasiado cansada.

¡Claro que no! En aquel momento, ya había superado su cansancio. Por fin tenía algo que hacer, algo que la ayudaría a olvidarse de sus problemas. Tessa colgó el teléfono, agarró la bolsa de la lencería y corrió a la ducha.

Por supuesto, era evidente que ya no necesitaba seducir a Luke. Pero no tenía nada de malo el intentar volver loco a un hombre.

Luke tensó la mano sobre el volante cuando oyó que le sonaba el móvil. No quería pensar en el trabajo aquella noche, aunque tampoco podía decir que hubiera mucho peligro de que algo pudiera distraerle de Tessa. Estaba preciosa. Deslizó la mirada por sus brazos desnudos mientras agarraba el teléfono.

—¿Diga?
—Solo quería saber si todavía estabas enfadado conmigo.
Luke se encogió por dentro.
—Hola, mamá —le dirigió a Tessa una mirada furtiva y la descubrió mirándole con curiosidad.
—¿Estás enfadado?
—No, ya sabes que no.
—¿Estás seguro? No has vuelto a llamarme desde que se fue Eve.
Luke se aclaró la garganta.
—Lo siento, mamá, pero ahora no puedo hablar.

—¿Todavía estás trabajando?
—No —se preparó para lo que estaba por llegar.
—¡Ah! —exclamó su madre. Y añadió—. ¡Ahh! Tienes una cita.

La última frase fue un grito agudo y Tessa tuvo que sofocar una risa.

Luke reprimió las ganas de subir el volumen de la radio para que Tessa no pudiera escuchar la conversación, pero optó por poner fin precipitadamente a la llamada.

—Que tengas una buena noche, mamá. Adiós.

Tessa le sonrió.

—Eres adorable.

—¿Por qué? ¿Por hablar con mi madre?

—No, porque eres encantador, detective.

Luke clavó la mirada en el parabrisas, temiendo sonrojarse, o sonreír o decir cualquier estupidez si la miraba.

—¿Adónde vamos? —preguntó Tessa por fin.

—¿No lo sabes? —había un restaurante al final de aquella carretera que llevaba a las montañas, pero Tessa negó con la cabeza—. ¿Nunca has estado en Flagstaff House?

El grito de Tessa le sobresaltó de tal manera que estuvo a punto de salirse a la cuneta. Y estuvo todavía más cerca de un accidente cuando Tessa se inclinó para darle un beso en la mandíbula.

—¡Caramba! A lo mejor debería haber reservado esto para una disculpa más importante.

Flagstaff House era la gran dama de los restaurantes caros de Boulder, quizá, incluso, de toda la zona de Denver. También era una señal de que se estaba esforzando de verdad, pero cuando Tessa entreabrió los labios contra su cuello, Luke se alegró de haber elegido aquel restaurante.

—Estoy deseando llegar —susurró Tessa contra él.

Y el calor de su boca se transformó en hielo bajo su respiración. Luke reprimió un escalofrío. Una agradable pesadez en su miembro amenazaba con convertirse en algo más sustancial.

¡Cómo se alegraba de haberla llamado!

Tomaron una curva cerrada y apareció el edificio, un triángulo de madera y cristal en medio de la agreste montaña. Se había puesto el sol detrás de las montañas y la intensa luz del crepúsculo bañaba la zona del aparcamiento. Después de que Luke aparcara y le abriera la puerta, Tessa tiró de él para subir las escaleras de una terraza desde la que se contemplaba toda la ciudad.

—Lo siento —le dijo él—, pedí una mesa en la terraza, pero todavía no sirven cenas fuera.

—Deberían hacerlo, es un sitio precioso.

La ciudad entera se extendía a sus pies y tras ella se elevaban los edificios más altos de Denver, apenas visibles. Mientras contemplaban aquella vista, se encendieron las farolas y las casas fueron cobrando vida como si fueran luciérnagas.

Tessa deslizó la mano en la de Luke.

Luke se la estrechó con fuerza.

—¿Quieres cenar o tenemos que quedarnos aquí hasta que salgan las estrellas?

Cuando Tessa se volvió hacia él, Luke sintió una ráfaga de dolor en su corazón que acarició todos sus rincones como una mano cruel. Y sintió que su pecho era excesivamente pequeño.

Tessa se puso de puntillas para besarle y Luke la atrajo hacia él. La besó durante largos segundos, y después no pudo evitar deslizar las manos a lo largo de su espalda. El vestido negro estaba hecho de una tela suave y sedosa, y no palpó nada, salvo su cuerpo, bajo la tela.

Solo en la oscuridad, con el cielo sobre ellos, Luke la acarició lentamente. Deslizó cada una de las yemas de los dedos por su espalda, le moldeó las caderas, acunó su trasero con ambas manos, subió con la mano hasta sus costillas y le tomó después delicadamente un seno. Sintió erguirse el pezón contra su palma. Nada, salvo aquella tela fina como el papel de fumar, le separaba de su piel.

Tessa suspiró en su boca.

–Te he echado de menos –dijo.

Sus palabras fueron apenas un susurro.

La sacudida que le dio el corazón le produjo a Luke un miedo mortal.

–Solo me quieres por mi cuerpo –bromeó, intentando defenderse.

–Lo sé –suspiró Tessa–. Es tan maravilloso.

La risa de Luke se convirtió en un gemido estrangulado cuando Tessa bajó la mano para presionarla contra su miembro.

–Será mejor que te abroches la chaqueta, detective.

–No me estás ayudando –alzó la cabeza hacia el paisaje–. Mira, está saliendo la luna.

Tessa apartó las manos de Luke durante el tiempo suficiente como para que este pudiera respirar hondo varias veces mientras ella soltaba todo tipo de exclamaciones de admiración acerca de la vista.

–¿No tienes hambre todavía? –consiguió preguntar Luke.

Tessa le miró por encima del hombro para deslizar la mirada por todo su cuerpo.

–Estoy hambrienta.

–Ya basta –gruñó Luke, consciente de que iba a pasar toda la cena pensando en su boca.

Riendo, Tessa le condujo al interior del restaurante como si fuera un cachorro tirado por una correa. Luke no sintió ni un ápice de vergüenza. Tessa podía ponerle una correa, siempre y cuando aquel camino le condujera a terminar dentro de su cuerpo.

Noventa minutos después, estaba intentando concentrarse en la conversación. No era que Tessa le aburriera. En absoluto. Era que acababa de pasar el dedo por la salsa del plato y, en aquel momento, se lo estaba chupando disimuladamente.

—Lo siento —dijo Tessa, malinterpretando completamente su ceño—. Probablemente nunca volverás a traerme a un restaurante tan elegante como este.

—No —respondió él con voz ronca—. Por favor.

Cuando señaló la salsa bearnesa que quedaba en su propio plato, Tessa se echó a reír como si Luke estuviera de broma. Pero en aquel momento, llegó una interrupción de lo más oportuna en la forma de bandeja de los postres. Tessa soltó una exclamación y pidió inmediatamente el tiramisú, pero Luke vio que miraba con ojos codiciosos la tarta de queso y caramelo, así que también la pidió.

Sirvió en la copa de Tessa el vino que quedaba. Recordó entonces que él solo había bebido una copa de vino, por lo tanto, ella debía estar bastante achispada. Después, volvió a fijar en ella la mirada. El escote del vestido era suficientemente pronunciado como para mostrar el valle de sus senos. La tela se ajustaba perfectamente sobre ellos, arrastrando la mirada de Luke hacia cada una de sus dulces curvas. Un solo movimiento de mano y quedaría completamente expuesta a él. Aquella idea le perseguía cada segundo.

—... y quiero hablar sobre ello. Si me prometes que no dirás nada.

Luke parpadeó y se obligó a levantar la mirada.

—¿Qué?

Tessa se desplomó ligeramente en la silla y empujó la cucharilla de postre a través de la mesa vacía. La fuente ya había desaparecido.

—De todas formas, no importa —suspiró—. Dentro de unos días, todo habrá terminado.

Buen Dios, ¿qué se había perdido?

—Tessa...

—No me mires tan preocupado. No es nada grave, es

solo... No debería contarte nada, pero no quiero guardar secretos, y el vino me está ayudando.

—No necesitas...

—Eric ha estado trabajando durante meses para conseguir un contrato con Kendall Group, y creo que Jamie lo ha fastidiado todo —tomó aire y lo dejó escapar en un suspiro de alivio—. Ya está.

—¡Ah! ¿Y entonces Eric no lo sabe?

—No. Yo estoy intentando arreglarlo. Todavía hay alguna posibilidad de que...

Se interrumpió, como si ni siquiera ella misma lo creyera, y después continuó.

—Ya hay demasiada tensión. ¿Tú no tienes hermanos?

—No.

—Mejor para ti. Es demasiado complicado.

Luke posó los dedos sobre los suyos y le apretó la mano.

—¿Entonces qué va a pasar?

—¿Si no se consigue ese contrato? No lo sé. Yo estoy intentando hacer algo que pueda sustituirlo.

—¿Por tu cuenta?

Tessa asintió. Parecía un poco preocupada, pero cuando el camarero se acercó con los postres, se le iluminó el semblante.

—¡Oh!

Y, casi inmediatamente, Luke se sintió de nuevo perdido en medio de sus gemidos de placer, su forma de lamerse los labios y sus ojos chispeantes. Podía imaginarla exactamente así, de rodillas, humedeciéndose los labios y gimiendo de placer.

—Está riquísimo —gimió Tessa.

—Desde luego.

Tessa elevó los ojos al cielo.

—Pero si todavía no lo has probado.

No, pero pensaba probarlo pronto.

Capítulo 16

Tessa no tenía ni idea de lo cerca que estaban de la casa de Luke, pero contaba cada segundo como si aquello fuera el lanzamiento de un cohete. Al principio del trayecto, mientras bajaban de la montaña, Luke había mantenido la mano sobre su rodilla. Después, la había deslizado un poco más arriba, justo hasta el borde del vestido, de manera que el dobladillo de la falda le rozaba los nudillos. Después de cinco minutos de tortura, Tessa estaba convencida de que aquel calor debía haber dejado la marca de las huellas dactilares de Luke en su piel para siempre. Había flexionado los muslos y separado las rodillas, pero Luke se había tomado su tiempo para seguir subiendo. Y se había detenido mucho antes de llegar a los rincones más interesantes.

En aquel momento, Tessa se aferraba con fuerza a su bolso, pero se negaba a pedir nada más. Era Luke el que estaba llevando las riendas de aquella velada. Ella iba a limitarse a sentarse y a disfrutar del viaje. Desgraciadamente, parecía que iban a tener que esperar.

Ella quería sentir la mano de Luke entre sus piernas. Quería que la acariciara allí mismo, en el coche. Quería que le bajara la parte superior del vestido y se aprovechara todo lo que pudiera de ella antes de que llegaran a casa. Pero en ese caso, sería un desperdicio para su precioso conjunto de lencería.

Así que era preferible tener paciencia. Tenía que ser paciente. Las cosas buenas se hacían esperar.

Como si quisiera confirmárselo, Luke tensionó en aquel momento la mano sobre su muslo. Durante un instante de júbilo, Tessa creyó que iba a comenzar a subir, pero entonces, el calor de aquella mano desapareció. Luke puso las dos manos al volante mientras disminuía la velocidad para girar en el camino de entrada a una casa.

Gracias a Dios.

Luke no había hecho nada en absoluto digno de mención, pero Tessa ya estaba temblando de deseo. Húmeda, esperando que la acariciara. No tenía idea de qué tenía aquel hombre que la volvía tan loca, pero le bastó verle rodear el coche con intención de abrirle la puerta para estremecerse. Había salido con algunos hombres en su vida, pero todos tenían un ligero aire de estudiantes universitarios grandullones. A lo mejor era un problema de aquella ciudad. O, a lo mejor, los hombres en la veintena eran así. Pero Luke inspiraba toda clase de sentimientos diferentes. Como si pudiera apoyarse en él y nunca le fuera a fallar.

Una reacción extraña para tratarse de un hombre sobre el que corrían todo tipo de rumores. Pero eso no impedía que su cuerpo le recibiera con los brazos abiertos.

La brisa nocturna le erizó la piel cuando Luke la ayudó a salir del coche, pero apenas lo notó. Estuvo demasiado ocupada contando los escalones de la puerta y maldiciendo el tiempo que Luke tardaba en encontrar la llave. Luke se hizo a un lado para dejarla pasar, e incluso aquel educado gesto le pareció una tortuosa demora.

Luke arrojó las llaves a una mesa.

—¿Puedo invitarte a una copa o...?

Enmudeció cuando Tessa se volvió. La recorrió de los pies a la cabeza con la mirada. Los pezones estaban erguidos por el frío y ella lo sabía porque el vestido no ocultaba nada.

—Me estás volviendo loco con ese vestido —confesó Luke.

—¿De verdad? No lo sabía.

Luke arqueó las cejas ante el desafío que representaba su voz y cuando dio un paso hacia ella, Tessa retrocedió. Otro paso y terminó acorralada contra la pared. Al instante, Luke estaba sobre ella, devorando su boca con ardor.

Nunca la había besado con aquella fiereza y a Tessa le encantó sentir el filo salvaje de su caricia cuando posó la mano sobre su seno. Le acarició el pezón con el pulgar y le mordisqueó el labio inferior con los dientes. Tessa se alegró entonces de haberse mostrado tan prudente. La espera había excitado a Luke todavía más.

Luke no vaciló ni un instante antes de alargar las manos hacia los tirantes del vestido para bajárselo. El vestido se escurrió por su cuerpo hasta terminar convertido en un charco de tela a sus pies. Luke acarició la seda que llevaba bajo el vestido y retrocedió para admirarla.

—¡Dios mío! —exclamó—. Estás preciosa.

Lentamente, acarició la seda con la yema de los dedos, trazando un delicado camino alrededor del tenso pezón. El tacto de la seda acariciándole la aureola le hizo estremecerse. La caricia de Luke se hizo incluso más lenta. Su respiración comenzó a resonar en medio del silencio de la habitación. Observó sus dedos, la forma en la que aquellos dedos ásperos acariciaban la suavidad de la tela, su forma de idolatrarla. Después, Luke inclinó la cabeza y succionó con fuerza. La seda se humedeció y se calentó sobre Tessa. Luke tiró con los labios.

Tessa gritó y hundió las manos en su pelo para impedir que se escapara. Luke tensó las dos manos en sus caderas para asegurarse de que no escapara ella. Como si fuera capaz de alejarse siquiera un centímetro de él cuando su sexo se estaba tensando con cada caricia de su boca.

–¡Oh, Luke! –gimió entre dientes.

Aquel hombre la volvía loca. Todo en él la enloquecía.

Luke apartó los labios. La seda se transparentaba allí donde la había humedecido. Luke se puso de rodillas, con la mirada fija en su seno, en el pezón que se erguía contra la tela. La miró a los ojos con una expresión fiera y salvaje mientras acariciaba con el pulgar el lugar que antes había besado. Espirales de calor se enroscaban en su vientre. El clítoris le latía.

Como si supiera exactamente lo que estaba ocurriendo, Luke bajó la cabeza y la besó justo por debajo del ombligo. Después, siguió bajando y bajando hasta posar la boca sobre su sexo y succionar de la misma manera que lo había hecho con su seno.

Tessa gritó y estuvieron a punto de flaquearle las rodillas. Extendió las manos en la pared, luchando contra la necesidad de dejar que la gravedad la arrastrara mientras Luke presionaba la seda húmeda contra su clítoris.

–Sí...

Aquel calor era maravilloso. Y húmedo. Después, Luke abandonó su boca, y fue hielo lo que Tessa sintió contra ella cuando Luke sopló.

–Eres tan condenadamente perfecta –susurró, devorando la imagen de Tessa en ropa interior.

Cuando volvió a besarla, fue un beso más ligero, más lento. A los pocos segundos, Tessa ya estaba gimiendo y aferrándose a la pared mientras el calor la abrasaba.

Cerró los ojos y presionó la cabeza contra la pared y Luke deslizó las manos hasta la parte superior de sus muslos. Dibujó con los dedos la línea de las bragas, posándolos en los tensos tendones de los muslos y bajó hasta el hueco que había justo bajo su sexo. Empezó entonces a acariciarla con la lengua, provocando un placer que parecía no tener fin.

–¡Oh, por favor! –susurró Tessa al sentir los pulgares de Luke bajo la tela–. Por favor, por favor...

Luke frotó aquella esponjosa carne. Los pulgares atraparon la humedad y la extendieron sobre la propia Tessa.

—¡Oh, Dios mío! —exclamó ella exasperada.

Estaba tan cera, pero Luke no podía ir más lejos. La tela estaba demasiado tensa.

Afortunadamente, Luke no estaba tan controlado aquella noche. No la torturó. De hecho, apenas acababa de apartar la boca cuando le bajó las bragas y, casi inmediatamente, estaba lamiéndola y deslizando los dedos a lo largo de su sexo hasta hundirse profundamente en ella.

Tessa arqueó las caderas hacia él, urgiéndole a penetrarla más profundamente. La lengua de Luke obró su magia y Tessa jadeó primero su nombre, después lo gritó, y terminó echando la cabeza hacia atrás en un grito silencioso. El suelo pareció moverse bajo sus pies, pero la pared la sostuvo cuando su cuerpo comenzó a temblar. Cuando el placer cesó por fin, Luke posó la boca en su muslo, después en su cadera, en su vientre, en su cintura. Y lo único que pudo hacer ella fue respirar hasta que desaparecieron los puntos que le nublaban la visión.

Cuando Luke se levantó, Tessa descartó de una patada la ropa que había a sus pies y se arrodilló.

—Tessa.

—Calla.

La espalda de Luke golpeó la pared con un ruido sordo al recibir el ligero empujón de Tessa, pero antes de que pudiera protestar, le había desatado la hebilla y estaba alargando la mano hacia la cremallera. Aquello le mantuvo callado. De hecho, él mismo se quitó la chaqueta y se desató la corbata. Todavía estaba desabrochándose la camisa cuando Tessa posó la mano en su miembro erecto. La piel estaba caliente, tensa, se estiraba sobre su dureza. Tessa canturreó de placer mientras le liberaba.

—¡Ah, maldita sea! —susurró Luke, al tiempo que se quitaba la camisa.

Tessa oyó el tintineo de un botón al rebotar sobre las baldosas cuando Luke tiró de las mangas de la camisa.

Y se alegró de que hubiera hecho aquel esfuerzo. Cuando alzó la mirada hacia él, pudo contemplar una extensión de músculo. Le miró a través de las pestañas. Los ojos de Luke resplandecían. Tenía la mandíbula apretada en una furiosa línea. Y después, la besó.

Cuando la boca de Tessa le tocó, no fue de manera vacilante, sino con un beso abierto con el que lo arrastró casi hasta su garganta. Luke ahogó un gemido y hundió los dedos en su pelo. El gemido de aprobación de Tessa vibró a través de su miembro cuando ella tensó la boca.

Luke quería cerrar los ojos y presionar la cabeza contra la pared para así poder concentrarse en cada uno de los movimientos de su lengua, pero no era capaz de desviar la mirada de ella. De sus mejillas sonrosadas y su pelo dorado, de sus labios deslizándose sobre él. De la brillante humedad de su miembro cuando apartaba la boca antes de tomarlo otra vez.

—Tessa, Dios mío.

La idea de su virginidad continuaba aferrándose obstinadamente a su mente, y aquello empeoraba la situación. El fruto prohibido. Esperaba que se mostrara vacilante, incluso nerviosa. Lo último que esperaba era que le tomara tan profundamente que podía sentir su garganta tensándose a su alrededor.

—Mm —ronroneó.

Mierda. Estaba perdido. No había ninguna esperanza de que pudiera aguantar. Tendría que demostrar su resistencia más adelante. Porque en aquel preciso instante, sentía la caricia de la lengua de Tessa y ella le estaba succionando y... Aquello no estaba bien. ¡Era Tessa!

Pero la sensación superaba cualquier fantasía que pudiera haber concebido sobre ella. Su miembro fue creciendo y endureciéndose, hasta que cada una de sus caricias se tradujo en una mueca de éxtasis. Apenas pudo disfrutar de aquel placer unos segundos antes de perder el control. Luke soltó una maldición y cerró el puño en su pelo.

En respuesta, Tessa le clavó los dedos en los muslos y presionó de tal manera que tocaba con la boca la base del miembro de Luke. Este no podía parar de embestir, como si el orgasmo estuviera atravesando todo su cuerpo. Y no pudo sofocar el grito grave y primigenio de júbilo que retumbó desde su garganta mientras Tessa tragaba.

Jamás, jamás, se había sentido tan bien como cuando Tessa estuvo trabajando con su boca hasta que el último segundo de placer descendió por su columna vertebral.

–Tessa –suspiró, apoyando por fin la cabeza contra la pared–. Tessa –repitió, solo para recordarse a sí mismo que era, realmente, ella.

Porque incluso después de todo aquello, le parecía imposible.

–¿Luke?

Dios, se esforzaría en hablar si ella quería, pero se sentía como si estuviera drogado. Las sábanas estaban limpias y frías, el cuerpo de Tessa era el único calor que sentía contra él, y su piel todavía vibraba en un extraño limbo situado entre el entumecimiento y el placer.

–¿Qué es eso?

Luke abrió los ojos, esperando encontrarla mirando hacia algún cuadro o algún adorno de la habitación, pero entonces, sintió la mano de Tessa en su costado.

Volvió a cerrar los ojos.

–¿Es ahí donde te dispararon?

–No, ahí es donde me apuñalaron.

–¿Te apuñalaron?

Tessa se incorporó con un grito ahogado y bajó la mirada hacia él. Luke seguía intentando ignorarla, pero abrió los ojos para poder ver plenamente sus senos.

–¡Luke! –Tessa le golpeó en el pecho con impaciencia.

–¿Qué?

–¿Cómo ocurrió?

Luke suspiró al darse cuenta de que se había desvanecido la sensación de letargo. La tensión volvía a trepar por sus músculos como un enjambre de hormigas.

–Me apuñalaron –cuando Tessa comenzó a protestar, añadió–, durante una detención.

–¡Oh, Dios mío! ¿Y te pasó algo?

Luke observó sus senos rebotando por la emoción.

–Estoy vivo, ¿de acuerdo?

–Luke, mírame.

Luke sacudió la cabeza.

–Si quieres mantener una conversación, te sugiero que te tumbes. O que te pongas una camisa. Pero, preferiblemente, que te tumbes.

Tessa descendió, presionándole con el codo en las costillas hasta colocar su cálido brazo sobre su estómago. Los dedos de la mano cayeron a la altura de la cicatriz.

–Fue una herida bastante mala –dijo Luke abiertamente–. Alcanzó los intestinos y sufrí una infección. Eso fue todo.

Eso fue todo. Había estado en el hospital durante semanas. Había estado a punto de morir.

–Lo siento –dijo Tessa. Sus palabras fueron un mero susurro sobre su hombro–. ¿Y eso fue en Boulder?

–No, en Los Ángeles.

–¡Ah!

No preguntó nada más. No le presionó. Y quizá fuera esa la razón por la que él se lo había contado, por la que había respondido a la pregunta que Tessa no había llegado a formular.

—Mi madre vino a Los Ángeles y se quedó conmigo para que no estuviera solo. Me mudé aquí unos meses después.

Por supuesto, Tessa no podía saber lo que pretendía decir, pero cubrió la cicatriz con la mano como si pudiera curarla. Aquel había sido el peor momento de su vida. Yaciendo en la cama de un hospital, siendo consciente de que estaba a punto de morir. Había sentido la muerte presionando en aquel colchón, tirándole de piernas y brazos. En aquel momento había deseado la presencia de una determinada persona a su lado. Solo esa persona. Y no había llegado. Después de todo lo que habían pasado, ella no había ido a verle.

Tessa le besó en el hombro. Él cerró los ojos.

—¿Quieres que hablemos de ello? —le preguntó ella.

Luke negó con la cabeza. No quería pensar en Eve. Allí no había espacio para ella.

—¿Dónde te dispararon?

—En la espalda, en la paletilla. Pero fue una herida de poca importancia.

—¿En otra detención?

—Sí. Eso fue durante mi primera semana de trabajo.

—Estás de broma.

Luke sintió una sonrisa tirando de sus labios. Afortunadamente, podía reírse de lo ocurrido.

—No, no estoy de broma. Se suponía que no era una situación peligrosa. Yo estaba en el vestíbulo de un apartamento durante una enorme redada. Uno de los camellos disparó la pistola, la bala atravesó la pared y me rozó la espalda. No te puedes imaginar la cantidad de bromas que sufrí por eso. Durante una temporada me apodaron Imán.

Tessa irguió bruscamente la cabeza.

—¿Imán?

—Imán Bala. Bromeaban diciendo que a mi lado nadie estaba a salvo. No fue gran cosa, pero yo era un novato, así que me costó deshacerme de él. Hería mi orgullo.

—¡Ah!

Luke abrió un ojo y la descubrió mirándole con el ceño fruncido.

—En realidad, no fue tan terrible. Por lo menos, al cabo de un tiempo.

Tessa sonrió y volvió a tumbarse.

—Pobrecito —canturreó.

Luke se echó a reír y le dio un beso en la cabeza.

—Tuve que trabajar mucho para demostrar que no era gafe.

—Bueno, a mí me haces sentirme a salvo —confesó Tessa suavemente.

—¿A salvo de qué?

—No lo sé, a salvo de mí misma.

Luke bajó la barbilla, intentando mirar hacia ella, pero Tessa sacudió la cabeza.

—Contigo tengo la sensación de que no tengo que pensar.

—No estoy seguro de que eso sea un cumplido.

Tessa sonrió contra su piel.

—Pues lo es. Y me alegro de haber venido.

Luke la estrechó contra él. Tessa le acarició el hombro con un beso. Luke comenzaba a tranquilizarse otra vez. A sentir el hormigueo de la relajación.

—Yo también —susurró, y añadió—: A lo mejor deberíamos intentar hacerlo en la cama alguna vez.

Tessa todavía se estaba riendo cuando Luke cerró los ojos y se durmió. El sonido de la risa de Tessa se convirtió entonces en un sueño reconfortante.

Capítulo 17

Tessa sonrió mientras Luke la besaba. El enorme álamo que tenía a su espalda les protegía de la tenue luz de la mañana. Tessa no quería salir de su coche. No quería volver a una casa vacía. Por fin habían conseguido disfrutar del sexo aquella mañana en la cama, y Tessa, si hubiera podido, se habría quedado allí durante todo el día, acurrucada junto a él, tumbada bajo él.

Pero tenía un trabajo. Y una familia. Gimió y alargó la mano hacia la puerta.

–Te llamaré después –le dijo Luke.

–Pero hoy ten mucho cuidado, ¿de acuerdo? Nada de disparos ni de puñaladas.

–Haré todo lo que pueda para evitarlas.

Tessa comenzó a salir del coche, pero Luke le tocó el brazo.

–¿Vendrás esta noche? Te prepararé la cena.

–¿Sabes cocinar?

–Sí, sé hacer carne a la brasa y preparar ensaladas.

Tessa le besó por última vez.

–Yo llevaré la cerveza.

–Eres la fantasía de cualquier hombre hecha realidad, ¿lo sabes?

–¡Ja! No te creas que no me lo han dicho antes.

Tessa se sentía flotar por el jardín mientras sonreía mirando hacia el coche de Luke y buscaba las llaves. Luke la había dejado en el callejón, como si quisiera proteger su reputación. En aquel momento, continuaba observándola para asegurarse de que entraba sana y salva a su casa. Porque las ocho de la mañana de un miércoles parecía ser una hora muy peligrosa.

Tessa conservó la sonrisa mientras dejaba el bolso en el mostrador de la cocina. La sonrisa continuaba en su rostro cuando entró en el comedor. Y desapareció como una burbuja de jabón cuando vio a Eric de pie al lado de su sofá. Miraba horrorizado la bolsa de The White Orchid, como si a la bolsa le hubieran salido garras y colmillos. Se volvió hacia ella con la boca abierta, como si no fuera capaz de salir de su horror.

—Muy bien —suspiró Tessa—. Dame las llaves.

—¿Dónde estabas? —ladró Eric.

—¿Dónde crees que estaba?

Eric señaló la bolsa con el rostro rojo como la grana. Su mandíbula trabajaba como si no fuera capaz de pronunciar una sola palabra.

—¡Jesús! —gritó por fin.

—¡Oh, por el amor de Dios, Eric! Tienes que devolverme las llaves de casa. O, por lo menos, prométeme que solo la utilizarás en caso de emergencia.

—¡Esto era una emergencia! Tu coche no estaba en la puerta y no me abrías la puerta. Me había dejado el teléfono en casa... Estaba muerto de miedo.

—Eric... —Tessa bajó la cabeza y respiró hondo—. Mira, sé que nunca he hablado contigo de hombres ni de citas, pero estoy bien. Sé lo que estoy haciendo.

Eric desvió la mirada de nuevo hacia la bolsa, se cruzó de brazos y se alejó de ella.

Tessa elevó los ojos al cielo.

—¿Vas a contarme por qué has venido? —una vez más.

—Jamie y yo estuvimos hablando.

El corazón de Tessa comenzó a saltar inmediatamente en una frenética carrera en busca de oxígeno.

—¿Qué?

—Me dijo que habías estado hablando de Luke Asher. Estaba preocupado por ti. Pero... supongo que mi preocupación era injustificada. O estaba plenamente justificada.

Parecía estar hablando con amargura, pero Tessa estaba tan ocupada intentando tranquilizarse que no respondió. Jamie no le había hablado a Eric de Monica Kendall. Todavía.

—¿Qué estás haciendo, Tessa? —sus palabras estaban cargadas de desilusión.

—Estoy bien, Eric, por favor, confía en mí. ¿Cuándo te he decepcionado alguna vez?

Se miraron el uno al otro en silencio. Tessa le sostuvo la mirada con orgullo. Sabía que nunca le había decepcionado. Se había asegurado de no hacerlo.

Al final, Eric desvió la mirada.

—Sabes lo orgulloso que estoy de ti. Pero no quiero que te hagan daño.

—Sé cómo enfrentarme al dolor, Eric. Todos nosotros sabemos cómo hacerlo.

Eric inclinó la cabeza.

—Esa es la razón por la que no quiero que vuelvas a sufrir, ¿no es evidente?

—Eso es imposible —contestó Tessa, a pesar de que comprendía perfectamente lo que quería decir.

Ella deseaba lo mismo para Jamie y para Eric. Que todo saliera siempre bien.

—Algún día sufriré, Eric. Y volveré a sufrir una y otra vez. Pero también seré feliz. En cualquier caso, también quiero decirte que Luke no es como tú piensas. No lo es en absoluto. No tengo miedo al dolor, pero no creo que sea él el que vaya a hacerme sufrir.

¡Diablos! Pero si ni siquiera le llamaban Imán porque fuera un imán para las mujeres, sino porque atraía las balas.

Tessa le oyó suspirar. Pero continuaba con los hombros en tensión. No se movía. Podían seguir dándole vueltas al tema y él nunca cedería. Pero al final, Eric sacudió la cabeza y dio un paso adelante para abrazarla.

–¿Vas en serio con ese tipo?

–No, no vamos en serio –pero cuando el corazón le dio un vuelco, añadió–: todavía.

–Dame algún tiempo para hacerme a la idea.

Tessa posó la cabeza en su corazón.

–De acuerdo.

–Pero como te haga daño, se arrepentirá. Y, además, sigue sin gustarme.

Tessa sonrió y dijo:

–De acuerdo –a eso también. Después, retrocedió y le miró con los ojos entrecerrados–. A lo mejor ha llegado el momento de sincerarse y hablar sobre tus citas. ¿Cómo es que nunca te he visto con nadie?

–Porque nunca salgo con nadie –contestó.

Pero Tessa advirtió que desviaba rápidamente la mirada y se preguntó por lo que le estaba ocultando. Aun así, ella tenía demasiados secretos como para planteárlo.

–¿Puedes esperar durante quince minutos mientras me ducho? Podemos tomar ese desayuno del que hablamos.

Había estado intentando evitarle, pero había sido un error. Media hora después, estaban atacando el desayuno cuando Tessa se atrevió a preguntar:

–¿Conoces a Graham Kendall?

–No, ¿por qué?

–Me encontré con él el otro día en un Starbucks.

–¿Ah, sí? ¿Y te dijo algo sobre por qué su padre no contesta al teléfono?

–No, pero estuvimos hablando un poco de Kendall Flight. ¿Has oído hablar de esa empresa?

—Claro que sí.
—Al parecer, puede brindarnos una buena oportunidad para nuestro negocio. Va a enviarme algunos números.
—Genial. Avísame cuando los tengas.

Eric continuó comiendo, todavía con la mirada distante y sombría.

—También me sugirió que patrocináramos...
—¿Sabes una cosa? Ni siquiera me apetece oír hablar de otro acuerdo con Kendall Group hasta que ese canalla no me conteste. Estoy empezando a pensar que esa gente solo quiere fastidiarnos.

Tessa tragó un pedazo de bizcocho, que parecía haberse convertido de pronto en un bloque de cemento.

—¿Te estás arrepintiendo?
—Estoy harto de todo esto. A lo mejor debería haber entendido la insinuación desde el primer momento. Si no hubiera sido porque pensaba que era la mejor manera de expandir el negocio...

Ya estaba. Una pequeña grieta en su inamovible defensa de aquel contrato. Si Tessa se aferraba a ella y presionaba suavemente...

—En ese caso, no deberías preocuparte —dijo Tessa—. Quizá sea una señal. Si él se retira, tú te retiras también e intentas concentrarte en una oportunidad mejor.
—No, he invertido demasiado trabajo en esto. Sencillamente, está siendo muy desconsiderado, como siempre.
—No estoy segura de que podamos confiar en él —dijo Tessa precipitadamente, sorprendiéndose a sí misma.

Eric se encogió de hombros.

—Pero para eso se sellan los contratos.
—Es un falso.
—Sin embargo, la gente está emocionada con su aerolínea. ¿Y cuándo tendremos otra oportunidad de conseguir publicidad pagada de nuestra cerveza para un público cautivo?

Era precisamente eso. El premio gordo que no podrían conseguir con ninguna otra compañía. Sí, habría otras oportunidades, pero eran oportunidades que solo les ofrecían apiñar las cervezas Donovan Brothers en una estantería junto a cientos de botellas de otras marcas.

—Bueno, hasta ahora estamos haciendo las cosas bien —respondió Tessa con voz queda—. Todo va bien, con o sin Roland Kendall.

Pero Eric no respondió. Se limitó a mirar el teléfono móvil con el ceño fruncido mientras iba buscando en la pantalla. Era algo relacionado con el trabajo, obviamente. Por lo que ella sabía, su hermano apenas tenía vida fuera de la cervecería, pero a lo mejor también él tenía secretos.

Señaló hacia el teléfono con la cabeza.

—¿Un mensaje ardiente de alguna nueva amiga?

—No, es un correo de… —alzó la cabeza bruscamente—. Qué raro.

—Deberías pensar en acostarte con alguien. Así no estarías tan pendiente de mi vida sexual.

—No estoy pendiente de tu vida sexual. Eso es ridículo. Y repugnante. Y no estoy… Eso es… —sacudió la cabeza—. No importa.

—¿Qué? —presionó Tessa, sintiendo verdadera curiosidad, a pesar de que estaba bromeando.

Se produjo un segundo de silencio. Que se transformó en dos.

—Vámonos —propuso entonces Tessa bruscamente, dejó la cuenta y dinero en efectivo en el borde de la mesa—. La cervecería no funciona sola.

Era una frase que decía su padre. No muy a menudo, solo aquellos días en los que estaba demasiado cansado como para que pudiera emocionarle ocuparse de un negocio. «Este establecimiento no funciona solo», decía, con un guiño de ojos y estirándose con fuerza. Años después, Tessa no podía entender que no estuviera siempre mortalmente cansado. En aquel momento eran tres los que llevaban la cervecería. Su padre solo se había tenido a sí mismo y al fantasma de su hermano.

Y, después del accidente de sus padres, Eric también había estado solo con los fantasmas. Cuando era adolescente, a Tessa le había sorprendido su capacidad de trabajo. En aquel momento estaba absolutamente pasmada por lo que había logrado hacer.

Le dio un golpe en el brazo mientras salían del restaurante.

—¿Por qué no te tomas unos días libres el mes que viene?

—Tenemos una feria de cerveza en Santa Fe, y al siguiente, otra en Denver.

—¿Y? Eso solo serán dos fines de semana largos.

—Además de todo el trabajo para prepararlas.

Tessa suspiró, preguntándose cuándo había tenido vacaciones su hermano por última vez. Ni siquiera se acordaba. ¡Diablos! Tampoco podía acordarse de cuándo las había tenido ella. Unos días sueltos de vez en cuando y algunas excursiones aprovechando las ferias.

Se metió en el coche de Eric.

—A lo mejor soy yo la que debería ir a la playa.

Eric se metió en el coche y cerró la puerta.

—¿Has dicho algo?

—No —contestó sin vacilar—. Pero, ¿sabes una cosa? Deberías ir a la playa, a Florida.

—¿Yo? ¿A Florida?

En la mente de Tessa apareció la imagen de Eric paseando por la playa con un bañador.

—De acuerdo, quizá mejor a Oregón. O a Maine.

—Sí, a lo mejor.

Pero su tono le indicó que sería imposible. Volvía a estar pensando en la cervecería.

Al igual que todos.

Capítulo 18

Seis horas. Eso era lo que habían tardado en seguirle la pista a un mísero ladrón. Seis horas llamando a cada maldita puerta de todas y cada una de las casas en las que se rumoreaba que había vivido. Por fin, Luke y Simone habían regresado a casa de su abuela y le habían encontrado comiendo macarrones con queso y pan de maíz casero.

Su abuela no se había mostrado sorprendida ni desolada al verles otra vez. Se había limitado a encogerse de hombros y había gritado:

–¡Frankie, ha vuelto la policía!

Él había salido corriendo, ellos le habían seguido. Y, en aquel momento, se recostaba en la mesa de la sala de interrogatorios con la mano apoyada en la frente.

–Creo que vas a sobrevivir, Frankie.

–¿Por qué has tenido que lanzarme contra esa estúpida cerca, tío?

–Has hecho correr a mi compañera. Eso no está bien.

–¡No sabía que estaba embarazada! ¿Por qué me han detenido?

–No estás detenido. Todavía.

Frankie Valowski alzó la mirada y miró a Luke a los ojos.

–¿No?

—Todavía no. Pero estás en libertad condicional, así que las cosas se te podrían torcer muy rápido.

—Mira —dijo Simone, con su tono amable y comprensivo—, puedes llamar a tu abogado y negarte a declarar, tienes razón. Pero sabemos que tú no eres el cerebro que está detrás de esta operación.

Frankie abrió los ojos durante una minúscula fracción de segundo. Comenzó a trazar círculos con los dedos en la mesa.

—¿Quieres decir que no soy suficientemente inteligente?
—No. ¿Me estás diciendo que este robo fue idea tuya?
—¿Qué robo?

Luke sonrió.

—Tenemos vídeos de vigilancia que relacionan tu coche con un robo en la cervecería Donovan Brothers. ¿Eso te suena?

Sí, claro que le sonaba. Frankie presionó los dedos con fuerza contra la mesa.

—Quiero a mi abogada —gruñó.
—Y ahora vendrá. Pero cuando te proponga un trato, te sugiero que la escuches con atención.

A pesar de sus propias palabras, hasta Luke se sorprendió cuando la abogada de Frankie y el fiscal del distrito llegaron a un acuerdo. Si él colaboraba plenamente en la investigación, le prolongarían el periodo de libertad condicional durante dos años, pero no tendría que pisar la cárcel. Era un trato justo. Lo único que tenían en realidad era una prueba de que Frankie había tocado aquel barril de cerveza. Desde luego, no podían atribuirle la culpabilidad del robo. Pero, al final, aquella pista no resolvió el misterio.

—No vi en ningún momento a ese tipo. Me llamó por teléfono para preguntarme que si quería que llegáramos a un acuerdo. Dijo que había conseguido mi teléfono a través de un amigo común. Normalmente, no me habría metido en una cosa así, pero...

—¿Pero qué? –preguntó Luke.

Frankie de encogió d hombros.

—No sé. Me pareció algo fácil. Me dijo que cuando llegara allí, la puerta estaría abierta y me dio el código de la alarma.

—¿Cuándo te dio el código de la alarma?

—Esa misma noche. Me dijo que fuera e hiciera el trabajo.

Luke se inclinó hacia él.

—¿Reconociste su voz?

—No. Sonaba como un tipo blanco normal. Nada especial.

—¿Cómo te pagó?

—Me dijo que quería los ordenadores y que yo podía quedarme con todo lo que quisiera. Me pareció suficiente para un trabajo tan fácil. Pero no había nada. Ni siquiera veinte dólares en la caja. Ese maldito barril fue lo único que me llevé. Después, leí la noticia en los periódicos y pensé, «mierda, tengo que deshacerme de ese barril». Podría haberlo tirado al arroyo, pero imaginé que si lo dejaba en el callejón, alguien podría llevárselo a casa.

—Y así fue –dijo Luke.

—¿Entonces qué demonios pasó?

Luke sonrió.

—Un mal momento para una detención por tráfico.

—Mierda –gruñó Frankie.

Simone le dio unos segundos para que asimilara su mala suerte antes de hablar.

—¿Cómo hiciste la entrega?

—¿El qué?

Luke apretó los dientes con impaciencia, pero Simone permanecía tan fría como siempre.

—¿Cómo entregaste los ordenadores?

—Hay una cerca detrás de la cervecería. El tipo ya había aflojado algunas tablas. Lo único que tuve que hacer fue levantarlas, dejar los ordenadores al otro lado y colocarlas de nuevo. Supongo que los recogió allí.

–¿Estás de broma? –preguntó Luke.

–No. Ya he dicho que fue fácil. Ni siquiera necesité una camioneta.

La abogada se aclaró la garganta.

–Muy bien. Creo que el señor Valowski ya ha colaborado más que suficiente y...

–Necesitamos el número de teléfono –la interrumpió Simone.

El tipo ofreció su teléfono móvil, pero todos sabían que era inútil. Un hombre que había planificado de tal manera un robo, habría utilizado un teléfono desechable. Hasta el delincuente más estúpido lo haría.

–¿Volvió a llamar alguna vez?

–Ojalá. Esta mierda solo me ha traído problemas y me gustaría decirle a ese tipo unas cuantas cosas. Estoy fuera, tío. A partir de ahora, me mantendré limpio.

La historia de siempre. Hasta la abogada de Frankie elevó los ojos al cielo.

A Luke todavía le quedaba una pregunta antes de soltarle.

–¿Quién era ese amigo que teníais en común?

–No me lo dijo.

Simone y Luke dejaron que Frankie y su abogada se ocuparan de los detalles con el policía encargado de la libertad provisional.

–Dios mío –musitó Luke–, qué pérdida de tiempo.

–Por lo menos, ahora sabemos qué método emplea ese tipo –le contradijo Simone–. No ha sido un tiempo completamente perdido.

–Deberíamos volver a hablar con los empleados. Da la sensación de que alguien ha ayudado desde dentro. La puerta, el código de la alarma... Pero lo curioso es que no hay ningún empleado al que se pueda relacionar con tantos negocios.

—A lo mejor ese tipo tiene una manera particular de acercarse a la gente. O es posible que utilice algún tipo de chantaje.

Luke frunció el ceño mientras llegaban a sus respectivos escritorios y se sentaban.

—Sería demasiado expuesto. Es evidente que está teniendo mucho cuidado de no ponerse en una situación de riesgo. No establece ningún contacto real con sus colaboradores. No hay ninguna posibilidad de que haga saltar una alarma y le atrapemos. Nadie le va a pillar saliendo con el material robado por una ventana. Es bueno. No le veo dejando un testigo diferente en cada establecimiento.

—Sí, tienes razón.

Simone se reclinó en la silla y apoyó la cabeza en el respaldo para fijar la mirada en el techo. Desde uno de los despachos, llegó hasta ellos una explosión de risas. Simone frunció el ceño.

—Aquí hay demasiado ruido para trabajar.

Luke observó cómo se frotaba el hombro donde llevaba la pistolera.

Le sorprendió oír la voz del sargento, pero no tanto como a Simone.

—Ya va siendo hora de que vaya pensando en pedir un permiso, detective Parker —le dijo por encima del hombro de Luke.

Simone se inclinó hacia delante, la silla gimió en protesta mientras ella abría los ojos como platos.

—¿Perdón? —preguntó con extrañeza.

—Parece cansada.

—Esta silla me está destrozando la espalda —replicó—. Pediré el permiso cuando me corresponda, pero no voy a sentarme voluntariamente en este instrumento de tortura durante ocho horas al día, señor.

Luke mantuvo la boca cerrada. A él tampoco le gustaba ver a Simone mezclada con delincuentes, pero sabía que era mejor no meterse en aquel lío. Simone era una persona callada y su mordisco era peor que su ladrido.

A lo mejor el sargento se dio cuenta de que había cometido un error, porque permaneció callado detrás de Luke antes de retirarse definitivamente. Luke suspiró aliviado. Simone volvió a cerrar los ojos otra vez.

–¿En qué estás pensando? –le preguntó Luke.

–No lo sé. Un mes más y ya no caminaré como un pingüino.

–No –respondió él sorprendido–. Quiero decir... –dejó morir sus palabras.

¿De verdad estaba Simone hablando con él de aquel tema?

–Además, es algo que les pilla completamente desprevenidos. ¿No te has fijado? –preguntó Simone.

Sí, claro que se había fijado. Por supuesto que sí. Eso era exactamente lo que le gustaba de Simone. No era una persona grande, ni dura, ni amenazadora, y eso le proporcionaba una gran ventaja en su trabajo.

–Escucha –propuso Luke–, tengo que llamar a Ben Jackson a Denver y enterarme de qué demonios está pasando con esos expedientes. ¿Por qué no nos vamos de aquí a la hora por una vez en nuestra vida? Podemos ir a mi casa e intentar lanzar una tormenta de ideas durante una hora, como solíamos hacer.

Simone se frotó las sienes y se movió incómoda en la silla.

–Sí, vamos a tu casa. Necesito un batido.

–¿Qué?

–Pararé a comprar uno de camino. Nos vemos en tu casa –se levantó con torpeza y volvió a estirarse–. ¿Tú quieres un batido?

–Mm. No, gracias, estoy bien.

«Bien» era una buena palabra para definir la situación. Simone por fin se estaba abriendo. Por supuesto, no era mucho, pero era algo. Luke se descubrió a sí mismo sonriendo con la mirada clavada en el escritorio durante diez largos segundos, después, descolgó el teléfono y se puso de nuevo a trabajar.

—¡Vamos, Wallace! —gritó Tessa por encima de las voces masculinas que la rodeaban—. Jamie no ha dicho que tu cerveza negra sea una basura. Tranquilízate.

—¡Lo ha insinuado! —gritó Wallace—. ¿Crees que no se lo que he oído?

Jamie alzó las manos al cielo.

—Lo único que he dicho es que me parece que el gusto final es un poco amargo. Renuncia al chocolate, tío.

—¡Vete a la mierda!

Eric permanecía frente a ellos con los brazos cruzados. En la cocina se extendió un silencio interrumpido solamente por la furiosa respiración de Wallace. Cuando pareció disminuir la tensión, Eric alzó la barbilla.

—¿Habéis terminado? —preguntó con calma.

Wallace se limitó a gruñir, pero Tessa sabía que la tormenta había pasado.

—Jamie tiene razón —dijo Eric—, y tú lo sabes. Vuelve a intentarlo. Es una cerveza de invierno, así que tienes tiempo de sobra para jugar con ella.

Wallace volvió a gruñir, pero no se mostró en desacuerdo.

Jamie, que parecía no estar afectado por la discusión, le dio a Wallace una amistosa palmada en el hombro.

—Prueba con ese otro chocolate del que estabas hablando. El de México. Al fin y al cabo, ese era el que tú querías.

Wallace se encogió de hombros y Jamie volvió a darle una palmadita en el hombro.

—Si alguien puede conseguirlo, ese eres tú. Eres un maldito mago, tío.

—Muy bien —concordó Wallace por fin—. De acuerdo, volveré a intentarlo.

Tessa arrugó la nariz disgustada.

—¡Dios mío! —dijo, mientras les dejaba entregados a aquella extraña reconciliación.

Podía comprender a los hombres, pero eso no significaba que siempre le gustaran. A veces, eran como niños gigantes peleándose hasta que alguien proclamaba que se rendía.

En realidad, así era como se sentía con Roland Kendall. Aunque se rendiría un millón de veces si de esa forma conseguía que aceptara su contrato. Cerró la puerta de su despacho y esperó una llamada. La última vez que Tessa había llamado, la recepcionista había suspirado y le había dicho que el señor Kendall le devolvería la llamada alrededor de las cinco. Eran las cuatro cincuenta y nueve.

Cuando el teléfono sonó, lo descolgó inmediatamente.

—¡Tessa! Me alegro de oír tu voz. Soy Graham Kendall.

¿Graham Kendall? Se retiró el teléfono del oído y lo fulminó con la mirada. Graham comenzó a hablar otra vez.

—Me sorprende que no hayas mostrado más interés en la oferta...

—Lo siento —le interrumpió—. La verdad es que no puedo tomar ese tipo de decisiones financieras tan rápidamente.

—¿Y si te pudiera dar unos días más?

—Claro, me parece bien. El problema es que ahora mismo no puedo hablar, ¿de acuerdo?

—¡Te llamaré el lunes!

—Pensaba que ibas a enviarme el informe de lo que se sirve en los vuelos.

—Te lo enviaré en cuanto pueda. Pero antes tenemos que organizar el torneo de golf. Ahora es nuestra prioridad.

Tessa colgó el teléfono con un bufido. Dos segundos después, volvió a sonar.

—¿Diga?

—Señorita Donovan —dijo una voz mucho menos amable.

A Tessa se le paralizó el corazón tras darle un vuelco dramático. Roland Kendall. Era él. Ya estaba. Podía sentir la destrucción de su familia corriendo a toda velocidad hacia ella, como un tren de carga.

—Señor Kendall —susurró. Horrorizada por la debilidad que mostraba su voz, lo intentó otra vez—. Bienvenido a casa. Espero que el viaje le fuera bien.

—Sí, todo fue estupendamente.

—Espero que...

—Mire, señorita Donovan, la sacaré de su abatimiento. El mes pasado estaba prácticamente decidido a firmar un contrato con una cervecería de Denver y he decidido continuar con ellos.

—No —susurró.

Se le cayó la mano sobre la mesa, golpeando con fuerza los nudillos contra la madera, pero no sintió dolor. Lo único que podía sentir era la mano en la que tenía el teléfono y cómo se le clavaban los perfiles del aparato cuando lo apretaba.

—Tenía entendido que Monica iba a interceder a nuestro favor.

—Mi hija no es precisamente la persona más adecuada para juzgar a la familia Donovan. Discrepo con su opinión en lo relativo a su familia.

—¿Ha cerrado ya el trato? —preguntó presa del pánico—. ¿Han firmado el contrato?

—No, pero...

—¿Y si...?

Tessa consideró las cifras. Las tenía constantemente en su cerebro. Después pensó en su salario. Y en lo que valía su coche. Al final, añadió el dinero que tenía ahorrado.

—¿Y si suministramos la suficiente cantidad de cerveza como para cubrir las demandas de sus clientes durante los próximos seis meses? –tragó el nudo que tenía en la garganta–. A ningún coste para usted.

–¿Perdón?

–A cambio, exigiría dos años de contrato, por supuesto. La tarifa de los últimos dieciocho meses ya la negociaron con Eric.

A aquellas palabras les siguió un largo silencio. Tessa apretó los dientes y contuvo la respiración. Inspirar, aspirar. Podía dar aquel paso. Si de esa manera podía garantizar la felicidad de sus hermanos, pagaría ella misma la cerveza. Y el coche no lo necesitaba. Vivía a una manzana de trabajo y Boulder disponía de una magnífica red de autobuses. Pero sus hermanos... ellos sí que eran irreemplazables.

–Si llegamos a ese acuerdo, señorita Donovan, creo que podríamos olvidar este pequeño incidente.

–¿De verdad?

Tessa se llevó la mano a la boca para sofocar un suspiro de alivio. Debería haber imaginado desde el primer momento que el dinero acabaría con los principios de aquel hombre. Debería haberle ofrecido una cantidad desorbitada desde el principio. A pesar de que estaba a punto de comenzar a perder dinero a espuertas, Tessa se sintió como si estuviera recibiendo una descarga de tensión eléctrica a través de los músculos que se filtraba hasta sus huesos.

No era tonta. Para empezar, ella era la que llevaba la contabilidad de la cervecería. Aquel contrato no le costaría más de cuatro mil dólares al mes. Y lo que iba a recibir a cambio no tenía precio.

–Hablaré con Eric –le dijo, y le enviaré el contrato la semana que viene.

Cuando colgó el teléfono, Tessa juntó las manos. ¡Lo había conseguido! Había resuelto un problema irresoluble. Por supuesto, había tenido que invertir una enorme cantidad de dinero para conseguirlo, pero, a largo plazo, el dinero pagado merecería la pena. Al fin y al cabo, sus hermanos habían sacrificado mucho más que ella. Sobre todo, Eric.

Pero no podía dejar de temblar. A lo mejor debería tomar otra muestra de la cerveza de chocolate de Wallace. Fuera un fracaso o no, aquella cerveza tenía un alto contenido de alcohol. Pero se le revolvió el estómago al pensar en ello.

Cerró los ojos. Escuchó los sonidos habituales de la tarde en la cervecería. El lavavajillas, a Henry, el encargado de la limpieza, llenando un cubo con agua caliente para limpiar el suelo. La voz de Eric se filtraba débilmente a través de las paredes del despacho mientras su hermano hablaba por teléfono. Su voz flotaba por encima del sonido de la música del bar. E, incluso a aquella hora, las risas ocasionales de los clientes traspasaban las paredes.

Tessa identificaba cada sonido y eso la tranquilizó. Aquel lugar era su hogar para ella, tanto como la casa en la que había crecido. Y sería capaz de mentir, de robar incluso para conservarlo.

Bueno, de robar, quizá no. Luke fruncirÍa el ceño si la oyera.

Consiguió sonreír, aunque la adrenalina continuaba remansada en su estómago como un ácido.

La situación era buena. Tenía casi una semana para encontrar la manera de ocultar aquel acuerdo a sus hermanos. Porque tendría que ocultarlo. Ellos jamás de los jamases aprobarían una propuesta como aquella. Pero podría manejarlo. Tenía que hacerlo.

Como en recompensa a sus pensamientos positivos, el teléfono sonó, anunciando la llegada de un mensaje de texto.

Voy para mi casa. ¿Por qué no te pasas más tarde por aquí?

Luke. Aquel fue un disparo de adrenalina ligeramente

más agradable. Sus músculos entraron en calor y dejaron de chisporrotear. Tessa por fin se encontró suficientemente estable como para levantarse. Encontró a Jamie detrás de la barra.

–¿Qué demonios fue esa tontería de *Danny Boy* de la otra noche? –preguntó su hermano con una sonrisa cuando Tessa entró.

–¡Ah, eso! ¿Qué tal funcionó?

–Sabes que odio esa maldita canción.

–¿Pero la cantaste?

Luke frunció el ceño al oírla y, sí, claro que había cantado esa canción para sus clientes.

–Pero eso no fue lo peor de todo. Lo peor de todo fue tener que escuchar a todo el mundo tarareándola durante el resto de la noche.

–Lo siento –se disculpó Tessa, asegurándose de que comprendiera que no lo sentía en absoluto.

–Eres una niña mimada.

–A lo mejor, pero soy una niña mimada que acaba de salvarte el trasero.

Jamie arqueó una ceja con expresión de curiosidad, pero tuvo que interrumpir la conversación para servir unas pintas a unos clientes que acababan de llegar.

Tessa se fijó en un espacio vacío que había quedado en una esquina del bar y sacó el teléfono para poner un mensaje recordando el grupo que tocaba aquella noche.

Normalmente se habría quedado allí para ayudar, o para disfrutar de la música, pero aquella noche tenía otro tipo de ocupación. Una ocupación trabajosa y divertida, si tenía que definirla de alguna manera.

–¿Qué demonios estás *bloggeando* ahora? –le preguntó Jamie.

–Se dice *twittear*. Y no tiene nada que ver contigo.

–Mentirosa. Cuéntame cómo se supone que me has salvado el trasero.

Tessa le dirigió una sonrisa radiante que pareció ponerle todavía más nervioso.

—Tessa, ¿qué has hecho?

—He conseguido garantizar el contrato.

—¿Qué contrato?

—¿Qué contrato va a ser?

Jamie fue abriendo los ojos lentamente. La miró boquiabierto.

—Exactamente —respondió Tessa, arrastrando la palabra.

—De ningún modo. Kendall ni siquiera... No.

Tessa se encogió de hombros con mal disimulado orgullo.

—Dos años de contrato en exclusiva, justo lo que queríamos. Puedes decirme que hago milagros. No lo discutiré.

En vez de decirle nada en absoluto, Jamie la abrazó y la levantó.

Ella gritó y se retorció, intentando liberarse para poder devolverle el abrazo. Pero cuando su hermano comenzó a girar, lo único que pudo hacer fue echarse a reír.

—¿Cómo demonios lo has conseguido? —preguntó Jamie cuando por fin la soltó.

—Hablé con Monica, hablé con Kendall y le di tiempo para tranquilizarse.

—¿Y Eric?

—¡Oh! No creo que Roland Kendall vaya a decirle nada, ¿no te parece?

Jamie se quitó la bayeta blanca que llevaba al hombro y comenzó a retorcerla sobre su mano. No era una buena señal.

—Aun así, sigue sin estar bien, Tessa. Todo el mundo lo sabe.

—No —contestó Tessa rotunda—. No he hecho todo esto para que tú pudieras desahogarte y quitarte el peso de la culpa del pecho. ¿De qué le va a servir a Eric saber lo tuyo con Monica? ¿De qué le va a servir a nadie? Para empezar, se enfadaría contigo y con Monica. Y después con Kendall y conmigo. Deja las cosas como están.

Jamie continuó retorciendo la bayeta con más fuerza.

—¡Lo digo en serio! —le advirtió ella.

Jamie la miró a los ojos y a Tessa le sorprendió la dureza que encontró en ellos.

—Yo también.

—No, Jamie. Esta vez no, por favor. Si quieres admitir tus errores y hacer una especie de confesión, déjalo para la próxima vez que la fastidies. No lo hagas ahora.

—La próxima vez, ¿eh?

Jamie le estaba arruinando la buena noticia y Tessa estaba cada vez más impaciente.

—¡No vuelvas a liarla otra vez! Haz lo que te dé la gana, pero no elijas esta vez para desahogarte.

—Ya no somos niños, Tessa. Y Eric no es nuestro padre.

Tessa hizo un gesto con la mano.

—No quiero tener ahora esta conversación. Ya está todo arreglado. Alégrate.

Jamie le sostuvo la mirada durante una eternidad, con la cabezonería grabada en la mandíbula, pero, al final, transigió con un asentimiento de cabeza.

—Muy bien. Has hecho un milagro. Lo dejaremos así.

—Gracias —Tessa le dio un abrazo y añadió un beso para asegurarse de que se quedaba contento—. Ahora, procura no buscarte problemas.

—Eso debería decírtelo yo —respondió él con voz queda.

Tessa se preparó para otra regañina, pero, aunque vio un brillo de preocupación en su mirada, Jamie se limitó a echarse la bayeta al hombro y a volver al trabajo. Esa era una de las cosas buenas de sus hermanos. Rara vez querían hablar de sus sentimientos, y a Tessa le resultaba muy conveniente.

—Parece que esta va a ser una gran noche —comentó Jamie, mirando las mesas, que estaban ya llenas.

La conversación quedó entonces oficialmente clausurada. Tessa era libre para escapar, así que comenzó a dirigirse a su despacho.

Una mano en el hombro la detuvo.

—¿Está aquí Wallace? —preguntó una voz dulce.

Tessa bajó la mirada y vio a una mujer tan bajita que la mitad de su altura se la debía a su perfectamente redondeado peinado afro.

—¡Hola! Sí, está en la parte de atrás. Voy a buscarle.

—Gracias. Por cierto, por si te lo pregunta, soy Faron.

Tessa llamó a la puerta de la habitación en la que se elaboraba la cerveza, por si acaso Wallace estaba haciendo el amor con alguno de los tanques.

—¡Wallace, una mujer que se llama Faron ha venido a verte!

El cervecero, que estaba agachado junto a uno de los toneles en los que se hacían las mezclas, asomó la cabeza.

—¿Está aquí Faron?

—Está en el bar —Tessa habría jurado que le había visto lamerse los labios al mirar hacia el bar—. ¿Quieres que le diga que entre?

—No, yo...

Tessa le miró impactada mientras aquel mastodonte intentaba pasarse la mano por su tupido pelo y, al final, renunciaba y se lo palmeaba para domarlo.

—No, dile que saldré dentro de cinco minutos. ¿Puedes invitarla a una cerveza?

—Eh, sí, claro. Por supuesto.

Vaya, aquello era nuevo. Normalmente las que se ponían nerviosas eran las personas que se citaban con Wallace. Él permanecía firme y tranquilo como un árbol milenario.

Con más que una cierta curiosidad, Tessa le sirvió personalmente la cerveza a Faron. Le sorprendió que pidiera una cerveza negra. Parecía una mujer con el apetito y la estructura ósea de un pajarito. Sin embargo, no era muy habladora. Aceptó la cerveza con un simple «gracias» y se retiró a una mesa situada en una esquina para permanecer allí tranquilamente sentada.

—Viene a buscar a Wallace —le susurró Tessa a Jamie.

—Ese hombre es bueno —dijo él con sinceridad—. Debería ser él el que pusiera los mensajes. Personalmente, debo añadir.

—¡Eh! Te di la oportunidad de hacerlo y no te interesó. Así que cierra el pico.

—Sal de mi barra —gruñó Jamie, y Tessa se marchó riendo.

Hizo una última llamada de teléfono para confirmar con la empresa de recursos humanos que continuaba sin haber ningún problema con los números de la Seguridad Social. No se había recibido ninguna alerta. Habían conseguido evitar el desastre. Bueno, en realidad, Tessa había hecho movimientos previos para proteger de manera estricta la información relativa a sus empleados. No había sido una cuestión de suerte en absoluto. Había sido un caso de perfecta previsión.

Apagó el ordenador y se dirigió a casa de Luke envuelta en una nube de triunfo. Tessa Donovan, protectora de datos y salvadora de cervecerías. ¡Ah! Y corruptora de hombres, si tenía algo que decir al respecto. Claro que sí.

Capítulo 19

–Entonces, ¿qué es lo que falla en los expedientes? –preguntó Simone.

Pero Luke estaba demasiado distraído para contestar. En cambio, frunció el ceño al verla cambiar de postura en la silla con la mano en un costado.

–¿Estás bien?

–Sí, estoy bien –contestó ella, pero Luke la vio moverse ligeramente a la derecha–. ¿Qué problema hay con los expedientes?

–En un par de casos de los más reciente, tengo referencias a entrevistas con testigos, pero no encuentro las grabaciones. Llamé a Ben. Va a investigar esa desaparición.

Simone hizo un ruido, como si estuviera pensando.

–Yo pienso que Frankie ha sido sincero.

–Yo también. Tenía otros dos años de libertad provisional por delante. No tenía ninguna razón para no hacer que ese otro tipo cayera con él.

–Ninguna, salvo el miedo, pero no tuve la sensación de que lo tuviera.

–Mañana me pasaré por la cerca de la parte de atrás de la cervecería. ¿Conoces la disposición de esa zona?

Simone negó con la cabeza, pero conectó el portátil para

acceder a las imágenes vía satélite. Los resultados no eran prometedores. La parte de atrás daba a un callejón sin salida. Era poco probable que alguien hubiera instalado allí cámaras de vigilancia y, desde luego, en el caso de que lo hubieran hecho, no hubieran enfocado hacia el callejón. Tendrían que llamar puerta a puerta y, probablemente, el teniente no quisiera alarmar a la comunidad que vivía cerca del lugar en el que se había cometido el delito.

Luke puso los pies en la mesa.

–Asumamos que no haya colaborado nadie desde dentro. ¿De qué otra manera podrían haber conseguido el código?

–¿Con alguien de la empresa responsable de la alarma?

–Mm... Podría gustarme la idea. Aun así, pondría al tipo que organizó el robo en una situación en la que resultaría fácil identificarlo, si pensamos que está utilizando siempre a la misma persona. ¿Se ha hecho alguna investigación sobre las empresas de seguridad?

–Sí –contestó Simone–. Y en los últimos robos, los establecimientos trabajaban con tres empresas diferentes.

–¡Mierda! ¿Pero sabes una cosa? Es posible que, actualmente, no se necesite ayuda desde el interior. A lo mejor le bastó con instalar una cámara diminuta en la trastienda para descubrir el código. ¿Cuánto se podría tardar en hacer una cosa así? ¿Dos segundos?

Simone asintió, pero cambió de postura otra vez y se colocó la mano detrás de la espalda. Luke la miró con el ceño fruncido hasta que Simone, irritada, le fulminó con la mirada.

–¿Qué pasa?

–No estarás teniendo contracciones Braxton Hicks, ¿verdad?

–¿Qué?

–Todavía es pronto. Deberías llamar al médico.

–Eh, Luke, ¿has perdido el juicio?

—Mira, lo siento. Sé que no debería querer involucrarme, pero no puedo fingir que no estás embarazada. Y si estás empezando a tener contracciones...

—No estoy empezando a tener contracciones. Me duele la espalda, eso es todo.

—A veces, un parto de riñones puede enmascararse como...

—¿Estás de broma? —le interrumpió Simone con un chillido—. ¿Desde cuándo sabes nada sobre los partos de riñones o las contracciones de Braxton Hicks?

—Yo... he estado leyendo algunas cosas —a Luke no le gustó cómo le estaba mirando Simone.

Y fue él el que empezó a moverse incómodo en la silla.

—Así que has estado leyendo algunas cosas. Sobre el embarazo.

—Volvamos al caso.

Luke se inclinó sobre el ordenador y fingió estudiar el mapa satélite, pero Simone se levantó a una sorprendente velocidad y corrió hacia su dormitorio.

—¡Eh!

Luke se levantó de un salto y la siguió, pero Simone se mostró más ágil de lo que había estado desde hacía semanas y se deslizó en el dormitorio antes de que él estuviera siquiera en el pasillo.

—¡Eh! —volvió a gritar Luke.

Al principio, le preocupó haberse dejado alguno de los envoltorios de los preservativos que había utilizado aquella mañana. O que Tessa hubiera dejado alguna prenda de lencería encima de la cama.

Pero cuando por fin entró en el dormitorio, descubrió que Simone había ignorado por completo la cama arrugada y estaba de pie junto al pequeño escritorio que tenía Luke bajo la ventana. Agarró un libro y le dio la vuelta. Después, levantó otro.

—¿Estás leyendo libros sobre bebés?

Su dulce voz inundó la habitación y presionó el cerebro de Luke.

—Estaban en una de las mesas más visibles de la librería —contestó, pero era una media verdad.

Sí, el primer libro lo había comprado en un impulso. Pero el segundo, el tercer y el cuarto habían sido un objetivo de compra. Afortunadamente, tenía la mitad de los libros en el despacho.

Simone agarró otro libro, lo hojeó y dejó después los dos ejemplares con un suspiro.

—No puedes hacer esto, Luke.

—¿Hacer qué?

Simone se limitó a negar con la cabeza y pasó por delante de él para dirigirse hacia la puerta. Pero en aquella ocasión, Luke la siguió pisándole los talones.

—¿Hacer qué, Simone?

Simone cerró el ordenador y lo guardó en su funda, pero él la siguió hasta la puerta. Tenía ya la mano en el picaporte, pero de pronto se detuvo y pareció derrumbarse.

—No puedes evitarme esto, ¿de acuerdo? No puedes arreglarlo.

—¡Diablos, Simone! Ni siquiera sé de qué tengo que salvarte. A lo mejor hay un padre en escena. O a lo mejor no. No sé si has acudido a un banco de semen. Pero no me importa, ¿sabes? Yo solo quiero ayudarte.

—No puedes ayudarme.

—¡Claro que puedo! Todo el mundo necesita ayuda. Las mujeres tienen maridos, hermanas, madres, amigas... Yo solo... A lo mejor tienes amigas. A lo mejor tienes cinco mujeres esperándote en casa cada noche para asegurarse de que lo sepas todo sobre la preclampsia y... y el parto prematuro, pero no creo que sea así.

—Luke...

Simone dejó caer la cabeza y clavó la mirada en el suelo durante varios segundos. Cuando se llevó la mano a los ojos, Luke temió que estuviera llorando, pero se obligó a permanecer donde estaba. No iba a dar marcha atrás. Simone le necesitaba, tanto si quería admitirlo como si no.

—¿Preclampsia? —musitó Simone, sacudiendo la cabeza.

—Es una subida de la tensión provocada por el embarazo que...

—Ya sé lo que es la preclampsia, idiota. Pero me cuesta creer que lo sepas tú.

—Soy detective. Conozco la manera de averiguar muchas cosas.

—Luke.

—Lo único que quiero es estar a tu lado. En cuanto al bebé, si piensas quedártelo... ¡Mierda! Ni siquiera sé si quieres quedártelo.

Simone posó ambas manos en su vientre.

—Voy a quedarme con él, sí.

A Luke se le encogió el corazón al pensar en ello. Simone iba a ser una madre verdaderamente buena, pero él sentía la inseguridad que hormigueaba bajo su piel.

—¿Estás asustada?

—No lo sé —Simone suspiró—. Pero tampoco importa que esté o no asustada, ¿no?

—A mí me importa. Y eso es lo que quiero que sepas.

Simone tomó aire y asintió.

—De acuerdo, entendido.

—Escucha, sé que pasaste mucho tiempo en una casa de acogida, así que asumo que tu familia no va a aparecer en escena. ¿Te está acompañando alguien a las clases de preparación del parto?

Simone se ajustó la correa del bolso en el hombro y desvió la mirada.

—Empiezan la semana que viene. Tengo una *doula*. Me acompañará durante el parto.

—De acuerdo, bien. Solo quiero que sepas que estaré

aquí por si me necesitas. Por si me necesitáis tú o el bebé, ¿de acuerdo? Yo no sé nada de niños, pero...

—Yo tampoco —respondió Simone con una risa.

Pero la sonrisa se transformó en un suspiro que sonó sospechosamente lloroso.

Luke abrazó a Simone, moviéndose con mucho cuidado, por si ella no quería que la tocara. No había vuelto a rozarla desde aquella noche que habían bebido y había cometido un estúpido error. Pero aquello no era nada parecido. No era un error. Y Simone se inclinó hacia él, presionando la frente contra su hombro. Luke esperaba que comenzara a llorar, que se quebrara, pero aquello no era propio de Simone. Era una mujer fuerte, de modo que se limitó a soltar precipitadamente una bocanada de aire.

—Lo descubriremos juntos, ¿de acuerdo? Sé que puedes hacer esto sola, pero no tienes por qué hacerlo.

Simone tomó una bocanada de aire y asintió. Luke sintió un alivio sobrecogedor extendiéndose por su pecho. Después de que le palmeara la espalda repetidas veces, ambos se separaron con cierto azoro en el mismo momento.

Cuando Simone sonrió, Luke fue consciente de que era la primera sonrisa que le veía en mucho tiempo. En ese momento, no le importó lo más mínimo quién pudiera ser el padre. Ni siquiera le importaba que la gente pensara que era él, siempre y cuando Simone estuviera bien.

Tessa permanecía quieta como un ratón diminuto en el porche de la casa de Luke. No pretendía escuchar a escondidas, pero todo había empezado de manera completamente inocente. Estaba ya en la puerta, con la mano levantada para llamar, cuando se había dado cuenta de que las voces que oía procedían de la casa de Luke.

No se había atrevido a interrumpir. Luke y Simone por fin estaban hablando y la ventana abierta que había junto a la puerta impedía ocultar cuál era el tema. Tessa se había quedado helada. No quería alejarse de allí, ni siquiera quería respirar con demasiada fuerza mientras oía a Luke suplicándole a Simone que le permitiera ayudarla. Era tan bueno... tan noble. No era extraño que siempre hubiera querido ser policía.

Se alargó el silencio en el interior y a Tessa comenzó a cosquillearle la piel por la ansiedad. Retrocedió un paso, después dos, y oyó entonces que comenzaba a girar el pomo de la puerta.

–¡Oh, Dios! –suspiró, mientras reculaba hasta chocar prácticamente contra el parachoques de su coche.

Cuando la puerta de Luke comenzó a abrirse, se lanzó hacia delante como si, en realidad, estuviera avanzando hacia allí.

–¡Hola! –saludó a Simone–. ¿Cómo estás?

Simone tenía la nariz ligeramente roja, pero consiguió sonreír y mantener una conversación intrascendente con ella antes de dirigirse hacia su propio coche.

–¡Mierda! –maldijo Luke desde el marco de la puerta cuando vio a Tessa.

–Yo también me alegro de verte, detective.

–No, no me refiero a eso.

Como si quisiera demostrarlo, dio un paso adelante y la besó con entusiasmo en la boca. El sabor de su boca evocó en Tessa todo tipo de maravillosos recuerdos sensoriales y se derritió contra él como una estudiante con su primer amor. Le envolvió, rodeándole con los brazos y tomando su lengua, sintiendo que su sabor era algo perfecto.

Cuando interrumpió el beso, Luke respiraba casi con tanta dificultad como ella.

–Dios mío.

–¿Ya no te decepciona verme?

–No, pero me he olvidado de la cena. Lo siento. Estaba pensando en el trabajo.

—Mm. ¿Quieres que agarre la cerveza y me vaya?

—En realidad, esperaba que me dieras un minuto para poder ducharme y llevarte a cenar a ti.

Tessa desvió la mirada de su cuerpo y volvió a alzarla otra vez.

—De acuerdo, Pero solo si prometes acostarte conmigo después. ¿Estás en condiciones de hacerlo, detective?

—¿Qué clase de chico crees que soy?

Tessa se inclinó para rozarle la oreja mientras decía:

—La clase de chico que se puso de rodillas para mí ayer por la noche. Y esta mañana.

—¡Ah! Esa clase de chico.

—Vamos —Tessa le dio un pequeño empujón—. Voy a guardar la cerveza en la nevera. Dúchate.

—Sí, señora.

Al minuto de haberse separado de él, Tessa ya se estaba arrepintiendo de haberle enviado a la ducha. Una vez a solas, le resultaba demasiado fácil recordar la conversación de Luke con Simone una y otra vez. Había algo en ella que la inquietaba, aunque Tessa no sabía decir qué. En realidad, aquella conversación no contradecía nada de lo que Luke le había dicho. Nada.

Sin embargo, las palabras de Jamie continuaban flotando a su alrededor, como si fueran el fantasma de su hermano: «No seas una de esas chicas».

Mientras guardaba las cervezas en la nevera, Tessa oyó que Luke comenzaba a ducharse. Pensó en cómo le había pedido a Simone que le dejara ayudarla a ella y al bebé.

Era imposible que fuera el padre, ¿verdad? Seguramente, si Simone estuviera embarazada de Luke, no sería tan afable con ella. Pero si Luke ni siquiera era el padre, ¿por qué se preocupaba tanto por su compañera?

Estuvo caminando durante varios segundos en la cocina, presionándose los labios con la mano.

—No —musitó.

No podía ser. La situación no era tan extraña, ¿verdad?

Tessa intentó sacudirse las palabras de su hermano de la cabeza. Aquella noche no quería tenerlas allí. Aquella noche, se merecía una recompensa. Se la había ganado.

Pero justo cuando estaba comenzando a olvidarlo, entró en el dormitorio de Luke y desvió inmediatamente la mirada hacia los libros que tenía encima del escritorio. El estómago se le cayó a los pies y, por un instante, se sintió como si la prometedora velada se estuviera alejando de ella.

Pero no. No lo permitiría. Podía ser estúpida. Podía ser ilusa. Pero no era una mujer débil. Había ido allí a buscar a Luke y, maldita fuera, era a Luke al que iba a conseguir.

El libro parecía resplandecer desde el escritorio, así que Tessa dio los pasos necesarios para solucionar el problema. Se quitó los pantalones y la camisa y los dejó encima de los libros. Después, se quitó la ropa interior, agarró un preservativo de la mesita de noche y se dirigió a la ducha. Nada iba a estropearle aquella velada, aunque tuviera que obligarse a acercarse a Luke. Sabía que en cuanto la acariciara, se olvidaría de todo lo demás.

De modo que dejó las preguntas y las complicaciones a un lado y se deslizó entre las nubes de vapor que ocultaban el cuerpo de Luke Asher. El resto del mundo desapareció en cuanto cerró la puerta de la mampara tras ella.

Capítulo 20

Luke se sobresaltó cuando la puerta se cerró y se volvió a una velocidad que hizo que el corazón de Tessa revoloteara de admiración.

—¡Oh! —dijo.

La mirada de Luke sufrió una rápida transformación, pasando de la alarma a la abierta apreciación. Empezó a sonreír y a hacer un comentario ingenioso, pero Tessa se presionó contra él antes de que hubiera podido hablar.

La sensación de su cuerpo la dejó sin respiración. Luke estaba ardiendo, en tensión, pero su piel se deslizó sobre la de Tessa con un calor tan líquido que su pulso se elevó inmediatamente hasta el estado de excitación. La ducha caía sobre su espalda con un agradable cosquilleo mientras estrechaba los senos contra el pecho de Luke y resbalaba contra él en una deliciosa presión.

Fuera lo que fuera lo que iba a decir, Luke prefirió que se lo llevara el agua. En vez de hablar, posó las manos en su espalda y le moldeó las costillas, las caderas y la columna vertebral. La exploró con una caricia constante que evocaba la creación, como si Tessa no hubiera tenido forma alguna antes de estar con él.

Ella también le acariciaba, repitiendo sus movimientos con los ojos cerrados para poder concentrarse en las sensaciones. Luke tenía la piel resbaladiza por el agua y el jabón, y sus músculos apenas cedían bajo la presión de sus manos. Después, cuando él cambiaba de postura o se movía, se tensaban y presionaban contra sus manos como si fueran de un acero flexible. Tessa abrió la boca contra su hombro, atrapando el agua que fluía de su piel con la lengua.

El miembro de Luke se tensó contra su vientre. Tessa lo sintió tensarse contra ella, erguirse y presionar su vientre. Abrazó a Luke con más fuerza, adorando la forma en la que se deslizaba contra ella, regodeándose en el placer que Luke debía de sentir incluso con el más pequeño giro de sus cuerpos. Le clavó los dientes en el hombro, presionó con las caderas con más fuerza y suspiró al sentir el miembro de Luke deslizándose a lo largo de su sensible piel.

Luke hundió los dedos en su espalda con una fuerza rayana en el dolor. Tessa lamió el agua de su hombro, de sus clavículas, y deseó poder beberse al propio Luke. A ella misma le asustaba su urgencia. Jamás había sentido nada similar a aquella desesperación.

Cuando su boca encontró un reguerillo de agua, Tessa lo siguió, descendiendo por el pecho de Luke, lamiendo su pezón y bajando por debajo de las costillas. Le mordisqueó los músculos del estómago, haciendo que se encogieran, antes de colocarse de rodillas ante él.

Parpadeando para protegerse del agua que le caía sobre los ojos, le miró, miró su miembro grueso y firme y los riachuelos de agua caliente que se deslizaban por su vientre y, al final, aquel rostro que la contemplaba a ella. Luke tenía los ojos brillantes y la mandíbula apretada por la tensión. El agua goteaba desde su pelo húmedo. Posó una mano en la cabeza de Tessa y se apoyó con la otra en la pared.

Tessa le dirigió una mirada lasciva, pero la expresión de Luke no cambió. Tessa mordisqueó el músculo en forma de uve que descendía desde su cadera. Pero decidió provocarle, descendiendo con la boca abierta por su muslo y subiendo después con dulce y lenta deliberación.

Luke aflojó la tensión de la mano que apoyaba en su cabeza, pero se le aceleró la respiración. Su miembro creció un poco más.

Gimiendo por la anticipación, Tessa hociqueó la base del miembro y succionó con delicadeza su tierna piel.

Luke siseó. Hundió los dedos en su pelo. Ella succionó y le lamió hasta hacerle gemir y tirar con fuerza de ella. Cuando la urgió a incorporarse, Tessa abrió la boca a lo largo de su asta erguida, presionando la lengua contra su piel sensible y devorando su calor.

Al final, cerró la boca alrededor del henchido prepucio, pero todavía no había terminado su provocación. En vez de tomarle profundamente, deslizó la lengua alrededor de sus rugosidades y succionó lo suficiente para asegurarse de que se muriera de ganas de que siguiera haciéndolo. Tal como esperaba, apenas pasaron unos segundos antes de que susurrara su nombre.

Pero aquel día, Tessa no estaba interesada en darle lo que quería. Se sentía egoísta y lo que estaba haciendo era preparar a Luke para lo que ella necesitaba. Le dio un último y lento beso y después alargó la mano hacia el preservativo que había dejado en un anaquel.

Luke parecía aturdido mientras ella iba poniéndoselo lentamente. A Tessa le latía el corazón a toda velocidad, presa de una salvaje anticipación, mientras se levantaba y se colocaba de espaldas a él. Se apoyó contra la pared y miró a Luke por encima del hombro.

–Fóllame.

Luke se tensó como si le hubiera abofeteado. El fiero deseo de su rostro se asimilaba al enfado mientras alargaba los brazos hacia ella.

El atrevimiento de Tessa tuvo su compensación. Aquella noche no quería que le hiciera el amor, no como si la quisiera. Necesitaba que la tomara, y que Luke se sintiera impelido a ello.

Luke la agarró por las caderas con fuerza y Tessa sonrió. Jamás había sido una de aquellas mujeres por las que los hombres enloquecían, pero, en aquel momento, Luke estaba en un estado salvaje. Soltó un grave gruñido cuando Tessa posó el pie en un anaquel de la ducha.

Tessa sintió su sexo deslizándose sobre ella y presionando en su interior hasta hacerla suspirar de felicidad.

–¡Oh, sí! –gimió mientras Luke salía y volvía a hundirse más profundamente en ella.

Tessa se inclinó hacia delante hasta apoyar la frente contra los baldosines. Observó su propia mano, extendida contra aquella fría superficie.

–¡Dios mío, Tessa! –musitó Luke.

Fue buscando el ritmo de sus movimientos mientras arqueaba la espalda e inclinaba las caderas. Se deslizó contra ella, dentro de ella, olvidando todo lo demás. Tessa cerró los ojos y disfrutó de cada embestida. Sentía el frío de las baldosas bajo los pies, el miembro de Luke ardiendo dentro de ella y el agua fluyendo a su alrededor, húmeda y caliente.

Luke le apretó las caderas, sosteniéndola con fuerza mientras la tomaba con más ímpetu. Sí, pensó Tessa, aquello era lo que buscaba. Luke era tan grande, tan fuerte... Su miembro crecía de tal manera en su interior que soltó un grito ahogado al sentir una fuerte dilatación. Las veces anteriores, Luke la había tratado como si fuera una joven sin experiencia. Pero aquella vez, no. No, en aquella ocasión, la estaba utilizando como si Tessa hubiera nacido para el sexo.

Alzó la mano hasta sus senos y presionó con fuerza, tensando los dedos alrededor del pezón.

–¡Ah! –exclamó ella, moviendo la cabeza de lado a lado y presionando la mejilla contra las baldosas–. ¡Sí, sí!

—Tessa... Estás tan condenadamente tensa...

La emoción de sus palabras pareció vibrar dentro de ella, giró en lo más profundo de su vientre y culebreó alrededor de su sexo. Sintió el momento en el que Luke perdió el control. Luke tensó los dedos sobre sus senos y su cadera. Tessa sonrió al sentirle temblar contra ella al tiempo que un fuerte gemido rebotaba contra la mampara de cristal.

Cuando cesó el estremecimiento, Luke permaneció dentro de ella y bajó la mano desde el seno de Tessa. Cuando le acarició el clítoris, Tessa gimió.

—Ahora te toca a ti, cariño —susurró Luke, trazando círculos a su alrededor de aquel nudo de terminaciones nerviosas.

Tessa se mordió el labio al tiempo que se tensaba contra él y fruncía el ceño a medida que crecía la presión. A pesar de todo, por un momento, pensó que no iba a ser posible. Estaba intentándolo con demasiada intensidad, desesperada como estaba por perderse en aquel sentimiento. Pero ni siquiera sus atropelladas preocupaciones pudieron resistirse a la destreza de las manos de Luke. Fueron tan milagrosas como siempre y todas las tensiones de Tessa se fusionaron en un solo punto. Apretó los puños.

Su cuerpo estaba tenso como un arco y gritó cuando su sexo comenzó a palpitar alrededor del de Luke. El orgasmo invadió todo su cuerpo, elevando los latidos de su corazón a la categoría de un trueno. Y cuando por fin cedió, se derrumbó contra la pared.

—Dios mío —susurró Luke.

—Sí —se mostró de acuerdo ella—. Desde luego.

Luke salió de su interior y se derrumbó contra la otra pared.

—¿Estás bien?

—Sí —susurró Tessa.

Porque quería estarlo. El trato al que había llegado con

Kendall era aterrador. Y también podía serlo el estar enamorándose de Luke. Pero, a veces, estaba bien tener miedo.

—Lo siento —se disculpó Luke—, sé que esto no es muy romántico.

Tessa sacudió la cabeza y siguió a Luke a lo largo de la cerca de la cervecería.

—No pasa nada. Lo bueno es que Jamie está ocupado dentro de la barra, así que no nos interrumpirá.

Luke se acercó al siguiente tablón.

—A lo mejor deberíamos entrar a tomar otra cerveza.

—Sí, claro. Sería genial.

Mientras movía el siguiente tablón, Luke la miró con recelo.

—Pero será mejor que de momento no nos vean juntos, ¿no te parece?

Tessa se sintió extrañamente reacia a adquirir aquel compromiso, así que fingió no enterarse de lo que le estaba preguntando. Afortunadamente, el siguiente tablón cedió cuando Luke tiró de él y Tessa exhaló un suspiro de alivio mientras él concentraba en la cerca toda su atención.

Tiró de nuevo y el tablón se salió. Luke se puso unos guantes de látex y probó con el siguiente tablón. Se deslizó tan fácilmente que estuvo a punto de salirse del suelo.

—Lo siento —le dijo—. Solo necesito un momento.

—Continúa. En modo detective estás muy excitante.

—¿Ah, sí? A lo mejor te enseño después mis esposas.

Tessa sabía que solo era una broma, pero se estremeció de placer al pensar en ello. Quizá lo hicieran.

Un último tablón se deslizó y Luke desapareció entonces al otro lado de la cerca. Tessa miró a través del hueco y le vio hacer unas fotografías con el teléfono. Después, Luke estuvo caminando lentamente por el callejón, se inclinó y recogió un paquete de tabaco arrugado. Como si siempre llevara un laboratorio portátil encima, sacó una bolsa de plástico del bolsillo de la cazadora y guardó allí la cajetilla. Unos minutos después, regresó por la apertura y clavó los tablones de nuevo en su lugar.

–¿Puedo pedirte un favor enorme?

Tessa habría dicho que sí a cualquier cosa en aquel momento. Todavía sentía debilidad en las rodillas y tenía el sexo inflamado.

–¿Podríamos pasar un momento por la comisaría? Quiero ver estas huellas impresas.

–Por supuesto.

Sinceramente, sentía curiosidad por su trabajo. ¿Quién no la sentiría? Aquel hombre se ganaba la vida resolviendo delitos.

Pero intentó comportarse con dignidad cuando llegaron a la comisaría. Intentó no sonreír al policía uniformado que estaba sentado tras un escritorio cerca de la puerta. Y disimuló su asombro con miradas de aparente naturalidad con las que fue recorriendo la comisaría mientras iban pasando delante de las pocas personas que trabajaban en el turno de noche.

–Puedes sentarte en el escritorio de Simone. Esto solo me llevará un momento.

Tessa se sentó e intentó no ponerse a dar palmadas y gritos de alegría. En cambio, se reclinó en la silla y entrelazó las manos ante ella, fingiendo ser policía. Observó a Luke disimuladamente mientras este marcaba la bolsa con la prueba que había llevado y se levantaba después para ir a recoger unos impresos. Ninguno de sus habituales encantos se hacía evidente en aquel lugar. Fruncía el ceño con expresión fría y distante. Tessa no pudo evitar recordarle en la ducha y pensar en lo duro que se había mostrado justo cuando ella necesitaba que lo hiciera.

Se estremeció y se echó hacia atrás en la silla.

No podía imaginarse trabajando en una oficina como

aquella cada día. Jamás había hecho nada parecido. Antes de cumplir veintiún años, había trabajado ocasionalmente durante algún fin de semana en restaurantes, por el mero placer de hacerlo, pero no había sido algo muy habitual. En general, lo que había hecho había sido hacerse cargo de sus hermanos. Había aprendido a cocinar y a hornear a los catorce años y se encargaba de preparar la cena cada noche, porque eso era lo que hacía su madre. Pero la posibilidad de que aquella situación se prolongara en el tiempo, le había parecido terrorífica. Eric, que para entonces vivía ya en su propia casa, había vuelto a la casa familiar. Había renunciado a su libertad y a su intimidad, de modo que darle de comer era lo menos que podía hacer por él. Tessa había suplicado, lisonjeado e intimidado a Jamie para que se hiciera cargo del jardín. No tenían padres, pero tenían una bonita casa. Y Tessa había conseguido graduarse con un sobresaliente en el instituto y casi con la nota máxima en la universidad. Pero un trabajo normal de oficina de nueve a cinco de la tarde era algo extraño para ella.

Tampoco aquel era un trabajo de nueve a cinco. Evidentemente, Luke no era el único que estaba allí a las siete de la tarde. Tessa miró hacia el hombre que había dos escritorios a su izquierda y le descubrió mirándola fijamente.

—¡Hola! —le saludó.

Él alzó la barbilla a modo de saludo y miró a Luke con los ojos entrecerrados cuando este regresó a la sala.

—¿Tienes una cita, Asher?

—Eso no es asunto tuyo —replicó Luke sin levantar la vista de sus papeles.

—¿Y estás seguro de que debe sentarse en la mesa de tu compañera?

Luke miró a Tessa a los ojos un instante y dirigió después una mirada cargada de desprecio al otro detective.

—Cuida tu boca, Morrison.

Tessa comenzó a levantarse.

–Puedo levantarme. No sabía que estaba...
–No se refería a eso, Tessa.
–¡Ah!
¡Ah! El otro policía se estaba refiriendo a los rumores que corrían sobre el hijo de Simone. Tessa sintió una oleada de calor subiendo por su cuello.
–Eh, Morrison, ¿qué tal si te disculpas por ser tan maleducado?
Morrison se limitó a gruñir y a inclinarse de nuevo sobre su trabajo.
–Estúpido –musitó Luke mientras grapaba los papeles y copiaba algo del papel que había metido en la bolsa de la prueba.
Buscó algo en su cajón, lo cerró y rodeó el escritorio de Simone.
–Lo siento.
–No pasa nada.
Alargó la mano para abrir un cajón que tenía Tessa a la izquierda, pero después de buscar durante algunos segundos, se quedó paralizado. Tessa le oyó murmurar algo, pero en voz demasiado baja como para que pudiera entenderlo. Levantó un papel y se lo quedó mirando fijamente durante largos segundos antes de volver a guardarlo y cerrar el cajón. Tenía el rostro tenso por un sentimiento que no quería mostrar.
–Una cosa más y podremos irnos.
Se alejó a grandes zancadas y en cuanto desapareció tras doblar una esquina, Tessa abrió el cajón. Se inclinó hacia la derecha con la cabeza en ángulo para ver mejor el interior y entonces lo descubrió. Era una ecografía. Una de esas ecografías en tres dimensiones que había visto en las noticias. El rostro del bebé estaba claramente dibujado en diferentes tonos de gris y aquella única imagen le explicó a Tessa que el sentimiento que había visto en el rostro de Luke era... tristeza.

Tessa sintió retornar todos sus miedos.

Cerró el cajón y alzó la mirada hacia Morrison, pero este ya había acabado con ella. Había dicho lo que tenía que decir. Había dejado claro cuáles eran sus sentimientos. Los compañeros de Simone pensaban que Luke era el padre de su hijo y Tessa no sabía qué pensar. Teniendo en cuenta cómo se comportaba Simone con ella, no podía ser el padre. Entonces, ¿por qué demonios le aterraba la posibilidad de que le estuviera mintiendo?

Tessa había estado callada desde que habían salido de la comisaría y Luke estaba más que arrepentido de haberla llevado. Maldito Morrison. Era el peor de todos porque, precisamente, él era el único que pensaba que las mujeres policía solo servían para causar problemas y que cualquiera que trabajara con una tenía que acostarse necesariamente con ella. Parecía un hombre de las cavernas. Irónicamente, la única persona que no le había tratado con recelo era la otra detective de la división de delitos graves. Parecía conformarse con la idea de que el embarazo de Simone era asunto únicamente suyo. ¡Diablos! A lo mejor Simone se había desahogado con ella. A lo mejor ellas también habían cotilleado y habían estado riéndose de aquel tipo en el cuarto de baño. Sí, claro. Como si Simone estuviera siempre riéndose.

Pero no era eso lo que a Luke le preocupaba. Lo que le preocupaba era que Tessa no dejaba de morderse el labio inferior con un gesto de preocupación. Y que tenía la mirada clavada en el vaso de agua mientras esperaban a que les sirvieran su cena favorita.

—¿Va todo bien por la cervecería?

—Sí. Todo va muy bien.

—¿De verdad? Detecto un tono más despreocupado por tu parte. ¿Resolviste lo de ese contrato?

Tessa volvió a sonreír. Al principio, ligeramente, pero no tardó en esbozar una sonrisa deslumbrante. El corazón de Luke respondió con su ya típico vuelco.

–De verdad. Creo que todo va a salir bien.

–¿Así, sin más?

La sonrisa de Tessa vaciló ligeramente, pero ella asintió.

–Así sin más.

–¿Y el problema peliagudo? ¿Cómo habéis conseguido resolverlo?

–Mm. Sencillamente, decidimos dejarlo de lado.

Lo bueno de Tessa era que mentía terriblemente. Prácticamente se estaba revolviendo en el asiento y cuando la camarera se acercó con los platos, se reclinó en la silla con un suspiro de alivio. Luke le dejó tomar un trozo de tortilla antes de volver a presionar.

–Así que aquello que Jamie fastidió no tenía nada que ver con la negociación.

Tessa tragó la tortilla como si estuviera hecha de cemento. Luke arqueó las cejas y esperó.

–Yo no... Mm –bebió un sorbo de agua–. En realidad, el desacuerdo no tenía nada que ver con el contrato en sí mismo.

–No lo comprendo.

Tessa miró hacia los lados, como si alguien pudiera escucharla.

–Jamie se acostó con la hija de Roland Kendall.

–¿Te refieres a Roland Kendall, el Kendall de Kendall Group?

–Sí, exactamente.

–¡Dios mío! –Luke sacudió la cabeza.

Jamie llevaba una vida bastante alocada cuando estaban en la universidad, pero Luke tenía la impresión de que se había tranquilizado durante los últimos años.

–¿Cómo se enteró su padre?

–Es una larga historia. El caso es que se enteró y quería

cancelar el trato. Conseguí convencerle de que no lo hiciera.

—¿Se lo has dicho ya a Eric?

—No. Y no pienso decírselo —se metió otro trozo de tortilla en la boca.

Luke dejó el tenedor en el plato.

—¿No vas a decírselo?

—No tengo ninguna razón para hacerlo.

—Tessa, si todo el mundo lo sabe, al final, terminará enterándose de alguna manera y le fastidiará extremadamente que se lo hayáis ocultado.

—Conozco a mis hermanos, Luke. Eric no tiene por que enterarse y si puedo ocultarle esa información, lo haré. No necesita más estrés.

—¿Y Jamie está de acuerdo?

Tessa atacó la tortilla con tanta fuerza que el tenedor tintineó en el plato.

—Claro. ¿Por qué iba a querer él decir nada?

Otra mentira. ¿De verdad pensaba que no se daba cuenta? Su trabajo consistía en distinguir la verdad de las mentiras.

Pero lo dejaría así. Era su familia y era suyo el secreto. Y, ¡caramba!, a lo mejor Eric prefería no saberlo. Desde luego, había estado encantado de mantener la ignorancia en lo que a la vida social de Tessa se refería. En ese aspecto, había estado completamente en la inopia.

Curiosamente, Luke comenzó a sentirse casi nervioso al lado de Tessa. Cuando volvieron al coche, no sabía si debía abrirle la puerta o bajar los seguros y hacer el amor con ella en el asiento delantero. ¿Ambas cosas, quizá? Era una mujer encantadora. Y apasionada. Era también vulnerable, pero no le necesitaba. Era alegre, pero se había enfrentado a más tragedias de las que él había vivido.

Aquella era una situación peligrosa. No podía haber nada más peligroso que aquella combinación de fascinación personal y sexo salvaje. Luke había estado engañándose a sí mismo pensando que podrían verse de manera informal y él lo viviría todo perfectamente. Tendría que poner el freno y disminuir la velocidad.

Pero en vez de echar el freno, la llevó a su casa. Pronto intentaría recular. Después de aquel fin de semana. O cuando resolviera el caso. Pronto. Pero no en aquel momento.

Una vez en casa de Tessa, Luke abrió dos cervezas y le tendió una.

—Ahora hemos llegado a ese punto crítico en el que averiguamos si tenemos o no cosas en común.

Tessa estaba sentada en uno de los taburetes de la cocina

—¿En qué sentido?

—¿Música o cine? O, más importante todavía, ¿qué música o qué película?

—¡Y yo que pensaba que ibas a enseñarme tus esposas!

Luke empezó a sonreír, pero continuaba habiendo algo extraño en Tessa. Una ligereza excesiva incluso para tratarse de ella. Y horas antes, en la ducha, se había mostrado desesperada, no feliz.

—¿Estás bien?

—Sí, claro, ¿por qué?

—Te estás comportando de una forma un poco... rara.

—¡Por Dios! Lo único que he hecho ha sido preguntar por las esposas.

—Mira —le dijo Luke, encogiéndose de hombros—, lo he entendido. A las chicas les gustan las esposas. No es eso lo que...

—¿Qué quieres decir con eso de que a las chicas les gustan las esposas? ¿De cuántas chicas estamos hablando?

—Solo me refería a que es un tema que otras chicas han sacado a colación en otras ocasiones. No quiero decir que esté...

Tessa se llevó la cerveza a los labios con tanta fuerza que la espuma burbujeó por el borde y se deslizó por los laterales.

—Te estás comportando de una manera muy extraña. ¿Qué te pasa?

Tessa sacudió la cabeza, se levantó del taburete y se cruzó de brazos.

—Yo... solo estoy preocupada.

—¿Por qué?

—Por muchas cosas.

—Muy bien, ¿como cuáles?

Tessa se aclaró la garganta y se echó la melena hacia atrás. Luke dejó su cerveza y se preparó para lo que estaba por llegar.

—Sé que ya hemos hablado de esto, pero ese asunto con Simone.

—¡Maldita sea! —ladró Luke—. Sabía que no debería haberte llevado a la comisaría.

—No es solo por lo de ese tipo. Yo..., por casualidad, te he oído hablando con Simone esta noche.

—Muy bien.

Pensó en la conversación que había mantenido con Simone, pero no era capaz de averiguar qué malentendido podía haber habido.

—¿Me juras que no eres el padre?

—Creo que ya te lo dejé suficientemente claro.

Tessa alzó las manos.

—Te creo. De verdad. Es solo que... estáis muy unidos. Y tú eres tan... Tengo la terrible sensación de que estás enamorado de ella.

A pesar de lo disgustado que estaba, Luke no pudo evitar una carcajada al oírla.

—Si lo estuviera, tengo una forma bastante rara de demostrarlo.

—Sí, claro. ¿Pero te acuerdas de ese complejo de Madonna–prostituta del que hablamos? ¿Y si resulta que yo soy la prostituta?

–¿Qué? –preguntó Luke alzando la voz.

–Solo estoy diciendo…

–¿Cuántas clases de psicología diste en la universidad? Deja de aplicarme ese diagnóstico tan extraño.

–¡De acuerdo! Pero la quieres mucho. Mucho. Y no quiero ser la estúpida que se descubra de pronto atrapada en medio de esa situación.

Luke alzó las manos.

–¿Qué se supone que puedo decir? No estoy enamorado de ella. Me preocupa porque nos hemos pasado los dos últimos años trabajando juntos. No albergamos otro tipo de sentimientos el uno por el otro. ¿Por qué no te lo puedes creer?

–No lo sé. Me asusta.

–¿Por qué?

–Porque… –cuando Tessa tragó saliva, Luke se dio cuenta de que estaba al borde de las lágrimas–. ¡Porque no quiero ser la típica chica estúpida que se enamora de quien no debe!

El enfado de Luke no desapareció exactamente, pero sintió que se filtraba en su cuerpo hasta terminar siendo arrastrado por su torrente sanguíneo.

–No estoy buscando una relación estable –le aclaró a Tessa con voz queda.

Tessa pareció sobresaltarse. Se llevó la mano a la boca como si acabara de darse cuenta de lo que había dicho.

–Yo no me refería a… Sé que esto no es…

–Así que será mejor que nos tomemos las cosas tranquilamente, ¿de acuerdo? A partir de ahora, tendremos cuidado.

Tessa detuvo las manos en medio del aire. Frunció el ceño y le miró con los ojos entrecerrados.

–¿Cuidado con qué?

—Con la posibilidad de enamorarnos. Si vamos a enamorarnos, tendremos que tener cuidado.

Tessa tomó aire suavemente y con firmeza. Luke le sostuvo la mirada, esperando que se diera cuenta de que estaba sintiendo lo mismo que ella. La euforia y el miedo. Jamás lo reconocería, pero aquellos sentimientos estaban allí.

Tessa dejó escapar el aire tan lentamente que Luke apenas vio moverse su pecho, pero el pulso le latía salvajemente en la garganta.

—Por si acaso no lo sabes —añadió Luke—, no tengo el mejor historial del mundo. Es posible que no esté hecho para las relaciones largas.

Tessa se encogió de hombros.

—Ahora no tenemos que hablar sobre eso. Siempre y cuando me prometas que no me vas a mentir.

—Eso te lo prometo. No estoy enamorado de Simone. Es solo que... no sé. Me hice policía porque me gusta cuidar a la gente. Y Simon para mí es como una hermana. Además...

—¿Qué?

—Supongo que me dan miedo los niños.

—¿Que te dan miedo los niños?

Luke sabía que aquello sonaba ridículo. Era difícil expresarlo con palabras.

—Son muy frágiles. Y la idea de que críe ella sola a un bebé...

—No son frágiles. Los niños lo resisten casi todo.

Luke sacudió la cabeza.

—Eso es lo que dice la gente, pero no es verdad. Trabajando de policía en Los Ángeles... ¡Dios mío! Tratar con niños era una pesadilla. Era ver vidas arruinadas desplegándose ante tus ojos a diario. Bebés adictos a las drogas, niños abandonados en sus casas porque sus madres tenían que ir a trabajar. Niños que se metían en problemas por falta de alguien que les guiara. Chicas en las calles porque sus padres las trataban como si fueran basura. Ellos no lo resistían todo, Tessa. Eso es solo lo que nos decimos nosotros. Un paso equivocado y, a veces, ya es el definitivo.

—Pero no es eso lo que va a sucederle a Simone.

—Esperemos que no. ¿Pero puede hacerle algún daño el que yo esté cerca para ayudarla?

Tessa le tomó la mano.

—No —susurró—, no puede hacerle ningún daño.

—El mundo es un lugar muy cruel.

—Lo sé —susurró Tessa.

Y Luke supo que estaba pensando en sus padres.

—Lo siento, Tessa.

—De acuerdo —musitó ella—. Pero ya está bien de hablar.

—¿Sí?

—Veamos una película. Ya está bien de salvar el mundo por un día. Vamos a relajarnos y, quizá, a enamorarnos. Pero con mucho cuidado.

Luke sonrió y tomó la cerveza con una mano que le habría temblado si no la hubiera movido con tanto cuidado.

—Tienes toda la razón del mundo.

Capítulo 21

Tessa se sentía como si hubiera pasado la mitad de la semana durmiendo. Por supuesto, no todo lo que había hecho en la cama había sido dormir. Pero era evidente que había estado más estresada de lo que pensaba. Había pasado un par de noches en casa de Luke, pero las noches que había pasado en su propia casa, había dormido nueve horas como un tronco. En aquel momento estaba completamente despejada, con los ojos abiertos como platos y dándose cuenta de que no había resuelto su problema en absoluto.

¿Cómo iba a conseguir que Eric firmara aquel contrato? Había retrasado la reunión con el abogado todo lo que había podido. Pero al día siguiente era lunes y ya no le quedaría otra opción.

Bebió un sorbo de café y miró por la ventana su cuidado jardín. Las sombras de los árboles bailaban sobre los ladrillos del patio. Era un día frío, las zonas de hierba que no había tocado el sol estaban cubiertas de escarcha. Pero, aun así, la luminosidad de la mañana era tentadora. A lo mejor la ayudaba dar un paseo.

Tessa se abrigó y salió a la acera, intentando obligarse a pensar. Pero a pesar de todo lo que había dormido, su mente continuaba entumecida, presionada por la impaciencia de dejar aquellos pensamientos a un lado para volver a pensar en Luke.

Estaba en un estado de intenso enamoramiento que no había vuelto a sufrir desde que se había enamorado de Bryce Stevenson cuando estaba en el instituto. Pero Bryce nunca había hecho nada más que besarla. Luke, sin embargo... ¡Oh! Luke le había ofrecido muchas otras formas deliciosas de perder la cabeza con él. Tessa no sabía a quién pensaba que estaba engañando. No había una forma prudente de hacerlo. Y ella quería disfrutar de cada uno de aquellos momentos de insensatez. Pero eso no sucedería hasta que no resolviera el problema del contrato.

Pasó por delante de la tienda de bicicletas que había en la esquina y después por la cervecería. Continuó caminando, esperando que se le ocurriera alguna idea. Cinco minutos después, pasó por el apartamento de Eric, agachando la cabeza para esconder su rostro mientras caminaba.

Luke se equivocaba al pensar que no debía ocultarle aquella información a Eric. Y también Jamie se equivocaba. Eric no tenía por qué saberlo. En primer lugar, porque pasaría años enfadado con Jamie. Y, en segundo lugar, porque jamás permitiría que ella sacrificara la salud de sus propias finanzas por el bien de la cervecería. Y tampoco Jamie, pero ella no sabía a quién más recurrir.

Aunque Jamie vivía más lejos de la cervecería que los otros dos hermanos, Tessa se descubrió dirigiéndose hacia su casa. No solía ir mucho por allí. La mayoría de las veces, cuando veía a Jamie fuera del trabajo, era porque este iba a su casa a cenar o a alguno de sus partidos de kickball.

Al salir de la universidad, Luke había compartido casa con unos amigos durante varios años, pero el año anterior había encontrado una casa antigua de la que habían hecho dos pisos y había comprado el de abajo. Tessa entró en el porche y llamó a la puerta.

Eran las diez de la mañana y era posible que estuviera

durmiendo. E, incluso en el caso de que no estuviera dormido, podría no estar solo. Pero estaba dispuesta a enfrentarse a aquel mal trago. Un minuto después, Jamie continuaba sin contestar, así que volvió a llamar con la esperanza de que apareciera.

Se sentía... sola. Echaba de menos que fueran solamente hermanos, la simplicidad de su antigua relación. Jamie no podría ayudarla a averiguar lo que tenía que hacer con el contrato, pero a lo mejor podían sentarse y ponerse al día sobre sus vidas.

Pero Jamie no estaba en casa.

Tessa no entendía por qué se sentía tan sola. Ciertamente, había recibido todo tipo de atenciones por parte de Luke aquella semana. De modo que ahí estaba otra vez: Luke era la fuente de su inseguridad. Lo que sentía por él la asustaba. Incluso asumiendo que hubiera sido completamente sincero con ella, era aterrador. Tessa nunca había sentido nada que fuera más allá de un amistoso afecto por ninguno de sus otros amantes. Le había resultado fácil estar con ellos y fácil alejarse de su lado. Pero con Luke... Dios, con Luke se sentía como si estuviera caminando por el borde de un precipicio y mirando hacia el mar. Era hermoso y emocionante y no quería alejarse de allí, pero sabía que si daba un paso más, no tendría dónde agarrarse. Si bajaba la guardia, caería en picado.

Hundió las manos en los bolsillos y comenzó a regresar a su casa a un ritmo mucho más lento del que llevaba al caminar hacia allí, pero se detuvo al pasar por la esquina de la casa de su hermano. Inclinó la cabeza y miró hacia la acera con el ceño fruncido. Desde la parte de atrás de la casa llegaba hasta ella un ritmo sordo.

–¿Qué demonios? –musitó.

Esperando no estar entrometiéndose en el jardín del otro propietario, se puso de puntillas en el camino de piedra y miró por el espacio que había entre la cerca y la puerta.

Tardó algunos segundos en localizar la fuente de aquel ruido, pero al final vio a Jamie en la parte de atrás del patio, blandiendo una especie de herramienta.

Tessa abrió la puerta, se enderezó y frunció el ceño.

–¿Qué estás haciendo?

Jamie se volvió bruscamente blandiendo un pico por encima de su cabeza.

–¡Oh, Dios mío! Eres tú.

–¿Quién creías que era?

Jamie arqueó una ceja con expresión irónica.

–¿Alguien que estaba entrando en mi jardín sin que le hubiera invitado a hacerlo?

–¡Ja! Qué tonto.

Jamie se quitó los guantes y se secó la frente con la manga de la camisa.

–¿Qué te pasa? ¿Va todo bien?

–Sí, claro –giró en círculo para contemplar la transformación del jardín–. ¿Cuándo te han arreglado el jardín?

–Llevo ya algún tiempo trabajando en ello. Empecé el otoño pasado.

–¿Tú has hecho esto?

Jamie se encogió de hombros y se acercó a la plataforma de madera para agarrar una botella de agua.

Un momento...

–¿Tienes una plataforma? Pero yo estuve aquí... ¿Cuándo fue eso? ¿En enero?

–Sí. Y fui suficientemente inteligente como para esconder mis actividades bajo una capa de nieve, pero ahora ya me has descubierto. ¿Quieres un café?

–Claro –contestó en voz baja, contemplando todavía el jardín.

No solo había una enorme plataforma de madera, sino también un jacuzzi instalado en un pequeño cenador, un camino de piedras que atravesaba el jardín y, lo que quiera que fuera aquello en lo que estaba trabajando en una esquina. Tessa miró con los ojos entrecerrados el montón de piedras y tierra, intentando averiguar qué podría ser.

—Vamos —dijo Jamie, señalando una taza de humeante café—, siéntate.

Tessa subió sobre los flamantes tablones de madera y se sentó en una silla de color rojo.

—Con leche y azúcar —musitó Jamie mientras le tendía la taza.

—Gracias. ¿Qué vas a hacer allí?

Con la mirada fija en el montón de tierra, Jamie bebió un sorbo de café.

—Algún elemento acuático.

—¿Y eso qué significa?

Jamie suspiró y la miró de reojo.

—Una cascada.

A Tessa se le fue el café por el lado equivocado y tosió y escupió hasta que los ojos le lloraron.

—¿Una cascada? —consiguió preguntar por fin entre jadeos.

—Una pequeña. Y un lirio acuático.

—Eso es... —buscó la palabra más apropiada. ¿«Extraño»? «¿Inesperado»? ¿«Raro»?—, genial —dijo por fin.

Jamie elevó los ojos al cielo.

—Como el jardín está dividido por la mitad, resulta estrecho y largo. Así que quería hacer algo para que no pareciera solamente la mitad de un jardín.

—De acuerdo, pero, ¿desde cuándo te dedicas a la jardinería?

—Bueno, me compré algunos libros —musitó.

Tessa alargó la mano entre las dos sillas para tomar la de su hermano.

—Parece salido de una revista, Jamie. Es increíble.

—Gracias.

—¿Y eso es un manzano?

Jamie se aclaró la garganta.

—¿Para qué has venido?
—Solo quería verte.
Jamie no insistió y continuaron tomando el café en silencio, observando a una bandada de mirlos que cruzaba el jardín. Y entonces Jamie lo echó todo a perder.
—¿Sigues decidida a acostarte con Luke?
Tessa bufó y le miró exasperada.
—Sí, estoy bastante decidida.
—Supongo que tienes derecho, si tienes ganas de explorar tu lado más salvaje.
—¿Supones?
—¿Pero no podrías hacerlo con cualquier otro?
Tessa abrió la boca, decidida a sintonizar con la histérica indignación de una adolescente localmente enamorada. Pero, un segundo antes de empezar a soltar su diatriba, vio el rostro de Jamie. Lo vio de verdad. Y no le pareció que mostrara una expresión arrogante o despótica. Parecía triste. Tenso de preocupación... por ella. Su enfado se enfrió tan rápidamente que hasta la propia Tessa se estremeció.
—Intentó alejarse de mí, ¿sabes? —le explicó Tessa suavemente—. Cuando le dijiste que era virgen, intentó poner fin a la relación. No es un hombre sin corazón. Es un buen tipo.
—¿Cómo puedes estar tan segura?
—No necesito estar segura. No voy a casarme con él. Solo estamos saliendo. Ya no soy una niña. Si tengo que cometer un error, déjame cometerlo.
Jamie soltó una carcajada.
—¿De verdad me estás diciendo eso tú a mí? Estupendo. Estoy de acuerdo. Somos demasiado mayores como para andar escurriendo el bulto y escondiéndonos. Todos cometemos errores.
—¡Estaba hablando de nuestra vida personal!
—Ya sé de lo que estás hablando, pero te equivocas. No quiero seguir escondiéndome de nada. Eric no va a casti-

garnos. No va a dejarnos sin sueldo. ¡Diablos! Ni siquiera puede despedirnos.

–Pero puede marcharse –le espetó ella.

Jamie inclinó la barbilla.

–¿Qué?

–Él ya ha invertido mucho tiempo en este negocio. Ha hecho todo lo que tenía que hacer. Pero eso no significa que nos necesite, ni a nosotros ni a la cervecería.

–Tessa –bufó Jamie con una risa ahogada–, ¿de qué estás hablando?

–De nada –contestó, levantándose–. Gracias por el café.

Dejó la taza vacía en la plataforma y se marchó corriendo.

–¡Eh! –gritó Jamie.

Y así permaneció mientras ella empujaba la puerta y la cruzaba.

–¡Te veré esta noche! –gritó ella mientras empezaba a correr.

–¡Tessa! –gritó Jamie, pero ella siguió avanzando.

Era ridículo hablar sobre aquello. Hablar no servía para unir a la gente. A lo mejor Luke era perfecto para ella. Y, sin embargo, tampoco él quería hablar de nada.

Curiosamente, aquel pensamiento consiguió alegrarla mientras continuaba avanzando por la calle. Luke parecía aceptarla tal y como era, con todas sus locuras. Y ella estaba dispuesta a mostrar la misma cortesía respecto a él. Marcó su teléfono y aminoró el paso.

–Buenos días, detective –le saludó cuando contestó–. ¿Me echaste de menos ayer por la noche?

Ella le había echado de menos, pero se había sentido demasiado vulnerable como para pasar cuatro noches seguidas con él.

–¡Oh! Eché de menos algo...

Tessa soltó un sonido burlón.

–Qué perverso.

—Hablando de perversidades, ¿vas a venir esta noche?

—La verdad es que está noche estoy ocupada. Por eso te he llamado.

—¿Estás intentando confundirme?

Tessa sonrió.

—A lo mejor. Esta noche tengo un partido de kickball y me preguntaba si te apetecería venir a verlo.

—¿Perdón? —su tono sugería que Tessa había enloquecido.

—La cervecería tiene un equipo. Esta noche se juega el primer partido de la temporada. ¿Quieres venir a verme patear algunos traseros?

—¿Acabas de decir «verme patear algunos traseros»?

—¿Qué pasa? Es la jerga que utilizamos entre nosotros.

—De acuerdo. Diré que sí antes de que consigas espantarme. ¿Pero que van a decir tus hermanos?

¡Mierda! No había pensado en sus hermanos, lo cual era ridículo. Ellos formaban la cuarta parte del equipo.

—Bueno, Eric parece haber renunciado a separarme de ti, aunque no estoy segura de que te vaya a pedir que te unas al equipo. En cuanto a Jamie... Espero que esté conforme siempre y cuando no empecemos a magrearnos en el campo.

—Mm. Sí, creo que podré evitarlo.

—En ese caso, trato hecho. Nos veremos allí. El partido es a las seis y media. El campo está dos bloques más allá de la cervecería.

Cuando Luke llegó al campo de béisbol, se dio cuenta de su error. No debería haber prometido que no se magrearía con ella antes de haber visto su indumentaria. Tessa era como el sueño húmedo de sus años de instituto.

Llevaba unas medias que terminaban justo por debajo de las rodillas, después, se adivinaba una larga fracción dorada de muslo que llegaba justo hasta el borde de sus pantaloncitos de nylon. En la parte de arriba llevaba una camiseta estrecha con el logo de la cervecería en el pecho en un color rojo que atrapaba la mirada. Aunque quizá no fuera el color lo que atrapaba la mirada, sino lo que se escondía bajo ella. Por supuesto, Tessa remataba el conjunto con una cola de caballo alta que brillaba como el oro y el bronce bajo el último sol de la tarde.

A Luke le dolía el pecho cada vez que le latía el corazón. Se sentó rápidamente en las gradas, antes de que los hermanos de Tessa le descubrieran devorándola con la mirada. ¿Pero cómo demonios le permitían vestirse así? Miró a las otras personas de las gradas, esperando ver a los hombres haciéndole fotografías con sus teléfonos móviles y colgándolas en Internet. Pero la vasta mayoría de los espectadores eran mujeres. Lo cual tenía sentido, suponía. Solo había otra mujer en el equipo. La reconoció como una de las camareras a las que habían tomado las huellas dactilares. El resto del equipo parecía estar compuesto por Jamie, Eric, Wallace y el joven lavaplatos. Eric no parecía tener muchas ganas de estar allí, pero Jamie parecía encantado hablando con dos mujeres despampanantes que no paraban de reír emocionadas. Pero Luke apenas las miró. Al fin y al cabo, Tessa estaba estirando los tendones de las rodillas. Y él tenía que memorizar aquellos movimientos para después reproducirlos.

Cuando Tessa alzó la mirada y le vio, su rostro absorbió todo el sol de la tarde y curvó los labios en una sonrisa que le golpeó a Luke en las entrañas. Estaba comenzando a acostumbrarse o, por lo menos, a aceptar la ola de pánico que le invadía en tantas ocasiones. Ignorando los dardos que Eric le estaba lanzando con la mirada, le devolvió la sonrisa y contempló después cada centímetro de su cuerpo cuando Tessa se volvió y comenzó a correr hacia el campo.

El juego empezó. Luke no tenía la menor idea de lo que

estaba pasando mientras el juego progresaba. Lo único que sabía era que Tessa se acercaba corriendo y después volvía a alejarse corriendo otra vez. Luke la observó sin pensar ni una sola vez en los casos que tenía abiertos. Sencillamente, sentía el calor del sol y el frescor de la brisa y observaba a Tessa divertirse con aquella indumentaria indecentemente saludable. No había disfrutado tanto desde hacía daños.

No, eso había que borrarlo. No había disfrutado tanto en público desde hacía años. Por supuesto, los momentos íntimos de disfrute también habían sido compartidos por Tessa. Y no podía esperar a llevársela a algún lugar más privado aquella misma noche. Rezó al cielo para que no se fueran todos a tomar pizza y refrescos después del partido. Luke se volvería loco si tenía que sentarse cerca de sus muslos en una mesa en la que estuviera también su familia.

—Deja de mirar a mi hermana de esa forma —le dijo una voz a la derecha.

Luke se sobresaltó y se llevó la mano al lugar en el que normalmente llevaba la pistola. Soltó una maldición y se volvió hacia Eric.

—¿De dónde demonios has salido?

—Estoy esperando —dijo Eric, señalando hacia el juego.

Luke no había registrado nada, excepto el hecho de que Tessa estaba a solo unos cinco metros de distancia y de espaldas a la línea, proporcionándole una vista fantástica.

—Lo siento —musitó, sin molestarse siquiera en negar que la estaba devorando con la mirada.

—Más te vale no engañarla.

—No la estoy engañando.

—Seas o no policía, encontraré la manera de destrozarte la vida.

—Comprendido.

Luke no iba a discutir con aquel hombre. Eric tenía todo el derecho del mundo a preocuparse por Tessa. En aquel momento parecía tan vulnerable como un condenado corderito.

—Te prometo que lo que has oído sobre mí no es verdad. Nada.

Eric le sorprendió contestando:

—De acuerdo, lo aceptaré hasta que tenga alguna razón para no hacerlo. No quiero que mi hermana tenga que ocultarme nada, así que hagamos una tregua.

Aunque estuvo a punto de atragantarse al oír las palabras de Eric, Luke alargó la mano y se la estrechó. ¿Que no quería que Tessa le ocultara nada? Pues le iba a costar.

Eric bajó de las gradas para reunirse con su equipo y Jamie los fulminó a los dos, a Luke y a su hermano, con la mirada. Era extraño que un viejo amigo pudiera estar tan molesto, pero quizá tuviera sentido. Luke no había sido ningún angelito cuando estaba en la universidad y Jamie lo sabía.

Cuando Tessa estaba en la base, esperando a golpear la pelota, sonó el teléfono de Luke. Este sacó el teléfono del bolsillo sin apartar la mirada del juego.

—Asher —contestó.

—Asher, soy Ben Jackson, de Denver, ¿estás en medio de algo importante?

Tessa golpeó la pelota y corrió hacia la primera base, pero la interceptaron antes de llegar allí.

—No —dijo Luke mientras bajaba y rodeaba las gradas—. ¿Qué ha pasado?

—Estoy teniendo un turno de fin de semana muy tranquilo, así que he estado buscando las grabaciones que me pediste. Es curioso. Esas entrevistas se han perdido definitivamente. Llamé al detective que condujo la investigación, que ahora mismo se encarga de delitos violentos. Imaginé que el caso todavía estaría fresco, pero él me asegura que no recuerda nada de esas entrevistas. Dice que no debía de haber nada, puesto que no llevaron a ninguna conclusión.

—Suena extraño.

–No sé, tío. En realidad, son solo unos cuantos robos. No me imagino a nadie esforzándose en encubrir información a través del departamento. Piensa en cuánta gente haría falta.

–¿Y no podría haber sido el propio detective? A lo mejor tiene a un sobrino o a un primo involucrado en el caso.

–Podría intentar investigar a su compañero, si quieres –pero Ben parecía bastante reacio–. Aunque no es el único que firmó los informes.

Luke se encogió de hombros.

–Estoy seguro de que no es nada. Y gracias.

–De acuerdo. Llámame si cambias de opinión.

Cuando rodeó las gradas, Luke estuvo a punto de chocar con Tessa, que también estaba rodeando el campo.

–¡Eh, hola! ¿Alguna llamada importante? ¿Una investigación sobre un asesinato?

–Se supone que no deberías parecer tan ilusionada.

–¡Oh, lo siento! Es verdad –pero continuaba mirándole con ojos brillantes.

–No, no es una investigación sobre un asesinato –bajó la mirada–. Por cierto, pareces...

Tessa flexionó el bíceps.

–¿Muy deportista?

–No era eso lo que iba a decir.

Tessa intentó dirigirle una dura mirada.

–¿Preparada para machacar a cualquiera?

Luke se inclinó hacia ella y le susurró al oído:

–Por favor, dime que llevas unas bragas blancas porque de esa forma completaría completamente mi fantasía.

Tessa soltó una carcajada y se llevó después la mano a la boca.

–¿Qué?

–Tienes el aspecto de todas las chicas guapas con las que fantaseaba en la clase de gimnasia cuando estaba en noveno grado.

—¡Ooh! —Tessa retrocedió y le miró arqueando una ceja—. Vaya, vaya, detective. Al final resulta que tienes un lado sucio. ¿Y qué te imaginabas haciendo con esas chicas?

—Diablos, Tessa. Estaba en noveno grado. Para entonces, ya había llegado a la parte en la que me imaginaba a una chica sin las bragas puestas. Pero eso era todo.

Sonriendo, Tessa dio un paso hacia él y le susurró al oído:

—¿Entonces solo necesitas que me tumbe a tu lado y me baje las bragas? ¿Eso es todo?

—¿Quieres que te sea sincero? Me avergüenza decir que podría valerme con eso.

—¿De verdad? —arqueó las cejas varias veces—. Tendremos que averiguarlo.

Luke estaba sonriendo como el gato de Alicia cuando alzó la mirada. Desgraciadamente, su sonrisa de satisfacción se cruzó con la mirada de Jamie antes de que Luke hubiera borrado aquella expresión de su rostro. Se tensó.

—¡Dios mío! —susurró Tessa—. ¿Alguno de mis hermanos está detrás de mí?

—Sí.

—¡Cojones! —musitó ella.

Luke se irguió y la señaló con el dedo.

—¡Aquel día dijiste «cojones»!

—¿Qué?

—No importa —contestó, antes de volverse para mirar a Jamie—. Muy buen partido —le dijo débilmente.

Jamie le fulminó con la mirada antes de dirigirse a su hermana.

—Mañana tengo el día libre. Chester me sustituirá. Llámame si surge algún problema. O por cualquier otra cosa.

—Claro —contestó Tessa—. Te llamaré.

Jamie la miró con el ceño fruncido, como si estuviera esperando algo más.

—O puedes venir a mi casa para que hablemos si te apetece.

Tessa asintió y Luke se marchó sin volver a mirar a Luke. Tessa clavó la mirada en su espalda.

—Lo siento —susurró Luke—. No quiero causar problemas entre vosotros.

—No, hay otras muchas cosas. Pero estos trece años han merecido la pena, creo —tomó aire, alzando los hombros, pero cuando se volvió hacia Luke, ya estaba sonriendo otra vez—. Vente a casa. Te haré la cena. En realidad, cocino bastante bien. Y después... a lo mejor te dejo llegar a la segunda base.

—¿De verdad? Pues a lo mejor intento avanzar hasta la tercera.

La sonrisa de Tessa le indicó que ella tenía una idea mejor.

—¿Qué tal si llegamos al *home*?

Luke gimió al oír aquella broma y le dijo que no tenía gracia, pero en el fondo, estaba tan emocionado como un maldito estudiante. Y enamorándose a mayor velocidad que antes.

Capítulo 22

Tessa pensó que había encontrado la manera de solucionar el problema del contrato. Si redactaba un segundo contrato mostrándose de acuerdo con cubrir los costes de todos los envíos de cerveza de Donovan Brothers a High West Air durante los próximos seis meses, Roland Kendall podría limitarse a firmar el contrato que Eric ya había preparado Y ese sería el contrato que verían sus hermanos.

El único problema era que Tessa se sentiría como una hermana intrigante, estafadora y manipuladora que había enredado a un montón de gente para engañar a su familia. Pero, al fin y al cabo, eso ya lo había hecho, ¿no? Ya había permitido que media docena de personas supieran que estaba dispuesta a actuar de espaldas a Eric por el bien de su propia causa.

Pues bien, si tenía que ser la mala de la película, estaba dispuesta a serlo.

Llamó al abogado de la cervecería y le preguntó que si podía preparar un contrato para que lo firmara ella personalmente. Aquella era la única manera de evitar que le fuera con el cuento a Eric.

–Tessa –le dijo el abogado cuando terminó de explicarle el contrato que quería redactar–, ¿qué demonios estás haciendo?

—He llegado a un acuerdo para mantener el trato en vigor.
—Pero esto... Serás personalmente responsable de esto. No puedo permitirlo.
—Vamos, Richard, eres mi abogado, no mi jefe. Redáctalo con algunos límites y algunas medidas de seguridad, ¿de acuerdo? Tú tienes las estimaciones que hicimos con High West, ¿verdad?
—Sí.
—En ese caso, protégeme de una posible ruina, pero sé lo que estoy haciendo.
—¿Tienes dinero para cubrir esos gastos?
—Redáctalo de manera que puedas poner el límite en los treinta mil dólares. No quiero perder la casa.

Richard suspiró de una manera que le indicó a Tessa que tenía un tercer hermano mayor.

—Y supongo que Eric y Jamie no tienen ni idea de que estás haciendo esto.
—Te contestaré con otra pregunta. ¿Acaso sé yo todo lo que hace Eric? —Richard no contestó, como Tessa ya había anticipado—. ¿Cuándo podrás tenerlo?
—El miércoles —contestó malhumorado.

Quería decirle que no, Tessa sentía aquella tendencia atravesando el teléfono como la fuerza de la gravedad. Pero, probablemente, Richard no quería darle la oportunidad de acudir a otro abogado que hiciera las cosas peor. Era un buen tipo, comparado con cualquiera, no solo con otros abogados. Tendría que invitarle a una cerveza cuando todo aquello terminara.

—¡Eric! —llamó Tessa cuando colgó el teléfono.

Su hermano no contestó, así que Tessa se dirigió hacia su despacho y llamó a la puerta, que estaba medio abierta. Eric le hizo un gesto para que pasara mientras él terminaba de hablar por teléfono y colgaba.

—¡Acabo de hablar con Monica Kendall! —le dijo Tessa.

—¿Ahora sois amigas?

«¡Oh, no!», deseó gemir Tessa, pero ignoró la pregunta.

—Dice que Roland todavía está dispuesto a seguir adelante con el trato. ¿Todavía no te ha llamado?

—No —parecía dubitativo—. No sé, Tessa. He oído rumores sobre que está hablando con uno de nuestros competidores en Denver. Estoy empezando a pensar que algo no va bien.

—Estoy segura de que todo va perfectamente. Me ha dicho que su padre todavía no ha firmado el contrato, pero pretende hacerlo. A lo mejor solo está haciendo las comparaciones de último momento.

—Estamos hablando de cerveza, no de un contrato con el Ministerio de Defensa —frunció el ceño y se reclinó hacia atrás en la silla—. Si esto no sale, tendré que rediseñar nuestra estrategia de mercado para los próximos dos años. Lo había proyectado todo alrededor de ese contrato.

Tessa asintió con vigor.

—Lo sé, pero esperemos a ver. Tengo un buen presentimiento.

Eric la miró poco convencido, pero Tessa cambió de postura y se palmeó el corazón con nerviosismo.

—Bueno, esperemos que se digne a llamarme antes de que vaya a Santa Fe.

—¿La feria de Santa Fe es esta semana?

—Me marcho el viernes.

Por un momento, Tessa había esperado que Eric saliera a la feria de cerveza artesanal a principios de semana. De esa manera contaría con una semana completa para asegurarse de que todo fuera perfecto. Pero quizá fuera preferible así. Necesitaba acabar con todo aquello cuanto antes.

—Estoy empezando a pensar que deberíamos contratar a alguien que se dedicara a tiempo completo de la parte comercial —anunció Eric.

—¿De verdad?

—La agencia de publicidad es ideal para las promociones, pero no pueden ir personalmente a las ferias y Jamie y yo ya estamos abarcando demasiado. Yo estaré en Santa Fe este fin de semana y dentro de dos semanas él tendrá que ir a Durango.

Tessa se aferró con fuerza al respaldo de la silla.

—Yo podría ayudar.

—No, necesitamos más ayuda.

¿Quería contratar a una persona a tiempo completo? ¿Dónde trabajarían entonces?

—Y si vamos añadiendo nuevos estados cada año, probablemente necesitaremos una persona que se dedique exclusivamente a la distribución. Y más espacio para el embotellado.

Tessa sacudió la cabeza sin decir nada. No tendrían espacio para todo aquello.

—Eric, eso son grandes planes.

Eric descartó aquel comentario con un gesto.

—Sí, lo sé. Solo estoy pensando por adelantado. Nos las arreglaremos. Gracias por el aviso de lo de High West.

—Claro —susurró Tessa mientras comenzaba a regresar lentamente a su despacho.

Sabía de antemano que Eric pretendía expandir el negocio, pero, de alguna manera, hasta entonces no había pensado en lo que eso podría significar. Habían crecido mucho durante los años anteriores, pero la adaptación había sido tan gradual que le había parecido algo natural. Normal. Pero aquello... Ni siquiera había pensado en ello. Si empezaban a añadir múltiples estados al mismo tiempo... Si comenzaban a crecer de una forma exponencial...

Tessa había estado intentando evitar que las cosas se mantuvieran como estaban, pero, ¿y si todo cambiaba? ¿Y si ella misma estaba contribuyendo a hacer realidad sus peores temores? A ella no le gustaban los cambios. No le gustaban nada en absoluto. Al parecer, incluso menos que a Eric.

Intentando ignorar aquel nuevo temor, agachó la cabeza y se obligó a cumplir con sus obligaciones habituales en la cervecería. Pagó facturas y estudió concienzudamente una nueva propuesta de cobertura enviada por su compañía de seguros. Encontró una nueva reseña sobre su cerveza ámbar y envió un mensaje a Twitter con un vínculo, después, actualizó la página web. Un aviso por correo electrónico de un retraso en el envío de un cargamento de cebada probablemente no afectaría a la producción, pero se lo reenvió a sus hermanos por si acaso.

Estuvo ocupada con otros cientos de cosas durante el resto del día, pero eso no la ayudó a despejar la mente. Al final, terminó llamando a Jamie, intentando no sentirse culpable por molestarle en su día libre.

—¿Qué te pasa? —preguntó Jamie con voz ronca y somnolienta.

—Lo siento, ¿te he despertado?

—No, ¿qué pasa?

—¿Eric te ha hablado de los planes de expansión que tiene para la cervecería?

—Sí, hemos hablado de ello.

—Quiere contratar más gente y aumentar el espacio del embotellado. ¿De dónde vamos a sacarlo? Tal como está la cervecería actualmente, apenas tenemos espacio siquiera para el aparcamiento.

Jamie se aclaró la garganta.

—Sí.

—¡No podemos mudarnos! Esta es nuestra cervecería. Es la cervecería de papá.

Jamie permanecía en silencio, pero el sonido susurrante de la tela le indicó a Tessa que se estaba levantando de la cama.

—Lo siento, ¿estás solo? No quería...

—Mira —le espetó Jamie—, pensaba que estabas decidida a darle a Eric todo lo que quisiera. ¿Por qué ahora pareces tan asustada?

—¡No estoy haciendo esto por Eric! Lo estoy haciendo por nosotros. ¡Por los tres!

—Tessa —suspiró.

Al otro lado del teléfono oyó que se abría la puerta de Jamie y después débilmente el alegre canto de un pájaro. Imaginó a Jamie fuera, en la plataforma de madera, mirando hacia el jardín. Esperaba que se hubiera puesto los pantalones.

—¿Qué demonios te pasa? —preguntó Jamie por fin.

—¡Nada! Es solo que no quiero que os peleéis. Y no quiero que cambiemos la cervecería. Y no quiero que otras personas se hagan cargo de la oficina. Las cosas están bien como están.

—¿Tú crees?

A Tessa se le cayó el corazón a los pies a tal velocidad que tuvo que apoyar las manos sobre la mesa para no derrumbarse. Cuando el pulso encontró de nuevo el camino hacia su pecho, le latió con tanta fuerza que invadió su garganta y ascendió hasta su cuero cabelludo. ¡Oh, Dios!

—No puedo seguir siendo camarero durante el resto de mi vida. ¿Es eso lo que quieres para mí?

—¡No! Claro que no. Eric quiere contratar a alguien que se dedique a tiempo completo a la distribución. A lo mejor podrías encargarte tú y contratamos a otro camarero.

—A lo mejor.

Tessa se frotó los ojos.

—¿Crees que debemos firmar ese contrato con High West? —preguntó.

—¿Y me lo preguntas ahora?

—Sí.

—Vas a provocarme una maldita úlcera —Tessa le oyó dejarse caer en una de las sillas del jardín—. No, creo que no deberíamos mezclarnos con esa gente. No me gustan. Pero Eric quería, así que tú también querías, ¿qué se suponía que podía hacer yo?

Tessa soltó un grito ahogado.

—¿Intentaste sabotear el acuerdo acostándote con Monica?

—No fue eso lo que pasó —gruñó.

—De acuerdo...

—No me acuesto con mujeres para... Yo nunca... ¡Dios mío!

—Lo siento, de verdad, no debería haber dicho eso.

Jamie soltó la respiración en un largo siseo.

—Esto se está convirtiendo en una locura, Tessa. Todo. Debería haber asumido lo que hice. Debería haber dejado escapar ese trato. No me gusta esa gente. No me gusta ninguno de ellos.

—Todavía no hay nada cerrado —susurró Tessa.

—Has conseguido el contrato. Ya no hay nada que hacer. Pero sabremos cómo enfrentarnos a ello.

—Sí —musitó Tessa.

—Todo saldrá bien, hermanita. No te preocupes.

Tessa se mostró de acuerdo, pero no era capaz de deshacerse de un mal presentimiento. A los pocos segundos, aquel presagio demostró estar mucho más que justificado.

Henry llamó a la puerta de su despacho.

—Hay un tipo en el bar que quiere verte. Dice que se llama Graham.

Tessa asomó la cabeza tan rápidamente que Henry retrocedió sobresaltado. Y fue una suerte que se apartara, porque, si no, Tessa habría tenido que empujarle para apartarle de su camino cuando salió a toda velocidad. Gracias a Dios, la puerta de Eric estaba cerrada.

—Graham —susurró cuando se acercó a él—, ¿qué estás haciendo aquí?

Graham tenía las manos en los bolsillos y contemplaba la zona del bar con una condescendiente alegría.

—Me gusta tu cervecería. Es muy hogareña.

—Gracias, ¿qué puedo hacer por ti?

—Te envié otro correo.

—Lo sé. Siento no haber tenido tiempo para responder. Me temo que la respuesta sigue siendo no. No podemos permitirnos esa clase de patrocinio e, incluso en el caso de que pudiéramos, necesitaríamos más tiempo.

—Estás cometiendo un gran error. No habrá otro torneo durante todo un año y hasta entonces te estarás perdiendo todos esos contactos, todas las posibilidades que...

—Lo sé, pero...

—¿Está tu hermano Eric aquí?

Tessa retrocedió.

—¿Por qué?

—Porque he pensado que podría estar interesado en lo que tengo que decirle.

En aquella ocasión, su sonrisa no fue en absoluto falsa. Fue una sonrisa babeante de autosatisfacción, una sonrisa radiante y amenazadora.

El corazón de Tessa latía a mil por hora.

—No —contestó, obligándose a no mirar hacia la puerta—. No está aquí. Está preparando una feria en Santa Fe.

—Es una pena. Lo intentaré en otro momento.

Salió silbando una versión perfecta de *Happy Talk* mientras se alejaba con paso lento hacia la puerta. Tessa no podía hacer nada más que permanecer clavada donde estaba, absolutamente horrorizada. Graham acababa de amenazarla, ¿verdad? ¿Qué clase de torneo benéfico era ese?

Jamie tenía razón. Aquella gente no iba a llevarles nada bueno. En cuanto fue capaz de obligar a sus pies a moverse, se dirigió a su despacho para llamar a su abogado.

—Si me retracto ahora de ese trato, ¿podría haber alguna repercusión legal?

—¡Gracias a Dios! —murmuró Richard. Se aclaró la garganta y continuó—. Lo único que puede pasar es que Kendall reclame por haber dejado pasar alguna oportunidad basándose en el contrato que tú le habías prometido. Pero, puesto que tú solo le habías prometido suministrarle un producto y él puede acudir a cualquier otro proveedor en cualquier momento, su caso no tendría ninguna posibilidad de prosperar.

—Bien. De momento, no hagas nada, ¿de acuerdo? Necesito tiempo para pensar.

Y para forjar un plan Y, quizá, para llorar un poco.

—Es una maldita huella dactilar —le gruñó Luke al técnico.

—Sí, y tú eres un detective entre treinta. Ponte a la cola.

Luke apoyó la cabeza contra el marco de la puerta y lo golpeó un par de veces.

—De acuerdo, lo siento. ¿Puedes decirme en qué situación está?

—Le hemos echado los polvos, la hemos escaneado y, ahora mismo, el ordenador está trabajando. Podría tardar unos minutos o una hora.

—¿Por qué no me lo has dicho antes? —preguntó malhumorado, y comenzó a alejarse con gesto ofendido—. Estaré en mi mesa —gritó por encima del hombro—. ¡Esperando!

Había enviado a un equipo para limpiar la zona de detrás de la cerca y habían regresado con algunos restos de basura, pero él se había concentrado en el paquete de cigarrillos. Era una cajetilla vacía de Dunhills, no era una marca muy habitual. Se trataba de una marca inglesa. Quienquiera que la hubiera comprado debía de haberla adquirido en un estanco especializado, no en un establecimiento cualquiera. Un resto extraño para ser encontrado junto a un cubo de basura, en la solitaria acera de un callejón sin salida.

Pero si alguien había aparcado en la acera y había abierto la puerta trasera de un todoterreno para cargar la mercancía robada... Incluso la más ligera brisa podría haber sacado aquella cajetilla vacía del vehículo.

Sí, las posibilidades eran remotas, pero, ¿qué demonios? A lo mejor conseguían dar con alguien que tuviera ya un expediente. A lo mejor la fotografía policial del tipo en cuestión aparecía con el título de Experto Delincuente sobre ella.

Rio, pensando en lo mucho que le gustaría a Tessa.

–¿Has encontrado algo? –preguntó Simone cuando Luke se sentó tras su escritorio.

–Todavía no.

–¿Entonces por qué pareces tan contento?

Luke alzó la mirada sorprendido.

–¿Qué?

–Andas por la oficina con una sonrisa en la cara, Asher. Tienes a todo el mundo asustado.

Luke miró a su alrededor, pero nadie le estaba mirando. Simone le guiñó entonces el ojo.

–¡Te pillé!

–Eres muy graciosa. Y hablando de gente contenta, ¿por qué pareces tú tan feliz?

–No lo sé –contestó Simone, sorprendiéndole. Él ni siquiera esperaba una respuesta–. Me encuentro mejor. De alguna manera, ya no me siento tan perdida.

Luke se irguió en la silla.

–¿De verdad? Eso es magnífico.

Luke bajó la mirada y se dio cuenta de que Simone sostenía algo en la mano.

–¿Qué es eso?

–Nada –contestó ella.

Pero cuando deslizó el cartón en el cajón del escritorio, Luke lo reconoció como una de las ecografías que había encontrado la noche anterior.

—Es una niña —le dijo Simone.

Luke arqueó las cejas.

—El bebé —le aclaró Simone, como si Luke no tuviera la menor idea de lo que le estaba hablando—. He decidido que estoy completamente satisfecha de que lo sea. Así será menos complicado, creo. Será más fácil para mí.

—¿Porque no va a aparecer ningún padre en escena? —aventuró Luke.

—Exacto.

—¿Estás segura?

Simone tragó saliva y movió lentamente el pulgar por la parte superior de su barriga.

—No... no es muy probable.

Aquello podía significar todo tipo de cosas. La mente de Luke comenzó a barajar distintas posibilidades, intentando encontrar respuestas para la enorme cantidad de preguntas que tenía. Pero obligó a su propia mente a recular y dejarlo pasar. Había un padre en alguna parte. Alguien a quien Simone podía querer o no. Pero eso no importaba. No significaba nada.

—Me alegro de que te sientas mejor —se limitó a decir.

—Gracias.

Una niña. A lo mejor Tessa podía ayudarle a elegir el regalo.

—Asher —dijo una voz justo antes de que le dejaran un sobre el escritorio—. Tu huella.

El nombre que vio sobre el sobre se clavó en su mente como un alambre de púas. ¿Qué demonios? Conocía ese nombre. ¿Pero cómo?

Casi frenético, tecleó el nombre en el ordenador y reunió todos los datos que pudo encontrar. Todavía confundido, le tendió el sobre a Simone.

—¿Conoces a este tipo?

Simone se encogió de hombros y negó con la cabeza.

—Creo que no.

–Mierda.

El tipo en cuestión había sido procesado en algún momento. Evidentemente, tenían sus huellas dactilares, pero no había ninguna denuncia, solo multas. Varias multas de tráfico. Otra por embriaguez y desórdenes públicos de muchos años antes y otra por posesión de marihuana. Probablemente, había ido a la universidad. ¿Pero entonces por qué el nombre le sonaba tanto?

Estuvo dándose golpecitos con el lápiz en la frente durante un minuto entero. Cómo de aquella manera no consiguió remover ningún pensamiento que pudiera ayudarle, tecleó el nombre en Google. Y el resultado le embistió con la fuerza de un tren de carga.

Aquel era un asunto serio. Y no podía decirle a Tessa ni una sola palabra.

–Tengo que llamar a Denver.

–¿Qué pasa? –preguntó Simone.

–Pasa que todo esto va a representar un montón de problemas, eso es lo que pasa. Y creo que sé por qué se han perdido parte de los contenidos de esos informes.

Capítulo 23

—Estás muy callado esta noche —observó Tessa mientras empujaba el pollo frito alrededor del plato—. ¿Estás envuelto en un importante asesinato?

Luke consiguió esbozar una sonrisa fugaz.

—No, es solo que no consigo desconectar del trabajo.

—Lo comprendo. Es difícil mantener el interés después de dos semanas enteras saliendo con alguien.

—Lo siento —contestó Luke, intentando hacer un esfuerzo para relajarse. Señaló con la mirada al palillo solitario que descansaba en el plato de Tessa—. Tú también estás muy callada, ¿ya te has cansado de mí?

—Ya veremos. A lo mejor ahora te toca a ti recurrir a la lencería provocativa.

—¿Esas bragas de Mujer Maravilla que llevabas el otro día cuentan como lencería?

—Parece que te causaron una gran impresión, así que sí cuentan.

La sonrisa de Luke duró mucho más en aquella ocasión.

—En ese caso, intentaré mejorar mi juego.

Tessa se echó a reír, pero no comió nada más.

—La cena estaba magnífica —dijo Luke—. Gracias por cocinar para mí. Estoy impresionado.

—¿Otra confirmación de que soy la mujer perfecta?

—Desde luego.

Tessa se levantó y llevó su plato al fregadero. A Luke no le gustó la tensión que mostraban sus hombros, así que la siguió y le rodeó la cintura con los brazos mientras enjuagaba el plato. Cuando le besó el cuello, Tessa se reclinó contra él con un suspiro.

—¿Todavía estás preocupada por el contrato? —preguntó Luke, esperando que Tessa contestara con un contundente sí.

Tessa asintió y cerró el grifo, pero no se movió.

—No sé qué hacer —susurró.

El alivio inundó a Luke, pero intentó no mostrarlo.

—Pensaba que ya habías cerrado el trato.

—Todavía no. Me lo estoy pensando. Creo que todavía estoy a tiempo de retirarme.

—¿Y por qué quieres retirarte?

—Es solo que... Kendall Group es una empresa grande y con mucho éxito. Creo que un contrato con ellos podría hacernos ganar dinero y ampliar la cervecería. Pero, ¿y si yo no quiero que la cervecería se expanda?

—¿Qué significa eso?

—Me gustan las cosas tal y como están.

Luke se volvió y le dio un beso en la frente.

—Sabes que no puedes tomar tú sola esa decisión. Tienes que tener una conversación seria con Eric y con Jamie.

—Ya he hablado con Jamie. Él está de acuerdo.

—¿No quiere ampliar el negocio?

—No estoy segura de que eso le importe, pero la familia Kendall no le gusta más que a mí.

Luke retrocedió con las manos todavía en los hombros de Tessa.

—¿La familia Kendall?

Hasta ese momento, Luke había temido tener que ser él el que sacara el tema.

—Sí, Roland Kendall, su hija y su hijo. Tiene más hijos

a los que no hemos conocido, pero... Al principio parecían normales. Pero son todos unos falsos.

Luke dejó caer las manos y comenzó a caminar por la cocina, después, se puso de espaldas a ella, intentando encontrar una manera de decir algo sin decirle nada.

–Hay un consejo que les doy a todas las personas que han sido víctimas de un delito cuando me lo piden. Tienes que confiar en tu intuición. Si estás pensando que hay algo raro, es que hay algo raro.

–¿Siempre?

–Todas y cada una de las veces. Lo digo en serio. Es algo que no puedes ignorar.

Tessa se mordió la uña del pulgar. Luke inclinó la cabeza para mirarla a los ojos.

–Si puedes retirarte de ese acuerdo, hazlo. O, por lo menos, retrasa la decisión algunos días más.

–De acuerdo.

Otra punzada de alivio una vez más, abriéndole en canal.

–De hecho, ¿por qué no investigo un poco? Veré si puedo encontrar algo.

Una sonrisa iluminó el rostro de Tessa.

–Sería magnífico, gracias.

–Es lo menos que puedo hacer. No tomes ninguna decisión hasta que te aporte alguna información, ¿de acuerdo? ¿Me lo prometes?

–Prometido –Tessa le abrazó y le dio un beso antes de apartarse para agarrar su plato y enjuagarlo–. ¿Y cómo está Simone? –le preguntó.

–Sigo sin estar enamorado de ella, si es eso lo que estás preguntando.

Tessa se echó a reír.

–No, no es eso lo que estoy preguntando.

–La verdad es que está muy bien. Ha comenzado a hablar más sobre el bebé. Ya no parece tan cansada. Es una niña, por cierto. Me lo ha dicho hoy. A lo mejor puedes ayudarme a comprarle algo. Yo no tengo ni idea sobre… el rosa.

Tessa le sonrió a Luke hasta que este se aclaró la garganta y desvió la mirada.

—Eres un encanto.

—Sí, claro.

—¿Quieres tener hijos?

Luke se encogió de hombros.

—Nunca he pensado en ello.

—¿Ni siquiera cuando estabas casado?

El cuerpo de Luke pareció transformarse en acero. ¿Cómo demonios habían terminado hablando de aquello?

—Éramos jóvenes —contestó, sin añadir nada más.

—Pero supongo que teníais planes. ¿Cuánto tiempo estuvisteis casados?

Luke cruzó los brazos.

—Tres años.

Tessa también se cruzó de brazos y le fulminó con la mirada.

—No te estoy interrogando, Luke, no tienes por qué ponerte a la defensiva.

—No estoy a la defensiva —replicó—. Es solo que no quiero hablar de eso.

—¡Pero si apenas te he preguntado nada!

—De acuerdo, pero los dos estuvimos de acuerdo en que hay cosas de las que no estamos dispuestos a hablar.

—Lo sé, pero yo te he hablado mucho de mis hermanos. Así que pensaba…

¡Oh! No se lo podía creer. Como si no tuviera ya suficientes problemas.

—¿Así es como crees que funciona esto? ¿Ojo por ojo? Muy bien. En ese caso, cuéntame cómo fue la peor de tus rupturas. Adelante, Tessa.

Tessa elevó los ojos al cielo ante aquel desafío.

—Lo haría, pero nunca he tenido una ruptura desagradable.

—Vamos, Tessa. No soy uno de tus hermanos. Es bastante evidente que has tenido otras relaciones.

—No estoy fingiendo que no haya tenido citas. He salido con muchos chicos, pero nunca he tenido una relación seria.

Luke retrocedió un paso.

—¿De verdad?

—¿Qué pasa? He estado muy ocupada.

—¿Haciendo qué?

—Trabajando.

Luke arqueó las cejas.

—¿En una mina?

Tessa le fulminó de tal manera con la mirada que Luke sintió que comenzaba a chamuscarse.

—No he tenido precisamente una vida normal. He sido propietaria de un pequeño negocio desde que tenía catorce años. Y lo era cuando estaba en el instituto y en la universidad. No tenía tiempo para novios. Tenía una casa de la que hacerme cargo. Una familia.

¡Maldita fuera! Había vuelto a tropezar una vez más con la muerte de sus padres con la gracia de un elefante rabioso, se lamentó Luke.

—Lo siento, tienes razón.

—Bueno, tampoco es que me haya criado en un orfanato ni nada parecido. No me mires así.

—Lo siento —volvió a decir él, clavando la mirada en el suelo.

—Me bastaba con las citas. No tenía fortaleza emocional para nada más, ¿de acuerdo?

—Claro, lo comprendo. Pero quiero que tú también me entiendas. No he hablado nunca con nadie de mi divorcio y no voy a empezar a hacerlo aquí de esta manera. No voy a permitir que me sonsaquen información como si esto fuera una terapia.

—¡Solo te he hecho unas cuantas preguntas! Estás exagerando.

—Probablemente —consiguió decir con la mandíbula apretada—. Mira, ahora tengo que volver al trabajo.

Tessa contestó indignada.

—¿Desde cuándo?

—Desde que no consigo dejar de estresarme por el trabajo y es evidente que no soy una buena compañía para esta noche. Lo siento. Te llamaré después.

Tessa puso los brazos en jarras y le fulminó con la mirada.

—Lo siento —repitió Luke sin ofrecer mayores disculpas.

Agarró la cazadora y se marchó. Tessa tampoco debió de considerarlo una gran disculpa, porque antes de cerrar la puerta, Luke la oyó susurrar:

—Imbécil.

Debería volver. Debería disculparse. Pero Luke se sentía tan culpable que no cabía dentro de su propia piel. Rotó los hombros, estiró el cuello y se dirigió directamente a la comisaría.

¿Cómo podía haber mostrado tanta insensibilidad respecto a la vida amorosa de Tessa? Por supuesto que había estado clausurada. Debía de haber tenido una infancia ideal hasta que sus padres habían muerto. Después había sido arrastrada por la corriente, se había visto obligada a pensar en cosas que otros adolescentes ni siquiera tenían que plantearse. Diablos, cuando él tenía catorce años, solo pensaba en sí mismo. Y en las chicas, pero solo cuando las chicas tenían algo que ver con él.

También se sentía mal por haber reaccionado tan bruscamente al hablar de su divorcio. Tessa no podía saber lo duro que había sido aquel divorcio para él. No podía saber que le había roto el corazón y le había avergonzado en lo más hondo. Podía intentar explicárselo, pero entonces ella también se avergonzaría de él, ¿no? ¿Cómo iba a poder aceptar que había sido tan mal marido que Eve habría preferido morir sola a seguir casada con él? Cuando había dejado California, se había sentido pisoteado, ¿cómo iba a entender eso Tessa?

Pero en ese momento, de lo que más se arrepentía era de haber mentido sobre Graham Kendall. Todavía no tenía nada sólido, solo una huella dactilar y una corazonada. No podía decirle a la víctima de un delito que un conocido suyo podía ser el responsable hasta que no tuviera pruebas. Y no podía arruinar aquel contrato sin ellas.

Gracias a Dios, Tessa tenía una gran intuición. Aquello le aliviaba de parte de la culpa por lo menos. Era una mujer increíblemente inteligente y había averiguado por ella misma lo más importante.

En cuanto dejó el coche en el aparcamiento de la comisaría, llamó a Ben Jackson a Denver una última vez. Ben no había contestado el teléfono en todo el día, así que Luke había asumido que libraba, pero a lo mejor le tocaba el turno de noche. O, al igual que él, podía haberse refugiado en la comisaría para evitar problemas personales. Era algo habitual entre los policías. La investigación sobre delitos les planteaba problemas que podían resolver. Los sentimientos siempre eran mucho más complicados. Así que era fácil decirse a uno mismo que resolver un asesinato era más fácil que zanjar una discusión sobre un talonario de cheques.

Volvió a activarse el buzón de voz, así que colgó el teléfono. A lo mejor Ben había descubierto la manera de disfrutar de una vida agradable fuera del trabajo. Luke esperaba poder conseguirlo en algún momento. Era más fácil en Boulder y aquel había sido su primer objetivo al llegar allí. La vida de policía en Los Ángeles había sido brutal. Era una vida que le había distanciado de todo el mundo, incluso de su esposa. Aunque, por otro lado, ella decía que nunca habían estado muy unidos.

¡Dios! Le dolía la cabeza, pero no podía culpar de ello a su exesposa. La culpa la tenía aquel maldito caso.

Graham Kendall era propietario de una compañía de aviones privados para gente adinerada. Según todos los datos que tenía, también él era un hombre rico. Además de ser presidente de Kendall Flight, estaba en la junta directiva de Kendall Group. De modo que, ¿por qué iba a estar organizando robos en Boulder?

Decidido a obtener más información sobre Graham Kendall, llamó a la base de datos del FBI por tercera vez aquel día. No tenían mucha información sobre Kendall, pero lo que apareció resultó extraño. Una infracción de tráfico en Las Vegas y otra en Denver. Nada inusual para un hombre que probablemente tenía coches deportivos, pero el hecho de que unos delitos de tan poca monta aparecieran en la base de datos del FBI no tenía sentido. Era casi como si en algún momento su nombre hubiera estado asociado con algo más. Un arresto. Una orden de busca. Algo que había desaparecido del sistema informático.

Sonó el teléfono móvil y Luke esperó que fuera Tessa, pero fue el nombre de Ben el que apareció en pantalla.

—Hablando del rey de Roma —dijo Luke cuando contestó.

—Siento no haber contestado antes. Estaba interrogando a un testigo.

Luke reprimió el impulso de preguntar si andaba metido en algún asesinato importante. Tessa había invadido su cerebro.

—Creo que tengo una pista sobre los robos.

—¡Genial!

—¿Has oído algo sobre un tipo llamado Graham Kendall?

Luke escuchó con atención, por si Ben sabía algo que no estaba dispuesto a revelar, pero el policía de Denver pareció relajado cuando contestó:

–Creo que no. ¿Quieres que mire a ver si encuentro algo?

–Sí. Quiero todo lo que tengas sobre ese tipo.

Luke le tendió todos los detalles relevantes que tenía sobre Graham Kendall y se preparó después para una larga espera. Acababa de abrir la ventana de Google cuando volvió a sonar el teléfono.

–Has sido rápido.

–Creo que estabas esperando otra llamada –dijo su madre.

–¡Ah, mamá! ¿Cómo estás?

Su madre le habló de su jardín y de cómo iba su trabajo como sustituta a tiempo parcial. Como siempre, volvió a sacar el tema de volver a trabajar a jornada completa y Luke hizo todo lo que pudo para hacerla desistir. Después, la conversación dio un giro hacia temas más significativos.

–Entonces, ¿qué tal está Tessa?

Luke no pudo menos que sonreír al oír que su madre nombraba a Tessa como si la conociera.

–Muy bien.

–¿Sigues viéndola?

–De vez en cuando –respondió, alzando la mirada hacia el techo, como si esperara que le partiera un rayo por mentir.

–Muy bien, estoy segura de que es encantadora.

–Es curioso, puesto que ni siquiera la conoces.

–Me encantaría conocerla. ¿A qué se dedica?

–Déjalo, mamá. Si la cosa va en serio, te contaré más.

Su madre suspiró desilusionada.

–Es solo por curiosidad.

–De acuerdo –musitó Luke–. Mira, es propietaria de un pequeño negocio.

El suspiro de su madre sonó sospechosamente feliz.

–Y ahora –continuó él con voz queda–, ¿por qué no me

cuentas a qué viene esa repentina curiosidad por mi vida personal?

—No tiene nada de repentino —alzó la voz al final de la frase.

Luke apoyó la cabeza en el respaldo de la silla.

—Suéltalo, mamá.

—¿Qué suelte qué?

—¿Cuándo se casa Eve?

A aquella pregunta le siguió un largo silencio. Luke ni siquiera la oía respirar. Aquella fue la única respuesta que necesitaba.

—¿A qué te refieres? —contestó por fin en un susurro.

—Fue a verte. Estaba mejor que nunca. Le dices que estoy saliendo con alguien para que se convenza de que no sigo loco por ella. Y de repente muestras interés por mi vida personal. Va a volver a casarse, ¿verdad?

—Ayer me trajo tu alianza —le explicó su madre precipitadamente—. Me dijo que no te la llevaste cuando te fuiste, pero que no puede conservarla porque... Ha conocido a alguien. Se van a ir a vivir juntos y están haciendo planes.

Luke dejó que saliera todo el aire que estaba reteniendo en los pulmones mientras su pecho se tensaba.

—Ya entiendo.

Esperó sentir un agudo dolor. Por la traición. Por el violento dolor que Eve le había causado en otro tiempo. Por la sensación de fracaso. Pero lo peor que sintió fue una especie de crispada curiosidad. ¿Se habría enamorado de alguien como él a pesar de sus intenciones? ¿O habría encontrado por fin a alguien que podía hacerla feliz? Para su sorpresa, esperaba que fuera lo último.

—Estoy bien —le aseguró a su madre, aunque se lo decía también a sí mismo—. De verdad, no tienes por qué preocuparte.

Su madre tomó aire temblorosa.

—La quiero, a lo mejor no tenía derecho a quererla después del divorcio, pero la quiero. Y odio lo que te hizo. Eso no lo dudes ni por un instante.

–Lo sé –contestó Luke, pero no estaba del todo convencido.

Aun así, todo había terminado.

–Me alegro de que lo hayas dejado detrás –le dijo su madre–. Ya ha pasado mucho tiempo.

Sí, había pasado mucho tiempo. Llevaban más tiempo divorciados del que llevaban juntos. Se le hacía raro. No era extraño que las heridas hubieran sanado.

–Muy bien. Y tú no te preocupes. Sí, todavía estoy saliendo con Tessa, pero vamos despacio. Es una situación complicada.

–Así que os estáis tomando las cosas despacio. Eso suena como si fuera bastante en serio.

Luke se echó a reír y se despidió de ella. Sí, iba en serio. Y le daba un miedo atroz. Pero si las cosas salían mal, estaba preparado para enfrentarse a ello. Y si salían bien… Bueno, a lo mejor también estaba preparado.

Volvió de nuevo a Google, tecleó el nombre de Graham Kendall e intentó encontrar algo entre las miles de entradas que aparecían. Cuando llegó a la quincuagésima descripción del mismo acontecimiento aeronáutico, renunció e inició una búsqueda de imágenes. Había cientos de fotografías de aviones y aeropuertos, pero destacaba también un tercer tipo de imágenes. Graham en Las Vegas. Graham rodeado de luces de neón y mujeres con escasa ropa encima. Graham jugando.

A lo mejor no significaban nada. Aquel tipo parecía ser muy rico y solo tenía treinta y cuatro años. Las Vegas era un ecosistema natural para un hombre como él. Pero podía convertirse fácilmente en un terreno de arenas movedizas.

Ben llamó unos minutos después.

–No sé –fue lo primero que dijo.

–¿Qué no sabes?

—Hay algo que me huele mal en todo esto. El expediente es bastante pequeño, pero incluye una nota. Dice algo sobre una entrevista, pero no hay grabación de la entrevista.

¡Bingo!

—¿De qué querían hablar con él?

—No tengo ni idea.

—Yo también he encontrado unos datos muy raros en la base de datos del FBI. ¿Te acuerdas de los casos sobre los que te pregunté ayer? ¿Esos en los que ha desaparecido información?

—Crees que pueden estar relacionados.

—He encontrado la huella dactilar de ese tipo en las cercanías de un lugar en el que se produjo un robo. Su archivo está incompleto, y los archivos de los otros robos también.

—Sí.

—¿Puedes darme el nombre del otro detective? Me refiero a ese cuyo compañero fue trasladado a delitos graves.

—Es un tipo insoportable —le advirtió Ben—. Una verdadera arpía. Yo solo le llamo como último recurso.

Luke sonrió.

—En ese caso, lo dejaré para mañana.

Pero al día siguiente, iba a clavar la fotografía de Graham Kendall en la pared.

Capítulo 24

Luke clavó la mirada en Graham Kendall a través de la ventana de cristal blindado de la sala de interrogatorios. El tipo se mantenía frío como un pepino, tieso y perfectamente acicalado, con un traje caro y una corbata de seda. No parecía un hombre que llevara dos horas siendo interrogado por la policía. Parecía un ejecutivo intentando animar a sus directores en una reunión. Su abogado estaba un poco más tenso, pero Luke no creía que aquella tensión tuviera nada que ver con la situación. El tipo parecía haberse tragado una escoba.

No estaban llegando a ningún lado con los interrogatorios, así que Simone estaba probando con sus tácticas de policía buena, animando a Graham incluso a coquetear con ella. Graham debía de ser un hombre acostumbrado a manipular a las mujeres si de verdad creía que una mujer tan inteligente como Simone y con un embarazo tan avanzado podía llegar a creer que tenía interés en salir con ella.

Qué tipo más repugnante.

Luke alargó la mano distraído hacia el teléfono y marcó el número de Tessa.

–Hola, detective –contestó ella tras el primer timbrazo.

Su voz pareció filtrarse a través del teléfono como una mano seductora.

–Hola, Tessa.
–¿Llamas para disculparte? –le urgió ella.
–Sí, llamo para disculparme. Ayer estaba preocupado. Y tenso, lo siento.
–No pasa nada –le tranquilizó ella.
–Pero no te llamo por eso. Necesito veros a ti y a tus hermanos inmediatamente. Hemos encontrado una pista sobre el robo y necesito haceros algunas preguntas. ¿Crees que podríais reuniros los tres?
–Claro, ahora mismo por aquí va todo perfectamente. ¿Qué clase de…?
–Estaré allí dentro de cinco minutos.

Alzó la mano para llamar la atención de Simone e inclinó después la cabeza hacia el pasillo. Simone todavía estaba levantándose cuando Luke abrió la puerta de la sala de interrogatorios.

–Caballeros, tendrán que disculparnos. Acaba de surgir una emergencia, pero volveremos dentro de una hora.

–Detective Asher –dijo el abogado, con la rigidez de un letrado consciente de que su defendido todavía no estaba detenido–, no puede esperar que mi cliente permanezca aquí durante todo el día. No tiene ninguna información sobre el robo y no hay ningún motivo para sospechar de él.

–Aparte de la huella dactilar.

–Esa huella no demuestra que haya estado en la propiedad de los Donovan. Está dispuesto a contestar a cualquier pregunta que se le haga y ahora necesita volver a su trabajo. Si usted pudiera…

–Solo necesitaremos unos minutos más…

–Nos vamos –replicó el abogado.

Graham curvó los labios en una confiada sonrisa.

–Es la una en punto –le interrumpió Luke–. ¿Le parecería bien llevar al señor Kendall a disfrutar de un agradable almuerzo y pasarse después por aquí para que volvamos a hacerle unas preguntas?

—Eso es una tontería.

—No me gustaría descubrir que tengo dificultades para localizar al señor Kendall después del almuerzo. Podríamos vernos obligados a llamar a sus socios, a sus empleados y a sus clientes para seguirle el rastro.

La sonrisa de Kendall se tensó.

—¿Está usted amenazando a mi cliente, detective?

—Por supuesto que no. Solo estoy preocupado por el tiempo que perderé haciendo esas llamadas telefónicas si el señor Kendall abandona Boulder antes de que la detective Parker y yo hayamos podido dar por terminada esta entrevista.

El abogado le dirigió una rápida mirada a su cliente.

—Muy bien. Volveremos dentro de una hora. Pero ahí terminará la generosidad de mi cliente. Por mucho interés que tenga en ayudar, como presidente de Kendall Flight tiene obligaciones importantes. Estoy seguro de que lo comprende.

Luke siguió a Simone al pasillo.

—Vamos a la cervecería. Quiero averiguar lo que saben los Donovan sobre ese tipo.

—Ese tipo es tan asqueroso que ahora mismo necesito una ducha —musitó Simone—. Deberías haber visto cómo se acercaba a mí cuando se ha dado cuenta de que no llevaba alianza de matrimonio.

—¿De verdad? Las madres solteras desesperadas están muy buenas.

—Vete al infierno.

Luke sonrió, pero no fue una sonrisa de corazón. La adrenalina le ardía en las entrañas. Era la emoción habitual al estar acercándose a una respuesta que podía saborear, pero aquella emoción estaba mezclada con la ansiedad de darle la noticia a Tessa. Pero llevaba mucho más tiempo siendo policía que amante de Tessa, y le debía a su trabajo el hacer las cosas bien.

—¿Te apetece hacer esto? —le preguntó Simone.
—Creo que sí. Y, en cualquier caso, no me queda otro remedio.
—Podría ir sola.
—Eso sería peor, ¿no te parece?
Simone se encogió de hombros.
—Probablemente.
—Acabemos cuanto antes con todo este asunto. Con un poco de suerte, nos dirán algo que pueda ayudarnos a detenerle.

Luke no quería perder la esperanza, pero no se hacía ilusiones. Aquel caso era demasiado complicado como para tener en cuenta ninguna planificación.

Mientras Simone y él se dirigían hacia la puerta, el sargento salía de la habitación en la que guardaban los informes y estuvo a punto de tropezar con Simone. Retrocedió y miró alarmado la abultada barriga con la que había estado a punto de tropezar.

Simone pasó por delante de él.

Cuando estaban ya fuera, donde nadie podía oírlos, Luke se inclinó hacia Simone y le preguntó al oído:

—¿Todavía estáis discutiendo por la cuestión de la baja?
—Sí.
—¿Pero no crees que puede tener parte de razón?
—No, estoy embarazada, no incapacitada.
—Pero el bebé...
—Luke, te juro por Dios que...
Luke alzó las manos.
—De acuerdo, comprendido.

Pero en aquella ocasión, Simone no le castigó con su silencio. Tampoco se mostró especialmente habladora, pero estuvieron comentando el encuentro con Kendall y ambos se mostraron de acuerdo en que ninguno de los dos se había creído una sola palabra de lo que había dicho. Aquel hombre se había comportado como lo habría hecho cualquier ejecutivo respetable al que hubieran acusado de un robo. Pero lo que él no sabía era que Luke había podido hablar por fin con el otro policía encargado de los robos de Denver. Y sabía exactamente lo que había desaparecido de aquellos informes.

–Supongo que quieres que me mantenga al margen –comentó Simone mientras aparcaban en la cervecería.

–Al principio, sí. Pero intervén si ves que me salto algo.

–¿Crees que estarás distraído por culpa de una novia enfadada?

–Hay muchas posibilidades.

Luke no se molestó en corregir el título de «novia». No había ningún peligro en utilizarlo cuando era posible que Tessa ni siquiera estuviera dispuesta a hablar con él después de aquel día.

La una en punto de un martes, aparentemente, no era la hora punta de la cervecería, puesto que no había ningún otro vehículo en el aparcamiento. Luke casi había deseado que hubiera algún testigo para mantener la discusión a nivel bajo, pero no tuvo suerte.

En cuanto Luke abrió la puerta, Eric avanzó hacia él a grandes pasos mientras se secaba las manos en un trapo.

–¿Tienes alguna noticia nueva?

–Sí, ¿está todo el mundo aquí?

Pero antes de que Eric hubiera contestado a su pregunta, Tessa cruzó las puertas abatibles y las sostuvo para que pasara Jamie. Jamie dejó el barril de cerveza que estaba cargando detrás de la barra. Tessa miró a Luke a los ojos y sonrió. La discusión de la noche anterior parecía olvidada. Pero Luke se habría sentido mucho más aliviado si no hubiera tenido que enfrentarse a los siguientes minutos.

–¿Por qué no nos sentamos? –sugirió.

El rostro de Tessa fue el único que registró la correcta cantidad de recelo que merecían sus palabras. Se sentó lentamente en una silla y posó las manos sobre la mesa.

Luke cruzó las manos ante él.

—Este fin de semana hemos encontrado a alguien que está involucrado en el robo.

—¿Involucrado? —preguntó Eric—. ¿De qué manera?

—Entró, se llevó los ordenadores y el barril de cerveza y se fue.

—¿Entró? —le espetó Eric, dirigiéndole a Jamie una mirada glacial—. ¿Qué quieres decir con eso de que entró?

Luke alzó una mano.

—Alguien le contrató y le dijo que no se preocupara por la alarma de la puerta.

—Yo cerré esa maldita puerta —gruñó Jamie—, y conecté la alarma.

Tessa le tocó la mano para tranquilizarlo.

—¿Quién contrató al ladrón? —preguntó.

¡Ah! Aquella era la cuestión más peliaguda.

—El tipo recibió una llamada anónima. Si hacía el trabajo, podía quedarse con todo lo que él quisiera. Lo único que le interesaba a la persona que organizaba el robo eran los ordenadores.

Tessa frunció el ceño.

—Por los números de la Seguridad Social.

—Sí, el ladrón dejó los ordenadores al otro lado de la cerca de la cervecería. Aparte de una llamada de teléfono, no tuvo ningún otro contacto con la persona con la que se puso en contacto.

—¿Y ya está? —preguntó Jamie—. ¿Eso es todo lo que has conseguido?

—No, no es todo. Encontré una cajetilla de tabaco al otro lado de la cerca. Tenía una huella dactilar.

Jamie hizo un gesto de impaciencia, instándole a darse prisa. Luke, el muy cobarde, le sostuvo la mirada a Jamie en vez de mirar a Tessa.

—Esa huella era de Graham Kendall.

Tessa soltó una exclamación. Pero los otros dos hermanos se limitaron a fruncir el ceño.

—¿Kendall? —preguntó Eric—. ¿El hijo de Ronald Kendall?

—Sí.

—Graham —musitó Eric—. El tipo que dirige Kendall Flight. No tiene ningún sentido.

Luke se atrevió por fin a mirar a Tessa, que tenía el rostro blanco como la nieve y entreabría los labios con gesto de asombro.

—Sé que a primera vista puede parecer una coincidencia extraña —añadió Luke—, pero tengo razones para creer que...

—¿Cuándo encontraste la huella? —preguntó Tessa.

Luke se aclaró la garganta.

—Recogí la huella el miércoles, pero no localizamos a su propietario hasta más tarde.

—¿Cuándo? —presionó Tessa.

—Ayer.

—Ayer —apenas movía los labios—. Ayer ya tenías el nombre de Graham Kendall.

Luke le sostuvo la mirada sin decir una sola palabra.

Eric hizo un gesto con la mano, restándole importancia.

—¿Y eso qué demonios importa? Lo que quiero saber es qué significa eso.

Luke asintió.

—Necesitamos saber quién de vosotros conoce a Graham Kendall y de qué manera le conoció. Y cuánto tiempo ha pasado en la cervecería.

—No le conocemos —insistió Eric—. Bueno, en realidad, Tessa coincidió con él en una ocasión.

—Fui a comer con él —aclaró Tessa.

—¿Qué? —preguntó Eric.

Luke intentó no adoptar la misma expresión de indignación.

—Fue solo una comida. Quería que habláramos de un acto benéfico.

—¿Qué clase de acto benéfico? —preguntó Simone casi al mismo tiempo que Eric ladraba:

—¿Cuándo?

Luke también estaba más interesado en la cuestión del momento.

—¿Cuándo? —preguntó, fingiendo que su interés estaba relacionado con la investigación y no con una punzada de celos en las entrañas.

—La semana pasada.

Sí, definitivamente, eran celos.

—¿Y por qué no me dijiste nada? —preguntó Eric, haciéndose eco por segunda vez de los pensamientos de Luke.

—Hablamos de la oportunidad de patrocinar el acto. Decidí no apoyarlo.

—¿Y no crees que deberías haberme invitado a esa comida?

—No lo sé, Eric —respondió—. ¿Tú me invitas a todas las comidas de negocios que tienes?

Eric alzó la barbilla.

—No es lo mismo.

—¿Por qué va a ser diferente? Quedé con él. Me pareció repugnante y pretendía que aceptara aportar cincuenta y cinco mil dólares para patrocinar ese acto en dos días. Le dije que se fuera a paseo.

Simone volvió a intervenir.

—¿Y cómo se llamaba ese acto benéfico exactamente?

—No lo recuerdo. Era en California. Me envió un correo electrónico. Si queréis, os lo puedo imprimir.

Luke asintió.

—¿Estuvo alguna vez en la cervecería?

Eric negó con la cabeza, pero Tessa respondió:

—Solo una vez. Se pasó por aquí ayer por la tarde. Por lo que yo sé, no había estado en la cervecería antes del robo.

Luke asintió, pero advirtió que el rostro de Jamie había adquirido un tono ceniciento bajo su bronceado.

—Jamie, la noche del robo tú estuviste trabajando. ¿Estuvo él aquí?

—No —contestó con la voz ronca por la tensión.

—Pero has recordado algo.

Jamie tragó saliva y le dirigió a Eric una mirada fugaz.

—Jamie —dijo Tessa con voz queda.

Pero Luke comprendió entonces lo que estaba pasando. La hermana de Graham. Ella sí había estado allí. Estuvo a punto de decirlo en ese instante, pero Tessa abrió los ojos horrorizada y fijó la mirada en su hermano.

—Jamie —volvió a decir con la voz convertida en un susurro.

Luke contuvo la respiración y esperó no tener que forzar la cuestión.

—Tengo que decírselo, Tessa —dijo Jamie—. Lo sabes.

Eric miró alternativamente a sus hermanos.

—¿Qué demonios está pasando aquí?

Tessa alzó la mano, como si de esa manera pudiera detener la marea, pero Jamie no tuvo clemencia.

—La noche del robo estuvo aquí Monica Kendall. Estaba en la cervecería cuando cerré.

Aquella noche. Mierda.

Eric frunció el ceño con expresión de perplejidad.

—¿Estuvo la noche del robo en la cervecería? ¿Y por qué?

Jamie se aclaró la garganta, pero Luke tenía los ojos fijos en Tessa. Las lágrimas habían convertido los ojos de la joven en dos enormes pozos. Tessa abrió la boca varias veces, pero no dijo nada. Luke deseó ser solo su novio, pero desear era muy fácil. Estaba allí como detective y no podía hacer ni decir nada que interrumpiera el flujo de información. Apretó los puños y se clavó los dedos en las manos, deseando tener las uñas suficientemente largas como para provocarse dolor.

—Me dijo que quería conocer la cervecería —contestó Jamie—. Llegó alrededor de las siete.

—¿Y se quedó hasta la hora de cerrar?

Luke intervino para interrumpir cualquier otra pregunta por parte de Eric.

—¿Crees que podría haberte visto introducir el código de la alarma? ¿Tuvo alguna oportunidad de abrir la puerta después de que la cerraras?

—La puerta de atrás, no. A lo mejor la de delante, supongo.

—¿Y la alarma?

Luke leyó la respuesta en los ojos de Jamie. Y, aparentemente, también la vio Eric. Había desaparecido la sorpresa de su rostro y la furia endurecía sus facciones hasta hacerlas de granito. Sus ojos azules se transformaron en platino.

—Estaba aquí cuando cerraste. Te vio meter el código, y eso significa que salió contigo, ¿verdad? Es eso lo que estás diciendo, ¿no? A pesar de todo lo que nos jugábamos con ese contrato, te acostaste con ella, ¿verdad?

Tessa se encogió, pero Jamie le sostuvo a su hermano la mirada.

—Me dijo que estaba un poco achispada y me pidió que la llevara a casa.

—Y tú lo hiciste.

No era una pregunta. Sus palabras rezumaban sarcasmo y Jamie al final desvió la mirada.

Tessa tomó aire y lo retuvo en la garganta y, a pesar de su voluntad de acercarse a aquel tema de manera impersonal, Luke posó la mano en su brazo. Pero Tessa le apartó.

Simone dio un paso al frente.

—Cuéntanos qué pasó exactamente cuando salisteis.

Durante varios segundos, reinó un tenso silencio en la habitación, hasta que Jamie asintió.

—Solo quedaba una mesa llena antes de que nos fuéramos. Lo habitual en un lunes. Eché a todo el mundo, pero Monica se quedó. Me dijo que no podía conducir y me pidió que la llevara a su casa. Había estado bebiendo muestras de cerveza con intención de probar todas las que tenemos. Se había bebido seis o siete y es una mujer muy delgada, así que no me pareció extraño –miró a Eric a los ojos–. Si una mujer me dice que no puede conducir, es normal que la crea.

–Así que se quedó –presionó Simone.

–Sí. Le advertí que tardaría varios minutos en cerrar. Cerré el bar, apagué el letrero y terminé de limpiar.

–¿Y después qué?

–Después llevé los vasos a la parte de atrás y apagué las luces.

–Ella pudo abrir la puerta entonces.

–Supongo que sí, no lo comprobé.

Luke asintió.

–Las cámaras no grabaron a nadie en el aparcamiento, pero si alguien llegó desde atrás y se mantuvo cerca de la pared, podría no haberlo recogido la cámara –le hizo un gesto a Jamie para que continuara.

–Ya estaba terminando cuando Monica vino a buscarme a la parte de atrás.

–Así que ni siquiera volviste a la zona del bar.

–Solo para apagar las luces y echar un último vistazo.

–Y salió contigo por la puerta de atrás.

–Sí… Estaba… Había estado coqueteando conmigo. Y, definitivamente, estaba muy cerca cuando conecté la alarma.

–Así que podría haber estado observándote.

Tessa emitió un sonido, como si estuviera a punto de atragantarse.

–Esto no tiene ningún sentido –susurró–. Son ricos, sus empresas tienen éxito. ¿Por qué van a arriesgarse a robarnos unos cuantos ordenadores?

–No creo que la cosa sea tan fácil –contestó Luke.

Vio sus brazos cruzados, sosteniéndose el uno al otro, y deseó poder acariciárselos.

Simone se inclinó hacia él.

—Monica Kendall —susurró.

Luke asintió. Necesitaban hablar con ella lo antes posible. Si conseguían que la hermana cooperara, podrían detener a Graham muy pronto. Luke se apartó para llamar a la comisaría y pedir que localizaran a Monica. Evitó la radio. No quería que ningún periodista pudiera enterarse de la noticia antes de que estallara el caso. Mientras esperaba al teléfono, vio a Tessa inclinarse para hablar en voz baja con Eric, pero Eric se apartó de la mesa y se alejó. Tessa le siguió, pero Jamie se quedó en su asiento, con los hombros relajados y expresión de tranquilidad. Era evidente que él quería confesar, pero Tessa parecía abatida por la tristeza.

—Voy a traer el equipo para tomar huellas —dijo Simone, señalando la puerta de la cervecería.

Unos segundos después, Luke recibía el aviso de que no había ningún registro policial sobre Monica Kendall en Colorado, ni siquiera un ticket de aparcamiento. Luke esperaba que aquella fuera su primera interacción con la policía. Podía dejarse llevar por el pánico y confesar todo antes de que llegara su abogado. Si una persona quería incriminarse a sí misma, no podían hacer nada para evitarlo.

Simone sacó las huellas de la cerradura. Eric desapareció en su despacho, mientras Tessa permanecía donde estaba con expresión de absoluta impotencia.

—Cuando averigües algo, dínoslo —le pidió Jamie mientras se levantaba y relajaba los hombros.

—Es posible que tenga que hacerte alguna pregunta más sobre Monica, pero solo si surge la necesidad.

—Lo comprendo —Jamie desvió la mirada hacia Tessa—. Ahora vuelvo —le dijo.

Simone guardó el equipo de impresión de huellas dactilares y se dirigió al coche. Por fin estaban solos Luke y Tessa. Al primero le sorprendió que Tessa fuera la primera en hablar.

–No me lo puedo creer –dijo sombría.
–No podía decírtelo.
Tessa alzó la barbilla.
–¿Era ilegal?
–No, no era ilegal, pero es una cuestión de ética profesional.
–Entonces, lo que estás diciendo es que no quisiste decírmelo.
Luke ya se esperaba algo parecido, de modo que ni siquiera pestañeó.
–Si es así como quieres verlo, adelante. Intenté advertirte...
–¿Advertirme? ¿Con pequeñas insinuaciones y fingiendo compasión?
–No era compasión fingida. Y no sé si nada de lo que hubiera...
–Espera –Tessa alzó la mano y cerró los ojos–. No quiero hablar de esto ahora. Necesito salvar a mi familia.
–Creo que estás exagerando la...
Un gruñido le interrumpió y Tessa salió furiosa de la habitación sin decir una palabra más. Luke quería salir tras ella, pero tenía que seguir trabajando en aquella pista. Y quizá fuera lo mejor, porque tenía la tentación de perseguirla y decirle que se estaba comportando de manera ridícula y melodramática. Sí, era preferible volver al trabajo.
Cuando se sentó en el asiento del conductor, Simone le dirigió una mirada interrogante. Él la ignoró, al igual que ignoró la dolorosa sacudida de su corazón cuando se alejó del aparcamiento.

Tessa oyó las voces antes de haber empujado siquiera las puertas abatibles. Todavía no estaban gritando y, por un breve instante, albergó una esperanza que la atravesó como el filo de una navaja. Pero la navaja giró cuando vio al uno frente al otro en medio de la cocina. Aquella no era una conversación amistosa. Eric tenía los puños cerrados y Jamie el rostro retorcido en una mueca de desprecio. Wallace estaba apoyado contra la puerta de la habitación en la que se guardaban los tanques de cerveza, con aspecto de estar preparándose para ver una película.

—Es increíble —le reprochó Eric a su hermano—. Realmente increíble. ¿Cuántas veces te advertí que te mantuvieras alejado de ella?

—Y me mantuve alejado de ella.

—¿De verdad? ¿Entonces cómo es que terminaste metido entre sus malditas piernas, Jamie? ¿Eh? ¿Cómo ocurrió?

—La llevé a su casa. ¿Por qué tienes que dar por sentado que me acosté con ella?

—¿No te acostaste? —gritó Eric.

—Esa no es la cuestión.

—Esa es exactamente la cuestión. ¡Maldita sea! Esa era la razón por la que no quería que la conocieras. Los dos me tratasteis como si estuviera loco, ¡pero mira lo que ha pasado!

—No pretendía...

—¡Oh! Tú nunca pretendes nada. Pero tampoco has sido capaz de controlarte ni durante un segundo en tu vida. ¡Ni uno!

Jamie dio un paso hacia Eric.

—Eso no es cierto. Jamás te he dado un puñetazo en esa maldita cara, ¿verdad?

Tessa corrió hacia ellos.

—¡Ya basta!

—Vamos, Tessa. —Eric soltó una carcajada casi truculenta—, a lo mejor Jamie necesita una buena patada en el trasero.

—Por favor, tranquilizaos —les suplicó, agarrándoos a los dos por los codos—. Hemos recuperado el contrato. No se ha perdido nada.

Eric se enderezó y se apartó de Jamie para poder mirarla.

–¿Qué quieres decir con que hemos recuperado el contrato?

Tessa sintió un frío glacial en todo su cuerpo.

–Me refería a que el contrato sigue como estaba.

–No, no es eso lo que has querido decir.

Jamie se liberó de ella y retrocedió también.

–Déjalo ya, Tessa. Dile la verdad.

–¿Qué verdad? –ladró Eric.

–Roland Kendall me vio salir de casa de Monica aquella mañana y canceló el trato.

Al ver que Eric palidecía por la sorpresa, un sollozo subió por la garganta de Tessa.

–Pero hemos vuelto a llegar a un acuerdo –susurró a través de su tensa garganta.

Eric sacudió la cabeza.

–¿Y todo eso cuándo ocurrió?

–Hace dos semanas –contestó Jamie–. El día siguiente al robo.

–¿Roland decidió cancelar el trato hace dos semanas y me lo ocultasteis? ¿Me mentisteis? ¿Los dos?

–Lo siento –graznó Tessa.

–Tessa... Tú...

–Yo quería arreglarlo –le explicó.

–¿Arreglarlo? Dios mío, ¿cómo habéis podido dejarme fuera de algo así? Todos nuestros planes de expansión...

–No quería que te enfadaras.

–¿Que no querías que me enfadara? ¡Por Dios!, ¿cuántos años tienes? ¿Doce? ¡Esto es un negocio!

–¡No, no es un negocio! ¡Es nuestra familia!

–En ese caso, me encanta ver lo fácil que te resulta mentirle a tu familia. Estoy empezando a pensar que no sé nada de ti.

Jamie dio un paso adelante.

—Vamos, Eric, déjala en paz.

El pánico de Tessa alcanzó un nuevo nivel. Eric estaba enfadado con los dos. Furioso. Le palpitaba la vena en la sien. Tenía los ojos claros como el hielo. El corazón de Tessa irradiaba dolor con cada latido. Se llevó la mano al pecho.

—Lo siento. Yo solo quería arreglarlo todo. Y lo arreglé.

—Esa no es la cuestión —dijo Eric—. Has estado ocultándome cosas durante dos semanas, viendo a Kendall a escondidas y solo Dios sabe a quién más.

—Yo también soy propietaria de este negocio. Tú empezaste en solitario las negociaciones iniciales. No puedes culparme por hablar con él.

—¿No puedo?

Tessa se presionó el pecho con fuerza.

—Pero al final, todo ha terminado bien ¿no? Ahora mismo ni siquiera queremos ese contrato. Él todavía no lo ha firmado. Y ahora sabemos que toda la familia podría estar loca.

—En ese caso, serían nuestra contraparte perfecta —le espetó Eric.

—No puedes estar pensando seriamente en seguir adelante con un acuerdo con High West.

—¿Por qué no? Se trata de nuestro dinero y de nuestro futuro.

—¡Dinero! —gritó Tessa—. El dinero no tiene nada que ver con nuestro futuro. No podemos relacionarnos con esa gente. Están enfermos, no son honestos, y tanto Jamie como yo lo hemos visto. Si nos hubieras hablado de tus planes, jamás nos habríamos involucrado con esa gente.

Una voz les llamó desde el bar y Jamie musitó una maldición.

—¡Mierda! Tengo que volver al bar. Tessa, ven conmigo.

—¡No!

—No quiero que acabéis destrozándoos el uno al otro. Vamos.

Eric soltó otra desagradable risa.

–Eric, espera –comenzó a decir Tessa.

Pero Eric estaba ya dirigiéndose hacia la puerta de atrás sin dejar nada tras él, salvo un rayo de luz que penetró en la cocina.

Jamie se aclaró la garganta.

–Ya te dije que...

–¡Basta! No quiero oírlo.

–Muy bien. Hablaremos de eso esta noche. Los tres –Jamie agarró un trapo limpio de una de las estanterías y se lo echó al hombro–. Hasta entonces, procura no preocuparte demasiado.

Pero el nerviosismo de Tessa iba en aumento. Tenía los hombros en tensión y el estómago más tenso todavía. Eric jamás se había alejado de ella de aquella forma. Jamás. Y Jamie... Se comportaba como si ni siquiera le importara. Incluso Wallace terminó renunciando al espectáculo y se retiró a su bodega de cristal.

Tessa se dirigió lentamente a su despacho, agarró el bolso y comenzó a llorar.

Monica Kendall les sonrió desde detrás de su enorme escritorio. Era muy guapa, suponía Luke, aunque transmitía una dureza que le restaba todo su atractivo. Aun así, tenía el tipo de belleza provocativa que muchos hombres admiraban. A lo mejor Jamie también se había dejado atrapar por ella.

–¿Ha dicho que pertenecen al Departamento de Policía de Boulder? –preguntó.

Ensanchó su sonrisa, pero no había alegría en ella. Tenía las puntas de los dedos blancas por la fuerza con la que presionaba las manos contra la mesa.

–Sí –contestó Simone–. Estoy segura de que habrá oído hablar del robo en la cervecería de los Donovan.

—No —respondió Monica—. No he oído nada al respecto.

Solo miraba a Luke. En aquella ocasión le tocaba a él hacer de policía bueno.

Luke sonrió y se inclinó ligeramente hacia delante, creando cierta intimidad entre ellos.

—Ocurrió la noche que estuvo usted allí —Monica abrió los ojos como platos y Luke retrocedió, dejándole más espacio—. Con Jamie —le aclaró—. ¿Notó algo extraño?

—No, qué va —suspiró, la tensión la abandonó en la forma de un largo suspiro—. No noté nada raro. Cerró la cervecería y me llevó a casa, eso fue todo.

—¿Y a qué hora regresó a la cervecería aquella noche?

La sonrisa de Monica se tornó coqueta.

—No volví. Jamie me llevó en mi coche. Yo le dejé en su coche a la mañana siguiente.

—¿A qué hora?

—Alrededor de las siete y media.

Simone interrumpió aquella conversación amistosa con un tono mucho más frío.

—¿Y qué me dice de esa noche, señorita Kendall? ¿Qué vio antes de marcharse con Jamie?

—¿A qué se refiere?

Ya había perdido el miedo. Había recuperado su habitual arrogancia, alimentada por la mirada de admiración de Luke.

—¿Que a qué me refiero? —preguntó Simone—. Me refiero a que de aquí a unos minutos voy a llamar a la policía científica y estoy bastante segura de que me dirán que sus huellas dactilares aparecen en la cerradura de la puerta de entrada de la cervecería.

El color abandonó el rostro de Monica Kendall como si le hubieran abierto un drenaje.

—¿Qué?

—También supongo que en los informes de su teléfono móvil aparecerá que llamó a su hermano justo antes de que el robo tuviera lugar.

Monica parpadeó.

—Hablo con mi hermano continuamente.

—¿De verdad? ¿Y es así como planean los robos?

Una profunda inhalación de Monica interrumpió el final de la frase.

—Eh —la tranquilizó Luke, alzando las manos—. Será mejor que nos calmemos un poco. Lo que yo creo... —posó las manos en el escritorio y las miró con solemnidad—. No creo que usted sea culpable de esos delitos.

—¡No lo soy!

—Creo que fue su hermano el que la metió en esto. Es evidente que usted no es una mala persona. Pero se trata de su hermano, ¿qué se suponía que podía hacer?

Monica le dirigió al teléfono una mirada fugaz.

—Yo también tengo un hermano —mintió Luke—. Si él me pidiera que le hiciera un favor... nada especial, solo pasarme por algún negocio un par de meses al mes, coquetear un poco...

—¡No fue eso lo que pasó! Le comenté a Graham que iba a pasarme por la cervecería y él me pidió que le hiciera un favor. Eso fue todo. ¡Yo no sabía lo que pensaba hacer!

Bueno, aquella parte era mentira, pero el resto parecía una honesta verdad.

—No quiero terminar arruinándome la vida por culpa de ese idiota —se quejó Monica.

Luke asintió con expresión compasiva.

—No es la primera vez que se busca problemas.

—Toda esta tontería va a...

En aquel momento, lo comprendió todo. Luke vio la milésima exacta de segundo en la que su miedo se tornó en cálculo. Continuaba pálida, pero apretó la mandíbula, cerró la boca y entrecerró los ojos.

Luke bajó la voz hasta convertirla en un susurro.

—Podría detenerla ahora mismo —inclinó la cabeza hacia

la cruel e inflexible Simone–. Tenemos todas las pruebas que necesitamos para detenerla.

El iris de sus ojos brilló y miró alternativamente a Simone y a Luke.

–O también podríamos llamar a su abogado y al fiscal del distrito y tener una conversación amistosa en Boulder.

–Si me detienen, ¿qué me sucederá?

–¡Oh! La llevaremos a Boulder y la detendremos. Le harán las fotografías, le tomarán las huellas dactilares y se la investigará. Después, la encerrarán en la cárcel.

–Me encerrarán.

–Hasta que la saque su abogado. Probablemente, no tardarán mucho en hacerlo. Alrededor de un día, hasta que establezcan su fianza. Dos como mucho.

–¿Y tendrán que hacerme las fotografías policiales? –preguntó en un susurro.

Parecía que eso era lo que más le asustaba.

–Sí.

Monica se palmeó nerviosa el pelo y frunció el ceño, mirando a algo que había detrás de Luke. Este se volvió y vio un retrato de Roland Kendall en la pared.

–Hablaré con el fiscal del distrito siempre y cuando me garanticen que no me detendrán.

–La cuestión de la inmunidad tendrá que negociarla su abogado con el fiscal.

Monica asintió. Su mirada se iba haciendo más fría cuanto más miraba el retrato de su padre.

–Se merece que le ponga en una situación comprometida –dijo, como si estuviera convenciéndose a sí misma–. Siempre ha tratado a Graham como si fuera su niño bonito. El hijo al que le encantaban el baloncesto y el béisbol. El niño al que se llevaba a pescar y a los torneos de golf. Pero Graham siempre ha hecho con él lo que ha querido. Siempre. Ya va siendo hora de que mi padre se dé cuenta.

—¿Por qué no llama a su abogado y reúne sus cosas? Nos veremos en la comisaría de Boulder.

Simone se inclinó hacia Luke mientras cruzaban las dobles puertas del despacho de Monica.

—¿Vamos a meterla en la cárcel? —susurró, dándole un codazo.

—¿Qué pasa? Me ha parecido una imagen bastante potente.

—¿Entonces crees que es tan inocente como dice?

—¡Qué va! ¡Claro que no es inocente! —respondió—. ¿Alguna vez lo son?

La imagen de Tessa apareció al instante en su mente. Tessa contra la pared. Tessa en la ducha. Miró el teléfono para asegurarse de que no le había llamado.

—Tu chica estaba bastante disgustada —comentó Simone.

Luke se sobresaltó tanto como si le hubieran sorprendido mirando fotografías obscenas.

—¿Eh?

—Me refiero a lo que ha pasado en la cervecería. ¿Lo habéis arreglado?

—No, definitivamente, no.

—Dale tiempo. Se tranquilizará. Quedáis muy bien juntos.

Luke, que en aquel momento estaba abriendo la puerta del coche, se detuvo y fulminó a Simone con la mirada.

—¿Que quedamos muy bien juntos?

—Bueno, ella es muy guapa y tú estás… ya sabes, loquito por ella.

—No estoy loquito por ella —bufó disgustado mientras se metía en el coche y ponía el motor en marcha con un brusco giro de la llave—. Tu estado te está poniendo sentimental.

—¿De verdad? Yo creía que era tu estado el que te estaba poniendo sentimental.

—No seas ridícula.

Pero la mirada de Simone le indicó que no le creía más

de lo que se creía él a sí mismo. Luke estaba preocupado. Nunca había visto a Tessa tan seria. Tenía un mal presentimiento. A lo mejor había subestimado su enfado. En la mente de Tessa, él había hecho daño a su familia. Y sus hermanos lo eran todo para ella.

Se moría de ganas de ir a verla. Le dolían los músculos por la necesidad de ponerse en acción. Si pudiera darle una explicación y pedirle disculpas... Si por lo menos pudiera pasar algún tiempo con ella. Lo comprendería. Tendría que comprenderlo.

–Vamos –dijo Simone–. Acabemos con esto cuanto antes para que puedas comprarle unas flores.

–Flores. Muy bien. ¿Pero tú cree que funcionará?

–Funcionará.

Luke tomó una profunda bocanada de aire. Sí, definitivamente, funcionaría.

Capítulo 25

Las paredes parecían cerrarse a su alrededor. Incluso en aquella casa con tanto espacio y tantas habitaciones, las paredes se estrechaban, haciendo que le resultara imposible respirar.

—¿Dónde está? —susurró.

—Deja de andar —le ordenó Jamie—. Eric no tardará en llegar.

—Se suponía que tenía que estar aquí hace diez minutos. Eric nunca llega tarde.

—Bueno, ha tenido un día infernal. Dale una tregua.

Tessa se detuvo sobre sus pasos y le fulminó con la mirada.

—¿Cómo puedes estar tan relajado?

—Tessa —gimió Jamie. Dejó caer la cabeza contra el respaldo del sofá, subió los pies a la mesita del café y los estiró—. Yo quería decírselo, ¿recuerdas?

—¡Pero habría sido una estupidez! Se ha enfadado tanto como dije que se iba a enfadar.

—Sí, pero ahora está enfadado porque le hemos mentido.

—Sí, y también está enfadado por la mágica desaparición de tus calzoncillos.

Jamie abrió los ojos, pero los cerró sin responder. Tessa

volvió a caminar, intentando respirar lentamente para mantener las paredes a distancia.

–Quince minutos –dijo, cuando el reloj marcó las seis.

–Bueno, esperemos que se dé prisa. Chester solo puede quedarse en el bar hasta las siete.

Tessa aspiró y espiró, aspiró y espiró. Sabía que Eric no se había marchado. Podría hacerlo en algún momento, y también Jamie. Pero se despedirían antes de marcharse. No se limitarían a desaparecer.

Jamie alzó la cabeza.

–¿Estás hiperventilando?

–No, estoy respirando. Estoy intentando tranquilizarme.

–Pues suena como si estuvieras resollando. Déjalo ya.

Tessa agarró un cojín de una silla y se lo lanzó.

–¡Eh!

–¡Deja de intentar tranquilizarme! –le gritó.

–Dios mío, Tessa. Estás desquiciada.

–¡Ya lo sé!

El sonido de la puerta de un coche la sacó de su abatimiento. Salió corriendo hacia la puerta. Eric caminaba por el camino de la entrada con paso enérgico y el rostro convertido en una máscara de fría furia.

Tessa entrelazó las manos y fue retrocediendo desde la puerta hasta tropezar con la mesita del café. Eric cruzó la puerta y les dirigió a los dos hermanos una mirada para acallarlos.

–¿Y bien? –gruñó–. ¿De qué queréis que hablemos?

Jamie desvió la mirada hacia Tessa.

–Será mejor que se lo preguntes a ella.

–Ya sabéis de lo que quiero hablar –respondió Tessa–. Los dos. Necesitamos averiguar lo que queremos hacer y qué va a pasar.

–No va a pasar nada –respondió Eric.

–¿Qué quieres decir?

–El trato sigue en pie.

Hasta Jamie se sobresaltó al recibir la noticia.

—¿Perdón?
—No pienso renunciar a ese contrato.
Tessa rompió a sudar.
—¡Son unos delincuentes y unos psicópatas! —gritó Jamie.
Eric bajó la mirada.
—Son una herramienta para ampliar nuestro negocio. Ni más, ni menos.
Tessa sacudió la cabeza frenética.
—Nosotros no queremos ampliar el negocio.
—¿Desde cuándo?
—Desde que Jamie y yo hemos hablado sobre el tema y hemos acordado que no queremos expandirnos. Se supone que deberíamos haber estado informados, Eric.
—Habéis estado informados desde el primer momento. No he mantenido nada en secreto, a diferencia de lo que habéis hecho vosotros dos.
Tessa tragó con fuerza.
—Lo siento. Lo siento de verdad. El problema ha sido que no quería que Jamie y tú os pelearais. Pensaba que si conseguía recuperar el contrato, no importaría.
Eric inclinó la cabeza y metió las manos en los bolsillos.
—Lo siento —se disculpó Tessa otra vez.
—Estoy sinceramente afectado por la magnitud de todo este asunto. Me has traicionado. Me has puesto en una situación comprometida. ¿Sobre qué otras cosas me has mentido?
—¡Sobre nada! —respondió rápidamente—. Nada. Y Jamie no quería engañarte. Quería contarte lo que había pasado, pero a mí me dio miedo.
—¿Hay algo más que necesites decirme?
—No, nada. Por favor, no te enfades, Eric. Y, por favor, no llames a Ronald Kendall para hablar de ese contrato .Lo que tenemos que hacer ahora es esperar a ver lo que averigua Luke. No podemos confiar en esa gente.

—Al parecer, no podemos confiar en nadie —respondió él quedamente.

—Lo siento. Te juro que no volveré a...

—Ya he hablado con Roland Kendall.

Aquellas simples y quedas palabras la golpearon con la fuerza de un tren.

Eric inclinó la cabeza.

—¿Hay algo que quieras decirme? ¿Algo que no hayas confesado?

Las paredes comenzaron a deslizarse otra vez, acercándose a ella y agotando el aire de la habitación. Tessa se llevó una mano al pecho. Jamie desvió la mirada de Eric a ella y volvió a mirarla otra vez.

—¿Qué pasa? —preguntó.

—Tessa, ¿quieres decírselo o prefieres que se lo cuente yo?

Tessa sacudió la cabeza. Se moría de vergüenza por haberle mentido de manera tan descarada.

—Tessa llegó a un nuevo acuerdo con Kendall. Le dijo que si firmaba el contrato, le suministraríamos cerveza gratuitamente durante seis meses.

—¿Qué? —exclamó Jamie.

Tessa intentó retroceder un paso, pero la mesa se lo impidió. Terminó sentándose en ella, con fuerza.

—Yo solo quería ayudar.

—¿Ayudar cómo? —preguntó Jamie—. ¿De dónde demonios iba a salir ese dinero?

—De mí —los dos hermanos se la quedaron mirando como si acabara de brotarle una cabeza—. Pensaba pagarlo yo.

Eric comenzó a levantar las manos desde ambos lados antes de dejarlas caer otra vez.

—Tessa, ¿por qué?

—Necesitaba hacer algo por la familia.

—¿Hacer algo por la familia? Haces algo por la familia todos los días. Llevamos este negocio entre los tres. No tienes por qué hacer planes y contratos por tu cuenta Tessa.

—Tú los haces.

Eric alzó la cabeza como si le hubiera abofeteado.

—Sabes que eso no es justo. Y eso no cambia el hecho de que has estado engañándome. Eso no lo cambia nada.

Tessa no podía moverse, no podía respirar. Se limitó a mirar a Eric y se preguntó cómo habría sido capaz de complicar tanto las cosas.

—Lo siento —susurró con voz tan queda que apenas podía oírla—. Solo quería que todo saliera bien.

Una llamada seca les hizo volver los ojos a los tres hacia la puerta. Luke estaba allí, con las gafas de sol y una expresión dura como el granito.

—¿Va todo bien por aquí?

—Sí, todo va bien —replicó Eric—. ¿Tienes alguna noticia?

—Todavía no.

—Muy bien. Yo ya he terminado aquí. Jamie, te veré mañana.

Luke entró para que Eric pudiera marcharse y Tessa se limitó a ver cómo se alejaba su hermano. Tenía los músculos demasiado entumecidos como para que pudieran funcionarle. Jamie también se dirigió hacia la puerta.

—Tengo que volver al bar, hermanita. Hablaremos después, ¿de acuerdo?

Tessa le dejó marchar porque, ¿qué otra cosa podía hacer? Cuanto más intentaba retenerles, menos lo conseguía. Parpadeó y se descubrió a sí misma mirando fijamente a Luke.

—¿Qué estás haciendo aquí?

—He venido a hablar contigo. Y a... —hizo un gesto y Tessa se dio cuenta por primera vez de que llevaba en la mano un ramo de tulipanes amarillos—. Lo siento.

—Deberías habérmelo advertido.

—Lo siento, pero no tenía manera de ocultarle esa información a Eric, aunque te lo hubiera advertido.

La mente de Tessa bullía con todas las cosas que Luke

había hecho mal. Con todo lo que ella podía haber preparado antes de llegar a aquella situación para que las cosas salieran mejor, pero no tenía fuerzas para discutir con él.

–He oído parte de vuestra conversación –dijo Luke–. No me habías dicho que estabas pensando correr con los gastos de parte del contrato.

Tessa se encogió de hombros.

–¿Quieres que hablemos sobre ello?

–No.

–¿Por qué no? Es evidente que estás muy afectada. Habla conmigo.

–¿Por qué voy a hablar contigo? No confío en ti.

Aquello pareció terminar con la actitud conciliadora de Luke y Tessa lo agradeció. No quería que se disculpara ni intentara ser amable con ella. Estaba herida, enfadada y abrumada por todo lo que había pasado. Quería llorar y gritar.

–¿No confías en mí? –le preguntó.

–No, no confío en ti. Me mentiste.

Luke sonrió, pero la suya fue una sonrisa amarga.

–Tienes que estar bromeando.

El enfado de Tessa dio paso entonces a una repentina lucidez. De pronto comprendió lo que Jamie había estado intentando decirle. Había estado tan pendiente de Luke que no había sido capaz de fijarse en la gente que le rodeaba.

–Simone y tú…

–¡Oh, Dios mío! ¿Vas a sacar eso otra vez?

–¿Por qué todo el mundo cree que tú eres el padre? ¿Por qué, Luke? ¡No tiene ningún sentido!

A Luke se le daba muy bien ocultar sus sentimientos. Tenía que hacerlo cada día. Pero por una décima de segundo, Tessa vio la culpa reflejada en su rostro.

–Mentiroso –gruñó–. ¡Te has acostado con ella!

–¡No! Nunca me he acostado con ella. Ni una sola vez.

–¿Nunca te has acostado con ella? ¡Oh, Dios mío! Siempre que hablamos de ese tema intentas medir muy bien tus palabras, ¿verdad?

—No —respondió él, sin añadir nada más.

A Tessa le entraron ganas de pegarle. Quería abofetearle, y gritar, y decirle lo estúpido que era.

—Nunca nos hemos acostado —insistió él.

—Muy bien, señor detective. Si quieres que seamos más precisos lo seremos. ¿La has besado alguna vez?

Cuando Luke bajó la mirada hacia el suelo, el corazón de Tessa se hundió con ella.

—No fue nada. Fue solo una noche.

—¡Oh, Dios mío! —susurró Tessa.

—Mira, acababa de venir a vivir aquí. Los dos habíamos bebido mucho. Algunos compañeros nos vieron salir juntos del bar. Pero no hicimos... Nosotros nunca... Fue un error y, afortunadamente, los dos nos dimos cuenta antes de que fuera demasiado tarde.

—Vete al infierno, Luke. ¡Lárgate!

—No, no voy a permitir que me conviertas en el malo de la película por algo que Simone y yo hicimos hace dos años. Jamás te he mentido sobre eso.

—¡Claro que me has mentido! —gritó.

Explotó su enfado, amplificado por la presión de las lágrimas que se acumulaban en su garganta. Empujó a Luke con fuerza.

—Tranquilízate —le pidió Luke, alzando las manos.

—¡Eres un condenado mentiroso!

—Te dije que no nos habíamos acostado nunca. Y que entre nosotros no teníamos ese tipo de relación. Y no la tenemos. No te mentí. El hecho de que no confíes en mí no tiene nada que ver conmigo, Tessa. No confías en mí porque sabes que mientes continuamente y asumes que todos los demás también lo hacemos.

Tessa retrocedió, sobresaltada por la brusquedad con la que aquellas palabras habían frenado su torbellino emocional. Se sintió de pronto como si se hubiera detenido el tiempo.

—¿Qué?

—Ya me has oído. Mientes a las personas a las que quieres.

—¿Cómo te atreves? —le reprochó entre dientes—. Tú no sabes nada de mí.

—Eso no es cierto. Te conozco lo suficientemente bien como para que me sigas gustando a pesar de eso. Eres una mujer dulce e inteligente. En ningún momento has pretendido ser cruel. Pero crees que mintiendo estás protegiendo a tus hermanos.

—Y es verdad.

—No, lo único que haces es intentar controlarlos, Tessa.

El enfado de Tessa surgió otra vez. Señaló la puerta con la mano con un gesto brusco.

—¡Fuera!

Luke tomó aire y dejó caer los hombros.

—Mira, lo siento. No debería haber dicho eso en un momento como este, cuando estás peleándote con tus hermanos.

—¿En un momento como este? ¡No deberías haberlo dicho porque no es verdad!

Luke le sostuvo la mirada sin mostrarse en absoluto arrepentido.

—Sé que tienes problemas para abrirte, Tessa. Y es comprensible, pero...

—¿Yo? ¿Que yo tengo problemas para abrirme? ¡Eres tú el único que no quiere hablar de su pasado! ¿Cuándo te has abierto tú a nadie?

—No sigas por ahí —le advirtió Luke con voz ronca.

—¡Ah! ¿No está permitido hablar de tus problemas?

—Es exactamente lo contrario. El problema lo sigues teniendo tú. Yo sé como abrirme a la gente. He estado enamorado. He estado casado. Tú ni siquiera has tenido un novio, así que no me digas que no sé cómo abrirme.

—¡Eso es muy cruel!

—¿Te parece cruel que señale la opción que has elegido para protegerte? Yo soy una persona vulnerable. He sufrido y estoy dispuesto a sufrir otra vez. ¿Lo estás tú?

Algo poderoso le presionó la garganta. Pensó que era un sollozo, pero cuando volvió a abrir la boca, gritó:

—¡No! —no, no estaba dispuesta a sufrir nunca más—. Ya he aguantado suficiente dolor. ¡No pienso sufrir más!

—Pero Tessa, ¿cómo vas a...?

—¡Hemos terminado! Así que márchate, ¡vete!

—Vamos, no nos hagas esto. Solo...

Señaló hacia ella, las flores parecieron erguirse en su mano como una rama de olivo. Tessa deseaba aceptarlas. Quería dejarse caer en sus brazos y dejar que la sostuviera. Sabía que lo haría. Podía verlo en sus ojos. Pero no eran unos brazos suficientemente fuertes como para alejar el dolor. Lo sabía en lo más profundo de su alma.

—Tus hermanos no van a abandonarte, Tessa —le dijo suavemente.

Tessa tomó aire con tanta fuerza que pareció atravesarle el corazón.

—¿Qué?

—No van a abandonarte aunque dejes de controlarlos con tanta determinación.

—Ya lo sé —gruñó.

—No, creo que no lo sabes, cariño. De verdad que no.

Tessa apretó los puños, curvando los dedos cada vez con más fuerza.

—No creas que me conoces. No creas que puedes apuntar a mi infancia y explicarme en dónde me he equivocado. Nos conocemos desde hace dos semanas. Dos semanas en las que hemos compartido sexo y no mucho más. Y entre nosotros todo ha terminado, ¿lo entiendes? Todo ha terminado.

—Sí —musitó—. Está bien —golpeó las flores con la otra

mano–. De todas formas, esto no se me da nada bien, ¿verdad? Acabo de aprenderlo de la manera más dura.

Tessa señaló con la mano hacia la puerta. Necesitaba que se fuera. Necesitaba que se marchara antes de derrumbarse y arrojarse a sus brazos. No le necesitaba. Nunca había necesitado a nadie, salvo a sus hermanos, y no podía comenzar a necesitar a nadie en un momento como aquel. Tenía que concentrarse en arreglar la situación de su familia.

–Adiós –dijo.

Pero Luke no dijo una sola palabra. Se limitó a volverse y salir, cerrando la puerta suavemente tras él.

Y Tessa volvió a quedarse sola en aquella enorme casa.

No debería haber presionado tanto. Por lo menos, aquel día. Debería haber reculado y haberle dado la oportunidad de arreglar las cosas con Eric. Pero, ¡demonios!, lo único que estaba haciendo era engañarse. Tessa no tenía espacio para él en su vida aquel día y no lo tendría tampoco al día siguiente.

Y a lo mejor él tampoco tenía lugar para ella. Al fin y al cabo, en vez de enfrentarse a lo que sentía por ella, dejó aquellos sentimientos a un lado en cuanto empujó las puertas de la comisaría y se reunió junto al resto de sus compañeros en sus mesas, ignorando el mundo real.

Su compañera incluida.

Dejó las flores encima de la mesa.

–No funcionó.

–¡Oh! –dijo Simone, reclinándose en la silla sorprendida–. ¿Estás seguro?

–Estoy seguro. De hecho, hemos terminado.

Simone esbozó una mueca.

–¡Uf! –agarró los tulipanes y acarició uno de los capullos–. ¿De verdad no le han gustado?

—Digamos que no estaba de humor para gestos románticos.

Cuando Simone alzó la mirada, la expresión de sus ojos pasó de ser somnolienta a alarmada.

—¡Vaya!

Luke miró tras él y vio a otros dos detectives observándole con dureza. Simone volvió a dejar las flores en el escritorio de Luke con un gesto brusco. Después de todo lo que había pasado, lo único que podía hacer Luke era echarse a reír.

—Mañana podemos acercarnos a una tienda de novias para darles algo de lo que hablar.

Las flores le golpearon en pleno rostro.

—Buena puntería.

—Gracias. Y ahora, ¿estás dispuesto a trabajar o quieres llorar antes? Yo también me pondría a llorar en este momento, así que, tú mismo.

—No, tengo una botella de whisky esperándome cuando llegue a casa. Puedo aguantar hasta entonces. ¿Qué pasa?

Simone agarró el ratón del ordenador y señaló la pantalla.

—He estado buscando información sobre ese torneo de golf con el que Graham Kendall quiso enredar a Tessa.

—Y es completamente legal, ¿verdad?

Simone esbozó una sonrisa de satisfacción.

—Este es el segundo año que organiza el torneo. Presume de que el año pasado consiguieron cuatrocientos sesenta y cinco mil dólares de los patrocinadores. Todo parecía haber transcurrido sin ninguna complicación. Pero comprobé el informe que hay colgado en la red de la organización benéfica a la que se supone que tendría que haber ayudado.

—¿Y?

—Y recibieron exactamente tres mil dólares de Kendall Group el año pasado.

—Vaya.

—Y Graham ha cambiado de beneficiarios este año. La primera organización no le denunció, pero apuesto a que no están muy contentos.

—Creo que será mejor que dejemos esas llamadas para mañana.

—Sí —se lamentó Simone—. Todo para mañana. No tendremos noticias del fiscal del distrito hasta mañana. No podemos llamar a las organizaciones benéficas hasta mañana. ¡Quiero hacer algo esta noche!

—Créeme, lo sé.

Permanecieron los dos sentados, clavando su mirada malhumorada en sus respectivas mesas. Luke abría de vez en cuando alguna carpeta, pero no ponía su corazón en ello. La ruptura con Tessa comenzaba a clavar las garras en su pecho. Era extraño lo rápido que se había acostumbrado a verla cada noche. No quería pasar la noche solo, a pesar de que había dormido solo durante años.

¡Mierda! Desvió la mirada hacia Simone antes de dejarla caer otra vez.

—Simone, ¿tú crees que tengo problemas para abrirme a la gente?

—¿Me lo dices a mí? ¿De verdad me estás haciendo a mí esa pregunta? Estoy empezando a dudar de tus dotes de detective.

—Todo el mundo tiene problemas para abrirse, ¿verdad?

Simone suspiró.

—No lo sé. A lo mejor solo somos nosotros. Voy a revisar esas huellas dactilares por última vez y después me iré a casa. Si todo el mundo puede esperar hasta mañana para atrapar a los malos, supongo que yo también podré hacerlo.

Luke revisó los documentos impresos que Simone le había dejado en el escritorio, pero él no era un hombre de números. Fuera lo que fuera lo que Simone había conseguido deducir de aquellos informes, tendría que prescindir de ello en aquel momento. Pero, aun así, tenía trabajo de sobra aquella noche. Tenía docenas de expedientes que volver a examinar del Departamento de Denver con el ojo puesto en los Kendall. Definitivamente, necesitaba un café.

Se levantó con el cuerpo dolorido por la tensión, pero cuando consiguió llegar a la cocina, tiró el café que quedaba y decidió poner una nueva cafetera. A aquellas horas de la noche, cualquier resto de café era puro veneno. Agarró una taza de cartón y alargó la mano hacia el azúcar, pero encontró la caja de los sobres vacía.

–Mierda.

Abrió los armarios, pero lo único que encontró allí fueron restos de tentempiés y varios paquetes de salsa para tacos, así que dejó que el café se fuera haciendo y salió al pasillo para acercarse al armario de las provisiones. Era imposible que se hubieran quedado sin azúcar. Eso habría supuesto una rebelión.

Acababa de alargar la mano hacia la puerta cuando oyó un murmullo de voces en la esquina. Allí no había nada, salvo una habitación que utilizaban ocasionalmente cuando empleaban el polígrafo.

Luke se detuvo con la mano en el pomo de la puerta del armario e intentó concentrarse en la conversación. Como no entendía nada, asomó la cabeza y vio a Simone dando media vuelta y caminando con firmeza hacia él. Tenía la cabeza gacha y las manos apretadas en puños. Y tras ella, observándola alejarse, estaba su jefe, el sargento Pallin. En el instante en el que vio a Luke, su rostro reflejó sus sentimientos de manera nítida. Frustración, sufrimiento y añoranza.

Era la verdad, mostrándose ante él, y el estómago se le cayó a los pies.

Debió de hacer algún ruido, porque Simone y Pallin alzaron la mirada al mismo tiempo. Luke advirtió la sorpresa en el rostro de ambos antes de retirarse con intención de regresar a su escritorio. El olor del café recién hecho pareció llamarle al pasar por la puerta.

Su jefe era el padre del hijo de Simone. Luke lo supo con la certeza con la que sabía su propio nombre. Simone se había acostado con su jefe, un hombre casado, y por eso no podía contárselo a nadie.

Miró por el rabillo del ojo cuando Simone se acercó a su mesa y supo inmediatamente que la estrategia de su compañera era ocultar lo ocurrido. Fingiría que Luke no lo había visto o que, si lo había visto, no era capaz de atar cabos. Guardó los informes en un cajón y agarró el bolso.

–Me voy. Te veré mañana.

–Simone...

–Buenas noches.

Se volvió y Luke permaneció donde estaba, completamente impactado, observando la espalda de Simone, que iba haciéndose cada vez más pequeña. Pero en el instante en el que Simone desapareció al doblar la esquina, se levantó de un salto. No iba a permitir que aquella mentira continuara ni un solo día más. Corrió tras ella y la agarró antes de que hubiera llegado a su coche.

–Simone, no estoy ciego.

–No sé de qué estás hablando –le rodeó y continuó avanzando.

–Es él, lo sé. No lo niegues.

–Luke, por favor. Tú solo... –dijo con la voz enronquecida por las lágrimas.

–Lo siento. No he podido evitar darme cuenta. No te estoy juzgando, ¿de acuerdo? No pienses eso.

Simone tomó aire y se detuvo bruscamente.

–Pues deberías –susurró–. ¿Por qué no ibas a hacerlo?

–Porque somos amigos, por eso. Vamos, Simone. Cuéntamelo.

–No.

Simone negó con la cabeza y Luke bajó la mano que

había empezado a alargar hacia ella. Pero entonces, Simone se puso la mano en el vientre y tomó aire.

—Aquí no.

Señaló con la cabeza el coche antes de sentarse en el asiento del conductor. Luke se reunió con ella y cerró la puerta de pasajeros con mucho cuidado para no asustarla.

—Quieres algo para...

—Él es el padre —confesó rápidamente—. Por favor, no se lo digas a nadie. Si su mujer se entera...

—¿Qué pasó?

—Lo de siempre.

—Lo sé, pero, Simone...

—Estaba separado —dijo de pronto. Agarró el volante con las manos y lo apretó con fuerza—. Sé que suena como un cliché. Me dijo que había dejado a su esposa y que ya no la quería. Pero en este caso, era cierto. Se había ido de casa y estaban comenzando los trámites del divorcio.

—Muy bien —contestó Luke.

Pero incluso a él le sonaba tensa su voz.

—Pero, de todas formas, fue un error. Es mi jefe y todavía estaba casado. Y al final... Había sido ella la que le había echado de casa y cuando le pidió que volviera, él volvió.

—¿Sabía que estabas embarazada?

—No. Ni siquiera lo sabía yo. Pensábamos que todo había terminado entre nosotros. No fingí que no me doliera, pero me decía a mí misma que me lo merecía. Me había acostado con un hombre casado. Me había enamorado de mi jefe. No entiendo cómo pude ser tan estúpida.

De pronto, Luke lo vio todo claro. Y comprendió lo sola que debía de haberse sentido. No podía contárselo a nadie, ni siquiera a él.

—Él quiere seguir casado con ella, Luke. Y si su mujer lo averigua, no podrá. Así de sencillo.

—¿Y él se va de rositas?

Simone alzó las manos y las mantuvo en alto durante unos segundos. Después, las dejó caer.

—La decisión la tomé yo, ¿de acuerdo? Podía haber decidido no tener el niño. O podría haberlo dado en adopción. La decisión es mía.

Luke sacudió la cabeza con incredulidad.

—¿Ni siquiera te va a ayudar?

—¿Crees que su mujer no notaría que desaparecen quinientos dólares al mes de pensión alimenticia?

—¡Dios mío! —Luke dio un puñetazo en el salpicadero—. No puede dejarte en esta situación.

—Así es como tiene que ser. Nadie puede enterarse, no solo por él, sino también por mí. No quiero que me vean como a ese tipo de mujer. Como la que se acuesta con su jefe, o la que termina haciendo una estupidez al acostarse con un hombre casado.

—Nadie pensará...

—¿En serio, Luke? Soy una mujer negra. Una mujer policía. Probablemente, la mitad de mis compañeros piensa que he tenido que abrirme de piernas para llegar hasta aquí.

—Eso no es verdad.

La dura expresión de Simone rezumaba burla.

Luke soltó una maldición y se frotó la cara, intentando rescatar algún pensamiento racional, pero el impacto inicial iba remitiendo y revelando la cólera que tras él se ocultaba. Y la frustración.

—Prométeme que no se lo contarás a nadie —le pidió Simone.

—Por supuesto que no se lo contaré a nadie. De hecho, ahora estoy completamente soltero. Deja que la gente piense que soy el padre, ¿de acuerdo? Con el tiempo, dejarán de preguntar y de hablar de ello. A nadie le importará.

Gracias a Dios, Simone dejó de llorar. Y esbozó una sonrisa sincera mientras le daba un puñetazo en el hombro.

—¡Ay! Podría hacer que te detuvieran por eso, ¿sabes?

—Eres un idiota. Pero un idiota encantador. Gracias, pero en realidad no estás soltero.

—Claro que lo estoy.

Simone negó con la cabeza.

—Si tengo que hacerle caso a lo que me dice la intuición, no estás soltero. Y aunque lo estuvieras, no lo estarás eternamente. No puedes llevar arrastrando a una falsa mamá detrás de ti. Es algo que suele espantar a las mujeres.

—Me temo que soy capaz de ahuyentarlas por mí mismo.

—No. A lo mejor te cuesta abrirte, pero, al fin y al cabo, eres un hombre.

—Sí.

—Sin embargo, te vi con ella. Y los dos parecíais preparados para tener una relación.

Le tendió los brazos para darle un abrazo con cierto embarazo. Cuando Luke le devolvió el abrazo, le rozó accidentalmente la barriga. Estaba sorprendentemente dura y algo se movió bajo la superficie.

—¡Ay! —exclamó, retrocediendo bruscamente.

—¿Qué pasa?

—Eso... se ha movido.

—Parece un *alien*, ¿verdad? Te juro que tengo pesadillas pensando que va a explotar y va a salir un monstruo. Pero tengo entendido que es bastante inofensivo.

Luke se echó a reír, pero continuaba mirando su vientre con recelo. Podía ver cómo se movía.

—No pongas esa cara de asustado. Ven...

Le tomó la mano y empezó a acercársela a la barriga, pero Luke la apartó.

—¡No! —exclamó.

Simone empezó a reír y terminó haciéndolo con tantas ganas que se atragantó y las lágrimas comenzaron a rodar por su rostro.

—Lo siento —musitó Luke, manteniendo las manos pegadas a su cuerpo para que no pudiera volver a agarrárselas.

—Creía que estabas leyendo libros sobre bebés —le dijo Simone casi sin aliento.

—Sí, bueno. En realidad, nunca había estado cerca de una mujer embarazada. Es raro.

—Para mí también es extraño. No puede decirse que haya crecido precisamente rodeada de embarazadas. Te prometo que no tenía la menor idea de que tener una persona dentro de mí iba a ser tan condenadamente raro. Y cuando se mueve la barriga de esa forma... Sí, me vienen recuerdos de la película *Alien*.

—Bueno, tú procura que no se mueva de allí.

Simone rio de nuevo hasta las lágrimas, y Luke se sintió infinitamente mejor. Aun así, cuando volvió a su mesa y vio a Pallin cerrando la puerta de su despacho, la furia volvió a atravesarle con un rayo.

El sargento Pallin salió sin mirar hacia Luke, pero este siguió cada uno de sus pasos. Aquel hombre estaba a punto de volver a casa con su mujer. Con sus hijos. A una casa acogedora en las faldas de las colinas de Boulder. Y Simone regresaba sola a su pequeño apartamento.

Luke creía en la justicia. Diablos, los policías sabían mejor que nadie que la justicia era muy caprichosa, pero, aun así, él la necesitaba. Trabajaba cada día para conseguirla. ¿Cómo demonios se suponía que iba a pasar cincuenta horas a la semana viendo a aquel canalla sin darle un puñetazo en pleno rostro?

Pero Simone tenía razón. Si llegaba a conocerse la verdad, también le haría daño a ella.

¡Maldita fuera!

Luke era un hombre, un policía, y su trabajo consistía en mejorar el mundo, pero últimamente... ¡Mierda! Últimamente, no parecía capaz de ayudar a nadie. Ni siquiera a sí mismo.

Capítulo 26

Tessa no durmió nada en absoluto. No podía.

Al principio se había tumbado en la cama y había estado intentando elaborar diferentes estrategias mentalmente, buscando la manera de arreglar las cosas con Eric. Urdió cientos de planes diferentes, pero fue descartándolos todos a medida que fueron pasando las horas.

Después se puso melancólica. Sentimental. Pensó en todo lo que habían hecho sus hermanos por ella. En todo lo que habían sacrificado. Y, por supuesto, pensó en sus padres. En su padre, un hombre grande, de buen carácter y risa escandalosa. Y en su madre, dulce y risueña, y en su forma de decir «te quiero» veinte veces al día.

A las tres de la mañana terminó sentada en medio del pasillo del segundo piso, rebuscando entre las cajas de fotografías que había sacado del armario.

El polvo que cubría las cajas le indicó la cantidad de tiempo que había pasado desde la última vez que las había abierto. No le gustaba mirar al pasado. No tenía sentido. Además... le dolía. Le dolía tanto que, en el instante en el que abrió la primera caja y vio una fotografía de su madre, comenzó a llorar.

Pero siguió mirando las fotografías, permitiéndose sentir lo mucho que los echaba de menos. Sus padres no habían sido perfectos. Su padre trabajaba demasiado y eran más las veces que no cenaba en casa que las que lo hacía. Su madre les gritaba cuando estaba estresada y fumaba cigarrillos en el porche cuando pensaba que nadie la veía.

Pero se querían el uno al otro y amaban a sus hijos. Eso era más de lo que mucha gente tenía.

Aquello era lo que se decía a sí misma cuando comenzaba a ahogarse en la autocompasión. Se decía que debía fijarse en todas aquellas personas que no tenían padres. En todos los niños que crecían en hogares de acogida. Su familia había sido maravillosa durante muchos años, de modo que, ¿cómo podía compadecerse de sí misma?

Pero, al parecer, no le resultaba tan difícil. Miró los rostros de sus padres y sintió la aguda tristeza de la pérdida, apenas amortiguada desde el primer año sin ellos. Miró el rostro de Eric y echó de menos su fácil y despreocupada sonrisa. No había vuelto a sonreír de aquella manera desde entonces. Ni una sola vez. Y Jamie... Sabía que había cambiado, aunque no podía precisar de qué manera. Estaba más enfadado, desde luego. Y tan pronto a comenzar una pelea como a terminarla.

Luke tenía razón. Ella tenía miedo de que sus hermanos se fueran. Tenía miedo de que se dejaran arrastrar por un enfado repentino y no volvieran jamás. Pero, quizá, había estado intentando evitar la catástrofe de manera equivocada.

A las cinco en punto, se dio una ducha y estuvo bajo el agua hasta que comenzó a enfriarse. Para cuando se secó el pelo y se puso la sudadera y los vaqueros, eran ya más de las seis. Eric salía a correr todas las mañanas alrededor de las siete. Esperaba que no le importara que interfiriera en su ejercicio matutino.

Cuando llegó a casa de su hermano, vio que tenía las luces encendidas, así que llamó a la puerta y contuvo la respiración.

Eric le abrió la puerta y frunció el ceño con enfado. Tessa sintió que se le caía el corazón a los pies, pero, inmediatamente, su hermano la empujó hacia dentro y fulminó a la oscura madrugada con la mirada, como si quisiera advertir a cualquier delincuente que se mantuviera a distancia.

–¿Qué estás haciendo aquí? Todavía es tarde.

–A esta hora todos los atracadores están en la cama. No te preocupes.

Eric comenzó a meterse las manos en los bolsillos del pantalón, pero cuando se dio cuenta de que llevaba puesto el chándal, se cruzó de brazos y se aclaró la garganta.

–Eh... –Tessa no sabía por dónde empezar–, ¿huele a café?

–Sí, claro. Siéntate.

Perfecto. Habían quedado reducidos al embarazoso papel de unos desconocidos. Se derrumbó en una silla y esperó a que le llevara una taza de café como si fuera una invitada.

Eric le llevó la taza y se sentó en el borde de la silla que estaba frente a la de ella. Ambos bebieron evitando mirarse el uno al otro. Cuando ya no fue capaz de soportar aquella situación, Tessa dejó el café.

–Lo siento, no debería haberte mentido.

–No pasa nada.

–Sí, sí pasa.

Eric se encogió de hombros, pero seguía evitándole la mirada.

–Yo... Desde que murieron papá y mamá, he querido facilitarte las cosas.

–¿A mí? Pero si yo estoy perfectamente.

–Lo sé –respondió Tessa automáticamente. Pero después negó con la cabeza–. Eric, tú te hiciste cargo de la familia cuando se suponía que deberías haber estado disfrutando y viviendo tu propia vida.

—Vamos, Tessa. A esa edad muchos hombres ya están casados. No fue para tanto.

—¡Por supuesto que fue para tanto! ¿Por qué dices eso? Renunciaste a todo...

—Renuncié a mi apartamento y a unos cuantos fines de semana.

—Eric... —Tessa volvió a dejar su taza y se frotó la cara, intentando mantener las lágrimas a distancia—. Te mentí porque tenía miedo.

—¿Miedo de qué?

—Jamie y tú os estáis peleando constantemente. Si seguís peleando de esa forma...

Eric arqueó las cejas con expresión interrogante.

—Me parece bien que te hagas cargo de la cervecería. Llevas haciendo esto mucho más tiempo que nosotros. Pero no puedes estar a cargo de todo, ni estar peleándote constantemente con Jamie. Se irá. O continuará enfrentándose a ti hasta que tú te vayas. Y a lo mejor...

—¿Y a lo mejor qué?

—A lo mejor terminas dándote cuenta de todas las cosas a las que has renunciado por nosotros. A lo mejor decides que ya estás harto.

Su voz parecía estar a punto de quebrarse en un sollozo, pero lo contuvo a pura fuerza de voluntad.

—¡Tessa! —Eric fruncía el ceño como si ella hubiera dicho algo inapropiado.

—Tengo miedo —le dijo—. Siempre he tenido miedo, por eso he ido mintiéndote sobre pequeñas cosas para asegurarme de que estuvieras contento. Pero ahora he empezado a mentir también en asuntos importantes.

—No pienso irme a ninguna parte. ¿Cómo puedes pensar algo así?

—¿Y Jamie?

Eric sacudió la cabeza.

—¿Qué pasa con Jamie?

—¡Le tratas como si fuera tu hermano pequeño!
—Es mi hermano pequeño.
—Lo sé, pero no en el trabajo. Es un adulto, y yo también. No necesitamos que te hagas cargo de todo.
—¡Ah! Pero entonces, ¿para qué ibais a querer tenerme cerca?
—No bromees, estoy hablando en serio. No quiero perderte.

Las lágrimas se abrieron paso por fin, empapando su rostro y rodando hasta su cuello.

—¡Dios mío, Tessa!

Tessa sintió que Eric se sentaba a su lado y la abrazaba para que llorara contra su pecho.

—No voy a irme a ninguna parte. Nunca. Me encanta mi vida. No es ninguna carga para mí.
—Trabajas demasiado, estás estresado, no estás dispuesto a dejar que nadie te ayude. Al revés, trabajas cada vez más.
—Vamos, Tessa. Si trabajo tanto, es por vosotros.
—¡Eso es lo que quiero decir! Sin nosotros serías mucho más libre, Eric. Y lo más terrible es que... —tomó una profunda bocanada de aire—, que no quiero que seas libre.

Eric tensó los brazos tan brutalmente a su alrededor que casi le hizo daño, pero Tessa no intentó apartarse.

—Lo siento —susurró.
—Por el amor de Dios, Tessa, no quiero ser libre. ¿Qué haría yo sin Jamie y sin ti? Admito que tuve que renunciar a algunas cosas para cuidar de vosotros, pero olvidas algo. Mamá y yo estuvimos prácticamente solos hasta que cumplí ocho años. Sé lo que es no teneros a vosotros. No sabes lo mucho que agradezco poder ser parte de una familia.
—Pero te oí —susurró Tessa, apretando los ojos con todas sus fuerzas.

Eric aflojó ligeramente su abrazo.

—¿Qué?

Cuando Tessa negó con la cabeza, Eric retrocedió ligeramente para mirarla.

—¿Qué oíste, Tessa?

Ella no pretendía sacarlo. De hecho, se había dicho a sí misma que ni lo mencionaría. Pero en aquel momento, el recuerdo estaba allí, y se retorcía dentro de ella, luchando por liberarse.

—Unos meses después de que murieran papá y mamá, te oí hablando con un amigo.

Eric la miró perplejo. No recordaba de qué le estaba hablando.

Tessa tomó aire.

—No podía dormir. Bajé al piso de abajo y tú estabas en el patio, tomando una cerveza con un amigo. No sé quién era. Toda la casa estaba a oscuras y recuerdo que pensé en lo brillante que estaba la luna, flotando sobre tu cabeza.

—Tessa...

—Y entonces te oí decir que claro que te gustaría que hubiera alguien más, pero que no lo había, que eras todo lo que teníamos y que no importaban las ganas que pudieras tener de largarte.

Tessa distinguió el reconocimiento en los ojos de Eric. Después, el horror descendió con oscura intensidad.

—Tessa...

—Lo comprendo. Por supuesto que lo comprendo.

—No me puedo creer que oyeras algo así. Lo siento mucho. Dios mío...

—No pasa nada.

—Sí, claro que pasa. No debería haber dicho eso. Solo fue una conversación sin importancia. Estaba desahogando mi frustración. Era un joven de veinticuatro años y estaba aterrado. Eso es todo.

—Lo sé, lo sé. Es solo que...

—No voy a ir a ninguna parte, maldita sea. Ni siquiera aunque queráis que me vaya.

Tessa le apretó la mano.

—Por mucho que me fastidie Jamie, o por mucho que me disgusten los hombres con los que sales. Aunque creo que de eso prefiero no enterarme.

A Tessa le parecía imposible ser capaz de reír, pero lo hizo.

—Y, Tessa, mamá y papá tampoco nos abandonaron. Nos los arrebataron.

—Lo sé —contestó con voz ronca.

Pero en su corazón daba lo mismo. Lo único que quedaba era el miedo a que alguien pudiera desaparecer en cualquier momento.

—No debería haberte enviado a esa psicóloga cuando estabas en el instituto. Era una charlatana.

Tessa le dio un golpe en el pecho y consiguió reír otra vez.

—Estoy completamente cuerda. Mucho más cuerda que tú.

—Sí, en eso no puedo estar en desacuerdo.

Tessa se recostó un instante contra su pecho, sintiendo la sólida fuerza que siempre había estado allí para ella. Recordó de pronto la primera vez que Eric la había llevado al parque cuando tenía cinco años y ella se había caído del tobogán. Su hermano también la había abrazado entonces, pero aquel corazón había atronado contra su oído como si fuera un pájaro que estuviera intentando escapar de su pecho. Debía de estar aterrado, comprendió Tessa en aquel momento, pero su voz había sido todo serenidad mientras había intentado tranquilizarla.

—¿Hay algo más que quieras contarme en este momento? —preguntó Eric—. ¿Algo que no me hayas dicho?

—Mm. Bueno, en realidad, no fui a clase de arte durante aquel verano en el que estaba en octavo. Jamie tenía que recuperar un semestre de matemáticas, así que estuve yendo con él dos horas al día a la escuela de verano para que no te enteraras.

—¿Estás de broma?

—No. Pero todo salió bien. Él se graduó y a mí me fue muy bien en trigonometría cuando tuve que estudiarla.

Eric soltó un bufido y la apartó con un codazo.

—¡Dios mío! No me cuentes nada más. No quiero saberlo. Pero no más mentiras. Ni más encubrimientos.

—Estupendo. En cualquier caso, Jamie me estaba poniendo las cosas difíciles.

Eric elevó los ojos al cielo.

—A lo mejor ha madurado.

La sonrisa de Tessa se desvaneció. Le sostuvo la mirada a su hermano.

—Sí, ha madurado. Y si voy a dejar de cubrirle, tú tendrás que empezar a mostrarte más abierto.

Eric se inclinó hacia delante y clavó la mirada en sus manos entrelazadas.

—No voy a seguir adelante con el contrato con los Kendall.

—¿Y los planes de ampliación?

—Ya hablaremos de ello, los tres, ¿de acuerdo?

El alivio pareció revolverle las entrañas y convertir sus músculos en gelatina.

—Gracias —le dio un beso a Eric en la mejilla y un último abrazo—. Ahora te dejo para que puedas ir a correr. Necesito dormir un poco antes de ir a trabajar. Pero esta noche hay un partido de los Rockies. ¿Qué te parece si organizamos una velada de béisbol en la cervecería? Hace mucho que no lo hacemos. Podríamos quedar, ver el partido y jugar al billar.

—Pensaba que necesitarías tiempo para arreglar las cosas con Luke.

Tessa se obligó a permanecer serena y neutral.

—No, qué va. Eso ya ha terminado.

—¿De verdad? ¿Así sin más?

—Tú mismo lo dijiste. No se puede confiar en él.

Eric frunció el ceño, pero se encogió de hombros y comenzó a levantarse.

–Tú misma. Pero asegúrate de no salir con nadie más.

–Por supuesto. No te preocupes por eso.

En realidad, pensó Tessa mientras salía a la pálida luz de la mañana, quizá no tuviera por qué volver a preocuparse. Luke tenía razón. No había espacio para nadie más en su vida. Se había limitado a salir para divertirse y disfrutar del sexo. Pero, tras conocer a Luke, ¿a quién podía encontrar que fuera más sexy que él? Sabía por experiencia propia que sería un desafío encontrar a alguien que pudiera satisfacerla como lo había hecho él. Entre ellos había, como poco, una gran química.

Sus zapatos hicieron crujir la escarcha mientras cruzaba el parque y salía a su calle. No había notado el frío durante el trayecto a casa de Eric, pero el cansancio empezaba a hacerse notar y comenzó a temblar mientras se dirigía de nuevo a su casa. El recuerdo de su cama caliente la llamó como un faro mientras se acercaba a la casa. La almohada olía todavía a Luke, y por tortuoso que fuera aquel recuerdo, se abrazaría a ella con fuerza y dormiría con su esencia pegada a su cuerpo.

Pero al día siguiente cambiaría las sábanas y seguiría adelante con su vida.

Capítulo 27

Una semana completa de investigación, de largas noches y días sin dormir intentando construir una acusación sólida contra Graham Kendall. Y, por supuesto, al final ocurrió lo que temía que iba a ocurrir.

–Ya es oficial –dijo Luke–. Se ha escapado.

–No finjas que te sorprende –respondió Simone.

–¿Y adivinas dónde ha aparecido?

Simone se reclinó en la silla y tamborileó con los dedos en su propia barbilla.

–Taiwán, quizá. O Arabia Saudí.

–Eres muy buena. Ha volado a Taiwán.

–Bueno, no hay muchos países sin acuerdo de extradición que puedan ofrecerle el estilo de vida al que está acostumbrado. Aun así, pronto se quedará sin dinero, ¿no te parece?

Luke se encogió de hombros.

–Al ritmo que lo gasta, en un año o dos. Pero no sé si su padre le enviará fondos o no. Ahora está muy disgustado, pero ya ha sacado a Graham de apuros en otras ocasiones.

En cuanto habían comenzado a presionar en el castillo de naipes que Graham había levantado, el edificio entero se había derrumbado bastante rápido. Tal y como sospechaban, tenía problemas con el juego. También se había hecho evidente que era aficionado a la cocaína. Y al Adderall.

Había organizado los robos para poder vender identidades y números de tarjetas de crédito a cambio de dinero en efectivo. Luke sabía por experiencias previas que nunca conseguirían rastrear todas aquellas conexiones. Era un delito que se extendía como una telaraña a lo largo del planeta. El intermediario probablemente estaba en Europa del Este y los consumidores finales en Asia, Rusia y África.

Pero todos los ingresos que tenía Graham sin declarar eran mucho más fáciles de localizar. Los delitos contra la Hacienda Pública probablemente le enviarían a prisión durante una década o dos. Y después estaba el torneo de golf. Apenas estaban empezando a desenmarañar aquel desastre.

Roland Kendall se había presentado en la comisaría en cuanto le habían llamado a declarar. En aquel momento estaba saliendo del despacho del sargento Pallin junto a dos abogados, el comandante de la división y el fiscal del distrito. Nadie parecía particularmente contento.

—Había movido algunos hilos para evitar que su hijo tuviera problemas en Denver. Por eso trasladó Graham esta última operación a Boulder —musitó Luke—. Me cuesta creer que su padre no vaya a ayudarle ahora que está en Taiwán.

—Sí, pero ahora que Roland sabe que no fue algo accidental...

—Ya veremos.

Le resultó sorprendentemente fácil dejarlo pasar. Simone y él habían hecho su trabajo. De momento, Graham Kendall era intocable estando en Taiwán, pero desde allí no podía robar a nadie más en Boulder. Y, al final, terminaría pagando por lo que había hecho.

A diferencia de otros, que no habían tenido que sufrir las consecuencias de sus actos. Luke fulminó con la mirada al sargento Pallin cuando salió a acompañar a sus invitados.

—¿Has hablado ya con Tessa? —preguntó Simone.

Luke se volvió hacia ella, pero Simone se limitó a mirarle con expresión inocente desde la pantalla.

—Ya sabes que no.

—Deberías llamarla.

—No.

No, así de simple. Había pasado desde la culpa a la tristeza y la resignación durante los días anteriores. En aquel momento estaba estancado en la furia. Si él no era un hombre suficientemente abierto, entonces Tessa Donovan era una cámara acorazada. Él había cometido un error, ¡uno!, y, por ese error, Tessa le había dejado de lado como si fuera basura.

Ya había llegado al límite, no iba a permitir que le trataran como a un producto de usar y tirar. Si Tessa pensaba que no era suficientemente honesto y abierto como para merecer la pena, entonces, fin de la historia.

O, por lo menos, eso era lo que intentaba decirse. Y funcionaba bastante bien durante el día.

—De acuerdo —Simone suspiró—. Me voy a casa. Tengo que admitir que ya no soy capaz de seguirte el ritmo.

Luke la miró sorprendido.

—Pediré la baja dentro de una semana.

Luke no sonrió, porque la expresión de Simone era de dureza y resentimiento, pero se sintió inmensamente aliviado.

—Intentaré no divertirme demasiado sin ti.

—Más te vale.

Simone se marchó con los hombros caídos en un gesto de derrota y con un balanceo decididamente propio de una embarazada. Cuando estaba a medio camino de la puerta, se encontró con Pallin, que regresaba a su despacho, y Luke vio que clavaba la mirada en el suelo. Pallin mantuvo la mirada al frente. No vio cómo alzaba Simone la mirada para observarle mientras se alejaba.

El enfado de Luke se encarnó en una esfera ardiente bajo su esternón. Su rabia no estaba causada solamente por Pallin, pero estaba encantado de haber encontrado por fin un objetivo.

Debería marcharse. Salir de allí e ir al campo de tiro para desahogar su furia contra unas cuantas dianas destrozadas. Pero entonces se le ocurrió pensar que a Tessa le encantaría ir al campo de tiro, y la bola que le abrasaba el pecho ardió con más fuerza.

Diciéndose a sí mismo que no debería hacerlo, se levantó y se dirigió al despacho de Pallin. Este estaba a punto de sentarse cuando Luke entró y cerró la puerta tras él.

—Asher, ¿qué puedo hacer por usted?

—No estoy preocupado por lo que pueda hacer por mí, sargento.

—Lo siento, no sé qué quiere decir.

No lo sabía. Por lo menos cuando pronunció aquellas palabras. Pero su rostro fue tensándose por la sospecha con cada segundo que pasaba.

—No pensará dejar las cosas así, ¿verdad?

El rostro de Pallin perdió todo color en el segundo que Luke tardó en pestañear.

—No sé de qué me está hablando.

—Sí, claro que lo sabe, no me fastidie. Simone necesita recibir una pensión alimenticia para el niño. Diablos, necesita todo tipo de apoyo, pero, al parecer, usted no está dispuesto a dárselo.

Pallin tragó saliva con fuerza y miró por encima de Luke hacia la habitación que tenían tras ellos.

—No va a decírselo a nadie, ¿verdad?

—Es usted un imbécil —dijo Luke con desprecio.

Su jefe dejó caer los hombros.

—Yo no quería que pasara esto. Pensaba que mi matrimonio había terminado, lo juro por Dios. Y cuando averiguamos esto...

Luke posó las manos en el escritorio del sargento y se inclinó hacia delante.

—Ella no se merece esto.

—Lo sé. ¡Ya lo sé! Si pudiera. Yo... Voy a darle todo lo que pueda y tan a menudo como pueda. Y me gustaría... —desvió la mirada y se frotó los ojos con las manos—. Por favor, no se lo diga a nadie.

Luke asintió, se enderezó y fijó la mirada en aquel hombre al que en otro tiempo había respetado.

—No puede quedarse aquí.

—¿Qué?

—No puede quedarse aquí, siendo su jefe, su examante y el padre de su hijo.

—Pero...

—A lo mejor no me está comprendiendo. No pienso permitir que se quede aquí. ¿Lo he dejado suficientemente claro?

Al oírle, el sargento recuperó parte del color en las mejillas.

—No puedo marcharme. Este es mi trabajo. ¿Y qué demonios se supone que le diría a mi esposa?

—¿Pensaba quedarse aquí y tratar a Simone como si fuera una trabajadora más?

—Yo... ¡No tengo otra opción!

—Hay otros muchos departamentos de policía cerca de aquí: Denver, Aurora, Fort Collins. Y poblaciones más pequeñas en las que estarían encantados de contar con usted. Empezará a buscar y en cuanto encuentre una plaza, le dirá a su esposa que es una oportunidad que no puede dejar pasar. Y después se largará de aquí y no volverá jamás.

—¿Y si no lo hago?

Luke sonrió.

—Y si no se va, su situación en esta comisaría será muy diferente, sargento.

El fuego que ardía en su pecho fue apagándose mientras

salía del edificio, pero, desgraciadamente, dejó sus cenizas tras él. Ni siquiera sintió una chispa de esperanza cuando sonó el teléfono. Sabía que no era Tessa. Ya había pasado más de una semana y no iba a llamarle.

Tal como imaginaba cuando abrió el teléfono, no era ella. Lo que no esperaba era encontrarse con un número con el prefijo de Los Ángeles.

–¿Diga?
–¿Luke? Hola, soy Eve.

Luke se detuvo en la acera, demasiado impactado como para poder seguir moviendo las piernas. Hacía poco tiempo que se habían visto, pero, de alguna manera, era diferente oír su voz por teléfono. Era como si estuvieran juntos a solas.

–¡Ah! –contestó por fin–. Hola, ¿qué tal estás?
–Bien, muy bien, en realidad.
–Me alegro. Tenías muy buen aspecto cuando te vi.
–Sí, tú también –contestó, antes de que los dos se sumieran en un incómodo silencio.

Con el ceño fruncido, Luke sacó las llaves del bolsillo y se obligó a avanzar hacia su coche.

–Entonces...
–Lo siento –dijo Eva–. Resulta extraño, ¿verdad?
–Sí –Luke suspiró mientras se metía en el coche y cerraba la puerta. Cerró los ojos también–. Es raro.
–Siento lo del otro día. Me refiero a lo de casa de tu madre. No tenía intención de sorprenderte de esa manera.
–Lo sé.

Con los ojos cerrados, se sentía como si estuvieran sentados juntos en el coche. Los abrió y clavó la mirada en el parabrisas.

–Debería habértelo dicho entonces –se disculpó Eve lentamente, eligiendo las palabras con cuidado–. Lo que quiero decir en realidad es que lo habría hecho si no me hubiera impactado tanto verte. Voy a casarme.

—Felicidades. En realidad, me lo imaginé.

Eve exhaló un suspiro cargado de alivio.

—Tú siempre has sido muy inteligente.

—No siempre —musitó él.

—No —oyó el tintineo del pendiente contra el teléfono cuando Eve cambió de postura—. No, pero aquella época no fue normal para ninguno de nosotros. Fue muy difícil. Siento mucho... no sé, todo lo que pasó.

Luke cerró los ojos, demasiado cansado como para seguir con ellos abiertos.

—Podía haber manejado la situación mucho mejor. Pero era joven y estúpida.

—Los dos lo éramos. Éramos demasiado jóvenes para enfrentarnos al matrimonio, y al cáncer.

—Sí, supongo que sí. Entonces, ¿ya no me odias?

Luke advirtió que contenía la respiración y sintió que se le tensaba el pecho en respuesta.

¿La odiaba? ¿La había odiado alguna vez? Aquella parte de su vida estaba demasiado lejos como para poder decirlo en aquel momento.

—No, no te odio. Me alegro por ti. Espero que sea un buen tipo.

—Lo es —titubeó—. Por si te sirve de algo, creo que he aprendido a ser mejor en esto. Antes me guardaba muchas cosas dentro. Nunca dejé que supieras lo sola que me sentía incluso cuando estabas sentado a mi lado. Y para cuando te lo dije, ya era demasiado tarde. No podíamos dar marcha atrás.

Luke podía haber discutido con ella. Podría haberle dicho que era ella la única que no había querido volver a empezar. ¿Pero qué demonios importaba en aquel momento? Eve tenía razón. Eran demasiado jóvenes y estúpidos. No habían tenido ninguna oportunidad.

—Es agradable oír tu voz —dijo Eve suavemente.

—Sí, lo mismo digo.

Y lo decía en serio. Pero sospechaba que habría sido mucho más agradable si hubiera sabido que cuando colgara iría a ver a Tessa. Lamentablemente aquella noche tendría que conformarse con la botella.

El viernes por la noche siempre era el día más animado de la cervecería. Normalmente llevaban un grupo y el de aquella noche era magnífico. Pero, incluso sin música, se palpaba la felicidad en el ambiente mientras los clientes se despedían de otra semana de trabajo. Todo el mundo era feliz. Incluso Tessa fingía ser feliz mientras marcaba con el pie el ritmo del violín eléctrico y llevaba otra ronda de cervezas a la mesa nueve.

Pero no estaba contenta. Estaba inquieta y resentida. Debería estar contenta. Sentía los hombros más ligeros, menos preocupaciones en su corazón. Jamie y Eric habían firmado una tregua y Jamie se había disculpado solemnemente por haberse acostado con una ladrona o, por lo menos, con la cómplice de un ladrón. Era como si de pronto hubieran sajado una herida y la presión se hubiera liberado.

Pero Luke estaba arruinándolo todo. Luke y su terrible ausencia, y el vacío que había dejado en su corazón, y la forma en la que le deseaba su cuerpo. Tessa bajó la mirada hacia la cerveza que acababa de servir, intentando decidir si aquel color marrón era o no más oscuro que los ojos de Luke.

–¿Tessa? –dijo Jamie–. ¿Estás bien?

–Claro –contestó con una sonrisa.

Y terminó de servir rápidamente la mesa antes de que le hicieran más preguntas. Pero cinco minutos después, cuando regresó a la barra con una bandeja de vasos vacíos, Jamie no le quitaba la mirada de encima.

Para defenderse, Tessa sacó el móvil y escribió un mensaje en el Twitter en el que decía que Jamie estaría encantado de recibir más visitas. Desgraciadamente, no entró una multitud por la puerta para salvarla antes de que su hermano volviera a atacar.

—¿Entonces qué ha pasado con Luke? —preguntó con sospechosa ligereza.

—Nada —le guiñó el ojo—. Solo lo que tú querías.

—¡Eh! Yo no quiero que dejes de verle si eso te hace ir llorando por las esquinas.

—¡Yo no voy llorando por las esquinas! ¡Estoy muy contenta!

—Sí, claro. ¿Qué te ha hecho para que te hayas enfadado tanto?

—Oh, bueno... —comenzó a amontonar vasos sucios con la esperanza de que dejara el tema.

—¿Tessa?

—Me planteó algunos de mis problemas.

—¡Oh, no! ¡Qué canalla!

Tessa agarró la bandeja con los vasos sucios y la deslizó sobre el mostrador antes de levantarla.

—Si crees que es tan majo, sal tú con él.

Cuando Tessa cruzó a toda velocidad las puertas que conducían a la parte de atrás, comprendió que había ido de mal en peor. Y «peor» era una situación terriblemente embarazosa.

—¡Oh! —exclamó, encogiéndose al ver a Wallace de rodillas ante Faron, con las manos unidas como si estuviera rezando—. ¡Lo siento!

Wallace desvió la mirada hacia ella, pero Faron ni siquiera pestañeó.

—No te llevas bien con mi marido, así que no puedo seguir viéndote.

—¡Tu marido! —Wallace escupió en el suelo asqueado, haciendo saltar a Tessa—. No se merece ni ser considerado un hombre. Faron, por favor. Te quiero.

Faron apartó bruscamente la mano que Wallace le retenía, dio media vuelta y se alejó a grandes zancadas.

Con los brazos doloridos por el peso de los vasos, Tessa permaneció paralizada donde estaba mientras Faron pasaba por delante de ella.

Al final, se aclaró la garganta.

—¿Wallace?

Wallace gruñó mientras se incorporaba y Tessa se alegró de que estuviera regresando a su malhumorada normalidad.

—Su marido —musitó el cervecero.

Tessa volvió a aclararse la garganta.

—Eh... ¿le conoces?

—¿Que si le conozco? Salí con él hace años. Es un fanfarrón y un mentiroso que ni siquiera le llega a Faron a la altura de los zapatos. ¡Esa mujer es una diosa!

Diosa o no, Wallace no parecía tener precisamente el corazón roto.

—¿Estás seguro de que estás bien? —le preguntó.

Le parecía extraño que un hombre pudiera recuperarse tan rápidamente después de haber estado de rodillas, suplicando por el corazón de una mujer.

—Sí, estoy bien —gruñó, y se retiró hacia su bodega y sus tanques.

—Wallace, ¿estás seguro?

Wallace se detuvo y se volvió ligeramente hacia ella. Tessa escrutó su rostro, o lo que podía ver de él, buscando alguna señal de tristeza. Pero, sorprendentemente, Wallace le guiñó el ojo y su barba se estiró como si estuviera sonriendo.

—Volverá. No es capaz de resistirse.

—Oh, ya entiendo.

Tessa le vio desaparecer en la habitación de los tanques de cerveza y allí permaneció hasta que los brazos comenzaron a temblarle. Para cuando comenzó a moverse para dejar la bandeja, Wallace ya había regresado a su silencioso monólogo con los tanques y parecía absolutamente feliz en su bodega. Tessa se alejó corriendo a toda velocidad y llegó justo a la guarida de Jamie.

—¿Sabes? —dijo Jamie, como si no hubiera pasado ni un segundo desde que habían dejado la conversación—. Ayer hablé con él.

Tessa gimió y se tapó la cara, convencida de que estaba empezando a perder la cabeza.

—¿Con quién?

—Ya sabes con quién. Llamó para hablar del caso.

—Muy bien. Genial. Espero que tuvierais una conversación agradable.

—Parecía bastante apagado.

A Tessa se le llenaron inmediatamente los ojos de lágrimas. ¿Estaba triste? ¿La echaba de menos? ¡Dios! Ella le echaba mucho de menos. El dolor todavía estaba allí. Tirando de ella hacia al suelo. Un sentimiento terriblemente melodramático para una relación tan corta.

—Vamos, hermanita, cuéntame lo que pasó.

Tessa negó con la cabeza, pero, aun así, las palabras escaparon de sus labios.

—Tenías razón sobre Luke.

Jamie se tensó y en su rostro relampagueó la rabia.

—La razón por la que todo el mundo piensa que Simone es el padre del niño...

—Ese asqueroso canalla...

Tessa se encogió de hombros.

—No es... No sé. En realidad, no se acostó con ella, pero, al parecer, hubo algo entre ellos hace un par de años. Bebieron mucho y se liaron.

Jamie bajó la barbilla.

—¿De verdad?

—Sí. Pero Luke dijo que, en realidad, nunca...

—¿Solo se besaron? —la interrumpió Jamie.

Tessa advirtió entonces que el enfado de su hermano se había transformado en estupefacta incredulidad.

—¿Y qué? Me había dicho que solo eran amigos.

—¿Te has enfadado porque se dieron un beso hace un par de años?

Entonces fue Tessa la que se tensó.

—No sé si fue solo un beso. A lo mejor se enrollaron o....

—¡Oh, vamos! Aunque de verdad hubiera pasado algo, llevan más de dos años viéndose a diario sin que haya ocurrido nada. ¡Por favor, Tessa!

—¡Eh! Que fuiste tú el que me dijo que no fuera una estúpida.

—¿De verdad? Pues no lo seas.

—¡Vete al infierno! —exclamó, al tiempo que alargaba la mano hacia las cervezas que Jamie acababa de servir.

—¡Eh! —comenzó a decir, pero fueron interrumpidos por un grito agudo.

—¡Jamie! —gritó a coro un grupo de chicas desde la puerta.

—Tessa —dijo Jamie por debajo de su sonrisa de bienvenida—. ¿Qué has escrito esta vez?

—Nada. Solo he comentado que había mesas vacías en el bar. El entusiasmo lo provocas tú, hermanito.

—Bueno, iba a decirte que fueras a buscar a tu novio, pero ahora...

—Hay demasiada gente. Y no es mi novio.

Intentó subir la bandeja, pero Jamie se la agarró desde el otro lado.

—Tienes que hablar con él. Y todavía quedan dos mesas vacías. El bar no está tan lleno.

—Está abarrotado —tiró de la bandeja de nuevo, pero Jamie también tiró y consiguió arrebatársela.

—Quiero que seas feliz, hermanita. No solo que estés segura y protegida, sino también que seas feliz. Y a lo mejor Luke no es tan malo. Tú habla con él, ¿de acuerdo? Deja que se disculpe por haberte cuestionado. Porque eso es lo que de verdad te ha molestado, ¿no es cierto?

Tessa miró dubitativa alrededor de la cervecería abarrotada e intentó aferrarse a su enfado.

—Puedo manejármelas perfectamente con el doble de gente —dijo Jamie.

Tessa quería ver a Luke. Lo deseaba de verdad. Durante los últimos días había tenido la sensación de que mantener unida a la familia no era suficiente para hacerla feliz. De que quizá había llegado el momento de aprender a confiar. Y si incluso Jamie pensaba que estaba siendo demasiado cabezota...

—De acuerdo, estupendo. Si eso te hace feliz.

Empujó la bandeja hacia él, se quitó el delantal y salió corriendo. Después, retrocedió a toda velocidad para darle a su hermano un beso en la mejilla.

—Gracias.

Pero incluso cuando se estaba metiendo en el coche, no estaba segura de que estuviera haciendo lo que debía. Había roto con Luke en un arranque de furia y dolor. ¿Cómo demonios se suponía que iba a poder acercarse de nuevo a él? ¿Debería llamar a su puerta y preguntarle que si podían hablar? A lo mejor podía llevarle flores. Pero eso le recordaría las flores que le había llevado a ella. Prefería llevarle un regalo que le hiciera acordarse de algo bueno. Algo que pudiera hacerle sonreír.

—¡Bingo! —susurró, sintiendo por fin más esperanza que dolor.

Entró en The White Orchid con una enorme sonrisa, pero su sonrisa se desvaneció cuando se descubrió frente a un grupo de diez o quince personas sentadas en un corro de sillas alrededor de un podio colocado en medio de la tienda.

—Ejem —fue lo único que consiguió decir.

La mujer que estaba en la última fila se volvió.

—La clase todavía no ha empezado —señaló una silla plegable que tenía a su lado—. Puedes sentarte a mi lado.

—¡Oh! No he venido a ninguna clase, yo solo... —Tessa señaló hacia la otra parte de la tienda y comenzó a alejarse.

¿Una clase en aquel establecimiento? Casi le daba miedo averiguar cuál era el contenido, así que corrió al otro lado de la tienda y agarró lo que había ido a comprar. Afortunadamente, había una chica tras la caja registrada.

—¡Oh, qué bonito! ¿Vas a quedarte a la clase?

—Eh, no, creo que no. Mm... ¿de qué es exactamente?

—¡Está empezando! —dijo la chica con un intenso susurro, señalando hacia el podio.

Tessa le tendió la tarjeta de crédito con la mirada fija en la clase.

—Soy Beth, la encargada de este establecimiento, y quiero daros las gracias por haber venido a nuestra clase sobre el arte de la felación.

Tessa tragó con fuerza y tuvo que toser para aclararse la garganta, aunque tosió tan quedamente como ningún ser humano había tosido jamás. Si había algo que no le apetecía en aquel momento era tener a todo aquel grupo pendiente de ella.

—Esta es Cairo —continuó diciendo Beth—. Y ella va a ayudarnos con algunas de las demostraciones.

Era aquella maravillosa mujer de melena oscura a la que Tessa había visto durante su última visita a la tienda. Dio un salto y saludó a la clase sosteniendo en la mano un consolador de color verde que se movió de arriba abajo al mover la mano. La clase rio con nerviosa excitación.

—Comencemos con la definición —siguió Beth.

Tessa agarró la bolsa y se dirigió de puntillas con su compra hacia la puerta. No respiró hasta que estuvo fuera. Había intentado no escuchar, sintiéndose terriblemente consciente de que no debería hacerlo, pero la frase «y eso puede incluir el escroto» la siguió hasta la puerta.

Apenas acababa de dar cuatro pasos en el aparcamiento cuando estalló en carcajadas. Y por centésima vez en aquella semana, pensó que aquello tenía que contárselo a Luke. Solo que en aquella ocasión, realmente podría hacerlo.

Capítulo 28

Luke fijó la mirada en el borde del vaso preguntándose vagamente si ya estaría borracho. No tenía sensación de estarlo. Solo había bebido dos dedos de whisky, pero tenía que estar borracho. En vez de mirar a la rubia medio desnuda que se retorcía en la pantalla, continuó con la mirada fija en el vaso que tenía en la mano.

El vaso había sido un regalo de boda de algún familiar de Emily. Cuando se había ido de casa, Eve le había dejado los vasos de whisky, probablemente imaginando que iba a necesitar una copa de alcohol duro cada noche. Durante algunas semanas, Luke les había dado bastante uso, pero la juerga no había durado mucho por culpa del navajazo. En el hospital no dejaban beber alcohol y ni siquiera él había sido tan estúpido como para mezclarlo con los analgésicos cuando había regresado a su casa.

Pero aquella noche estaba dedicándose a recuperar el gusto por un buen whisky de malta.

No le había mentido a Tessa. En realidad, no. Había ocultado intencionadamente una información crucial sobre Simone, pero solo porque para él no era relevante. ¿Cómo era posible que Tessa no se diera cuenta? El hecho de que se sintiera culpable por haberlo hecho solo aumentaba su resentimiento.

Una mirada fugaz a la televisión le indicó que no se había perdido gran cosa durante el tiempo en el que había estado soñando despierto. La rubia desnuda continuaba contoneándose, pero no podía importarle menos. Evidentemente el que había inventado aquel porno blando era más penoso que él.

Alargó la mano hacia el mando de la televisión, pero la botella estaba más cerca, así que se decidió por ella. Pero en cuanto cerró los dedos alrededor del frío cristal, alguien llamó a la puerta. Luke desvió los ojos hacia la pantalla. La rubia estaba haciendo algunos giros ligeramente fuera de plano. Aparecía en la película una escena situada en una cocina que parecía no tener ninguna relación con la historia anterior, si es que se le podía llamar así. El cuerpo del tipo era sospechosamente musculoso para tratarse de un fontanero normal.

—Tienes que estar de broma —musitó Luke.

¿Es que a nadie se le ocurría algún argumento nuevo para ese tipo de películas?

Luke dejó la botella, agarró el mando a distancia y apagó la televisión. Quienquiera que hubiera llamado a la puerta se merecía que le agradeciera la interrupción.

Pero cuando abrió la puerta, cambió de opinión. En cambio, frunció el ceño. Y lo frunció todavía más al darse cuenta de que su estúpido corazón daba un vuelco al ver a Tessa.

—Hola —le saludó Tessa.

Su sonrisa feliz pareció desvanecerse ligeramente a la altura de la comisura de los labios.

Luke no respondió. Se decía a sí mismo que estaba demasiado enfadado como para decirle nada, pero la verdad era que tenía la garganta tensa y poco dispuesta a dejar que escapara palabra alguna de sus labios.

—Eh... ¿estás ocupado?

Estiró el cuello para mirar tras él y Luke se alegró tanto de haber apagado la televisión que bajó la guardia y permitió que Tessa entrara en su casa.

—No estás diciendo nada —señaló Tessa.

Fijó la mirada en la botella y en el vaso.

—¿Qué quieres, Tessa?

—Eh... quería hablar contigo —movió la bolsa en su dirección—. No son flores, sino...

Luke agarró la bolsa inmediatamente, pero no la abrió. Se quedaron mirándose fijamente el uno al otro.

—En realidad —Tessa recuperó la bolsa—, creo que esto ha sido una idea estúpida.

Temiendo que estuviera a punto de irse, Luke agarró de nuevo la bolsa y la sujetó con fuerza.

—¿Qué idea?

—Yo solo... quería que habláramos. No quiero que pienses que no me estoy tomando esto en serio.

—Tessa, no sé de qué demonios estás hablando.

—Siento haberme enfadado tanto —dijo precipitadamente—. Siento haberte empujado. Estaba muy enfadada y después dijiste lo de Simone. Pero ahora estoy dispuesta a escucharte.

—Te lo agradezco. De verdad.

La emoción de volver a verla había reducido a un agudo dolor el impacto de la sorpresa inicial y en aquel momento podía sentir de nuevo el enfado. Aunque Tessa se retorciera delante de él, él no cedería ni un ápice. A lo mejor ya había tenido demasiadas disculpas en un solo día.

—De verdad lo siento —repitió Tessa—. Dije cosas que no debería haber dicho. Estaba asustada y completamente destrozada, pero eso no es excusa.

Mierda. Parecía lamentarlo de verdad. En sus ojos verdes brillaba el arrepentimiento. A pesar de lo enfadado que estaba, Luke sintió que su resolución se derretía como la mantequilla sobre el pan caliente.

—Yo también lo siento. Lo de Simone, quiero decir. Debería haberte contado la historia completa.

—¿Cuál es la historia completa?

Luke elevó los ojos al cielo. Quería decirle que no era asunto suyo, pero lo era. Al menos, en parte. ¿Y qué demonios tenía que perder?

—Yo estaba buscando a alguien que me hiciera olvidar. Eso es todo. Me sentía un poco herido. Llevábamos un mes trabajando juntos y nos llevábamos bien. Tomamos unas copas, la acompañé a casa y pensé que sería una gran idea liarme con ella. Pero no lo era. Fuimos a su casa, pero, gracias a Dios, Simone estaba suficientemente sobria como para pararme los pies.

—¿Pero tú querías? ¿Habrías...?

Luke tensó la mandíbula.

—Mira, soy un hombre y estaba borracho. Confundí la amistad con otra cosa. Pero te juro por Dios que desde entonces Simone ha sido como una hermana para mí.

Luke elevó los ojos al cielo una vez más, resentido por el recelo que veía en sus ojos.

—Mira, Tessa, comprendo que te enfadaras aquel día. Sé lo importantes que son tus hermanos para ti. Pero eso no cambia el hecho de que no confías en mí.

—¿Qué? —graznó. El brillo de sus ojos desapareció.

—Tessa, vamos. No puedes confiar en mí. No eres capaz de invertir en esta relación y...

—¡Eso no es verdad! Ni siquiera me has dado la oportunidad de explicarme. Tenía miedo. Estaba intentando controlar todos los aspectos de mi vida con mano de hierro, como tú mismo dijiste.

—Claro que sí. Y no te envidio por ello, pero...

—Pero estoy trabajando en ello. Le conté todo a Eric. Absolutamente todo —se le llenaron los ojos de lágrimas—. Y estoy intentando aprender a confiar y...

—Tessa...

Dios, no soportó ver cómo se arrugaba su rostro al oírle decir su nombre.

—Tenías razón. Y lo siento. Por favor, Luke...

Un par de días atrás, Luke habría dado cualquier cosa por encontrarse en aquella situación. Cualquier cosa. Pero después de la conversación con su ex, aquello no iba a ser fácil. No podía abrazar a Tessa y olvidarlo todo.

–Tú también tenías razón. Yo he tenido mis propios problemas. Y esa es precisamente la cuestión, Tessa. No es fácil encajar nuestros respectivos problemas.

–No entiendo lo que quieres decir. No es que no confíe en ti. Como tú mismo dijiste, no confío en nadie. Pero ahora soy consciente de ello.

Luke apretó con fuerza la bolsa que tenía en la mano, arrugando el papel hasta rasgarlo bajo sus dedos. Inclinó la cabeza hacia el sofá. Tessa rodeó el sofá y se sentó rápidamente, como si estuviera reclamando su espacio.

Luke se sentó con más cuidado, temiendo olvidarse de que no debía abrazarla si aceleraba sus movimientos. Temiendo olvidar que no debía enterrar el rostro en su cuello y respirar su fragancia. Porque si saboreaba su esencia, estaría perdido. Diablos, estaría tan perdido que ni siquiera le importaría. Así que Luke se sentó en el borde del sofá y se aferró a la bolsa como si fuera un escudo.

–No voy a decir que sea un libro abierto –dijo Luke–. Pero no soy un estúpido. Sé que volveré a enamorarme, que tendré nuevas relaciones, y que no serán auténticas si no soy capaz de abrirme. Pero eso no puedo hacerlo con alguien...

–¿Con alguien como yo?

–No.

–Yo no...

–Mi exesposa es una buena persona –la interrumpió–. Pero no confiábamos el uno en el otro lo suficiente como para ser sinceros. Aquello se parecía más a una partida de ajedrez que a un verdadero matrimonio. Nos tratábamos como adversarios. Pero éramos tan jóvenes que yo ni me daba cuenta.

—Sé que no he sido la persona más sincera del mundo, pero...
—No es tan sencillo. Tú no lo entiendes...
—¡Entonces ayúdame a entenderlo! —exclamó ella—. ¡Por favor!

Luke cometió el error de mirarla a los ojos, que rebosaban lágrimas de tristeza. Tessa estaba consiguiendo atraerlo hacia ella, así que él sacudió la cabeza y desvió la mirada.

—Estaba destrozado por el divorcio. No había pensado ni una sola vez en volver a enamorarme. Ni en cómo podría ocurrir. Pero todo en ti me invitaba a pensar en ello. Me hacía desearlo. Sin embargo...

—¿Qué?

—Tessa, no puedo pasarme la vida preguntándome qué estás sintiendo en realidad, qué estás pensando. En lo que me ocultas porque tienes miedo de que no me guste. Y tampoco puedo hacerte eso a ti. Yo pensaba que mi mujer y yo disfrutábamos de un matrimonio normal, agradable. En ningún momento me di cuenta de que ella no era feliz, porque no me lo dijo y yo no le prestaba atención. No le prestaba ninguna atención en absoluto. Vivía en mi propia cabeza, entregado a mi trabajo. Yo la quería, pero no sabía cómo formar parte de una relación. La próxima vez, intentaré prestar más atención. Pero no puedo vivir con el miedo permanente a llegar un día a casa y encontrar una nota...

Se atrevió entonces a mirar a Tessa y vio las lágrimas corriendo por su rostro. Su corazón se estremeció ante aquella imagen.

—Por favor, no llores.
—No sé cómo... —se le quebró la voz en un sollozo, pero lo reprimió y tomó aire—. No sé cómo demostrarte que lo he entendido, pero es así. Tenías razón. Quiero controlarlo todo porque... porque no quiero que vuelvan a abandonarme. No puedes imaginarte lo que es...

—Lo sé —su mano se elevó como si tuviera voluntad propia, deseando acariciarla, ofrecerle consuelo.

Se obligó a agarrar de nuevo la bolsa y apretó el papel para que dejara de temblarle la mano.

—Pero estaba mintiendo cada vez más —dijo, con la voz tensa por las lágrimas—, y, sin embargo, ya no soy capaz de mantener a mis hermanos unidos. En realidad, no pueden quererme de verdad si no me conocen tal y como soy.

—Ellos te quieren de todas formas.

Tessa asintió.

—Tienes razón. Así que tengo que dejarles en paz y vivir mi propia vida. Sin miedo. Y quiero formar parte de la tuya, Luke. Si prometo no mentirte y tú prometes que no me mentirás, ¿podríamos intentarlo al menos?

El hielo del vaso de Luke se quebró, llamando la atención de este, que deseó desesperadamente beber otro vaso. Todo dentro de él quería decir que sí. Sí, por supuesto, claro que podían intentarlo. Sí, podía volver de nuevo a su vida y él no haría nada para evitarlo.

Tragó saliva. Y volvió a tragar con fuerza otra vez, intentando despejar el nudo que tenía en la garganta. ¿Cómo iba a poder alejarse de ella? ¿De verdad era tan débil que no era capaz de luchar por lo mejor que le había pasado nunca? Todo en ella le hacía feliz.

Sacudió la cabeza al tiempo que se retorcía las manos con tanta fuerza que la bolsa se rompió definitivamente. Cuando vio lo que había en el interior, no pudo evitar una carcajada. Pero fue una carcajada llena de dolor.

—Tessa —gimió.

Tessa tomó una trémula bocanada de aire. No se atrevía a mirarla, pero, al final, aquella fue su perdición. Su falta de atención le dio a Tessa la oportunidad de acercarse a él. Se sentó en su regazo y le rodeó el cuello con los brazos. En cuanto Tessa le tocó, supo que no tenía ni una sola oportunidad.

—Yo cuidaré tu corazón, Luke. Te juro que lo cuidaré.

Luke respiró su fragancia y, tal como había temido, aquel perfume se instaló inmediatamente en su interior, llenando hasta el último rincón de su pecho.

—Por favor, créeme. En realidad será un alivio ser sincera. Será mucho más fácil que intentar hacerlo todo perfectamente siempre.

Luke soltó la bolsa y la abrazó. Todo su cuerpo renunció entonces a la lucha. Se sentía bien estando con ella. Siempre se había sentido bien a su lado.

Tessa no era su ex y él tampoco era el hombre de antes. Tessa le hacía reír, le hacía feliz. Con ella jamás se atrevería a dar nada por sentado.

Cerró los ojos y la besó en la sien, permitiendo que el alivio se derramara sobre él. Tessa era lo que él quería. Apartarla de su lado había sido la más amarga de las curas, pero a lo mejor había sido el miedo, puro y simple, el que le había empujado a ello. ¿Cómo podía estar seguro?

Estaba perdido. Perdido en el peso y el calor de su cuerpo acurrucado contra él.

—No llores —susurró cuando sintió que volvía a derrumbarse contra su cuello—. No llores.

—Lo siento —contestó—. Siento haberte dicho que te fueras. Estaba asustada.

—Lo sé.

Él también estaba asustado. De hecho, en aquel preciso instante, estaba aterrorizado, pero decidió interpretarlo como una señal de lo que debería hacer, no de lo que no debería.

—Mi mujer —comenzó a decir. Y le bastó empezar a contarlo para sentir dolor—, enfermó. Y yo pensé que quizá aquella fuera la solución, el camino para que dejáramos de discutir y evitarnos. Pensé que lucharíamos juntos contra el cáncer, que eso nos uniría y que todo sería maravilloso. Sinceramente, incluso llegué a decirme que sería bueno para nosotros. ¿Cómo se puede ser tan estúpido?

Tessa le palmeó el hombro, pero no dijo una sola palabra.

—Comencé a llegar a casa antes de lo que lo hacía habitualmente. Insistí en acompañarla a la quimioterapia y la radio. Busqué pelucas, dietas saludables y suplementos vitamínicos que pudieran ayudarla. Creía que estaba siendo el marido perfecto. Y ella pensó que me estaba dedicando a la enfermedad más de lo que nunca me había dedicado a ella.

Oyó que Tessa tragaba con fuerza.

—Yo pensaba que por fin estábamos siendo un matrimonio magnífico. Que por fin estaba siendo un buen marido. No era consciente de que ella no estaba sintiendo nada parecido. Se estaba enfrentando a la muerte y se estaba dando cuenta de que, aunque solo le quedaran unos meses de vida, no quería pasar esos meses conmigo.

Luke oyó su exclamación ahogada. Tessa le agarró con tanta fuerza del brazo que le hizo daño, pero no la detuvo.

—¿Te dijo eso? —preguntó Tessa en un susurro.

—No con esas palabras. Pero era eso lo que pretendía decir. Faltaban solamente unas semanas para el escáner final, para que nos dijeran si la enfermedad había remitido. Pero a ella no le importaba el diagnóstico. Se había dado cuenta de que ya no me quería. Me dijo que, al principio, había agradecido que estuviera a su lado. Pero que, al volcarme de aquella manera en la enfermedad, le había demostrado que el cáncer era lo único que nos mantenía unidos. Éramos muy jóvenes y cuando nos habíamos casado, realmente no nos conocíamos el uno al otro. Ella esperaba algo más para sí misma que una vida forjada alrededor de un error.

—Lo siento mucho.

—Me quedé completamente confundido. Vivía como un zombi. A lo mejor fue esa la razón por la que me dieron la puñalada. Pero entonces, estuve a punto de morir y vi lo que vi. Me di cuenta de que mi vida se había regido por decisiones muy claras, pero la cuestión era que estaba solo tumbado en aquella cama. Sentía que se acababa mi vida y lo único que quería era estar con ella.

Sintió el calor de las lágrimas de Tessa a través de la camisa, pero él tenía los ojos secos como la sal.

—Así que sé lo terrible que es que te abandonen, Tessa. Sentir que puedes morir de dolor. Tú ni siquiera tienes que esconderme eso.

—¿Cómo pudo hacerte algo así? —lloró Tessa.

Luke se había planteado esa misma pregunta entonces. Pero en aquel momento era capaz de entenderlo.

—Bueno, en realidad, ella tenía razón, ¿no te parece? Era su verdad y tenía tanto derecho a ella como yo a la mía. Porque lo cierto es que no éramos felices juntos. En algún momento, yo habría conocido a alguien, o ella me habría dejado, o hubiéramos terminado engañándonos. No éramos felices, así que ella quería seguir su vida y ser feliz. Pero ninguno de los dos estaba equivocado.

Tessa alzó la cabeza y le besó. Sus labios sabían a lágrimas, advirtió Luke.

—Lo siento mucho —repitió.

—Nunca se lo había contado a nadie porque prefería que la gente pensara que había abandonado a mi esposa enferma a que supiera la verdad. Que me había destrozado, que me había dejado sin mirar atrás ni una sola vez.

Asintiendo, Tessa deslizó la mano por su mandíbula.

—Gracias por contármelo.

—Esta vez quiero ser sincero contigo.

Tessa le dirigió una temblorosa sonrisa.

—¿Esta vez?

—Sí, esta vez. ¿Crees que podrás perdonarme lo de Simone?

—¿El resto de lo que me contaste era cierto? ¿De verdad no sentías nada más por Simone?

—De verdad que no. Con la mano en el corazón.

—¿Y estás seguro de que quieres intentar... esto?

Luke soltó una risa ligeramente incómoda.

—Sí, quiero intentarlo con todas mis condenadas fuerzas. Por lo visto, enamorarse poco a poco es científicamente imposible. Enamorarse significa que no eres capaz de controlar la situación, ¿verdad? Debería haberlo tenido en cuenta.

Tessa se sentó a horcajadas sobre él, haciéndole recordar a Luke que jamás había tenido manera de defenderse contra ella.

—Perdona un momento —dijo antes de levantarse el dobladillo de la camisa para secarse la cara—. Lo siento —repitió, con la voz amortiguada por la tela.

—No tienes por qué —contestó Luke, observando cómo se movían los músculos de su estómago.

Diciéndole la verdad se había liberado de la enorme carga que llevaba en el alma. Sentía una novedosa ligereza. Se sentía bien. Y acariciarle el estómago le pareció la mejor idea del mundo. Posó la palma de la mano en su cintura desnuda mientras ella se bajaba la camisa.

—¡Oh! —suspiró Tessa—. Pensaba que estábamos teniendo una conversación seria.

—Y estábamos —deslizó una mano por su espalda y metió también la otra bajo la camisa.

Tessa cerró los ojos. Se estiró y se arqueó contra sus manos.

—No tienes idea de cuánto me gusta.

—Creo que tengo una idea bastante precisa.

Pero no avanzó más. No intentó desnudarla. Se limitó a estrecharla contra él y abrazarla, sintiendo el calor de su piel contra sus manos.

—No podía dejar de pensar en ti, Tessa, por mucho que lo intentara.

Tessa se derritió contra él, acercando su estómago al suyo. Suspiró contra su cuello.

–Lo sé. Pensaba que no volvería a acariciarte nunca más.

En aquel momento, le pareció lo más ridículo que había oído jamás en su vida. ¿Cómo podía haber sido capaz siquiera de pensarlo? Era un condenado estúpido.

–Te necesito –susurró Tessa.

Y Luke pensó que su corazón iba a reventar en aquel momento. Y, de hecho, lo hizo. Estaba enamorado de ella. Lo supo en aquel preciso instante. Estúpido o no, se había enamorado.

Permanecieron así durante cerca de diez minutos, dejando que las cosas se asentaran entre ellos. Luke podría haber estado allí toda la vida. Pero entonces, Tessa se acurrucó contra él y se le ocurrió una idea mucho mejor.

–Vamos –dijo Luke–. Vente a la cama conmigo.

–A la cama, ¿eh? Esto debe de significar algo especial –se levantó, se estiró y bajó la mirada hacia él con una sonrisa–. ¿Sabes lo que es incluso más especial?

Luke arqueó las cejas con expresión interrogante y Tessa alargó la mano hacia el suelo para recoger el regalo que Luke había dejado caer.

Luke gimió.

–¡La lencería atrevida! –gritó.

–¡Pero si es ropa interior de Batman!

–Lo sé, pero no es solo el logotipo. Hay un cinturón multiusos de Batman con todo tipo de accesorios. Y... –se inclinó hacia delante con un suspiro–. Unos boxers superapretados. ¡Grrr!

–No.

Tessa le ignoró y pasó sorteando sus rodillas.

–¡No pienso ponerme eso! –gritó Luke mientras ella se dirigía hacia el dormitorio.

–Sí, claro que te lo vas a poner.

–No, no pienso ponérmelo.

Pero sabía que estaba perdido. Sabía que se lo pondría.

Porque eso la haría reír, y no había nada que le hiciera más feliz en el mundo que ver reír a Tessa. Excepto oírla gritando su nombre, y eso sucedería pronto, tanto si llevaba aquella ridícula ropa interior como si no.

Le diría que la quería más adelante. Todavía era demasiado pronto. Todo le resultaba demasiado nuevo. De momento, se limitaría a demostrárselo. Con la ropa interior de Batman. Y con todo lo que ella quisiera.

Capítulo 29

Dos meses después

El sonido familiar de un clic procedente de un revólver despertó a Tessa de un sueño profundo. Abrió ligeramente un ojo, que fue inmediatamente golpeado por una cantidad ridículamente exagerada de luz solar, así que volvió a cerrarlo.

La ventana estaba abierta. Podía oír la melodía de los pájaros en el jardín. La brisa había refrescado la habitación, que estaba agradablemente fría. Pero su cama era «taaaan» confortable.

El suelo crujió cerca de la puerta. Tessa abrió los ojos como platos y vio a Luke escabulléndose en la habitación.

—¿Adónde crees que vas?

—¡Eh, hola! Siento haberte despertado.

—¿Qué hora es?

—Casi las diez.

—¿Has estado fuera cinco horas? —el teléfono de Luke había sonado en medio de la oscura madrugada, pero Tessa había vuelto a dormirse antes de que él se hubiera levantado de la cama. Se acurrucó contra la almohada—. ¿Es un caso importante de asesinato?

—En realidad, podría serlo. Tendremos que ver lo que dicen los exámenes médicos.

—Pobrecito. Ven aquí.

Luke sonrió.

—No. Voy a ducharme y a cambiarme. He traído algunas cosas de mi casa.

—Deberías traer tus cosas aquí –farfulló Tessa.

Luke no contestó, así que Tessa se obligó a abrir los ojos otra vez y le descubrió cambiando el peso de un pie a otro con evidente nerviosismo.

—¿Qué te pasa?

—¿Qué cosas? –preguntó Luke.

¡Oh! Probablemente no debería haber dicho eso, pensó Tessa, al menos, no sin haberlo pensado detenidamente. Pero, curiosamente, ni siquiera la asustaba.

—Ven aquí –repitió.

Luke se sentó en el borde de la cama y estudió el rostro de Tessa con los ojos entrecerrados. Ella cerró los ojos y se tumbó de lado, dejando caer ligeramente la sábana. Estaba tan calentita. Mostró su piel cálida, desnuda y bella. Cuando el frío la acarició, los pezones se tensaron de manera casi dolorosa. Miró a Luke otra vez, pero este ya no estaba estudiando su rostro. Su mano había desaparecido bajo las sábanas y estaba rozándole la cadera.

—Mm –ronroneó, sintiendo el calor de su mano fundiéndose con el ardiente calor de su piel.

—Tengo que ducharme –musitó Luke, pero alzó la mano hasta su cintura y subió después hasta sus costillas–. Tus hermanos llegarán dentro de una hora –posó la mano sobre su seno.

Tessa se tumbó de espaldas y se arqueó contra él.

—Tessa...

Aquella podía ser su verdadera vida si ella quisiera, pensó Tessa. Aquella clase de calor. Aquella conexión. Hasta entonces sus relaciones habían sido solamente aventuras agradables que había mantenido al margen de su verdadera vida. Pero aquella clase de conexión era un ancla. Una fortaleza.

—Te quiero —susurró, alargando los brazos para acercarlo a ella.

—Yo también te quiero.

Continuó explorando su cuerpo con las manos mientras se inclinaba para besarla. Tessa nunca se cansaba de oírselo decir. Quería oírlo cada mañana. Cada noche.

—Trae todo lo que quieras —dijo Tessa.

—¿Mm? —le acarició el vientre, descendió hasta el vello que cubría su sexo y posó la mano sobre su calor.

—Puedes traer todo lo que quieras. No me gusta que tengas que irte por las mañanas.

Luke continuó bajando y Tessa abrió las piernas, para demostrarle a Luke lo húmeda que estaba. Y, por la forma de suspirar de Luke, supo que le encantó.

—¿Me quieres aquí? —preguntó.

Tessa no sabía si se refería a su casa o al interior de su cuerpo, pero la respuesta era sí en los dos casos.

Luke tiró de ella hasta que sus piernas quedaron colgando de los pies de la cama y su sexo abierto a él. Se desabrochó los pantalones y Tessa le vio liberar su miembro. Se mordió el labio y le rodeó las caderas con las piernas.

Luke alargó la mano hacia la mesilla de noche, abrió el cajón y se cayó todo lo que Tessa guardaba dentro.

—Mierda —musitó, mientras palpaba a ciegas, intentando agarrar un paquete de preservativos.

Pero sus ojos continuaban fijos en ella. Siempre fijos en ella.

Al final, comenzó a presionar y se deslizó profundamente en su interior.

Tessa no fue capaz de reprimir un grito mientras se arqueaba contra él. Le deseaba tanto que se sentía vacía incluso con él dentro. Pero Luke la llenó una y otra vez mientras la observaba bajar la mano hacia su vientre.

Tessa gritó su nombre mientras se acariciaba a sí misma, añadiendo presión al clítoris, una presión que crecía con cada una de las embestidas de Luke. Y una presión tan deliciosa que le entraron ganas de llorar.

—Tessa —susurró Luke—. Tessa...

Su cuerpo se desbordó en cuestión de segundos, demasiado lleno de placer como para seguir conteniéndolo. Luke la siguió poco después, embistiéndola brutalmente mientras Tessa movía las caderas contra él.

Luke se derrumbó y enterró el rostro en su hombro, dejando su gélida respiración sobre sus senos. Tessa hundió la mano en su pelo y le besó la sien.

—Quédate conmigo —dijo sin el menor titubeo en su voz—. Quédate conmigo, porque ya no tengo miedo.

Cuando le sintió asentir, Tessa alzó la mirada hacia el techo y sonrió. Aquello ya no era tan difícil. No, con Luke no.

—¿Eres bueno con las manos, detective?

Luke la miró con el ceño fruncido.

—¿Perdón?

—Si vas a venir a vivir a mi casa, he pensado que podríamos cambiar los suelos. Arreglar unas cuantas cosas. Quitar otras...

—Claro, lo que tú quieras. ¿Pero qué dirán tus hermanos?

—Hablaré con ellos. Pero no hoy.

—¡Gracias a Dios!

Aquel era el primer domingo que iban a reunirse como una gran familia. O, mejor dicho, como una gran familia de hombres recelosos que no confiaban los unos en los otros. Habían decidido almorzar en vez de cenar porque aquella noche había un partido de béisbol que todos querían ver.

—Hablando del tema... —dijo Luke con un suspiro—, la

verdad es que no quiero que vuelvan a pillarme en la ducha otra vez, así que si me perdonas...

—Siempre tan educado —susurró Tessa, acurrucándose bajo las sábanas—. A mis hermanos les encantará.

Luke se atragantó horrorizado antes de cerrar la puerta del baño tras él.

Tessa también necesitaba ducharse. El pollo que iban a comer estaba marinándose y preparado para meterlo en el horno, pero todavía tenía que preparar la ensalada aunque, por supuesto, para los hombres eso no tenía la menor importancia. Lo único que les preocupaba era la carne y ella estaba anticipando ya las quejas por no haber hecho el pollo en la barbacoa. Pero no era ninguna estúpida. Lo último que quería era soportar a tres hombres discutiendo sobre quién hacía qué y acusándose de no saber ni lo que era un tenedor para la barbacoa.

Cuando volvió a abrir los ojos fue porque Luke le dio un azote en el trasero.

—Levántate. Son las diez y media.

—Vale —gimió mientras iba saliendo a trompicones de la cama.

Luke ya se había puesto los vaqueros y una camiseta.

—¿Tengo el pelo suficientemente seco? He intentado darme prisa. No quiero que piensen que me he duchado aquí.

—Estás perfectamente. Pero será mejor que tires el envoltorio del preservativo.

—¡Mierda!

Se precipitó hacia la cama mientras Tessa sonreía ante su nerviosismo.

—Pensaba que no querías que volviera a mentir —le recordó a Luke, arrastrando las palabras.

—Eso no son mentiras. Son ilusiones útiles. Por el bien de tus hermanos.

—Perfecto.

Para las once y media, que fue cuando Jamie llamó a

la puerta, Luke ya se había tranquilizado un poco, pero, aun así, miró a Tessa con cierto recelo cuando esta fue a abrir. Por lo menos sus hermanos habían aprendido la lección de no presentarse en su casa sin ser previamente invitados.

—He traído la cerveza —dijo Jamie, que no parecía en absoluto contento.

—Todavía no son las doce.

—Ya, pero vamos a necesitarla.

A pesar de que había sido él el que la había presionado para que arreglara las cosas con Luke, continuaba pensando que un policía divorciado con el que en otra época había salido de fiesta no podía ser suficientemente bueno para Tessa.

—Vamos, será divertido.

Jamie le dirigió una sonrisa patentemente falsa y giró un dedo alrededor de su cabeza.

—Claro. Seguro que lo pasamos bien.

Eric se mostró algo más condescendiente cuando llegó y todos parecieron relajarse cuando Tessa sirvió el pollo en los platos. O a lo mejor fue la cerveza, que estaba empezando a hacer efecto. En cualquier caso, los hombres no fueron capaces de mantener la tensión frente a la carne, la cerveza y una conversación sobre béisbol. A pesar de su éxito, Tessa sintió que se le llenaban los ojos de lágrimas.

—¡Eh! —los interrumpió—. ¿Todo el mundo ha visto ya la fotografía de Simone y la niña? Os la envié ayer por correo electrónico.

—Eh, sí claro —dijo Eric.

Jamie pareció avergonzado.

—Bonita niña.

—¡Es preciosa!

—Tessa —dijo Eric con cuidado—, todos los niños son iguales a esa edad.

—Sí —se mostró de acuerdo Jamie—, blandengues.

—¡Anna no es blandengue! Es preciosa, ¿verdad, Luke?

Luke asintió, pero desvió la mirada.

—¡Oh, sois todos ridículos! —bufó Tessa, tirando la servilleta—. Solo por eso, os va a tocar recogerlo todo.

—¡Eh, vamos! —replicó Luke—. Sabes que me parece guapísima.

—¡Ni siquiera la tuviste en brazos!

—¡Es demasiado pequeña! —gritó.

Tessa elevó los ojos al cielo y entró enfadada en el cuarto de estar para poner el partido. Pero por encima de la interminable introducción al partido, oyó a sus hermanos y a Luke hablando. Diez minutos después, estallaron las carcajadas en la cocina y no pudo evitar acercarse para mirar a hurtadillas.

Eric y Luke estaban fregando los platos, y Luke se estaba riendo con tantas ganas que tuvo que secarse las lágrimas con el trapo de la cocina. Aunque Tessa sospechaba que estaban hablando de ella, sonrió.

Pero cuando advirtió un movimiento por el rabillo del ojo, su sonrisa se desvaneció. Jamie estaba en el patio trasero, sentado en un banco, junto a la cerca. El banco estaba frente a una pequeña piedra que habían colocado allí trece años atrás. En ella estaban grabados los nombres de sus padres.

Jamie debió de oír que se acercaba cuando Tessa caminó hacia él, pero no levantó la mirada.

—Eh, Jamie, ¿querías librarte de fregar los platos?

—No, solo estaba pensando.

Tessa le dio un golpe con la cadera en el hombro.

—¿En qué?

—En nada de lo que quieras hablar un domingo.

Tessa había puesto como norma que no se hablara de la cervecería los domingos, pero no le gustó la tensión que se acumulaba en los hombros de su hermano.

—Vamos, suéltalo —le urgió.
—Eric me está fastidiando, eso es todo. Cree que soy un irresponsable. No es ninguna novedad.
—¿Entonces por qué estás aquí fuera?
—Porque ya no lo soporto. Las cosas tienen que cambiar. No puedo seguir así.
—Tienes que darle tiempo, Jamie. Después de tu pequeño resbalón con Monica...
—No fue un resbalón.
—Estupendo, llámalo como quieras. La cuestión es que la fastidiaste.

La risa de Jamie fue tan amarga que Tessa sintió una punzada de alarma en el pecho.

—Dale tiempo —insistió—. No puedes limitarte a...
—No te preocupes. Lo superaré. Llevamos años así, de modo que podré soportarlo durante unos meses más. Será mejor que volvamos dentro y le hagamos sentir a tu novio un poco incómodo.

Tessa quería presionarle. Preguntarle cuáles eran sus planes, los cambios que quería. Pero, al fin y al cabo, era domingo. De modo que cuando Jamie se levantó, ella dejó el tema de lado y le dio un empujón fraternal.

—Deja en paz a Luke.
—Ni lo sueñes.

Mientras se abrían camino por el jardín cubierto de hierba excesivamente crecida, Tessa le agarró del brazo.

—En realidad no le llaman Imán porque atraiga a las mujeres.
—Claro que sí, lo oí con mis propios oídos.
—No. Te equivocas. En Los Ángeles empezaron a llamarle Imán después de que le dispararan porque atraía a las balas.

Jamie arqueó una ceja.

—¿Y se supone que eso tiene que hacerme sentir mejor?
—Es un buen tipo, Jamie. Y le quiero.

Aquello acabó con toda la diversión que podía mostrar el rostro de Jamie. De hecho, incluso palideció ligeramente.

—Si te hace daño, le mataré.

Tessa decidió no abordar el tema de la próxima mudanza de Luke. En cambio, se limitó a musitar:

—Lo sé —y le empujó con cariño.

Luke estaba esperándola cuando cruzó la puerta del patio. El himno nacional sonaba en el comedor. Jamie los dejó a solas tras dirigirle a Luke una mirada fugaz. En cuanto desapareció, Tessa aprovechó la oportunidad para abrazar a Luke y darle un beso.

—Esto es genial —susurró.

—Sí, claro que sí.

—Me refiero a esto. Al hecho de que estés aquí con mis hermanos.

—Eric está siendo muy amable —le dijo—, pero admito que no esperaba que Jamie estuviera enfadado durante tanto tiempo.

—Bueno, no pienso preguntar detalles, pero supongo que te vio salir con muchas mujeres cuando estabais en la universidad.

—Sí, será mejor que no preguntes detalles.

Tessa volvió a besarle antes de apartarse.

—Me parece bien. Afortunadamente para ti, Jamie no ha sido testigo de ninguna de mis citas, así que no te enterarás de nada.

—Me aseguraron que eras virgen e inocente hasta que yo llegué a tu vida, ¿qué más necesito saber?

—Nada. Sencillamente, intenta no abrir ningún armario cuando vengas a vivir a mi casa. Podría caer una avalancha de esqueletos.

Luke volvió a abrazarla.

—¿De verdad quieres que venga a vivir aquí?

Tessa cerró los ojos y apoyó la mejilla en su pecho. Escuchó los latidos de su corazón al tiempo que oía a sus hermanos en la habitación de al lado, vitoreando el primer juego del partido.

Aquella era su vida. A lo único que había tenido que renunciar había sido al miedo y a unos años de tristeza. Y, a cambio, había encontrado a Luke Asher y todo lo que él significaba para ella. En vez de romperse, su familia había crecido.

–Estoy segura –susurró, esperando que la camisa de Luke absorbiera sus lágrimas–. Por una vez en mi vida, estoy feliz.

ÚLTIMOS TÍTULOS PUBLICADOS EN HQN

La caricia del viento de Sherryl Woods

Di que sí de Olga Salar

Vuelve a quererme de Brenda Novak

Juego secreto de Julia London

Una chica de asfalto de Carla Crespo

Antes de besarnos de Susan Mallery

Magia en la nieve de Sarah Morgan

El susurro de las olas de Sherryl Woods

La doncella de las flores de Arlette Geneve

Vuelve a casa conmigo de Brenda Novak

Acariciando la oscuridad de Gena Showalter

La chica de las fotos de Mayte Esteban

Antes de abrazarnos de Susan Mallery

El jardín de Neve de Mar Carrión

Un amor entre las dunas de Carla Crespo

Siempre una dama de Delilah Marvelle

Made in the USA
Monee, IL
03 May 2026